想象另一种可能

理
想
国
imaginist

我播种黄金

唐诺 著

云南人民出版社

图书在版编目（CIP）数据

我播种黄金/唐诺著. --昆明：云南人民出版社，
2025.7. --ISBN 978-7-222-23136-8

Ⅰ.Ⅰ106

中国国家版本馆CIP数据核字第2024XJ1600号

责任编辑： 柴　锐
策划编辑： 杨　爽
封面设计： 陆智昌
内文制作： 陈基胜
责任校对： 柳云龙
责任印制： 代隆参

我播种黄金

唐诺 著

出　　版	云南人民出版社
发　　行	云南人民出版社
社　　址	昆明市环城西路609号
邮　　编	650034
网　　址	www.ynpph.com.cn
E-mail	ynrms@sina.com
开　　本	880mm×1230mm　1/32
印　　张	10.75
字　　数	249千
版　　次	2025年7月第1版第1次印刷
印　　刷	肥城新华印刷有限公司
书　　号	ISBN 978-7-222-23136-8
定　　价	78.00元

前言　只一根手指头力量的书

之前，理想国的朋友三番两次到台北来要我也做音频，梁文道带头，能来的都来，郑重到我都得当义务了。当然，最终我仍没点头，我依然相信这会是灾难，对出版社，也对我。因此我得证明，一次解决以绝后患，而且这也是一种礼貌。

证明的方式是，我完全依照他们基本的长度规格来写——每文分两段（两集），每段四千字。如此，他们很轻易就会看出来，我写的完全是文字，几乎无法念出来，硬念出来也几乎没人听得下去，除非出版社诉求的是不幸有失眠困扰的人。

文字老早不是语言的记录了，文字单独前行单独工作已很久了。

我猜想，依这个可能很不舒服的规格来写应该也有好处。我愈写愈能体认出形式的意义，形式的限制同时也必定是"限定"，一个有限空间，人（暂时）把全部心神集中于此，让书写专注不乱跑，形成焦点，形成局部优势的稠密性。如此，六个月、一年、两年挺下来，猜猜会发生什么事？

书写者要几近无限大的自由，却一次又一次把自己关起来，关入各式各样的自制监牢里（或柔软点，加西亚·马尔克斯说的"孤岛"）。别说，还真有不少好作品是坐了牢才写出来的，像是塞万提斯、王尔德、罗莎·卢森堡，以及周文王的《易经》关键一步。此外，像《一千零一夜》如夜间死囚的山鲁佐德算不算？《追忆似水年华》拉上窗帘的普鲁斯特又算不算？但这么想下去我们很快就得到一座大图书馆了。

然而，此番真正触动我的是，我已知道，每一书写形式都是一种特殊的捕捉方式，抓那些合适它的、通常尺寸可以更小的东西，如特定的鱼钩钓特定的鱼。我知道自己已来到书写的"末端"时日了，书写不再理所当然，遑论如苏轼所说那种自然的涌现，我得学着使用各种形式如拆解开自己，才有机会触及过去一直写不到的、抓不起来的那些东西。

所以，我的设想之一是，用 4000×2 的字数来写，就不可能如过往那样流水般进行，尤其碰到难解处不知不觉走安全的、已成习惯的老路。形式限制会打断此一任性，其大前提必定是，不可能牺牲品质甚至不可以减少内容量（否则还不如老老实实活着别写），也就是用八千字设法写到过去也许两万字才写得到的内容，不是删节，那就得改变思索路径，不仰赖第一感（第一感很美妙但总是芜杂的），这一定会让我写得比较痛苦，但奇怪的是我也有一点点雀跃之感。

我的设想之二是倒过来，我已经开始期待了，这本书写到哪里时，我会像挣开脚镣手铐似的痛快丢开此一字数限缩，我估计得至少写完半本之后，等这一（稍稍）不同过往的写法已成立已稳固下来之后，届时，字数限制就单纯只是妨碍了，怎么可以让形式真妨碍内容呢？

果不其然，在写到三岛的《丰饶之海》四部曲时，我已感觉这一形式限制开始松动了，我仍不声张地小心翼翼前行，仿佛唯恐它熄灭地轻轻握着这个新的自由，最后这半年左右的书写，的确是我多年来很难有的书写享受时日。

"人总是不停地犯错，而他只记得当时天空的湛蓝。"

本书的内容是一纸书单，顺时间之流随机取于这段瘟疫日子里我自己的阅读（想想也许应该加进薄伽丘的《十日谈》），只除了《宽容》一书是我预先设定，原本就打算拿它当全书结语，我对现实世界仍有感觉，仍会生气。不同以往的是，这次，我想写一本只有一根手指头力量的书。

"只有一根手指头力量的书"，我的意思是——

在如今这个阅读式微的时日，多少身为一个书籍的"摆渡人"（我从年轻作家蒋亚妮那里学到这个不错的词，我多想，此河必是时间大河，逝者如斯，不舍昼夜），愈来愈吸引我的是那些犹断断续续读着书的人；尤其，我仍偶尔会看到谁提起某一本已罕为人知如不曾有过的美妙之书，我竟生出莫名其妙的受宠若惊之感（尽管毫无立场）。我晓得我所余不多的能耐和时间应该集中于这些同类之人身上。

日文汉字"背中押"，说的是在人背后推他一把。如今，阅读再没那么容易持续，因为生活里总有太多事发生。只是，这些"太多事"不见得是必要的，我以我接近完整一生的生命经验指证，很多我们当下以为急迫如索命的事，其实半点不急，甚或不理都行。阅读的善念稍纵即逝，这个时点，我总想，如果有人恰好在他背后推一下，轻轻地，只一根指头地，也许那一刻他就真坐下来了。

古道照颜色。

多年来，我早已放弃此事，那就是，"写本书来劝说那些从不读书的人开始读书"。我自己只（会）使用文字，因此于我是悖论。

如今很可能得把说话对象再缩小范围一次，八千字的限制让此一必要更水落石出——我得略去一些基本介绍，假设人们多少知道这些书和这些书写者，假设人们甚至读此书不止一回，否则我们会难以多说下去、多想下去，我们一直困在开头原地打转。

我始终记住，文字是很后来才发明的，在人们已熟练说话几百万年后。比诸语言，文字无疑相当程度地不生动、不栩栩如生，放弃掉大部分的音乐力量（语言最大的说服力或许不来自析理，而是音乐，其声音、其节奏、其表情如同心跳逐渐合一的效应；音乐与语言同在，一样早出文字数百万年），如此代价，文字总得做成某些语言做不了的事才算值得、才算完满，否则要它何用？

文字得设法走远，走到语言消散所走不到的远处，向前思索的远处，向后记忆的远处，以及，所有事物内部极精致的远处。

如今，昆德拉所说的"没有远方"，和文字的日衰是同一件事。

来说维吉尔，但丁的引路人，他的《埃涅阿斯纪》，这部史诗站在时间大河上一个很特别的点，那就是，史诗不复是人们无意识地、代代口语流传而成，而是一个人从头到尾孤独地书写；是文字了，而非语言。

于此，博尔赫斯有一番极精彩的实例说明，我一直想找机会复述给更多人看——

"维吉尔不说亚该亚人乘夜的间隙进入特洛伊城，而说利用月光的友好静谧；不说特洛伊城被摧毁，而说'特洛伊城已然逝去'；不说命运多舛，而说'诸神对命运作了不同考虑'。为了表达我们今天所谓的泛神论，他给我们留下这样的句子：'朱庇特存在于万物中'。维吉尔没有谴责人好战的疯狂，说那是'对铁的钟情'。他不说埃涅阿斯和女预言家'穿过阴影，孤零零走在幽暗的夜晚'，而写成'穿过阴影，幽暗地走在孤零零的夜晚'。"

本书书名，几经折腾，最终定为"我播种黄金"，借自夏多布里昂家族的族徽铭文，没有自豪，只是希望。

目　录

《我们在哈瓦那的人》·格林

为什么读《我们在哈瓦那的人》？很多年了，我推销格林算不遗余力，我以为格林是一个很好的阅读梯子，是一条路，由此我们可以进入到让人有些望而生畏的现代小说世界。的确，有些小说真的不那么容易读，读者得自行准备的东西不少。

其一

格林曾把自己的小说戏分两类，一是正经严肃的，另一则仅供消遣。《我们在哈瓦那的人》被格林设定为消遣用，所以我们不必怕它。

确实，《我们在哈瓦那的人》有个很好的故事，一路紧扣着不碎裂、不半途抛弃读者的情节进行，而且还很好笑，那种冷冷的、最知性的英式幽默——事情当然发生在古巴，革命前夕如天起凉风已有点恐怖的古巴。英国情报机构以为必须有人在当地搜集情报，遂找上在哈瓦那卖吸尘器的英籍商人伍尔摩。伍尔摩此人，鳏夫，有个很爱花钱又永远懂得如何从她老爸身上掏出钱来的十七岁女儿米莉，这会儿米莉又想买一匹名为瑟拉菲娜的栗色马，所以间谍打工仔伍尔摩也就得设法从英国那边掏更多钱，他编各种情报，并迅速吸收多名下线人员发展情报网，但这一切当然全是虚拟的，只有这样才有更多人领钱，申请更多津贴、旅费和奖金。这是伍尔摩和米莉的温馨父女对话，那晚，伍尔摩又在家"发现"了一处无何有的秘密军事基地，古巴当局似乎已研发出某种新的毁灭性武器，伍尔摩把吸尘器拆开，喷气口、针筒、套筒管、喷嘴等等，稍稍变造一下绘成此一秘密武器的草图，且一英寸等比放大为三英尺。"爸，你在做什么？""踏出我新事业的第一步。""你打算当一个作家吗？""是的，充满想象力的作家。""那会让你赚很多钱吗？""中等收入而已，米莉，而且得奋力不懈，保持进度才行。我打算每星期六下午都完成这样一篇文章。"……"那我可不可以买一对马刺？"

是的，在修理情报工作的同时，小说家也回望了自己顺便开个玩笑——自嘲，永远是最高档也最有教养的幽默。这英国人举世第一，这也正是我之所以喜欢英国人、英国作品的一个极重要的理由。

稍后，这纸草图把伦敦当局所有人吓傻了，没人知道古巴人想干什么，好半天，只有一名工作人员小心翼翼地试着指出，可是这有点像个超大吸尘器不是吗？长官忧心忡忡，这么回答："这正是我害怕的原因。"

于小说，朱天心有个词叫 take off，起飞，指的是小说写着写着有时（托天之幸）会出现某一个点，神鬼般的奇妙一点，一般水平的小说不会有，绝好的小说也不见得有，到这个点，小说抓到气流陡然飞起来，瞬间拔升到让人两眼一亮、完全不同的世界，这是小说最最过瘾的一刻，让人屏息，也几乎让人惊叫出声，不管是读的人或写它的人。

比方聚斯金德的《香水》，阿城口中的"奇书"，这个点出现在恶魔香水师格雷诺耶一路南行抵达格拉斯城后，他开始尝试掌握种种欺瞒人心、幻惑人心的气味。先是，一种能不引人注意的气味，"好像厚厚一层干瘪老人身上的亚麻和全毛衣服散发出来的"，他披着这气味如同披一件隐形衣，可自由出入穿梭于市街人群中（书写史上最棒的隐形衣）；再来，是一种浓烈的、略带汗味的气味，"嗅起来让他外表显得较粗鲁，让人以为他很赶，他有急事"；再来，是足以激起同情的气味，让他变身为一个穿破衣、无依无靠的脸色苍白的穷小子，这个清白无辜的气味尤其对中老年妇女有效，会叫唤出她们的母性，把肉和骨头塞给他；然后，则是一种令人厌恶、让人想躲开他的气味，这气味像滴了杀虫剂，也像四面厚墙，"足以挡住入侵者，人或动物"。

至此，我们读小说的人已完全确信一定有什么非比寻常之事就要发生了，我相信聚斯金德自己也必定察觉到自己已身在跑道上了。最终，格雷诺耶把牛油油脂涂上了黄铜球形门把，成功地提出它的气味，很微弱，很柔和遥远，但确确实实是这气味——给我一万个这种黄铜门把吧，我一定可以制作出一小滴精纯的黄铜门把高级香精来。

《百年孤独》里的这句话："一种即将获得自由的无情的力量，无须看到它才去承认它。"是的，香水已不再只困于风信子、百合、水仙、木兰云云，万事万物皆香水，小说起飞了，飞入一个无限大、无限可能如来不及了的未知空间，或用现代年轻人的话，飞入另一个次元——果然，格雷诺耶的香水开向石头、金属、玻璃、空气等无生命物体，他调制出一种微型香水，是法兰西斯教派修道院后头那整片橄榄树林的完整气味，装在个小瓶子里，如同带着修道院和橄榄树林在身上，带着走；然后，他转向了有生命之物，从宰杀一只小狗开始，化为魔——

《我们在哈瓦那的人》尽管设定于山雨欲来的历史时刻，但小说始终一派闲适，始终好笑，尤其伍尔摩的虚拟情报网愈玩愈大，伦敦当局还派了女秘书贝翠丝来协助他（监控他），这更让他手忙脚乱。但突然这一天，一名他编造的探员传出死讯，跟着，他虚构的人也一个个活生生现身了。就从这一天，小说的线条整个变了，也急剧动了起来，时间滴答作响，人仿佛被某个巨大无边的无形力量发现了、盯住并操弄着，伍尔摩得抢在更不可测、更无可挽回的事情发生之前，设法弄清楚这究竟怎么回事、谁干的、意欲何为；同时，他得设法自救，并保护米莉和贝翠丝，还荒唐地得保护他那一个一个无何有的手下探员，虚拟的人被杀被折磨迫害，但因此丧命的受苦的可是某个真实的无辜之人……

也正是从这一天开始，小说的色调瞬间变了，阴沉下来，而且悲伤；不再能袖手旁观地开玩笑和嘲讽，人被卷进去了，或者说人本来就一直置身其中，某处历史漩涡，某种处境，某个无可奈何的命运，这反复发生，如影追蹑，只是这下轮到加勒比海的欢快城市哈瓦那和他伍尔摩而已。

在他的另一部小说《文静的美国人》里，格林这么写道："人迟早要选一边站的，如果你还想当个人的话。"

也从这一天起，伍尔摩被逼到墙角开始抖擞精神反击了，他有他小人物游击性的灵动、机智、隐匿性和某种可选择战场的局部主场优势，比方他和警察头子塞古拉大队长那场攸关生死的棋局便精彩极了，他们以收藏的袖珍样品酒为棋子，这是伍尔摩的诡计，吃掉对手棋子得喝光瓶里的酒，棋局优势的代价是酒精逐步上头的迷醉，因此，输赢的消长计算变得很微妙而且危险，要算对手的棋，同时得算对手的醉意——这是格林小说，格林的人物从不甘心简单束手就擒，不会只抱怨和叹息，尽管他们面对的总是大小比例如此悬殊的暗黑吞噬力量；当然不可能就消灭它，但拼一下，或许有机会保护住那几个人、那几样珍贵之物、那一点点价值和人性吧。这正是格林小说总是不断有事发生，总是有速度地前行而且一翻再翻，总是如此稠密如此紧张的一个书写奥义。

　　一个人的反击，仔细想，这样毅然而去的踽踽背影，像中南半岛的颓废老记者福勒，像海地的嗜赌旅馆老板布朗，像刚果丛林麻风村的大建筑师奎里，像狮子山国的外交官斯高比，像墨西哥被追猎的威士忌神父，几乎是格林小说后半场的固定风景，世界不放过他，他也不打算轻易就饶了这个世界——我自己最喜欢读这种段落，对我这样完全不信任集体力量、习惯单独做事情的人，这是我很难从别处得到的安慰，以及启示和支持。当然，人无助地被碾成齑粉，这我已经看过太多了，无须小说再雪上加霜地告诉我；但那种一个人轻轻松松击倒一整个世界的太童话的结局，只会让我更沮丧，就像张爱玲讲过的，因为得建构在这么多不可能的条件之上，这样子的喜剧只能是更大的悲剧。我佩服格林不存侥幸的精密计算，你仍有一定的最后一些力量，你可拼到什么地步，可换到什么，从而，你也得更冷静，冷静到冷血地步地一样一样自我检查，哪些东西是绝对不可以丢掉的，哪些则也许还有点机会，而哪些是决计留它不住但也许可狠心用为交易筹码云云。

　　由此，我也窥见了格林的价值思索、价值选择及其优先顺序。

　　那一天之后的《我们在哈瓦那的人》，因此机智又时时驻足沉思，既紧凑又处处悲伤、不舍得。东西是一路丢的，最终，伍尔摩就连留在哈瓦那都不可能了,他孑然一身,只米莉和已成他最可靠的战友兼情人的贝翠丝陪着他。朱天心和我都极喜爱这番话:伍尔摩看着这个城市如同此生最后一眼,此刻哈瓦那感觉荒凉无比,伍尔摩跟自己说,是的,一座城市,对你来说,其实就只是那几个人、那几条街、那几家店,当这些都不在了,这就是个全然陌生的城市了,该离开了。

所以说格林小说就是格林小说,根本没什么严肃用和消遣用之别,事实上,这个自行分类他玩没几年就无趣放弃了。但这一原初意图给了我们一个清晰无比的讯息:本来是想写成一本更轻快的小说给更多人读;或我们可粗略地如此理解,更注重故事,更讲究情节,戏剧性些,狗血些,不去碰太沉重的事,不讲难懂的话云云。但小说书写有太多由不得你的东西,愈精彩的书写阻止你的东西愈多,最终,如何写下去不再是个可选择的问题,而是个对错的问题。尤其,你好不容易抓到个好题材,又呼之欲出地写到了某个点,你不可能硬生生刹车或改道,你舍不得,因为这些被吞回去的好东西很可能一生只造访这一回,无法保留给下一本书,因为它不是凭空的,它就只依附于这部小说,它锁死在这部小说里,你循此路走到这里它才出现(或说存在),就像《桃花源记》的武陵捕鱼人,日后他再寻不回那个奇妙的山洞。

格林这个清晰无比的讯息也包括:作为一个二十世纪的现代小说家,格林"逆向"地重新察看故事和情节在当前现代小说创作中的景况和意义,甚至不惜被想成堕落地跨向通俗"实验"。故事和情节的失落,的确是现代小说的一个"痛处",相信我,这类小说家比读者更焦虑、更受折磨。

现代小说书写已有更多可能,但叙述仍应是主体(雷蒙·阿隆在《历史讲演录》中也这么说,连历史书写的主体形式都应该是叙述），简单讲，只有叙述才能为我们保留事物最完整最稠密最实体的样态，大地一般，各种进一步的概念性的提取和思索系建立在这个基础上头。而叙述，恰恰好是小说最擅长的，被赋予某种书写特权的。一部分现代小说尝试着脱离情节脱离叙述，正是生成于、反思于这个几百年冲积而成的厚实基础之上、之末端，所以毋宁更像是对叙述的一种补充或者利用，而不是真正的反叛。

博尔赫斯显然也极在意此事，他曾在一篇谈论侦探推理小说的文章里这么讲，今天，侦探小说仍认真在经营故事设想情节，侦探小说"默默地在保卫着某个现代小说已渐渐失去的美德"。

其二

现代小说逐渐失去故事和情节，这是不得已的——不是失败，而是这几百年来的成果惊人，把小说能叙述、该叙述的几乎用光了，尤其在小说原生地的欧陆，大约在二十世纪初，讲故事的大叙事小说就已经"触底"了，也就是说，领头的那一批小说家之后已整整挣扎了一百年。这也不是书写的退却，小说要继续写下去，势必得探向更细、更深，前人所未及之处，是以现代小说逐渐脱离一般性的生命经验，转向特殊的、更多非实体性的描述，小说遂成为某种更专业的东西。

生产状态如此，那材料供应呢？

根本上来说，我们晓得，故事的总数是很有限的，人高度雷同的生物样式和生命长度、高度雷同的生活要件、高度雷同的生存考验和应对策略云云，能凝结出来、能被讲出来的故事就这么多，神话学最宏伟最深入的研究者列维-斯特劳斯，他搜罗各个原始部落社群，告诉我们，神话故事惊人的"重复"，其实就只是为数极有限的"原型"故事的不断重述和其辉煌变奏。从当前现况来说，现代化全球化城市化，人的生命经验不仅趋于一致的形成规格，而且往往不见头不见尾甚至一整个碎裂开来，"转过一个街角就从此消失不见了"，如本雅明说的这样，没故事没情节，只有满地碎片，小说进入到某个贫瘠的、荒漠化土地的时代。

从满满人烟话语的巷弄走向生冷沉寂的世纪大城的上海小说家王安忆曾这么体认："城市无故事"——或者说，再没有完好的、可直接伸手去拿的故事了。这一景观，翁贝托·埃科写在他《玫瑰的名字》末尾，那是大火烧毁一切的多年之后，当年的见习僧埃森重返大图书馆废墟现场，当年完整的书，如今只剩残破且字迹模糊的羊皮纸碎片，只辨识得出一句话甚至几个词，但埃森依稀知道这原是哪本书（这当然是能力），为了捡拾这些断章残纸，埃森装满了好几大口袋，还"因此丢弃了好些有用的东西"，并为自己重建了一个由碎片组成的小图书馆——埃森做的，很像当代奋力书写的小说家，我们马上想到的也许是写《尤利西斯》的乔伊斯。

格林的严肃用和消遣用分类，如今于是形成更分明的分割——消遣用小说较不在乎此一现实处境，它不怕重复，事实上，在装点式的求新求变表象之下，它是欢迎重复的，因为它的读者喜欢重复。毕竟，人活在这么一个急剧变动、处处愈陌生、事事不确定的担惊受怕的世界，重复代表安全，代表你又回到了那个熟悉的、稳定的、可以放心的世界，代表接下来发生的事保证不会吓到你，甚至代表你会得到诸如恶人伏诛、好人从此过着幸福快乐生活这样已充分验证过的享受。伍迪·艾伦一部颇可爱的电影，拍的便是坐在电影院里的米娅·法罗，外头是一九三〇年代大萧条风暴的悲惨世界，她一遍一遍看着同一部冒险英雄电影，直到电影里的英雄走出银幕，把她带进那个无何有的华美世界去……

然而，在已碎裂的世界，重新编织有头有尾的故事，这里有一道微妙但确实存在的界线，越过了它，这样编织出来的故事便和世界脱钩了，不再能够帮我们解释、理解这个世界，也不"可信"，只供消遣享乐之用——所谓通俗小说，和神话、童话共有着同一个意涵，称之为"我们不以为事情真会如此发生的故事"。

消遣用小说不惧重复，但严肃用小说不能这么想，这不是规定，但却几乎是天条。带着思索、探勘意图的小说意味着你得写出（多少）有别于过往伟大作品的东西，否则你干吗还写它呢？全然重复，这里头隐藏着一个更根底性的书写危机，一个小说家的共同噩梦，那就是，小说是不是写到头了？小说这东西是不是已用尽了它全部可能？一百年来，这个不祥的声音由远而近，由隐晦而清晰，由细微而巨大，二流的书写者也许听不见，但一直缠绕着最好那一级的小说家，无关乎人高贵或自私，小说家宁愿相信这只是自己的某种书写困境，而不是小说的终结，这样想感觉还有机会。

所以，现代小说便是在这样进退维谷的状态下继续奋力前行。它再回不去，当然也不该回去那种小说等于故事的前一书写阶段，这是退步，事实上也不知今夕何夕、对不上也触不到人当前最该探索的那一面生命处境；但是，顺此简单放弃故事和情节又让人很难受、很不安，倒不是对那些只想听故事的人歉疚（他们满足的形式太多了），而是，书写是否已不知不觉步上了某道歧路，甚至荒谬？怎么搞的小说家不再做自己擅长的、长期淬炼的事，反而去写，乃至于去呀呀模仿那些他们不太会的、也准备不足的东西？的确，在现代小说里我们看得太多了，蹩脚的心理学、蹩脚的科学、蹩脚的经济学政治学，更让人难受的是，满口蹩脚的哲学，只有术语，只有混乱，没有复杂和深奥，没有最基本的准确，或更确切地说，以混乱伪装成复杂和深奥，或笨到以为混乱就等于复杂和深奥。

博尔赫斯讲卡夫卡"以一种清澈的风格来写混浊的噩梦"——是得这么做。叙述变得愈发困难没错，但还是得设法清晰地、有序地串接这些芜杂短促的生命经历碎片（所以小说的书写技艺非常重要，更重要了，小说从不是简单的），让它们不徒然不浪费，让它们可以被说出来，可以存留并思索，可以赋予意义。

叙述仍应该是小说的本质，好保有小说广度的、稠密度的根本关怀。小说不用来解答某些特定的商业经营问题或政治立法问题，比它能做好这些事的满地都是，别自找难看。

大小说家里，格林始终是写得最清澈的一个，清澈到有着相当普遍的误解，我甚至不愿用"举重若轻"这一可能加深误解的赞词——格林总是深沉地写最重的题目，经济、政治、神学、历史云云这些已从我们一般生活层面分离出去、自成体系的巨大的东西，格林一次一次把它们拉回来，原来这些本来都是我们生命处境、生命思索的重大构成成分，也都是我们尝试弄清楚、尝试获取解答好挣脱困境的途径。格林能写得如此清澈有序（甚至被说控制过度），是因为他想得最彻底最清楚，以及，他书写技艺精湛。

如此，我们便较正确知道格林写消遣性享乐性小说的真正意思。这是游戏，游于艺，浸泡于老练纯熟的小说技艺太久所生成的某种有益的游戏，毕竟，消遣小说多点自由，少点现实质疑，也许可用来抓取一些没把握的，以及不好登堂入室的东西；大概也是实验，试着更彻底点回归故事、回归叙述。

但今天，我们后见地总结来看，真正对格林小说最富意义的行动，倒不是此一实验，而是他的出走，走出英国，走出老欧陆——格林，泰半人生而且是他生命中最精纯、思维最成熟的岁月都活在异国，他最好的小说，也几乎都写成于异乡，以当地为场域，写当地的故事。

但，主人翁或者说想事情的那个人，始终是格林这样的老欧洲人，包括《权力与荣耀》里的墨西哥酒鬼神父，更清楚的身份仍是欧陆脉络的天主教徒——这个设定非常重要，这样设定永远无法息事宁人，无法只是那种传统的、民俗的在地甜蜜故事，所以不是纯然地回归叙述，是两者的撞击，可以1＋1大于2，如耶稣说的那样："你们不要想我来，是叫地上太平，我来，并不是叫地上太平，乃是叫地上动刀兵。"

本雅明曾把人类的说故事传统利落地分成两支："行商"和"农夫"，但这其实是随时间变化并消长的，前期，行商是主体，故事生于未知的远方，由行商带来没见过的奇事奇物奇人，但随着地球的开发和占领，秘境一处处消失，人类世界不断趋同，新的故事也缓缓从输入的商品转为在地作物，得耗时地从某一方"邮票大小的土地"生长出来。是以，民间说故事人的基本形貌，不再是步伐矫健的商人，而是闲坐的垂垂老者，这意味着时间熟成，意味着生命阅历，意味着对世人世事的洞察，意味着他从头到尾在场。

现代小说生于其后期，并更往人心、人性深处持续探入（使用的是文字而不再是口语记录），小说家因此对他的这方土地依赖日深，不是因为那些什么乡土国族乱七八糟的意识，而是人和他所在之地长时间的、确确实实的、难以复制的纠葛牵绊，除非离开得尚早，还堪堪有足够生命时光重新如此经历另一块土地（纳博科夫、昆德拉），但这仍是很困难的，如同在已有字迹的纸上重新书写云云，所以纳博科夫才这么得意他能写出《洛丽塔》、能成为一个"美国小说家"。一般而言，这样流落于异乡的小说家（如我们较熟的张爱玲、郭松棻）能写的仍是他的故土故人。于小说，他比较像流亡者，而不是在地农夫。

水准不到姑且不论，能一个一个异国这么写过去，大概就这两人吧，海明威和格林，可这两人截然不同。

海明威从没真的进入，敬佩他的卡尔维诺说，他能把知道这么少的异国写成小说，其奥秘在于"轻描淡写"，一种"暴烈的观光主义"。卡尔维诺的意思是，海明威的介入只是观光客层次，加"暴烈"一词则让我们想到那种十天九国超值旅行团（"如果今天是星期二，那这里一定是比利时"）。海明威的记者之笔直接明亮，有绝佳的由眼而手的描述能力，他需要的、取用的只是那一抹异国风情。

格林完全不是这样。他是逃离，那种仿佛被自己脚步声追蹑，得不断逃跑的人。异国哪里只是他随机的、顺流而下的当下选择而已，就像他笔下的大建筑师奎里，他那天早晨吃太饱，游魂般搭上飞往非洲的航班，只因为这架飞机最早起飞，最终停在刚果丛林麻风村则是，"船只走到这里"。

往往，我还觉得格林这根本是"找死"，某种变相自杀。这么想并非全无依据，他早年就自杀过，也仿佛早已看透如《喜剧演员》曲终人散、布朗成了殡仪馆收尸人员那一般，生与死如此临近界线、如此模糊，你甚至不察觉自己正在跨过它，"当生与死变得完全一样，你就自由了"。至少，在一次又一次走进这些战乱、迫害、杀戮、瘟疫仍漫天飞舞的异国，我想一直有个这样悄悄的心里的声音——那就让它发生吧。

人想着什么，才能看到什么。文学史上，我以为格林和托尔斯泰是两个最多疑的人，以赛亚·伯林所说那种酸液般腐蚀一切的怀疑，最终，这一定会腐蚀自身为虚无（冯内古特讲的，"发明出万能溶剂半点不难，难的是你拿什么装它"）。不同的是，托尔斯泰晚年逃入了宗教，四福音书，身心安泰如智者；格林做不到，他洞悉、理解、很能欣赏甚至钦慕举凡宗教、哲学种种缓解的、不（无法）穷究的、留着明显矛盾和空白的有限度"解方"，以及相信它并真诚实践的幸福之人，但格林说服不了自己，他无所归依，只不断再出走，栖栖于途并衰老。

"非洲的形状像是一颗人心"，格林喜爱这话。酸液溶解到底，最终便是人心了，是亘古以来人之所以为人的根本生命处境。这一根本联系如人和人的甬道，由此，异国种种不过都是人此一处境的无尽辉煌变奏而已。对格林这个想得最多的人，这是不陌生的、可解的、亲切的（不孤独了、不是自己发疯），如自身"另一种生命经历"可融入记忆用为书写，甚至，某些关键处，格林还能比在地之人知道更多、察觉更早。所以，小说史没有"海明威国"，只有"格林国"，敢于如此命名，是因为就确确实实的书写意义，这些已不是异国了，它们被格林的书写串联起来，变成和老英伦、老欧陆平行并列的格林文字土地。

之所以能比当地之人知道得更多更早，是因为格林的这道时间纵轴，我想到爱因斯坦把时间设想为空间的第四维，从而改变、显露的全新物理世界基本图像——一场血腥镇压，一次夺权谋杀，一个战争。我们通常会用"爆发"这个震惊之词来说，但置放到时间大河里，这只叫"又来了"，叫人类叫不醒的噩梦，叫人的愚行，又沮丧又乏味。格林来自时间早走好几步的苍老如废墟的欧陆，又是个记忆深如刀割之人，过去和将来，记忆和预判，是这才发生还是反复重演，是灾难还是契机，因此全揉成一团，相互拉扯也相互解说、补充、印证。

如此层层叠叠如冲积，使得这些异国反倒是更丰饶更完整的小说沃土，复活了小说的叙述力量，但也不免让格林（呈现于他小说中的主人翁）更沮丧，哈姆雷特的沮丧——那些为着自身利益和权力的争斗，他当然不加入；反抗的一方呢？他辨识得出哪些只是利益争逐的伪装，哪些尽管诚挚但太天真了，只能是徒劳，如此行动绝对得不到你要的那个结果，哪样的思维会招致什么样的危险，以及更糟的，极可能在哪个阶段变质成更暗黑可鄙的力量，当下的正直只是还没找到机会败坏而已，等等。格林小说于是有一种"冷血般的冷静"，挣脱道德绑架，袖手如透明人如鬼魂，没兴趣不相干无利益，而这正是汉娜·阿伦特所说的最佳观看者位置，人对自己够残忍才站得住的位置。

然而这样的人祸，迟早（且不会太迟）会找上门来——它不可能一直封闭于狗咬狗的小世界里，它会泛溢出来伤及无辜，伤害你无论如何得保护的人，伤害那些格林自言"你还想当个人的话"就不可以弃守的最底线的价值信念，伍尔摩如此，奎里、布朗、福勒无不如此。他们压根没想成为英雄，或用钱德勒稍显华丽的名言："你要当个好人，就非先得是个英雄不可。"

这样一个人毅然反击一个巨大的暗黑力量、一个国家、一个时代、一整个不见尽头的群众，这令人动容——完全是明知故犯，不天真，没侥幸，几乎已完全知道其大致结果（或曰下场），知道绝不会有你们讲的那种胜利。这里，格林画下一道线，脆弱不堪但意义满满的一道线。

福克纳说"人必将获胜"，他不少小说也试图在故事末端设法"上扬"，给我们此一（过度）慷慨的允诺——但这愈来愈难说服我了。这些加挂的、补充的、总带着啦啦队气质的鼓勇话语，我不是不相信，而是已相信太多次了，相信得疲惫不堪。如今，我比较爱看格林这样一无承诺但赢回一点是一点的时时处处的反击。

尤其，作为一个人，这种深度的不甘心，这种质量的堂堂正正的报复，你会有一种活过来的感觉。

我一直跟着学，以备不时之需，以俟来日大难。

《此生如鸽》· 勒卡雷

为什么读《此生如鸽》？我们先试读这段文字吧，年过七十五岁的勒卡雷这么回想，这也是这本书的前言——

"我写过的书几乎都曾暂时以'鸽道'作为工作档名。这个书名的来由很简单，我父亲常去蒙地卡罗赌钱狂欢，我大约十五六岁时，他有回决定带我同去。旧赌场旁边是运动俱乐部，底层有片俯瞰大海的草坪和射击场。草坪底下是九条平行的小隧道，出口临着海滨，排成一排。隧道是放活鸽用的，这些在赌场孵出然后被圈养的鸽子，唯一的任务就是拍着翅膀，沿黑漆漆的隧道飞向地中海的天空，成为枪靶，让那些饱食一顿午餐、带着猎枪或站或卧等待开枪或狩猎的绅士得以大显身手。没被击中或只轻伤的鸽子，则善尽鸽子的本分：它们回到自己的出生地，也就是有同样陷阱在等待它们的赌场屋顶。至于这个意象为何萦绕我心头，历经如此漫长岁月犹挥之不去，我想或许读者比我更能判断原因吧。"

别客气，说得够明白了，我相信，对某些内心较柔软易感的人，读了这段之字就够理由阅读了；出版社的人显然也懂了，所以他们把这本原直译为"鸽道"或"鸽子隧道"的书名，改成定谳式的"此生如鸽"。

其一

好小说家很多，但勒卡雷有个极特殊的历史位置，文无第一武无第二，这个俗谚对勒卡雷不生作用。依我的意见，应该还有不少人同意，他就是间谍小说的"山羊"，GOAT，Greatest of all Time——这样看似夸大、置未来书写者于何地的断言，一方面是因为勒卡雷远高于间谍小说同侪一头，已不仅仅是间谍类型小说了；另一方面是，我个人以为，间谍小说，一如它所书写的间谍世界，其实非常窄迫封闭，外头的人光靠想象是无法掌握的，因此，从书写材料到书写者的能力和准备，有极多的限制和要求。曾经，有不少人说冷战的结束极可能就是间谍小说书写的终结，从柏林、维也纳到伊斯坦布尔这道南北向的人工分界善恶曲线上的各城市不再是各路间谍荟萃之地，大家解甲归田了云云。这个太天真也当然太乐观的说法马上遭到勒卡雷的驳斥，"间谍小说不因冷战而生，也就不因冷战而死"，是啊，人的世界，何处何时没有窥探、监视、入侵、欺骗和背叛这些东西呢？间谍，尤其是广义说法的间谍永不消失，包括你的某邻居某同事或某家人，但间谍小说这个书写载体则是有限的，会写完它能够写的，尤其勒卡雷把间谍小说一下子拔高到这样，剩给接下来书写者的空间及其可能性也就更少了。

所以怎么能够不读勒卡雷呢？你也许可以错过一些更好的小说，但勒卡雷是山羊，是某一个世界的最高峰，难有替代——在如今我们这样一个收集的、猎奇的、××到此一游如勋章如纪念品的年代。

说来，间谍小说是最古怪的一组类型小说，几乎是诡异了。首先，它来得意外地晚，相较于早已肆虐人类世界如阴魂的间谍这一行当，我们不是都说，有了人类就有了间谍；其次，间谍小说书写好像是有"资格"的，很长一段时日几乎只有英国人才写，而且限定于真的实际干过间谍的英国人，比方推理女王阿加莎·克里斯蒂，英国人，老练的类型书写者，有缜密思考的能力和习惯，但阿加莎写二战的间谍小说是她最糟的一批作品，儿戏，一看就晓得她只是个爱国公民，不是间谍；以及，间谍小说几乎一开始就分道，同时走光鲜和暗黑两条全然背反的路，彼此驳斥相互嘲讽，政治命运也两极化，情报单位热爱前者，这让他们有面子而且得到更多预算，这就是勒卡雷在《此生如鸽》书中讲的："一九〇〇年代初期，作品格调不一的间谍小说作家，从厄斯金·柴德斯到威廉·勒克和菲利普斯·奥本海姆，唤起大众反德的公愤，所以说最初是他们协助创设了情报组织倒也不失公允。"情报单位则痛恨后者，以叛徒视之，这些书写者通常是他们阵营出身的，这组小说触怒情报当局，只因为书写得太真实了，就像昔日苏联查禁某一本书的理由："这本书写得太真实了。"

来说一下毛姆的故事，这位父亲是英国驻巴黎大使馆法律官员，而且就出生在大使馆内的小说家，可能因为这样的生命背景和成长记忆，他也写间谍小说，而且还很可能成为间谍小说的先驱书写者之一，扮演拦路虎的正是英国情报当局，还上达到更高层，依勒卡雷，丘吉尔公开点名抨击了他的《秘密情报员》一书，指控毛姆违反了国家机密保护法，面临同性恋丑闻威胁的毛姆只好烧掉十四篇未出版的短篇小说——同性恋，勒卡雷行内人地告诉我们，极度卑劣的手段，这正是间谍世界最好利用也最常用的生命缺口，"不管怎样说，MI5都是英国公务员和科学家私生活的道德仲裁者。在当时的调查程序下，同性恋和其他被认为越轨的行为都是可以拿来勒索的弱点。"

阿加莎的书写失败，实证地告诉我们，间谍世界真的不是我们正常人的世界——当然，举凡怀疑、窥探、监控、伪装、欺骗、背叛、谋杀云云这些我们正常人世界全都有，我们正常地视之为恶，即便根除不了，也努力将它们逼到某个幽暗封闭角落里，尽可能不让它进入到正常人世界里。但我们说，如果一个世界除此之外再没其他东西了，世界就剩这些，几乎只由这些恶念恶行所构成，这是何等荒凉可惧到难以思议的一个世界？或更确切地说，我们这里借用现代年轻人熟悉的这个词："夺舍"，我们所有熟悉、自古有之、可依赖可信靠如天经地义的人和事物，其实都只剩薄薄一层外壳，都遭侵入替换掉了，仍都是伪装、怀疑、窥探、监控、欺骗、背叛而且随时可利用、可牺牲、可消灭，人这样活着，只这么看世界以及和他者相处，这是养怪物吧？没任何人能长期禁得住不扭曲、不变形、不失控、不变得残忍，即便少数心志最坚韧的人，也至少会陷入长期的忧郁、罪恶感和深不见底的孤独之中，直探虚无。

我仍要再讲一次《孙子兵法》里最让我不舒服的那句，"廉洁可辱也，爱民可烦也"。廉洁和爱民，又干净又柔软的好东西，都是人不易建立更不易护持的珍罕品质，但在这世界里，都成为最好利用的攻击缺口，在敌我二分只剩输赢的神圣前提下，这样的攻击还是聪敏的、洋洋得意的，乃至于会赢来勋章——是的，除了不正常，几乎什么都逐渐消亡殆尽的一个世界。

由此，我们便进一步察觉，这里面必定还有个不正常的极巨大的东西，那就是神圣——我们常说，爱国是恶棍最后的护身符，如特赦还如漂白水。间谍，原是战争的产物，夜间的、延续的战争，间谍本来就如此诞生于所谓国家生死存亡的神圣荣光之中，加上，间谍又是设计来躲过、穿透、破坏种种有形无形防御界线的，因此，间谍最"自由"，两倍的行动自由，连战场上士兵多少得遵守的他都不必，后头还有国家的掩护支援，豁免于法律，更豁免于所有的道德规范之外，这是很难让人回得来的自由。伊恩·弗莱明"007系列"里有个超级过瘾的东西，License To Kill，杀人执照，但这不全然是小说家的华丽想象，毋宁是现实间谍世界的最基本事实，只是没这么戏剧性成为一纸执照而已。神圣性的可怕，不只在于它豁免人为恶，更在于它直接把恶变成善，变圣徒变英雄，这样的沐猴而冠，对人是多大的诱惑力量，以及摧毁力量不是吗？

间谍小说由英国人开始，而且好像只英国人能写、英国男性作家能写。这个诡异的书写现象，我们稍稍回看其历史经过，倒又感觉好像很合理。

英国是现代世界第一个大帝国，目指一整个地球，尽管只能做到松弛的殖民，其控制的土地之广、之散落、之多样复杂，是人类历史之仅见（美加、澳新、印度、非洲南北两端云云），还有积极进出但未得逞的（如中国、中东地区）。而当时，还是各地各国仍彼此阻隔、谁也不了解谁的曙光时日，所谓的情报工作涵盖面遂极广，去到看到的全都算，更多是第一阶段的搜集而非日后的刺探窃取，可直接在阳光下堂堂正正进行，国家要的和个人志业工作参差交叠没界线，举凡行商、传教士、人类学者、探险家等等都可以同时是间谍，完全同一份工作，他自身的工作成果，很容易找出可上贡女皇陛下的一部分。因此，间谍的规模陡然放大，这解决了间谍小说书写必要的人数问题，间谍人数得跨过某一临界数字，才足够形成一个自己的世界，凝结出有自身独特意义的现象及其反思成为书写题材，也才可望从中生长出来书写者；同时，这也一并解除了罪恶感这个书写的反向力量，因为这是开拓的、启蒙的、进步的乃至于是助人救赎人带来天国福音的。有国家、有上帝，更有无可怀疑的进步意识形态，这哪里罪恶？

两部极了不起的著作，尽管不属间谍类型的小说，却是间谍小说讨论几乎一定提到的，一是吉卜林的史诗也似的小说《吉姆》，一九〇〇年，另一是 T. E. 劳伦斯的史诗也似的自传《智慧七柱》，一九二六年——书里间谍，虚拟的小男孩吉姆和实存的孤绝劳伦斯，都是极正面看待间谍工作，我们也正面看他的精彩人物。解除了间谍量的问题，接下来是质的问题，这也许更难，其间有近乎悖论的矛盾。

间谍世界和小说书写世界，怎么想都是极度不相容的，需要的聪明、才能和信念也接近背反，也许先讲间谍必要的沉默和小说书写者必然的多言就够了。我们说，间谍小说，尤其是蔚为类型的耕作式书写，无法外借，必须是真的浸泡于其中的自己人。但根本上，写小说和干间谍各自吸引来的就是不同的两种人，就算有那几个人违禁品般把那些小说书写必要的东西带进间谍世界，也会在这个封闭、阴暗的世界没阳光没空气没水地枯萎掉，一个一生干间谍、的确内行得不得了的人，除了回忆录，你还能指望他写得出来什么？如果允许的话。但鬼使神差地，英国早年这支业余的、杂牌军也似的大间谍部队，却意外是个绝妙解方。不从间谍标准，我们回归到人的普遍品质来说，高矮胖瘦士农工商，这绝对是人类历史上程度最好、最富个性、才华也最丰硕多样的一群间谍，我敢保证今后也不会再有了。日后，尤其因为两次大战和冷战的森冷肃杀气氛，间谍世界持续收拢、封闭，组织化科层化效率化而且无趣化，唯极特别的是，逐渐丧失重要性的英国倒是相当程度把这个杂牌军特质给保留下来如一个传统。这可能和另一个英国知识分子特殊传统有关，英国知识分子对他们女王一直有一种素朴的、素朴到像是礼仪式的忠诚。女王已不亲政、不掌权，因此，这样的忠诚如同一种回忆、一个怀念，有相当的美学感，像是重温那个世界崭新、海天空阔、人慨然有天下之志的时代。

所以骄傲如格林是间谍，勒卡雷是间谍，甚至，像自由主义大师以赛亚·伯林都曾被说是间谍云云。一直到今天，英国的间谍依然不是那些大学考不好的人，而是如勒卡雷在本书中告诉我们的："你必须上好学校，最好是私立的，然后上大学，最好是牛津剑桥。最理想的状况是，你的家族早就有间谍背景，或至少有一两个军人……"这是二〇一六年才刚说的话。

还有——"甚至，相信我，是在执行民主功能，因为在英国，我们的情报组织无论如何都还是我们的政治、社会与企业精英的心灵归宿。"

其二

间谍小说始生于英国，让这些在哪个国家都不可以说的事化为白纸黑字公诸于世，最一锤定音的理由当然是因为英国的民主自由，全世界领头羊的动人的民主自由——看近两三百年历史，我们晓得诸如此类冲破禁忌，尤其政治性禁忌的事，通常都先在英国。《此生如鸽》里，勒卡雷讲了这样一个实例，军情六处退下来的小说家兼传记作家康普顿·麦肯奇，因为他的《希腊回忆录》在一九三二年（注意这个年份，快百年前了）被依国家机密保护法起诉，一般我们总认定麦肯奇会就此失踪或至少打入大牢坐穿，但英国对他的重惩是，罚款一百英镑，这真是个令人羡慕也令人尊敬的国家。

甚至，勒卡雷一炮而红的《冷战谍魂》出版于一九六三年，而这已是他的第三部小说了。问题是，他一九六四年才离开间谍工作，现役间谍同时写间谍小说，叔可忍婶婶也不可忍吧——除了英国，究竟有没有其他国家也发生过这种事？

伊恩·弗莱明式的正面英雄间谍先来，这合情合理更合于掌权者幅度有限的宽容；绝不正面的狼狈间谍只慢半步紧跟而至，这就有点怪了，关键应该仍是时间，不是后者太快，毋宁是前者太慢了——压抑到二十世纪初方得由英国人开始写间谍小说，但现实里这已进入到大英帝国荣光远矣的夕晖时段了。两次大战是赢了，但赢得很惨，没真正得利也成就感不大，和伤害完全不成比例，这英国人心知肚明，歌功颂德的作品先来，这无可厚非。但只无脑地、战争神剧式地陶醉歌颂，是小看了英国人的沉静、诚实和想事情的习惯。尤其间谍小说真正成熟的冷战年代，现实中，英国间谍更滑落成美国的小弟，马前卒打工仔，假装我们还在作战，而且还是善与恶的亘古永恒争战，假装世界危于旦夕，是我们在撑着，我们所做的这一切攸关人类的未来和命运云云。我尽量温和地借用博尔赫斯的话："人做梦持续不了那么久。"

冷战，当然有诸多历史因素，但相当主要一部分，也是因为人做梦，某种噩梦，否则至少不会撑那么多年。

而这个很凄凉的英国间谍图像，也正是勒卡雷早期那几部名著的主画面、主要关怀，尤其是《镜子战争》，出版于一九六五年，极可能就是勒卡雷最好的小说，非常悲伤，讲一群曾叱咤二战的老去的间谍，缅怀、幻想，并兴奋地试图制造出一场让他们又活过来的战事，镜子里的战争。

时间的另外两个现实面向是：其一，小说本体这边，写到二十世纪，小说已不断内折，人的内心活动已逐渐取代外在描述，小说追问反思的能力和习惯大增；其二，大世界这边，二十世纪已是人类世界除魅臻于成熟的时日了，怀疑乃至于批判已不需要有特别的感悟，不必靠勇气支撑，而是逐渐成为日常生活的基本事实，成为人的第一反应，所有神圣气味的字词称谓，要说出它来都得刻意加括号、加但书、加一堆你知我知的表情和语调。

也就是说，在间谍小说才开始闭门造英雄造神时，外面世界其实已倒向了狼狈不堪的凡人间谍这边。

007邦德，最迷人的间谍，身高一米八三，体重七十六公斤，身材修长，"邦德的脸轮廓分明，皮肤晒得发黑，右脸有条大约三寸长的伤疤。乌黑的头发随意地梳向左边。右眼角上有颗黑痣。鼻子修长挺拔。嘴巴宽大，看上去异常残忍。下颌线条明快，宛若刀削斧凿"。这是伊恩·弗莱明在《俄罗斯情书》里的亲笔描述，写在俄国KGB的档案资料里。这是个谁都会一眼看到并记住的人物，尤其年轻女性；而勒卡雷这么讲他的王牌间谍乔治·史迈利，也是最让我们尊敬的间谍："五短身材，偏肥胖，加上温顺的脾性，似乎还热衷把钱花在一些品味差劲的衣服上。"他的美丽老婆安嫁他的理由是，"一个普通得令人心痛的人"，两年后她就跟个古巴摩托车手跑了。总之，这是个不会有人注意的寻常中年男子，看过他的人也旋即将他从记忆中抹去，让他从此消失于人来人往的芸芸众生之中。

两组全然背反的间谍小说贴得近，又两道铁轨般齐头而行，我们并不好说后者是因着颠覆、瓦解前者而写、而生——勒卡雷写到了类型小说之上、之外，但并未真的毁损掉间谍小说作为一种类型书写的根基和设定，不像比方有了《堂吉诃德》之后我们简直再难回头去写、去看那种装腔作态的骑士小说。

勒卡雷审慎地停在某个微妙的交界点处，本体上仍是类型小说家，我相信这也是他的本意、他的生命构成；他热爱间谍世界如同一个从杳逝时间世界走出来的人、仅剩的人，说真的，抽走了间谍，他的生命精华尽去所剩不多。真正对间谍世界无情的是格林，格林的世界太大，关怀层面太复杂，间谍只是他生命的一小块，甚至只是不成熟的自己的"误入"，他站在间谍世界外头冷嘲热讽，也许嘲讽的也有昔日的自己。

勒卡雷的嘲讽不一样。他一直在里面，就连一九六四年离职后也没离开，他携带着。勒卡雷看似嘲笑、暴现这些活在荒谬闭锁世界如愚人的间谍，但较多的是痛心、替他们不平，以及勒卡雷式的自伤自怜。是的，他讲那些养来当活靶，只是游戏祭品而已还不是神圣祭品的鸽子，是适用于某种人普遍处境的隐喻，但他直接想的就是间谍，就是他的如斯人生，此生如鸽。

是以，勒卡雷远比格林煽情，这吸引着相当一批人，分享着某种感伤，某种勒卡雷帮他们先讲，所以说出来并不丢人的感伤。

一九六四年离职但并不离开，这是我们讲的；勒卡雷自己说的是，他十七岁成为间谍世界的跑腿小弟，但早在这之前他就是老间谍了，他是训练好了来的，他那位著名的大骗子父亲和在他五岁就拎只皮箱消失的母亲，让他在成长岁月就熟悉，且一样一样学会间谍所需的一切理解和技能，倒是英国情报当局的训练，大概无非是些战斗技艺和工具操作云云，吾生也晚，其实是从没派上用场的东西。

因此，写的是欺骗背叛的间谍小说，但书写者勒卡雷的最特别书写内核却是"真诚"，一种刺猬的、仿佛生命仅此一物的真诚——写类型小说尤其不需要这样，甚至，在严肃小说领域特别是学院派口中，真诚也早就不是什么好词，但这其实是他们不够认真或懂得并不够多的缘故。真诚当然是好东西，于书写，意思是专注加上竭尽所能，他们不晓得那种不分神的、直去无用的高度精纯书写能带人进多深走多远。一般间谍小说家只是职业，勒卡雷却是拼命。我们都看出来了，其成果差距有多大，不是吗？

作用于我们身体的部位也大有不同，某个内心深处、灵魂战栗深处。

勒卡雷不当错过，但是从哪一本开始看好？诚实的回答是任一本，他的小说素质极整齐，只是我自己稍稍偏爱前期的、类型成分较多的那几部，《冷战谍魂》《锅匠，裁缝，士兵，间谍》《镜子战争》。如今，又有了这本仿佛回到一切源头的《此生如鸽》，也许就它吧。

《此生如鸽》设定为回忆录，体例上却是时间碎片捡拾的所谓四十个人生片羽。这可能是较偷懒的写法，却也可能是更真诚的写法，意思是，回忆者不勉强去补白串接，不多加东西，只忠诚地听从记忆本身，在已七十几岁已平静不波的时间大河暮光里，折戟沉沙铁未销，什么在意什么强韧什么仿佛洗不去赶不走，就自然浮上来什么。因此，这是一组大可放心信任的文字，我们可回报一种相衬的阅读方式——读内容，更去留意勒卡雷究竟捡了哪些碎片？哪人、哪事、哪时刻、哪地点等等。对我们也算知道一二的对象比方莫斯科此城或阿拉法特此人，勒卡雷看他们哪里，记住了哪些云云。这种直视，透露出他的生命态度、他的信念价值、他的偏爱和忽略，以及，情感。这些，在七十多岁已如夕晖的柔光里，会更实在，如结晶如允诺。是的，这一刻我想的仍是朱天心《远方的雷声》那一问："假想，必须永远离开这宝岛的那一刻，最叫你怀念的会是什么？"

但也有这样的颇有意思的碎片，像是——勒卡雷津津回想他每一部小说的电影改编，很明显，他对电影世界的盎然之情不成比例地高于小说世界这边，说真的，我所关怀的小说家这几乎是仅见的（想想福克纳对好莱坞召唤的不情不愿），这点让他更倾向于是类型小说家。

当然，最大最重的必定是编号33那一块，《作者父亲之子》："我花了很长的工夫才有办法动手写罗尼。他是骗子、梦想家、偶尔坐牢的囚犯，也是我的父亲。"

勒卡雷有个太戏剧性的人生，希腊神话故事也似的，让他日后的人生展开，尤其是成为间谍和小说家这两者，跑多远都逃不掉，如同注定，如同宿命，但小说书写，把此一诅咒化为禀赋，再化为材料，最终还成为祝福，还是给我们读小说的人的礼物——这是文学的胜利，难能但结结实实，文学把人生的不幸巧妙转变成沉静的幸福。

骗子，间谍，小说家，不构成平面，而是绞成一条坚韧的绳子。骗子父亲罗尼，让他才当间谍就已像老手；日后写小说亦然，勒卡雷自己这么讲："格林告诉我们，童年是作家的存款簿，若以此计算，我生来就是个百万富翁。"也就是说，他在这两个起跑点上就领先同侪一大截。

一直到七十岁了，勒卡雷仍会如此自问："我身上有多少部分还属于罗尼，而有多少是只属于自己的，我不禁纳闷，一个坐书桌前、在空白纸上构思骗局的人（也就是我），和每天穿上干净衬衫、除了想象力之外口袋里什么都没有、出门去骗受害人的人（也就是罗尼），真的有很大不同吗？"

最有趣的是，罗尼还有点不要脸地当真这么想，他认定勒卡雷小说就是"我们的书",父子俩是共同作者,还要求联名签书——那是一九六三年《冷战谍魂》登顶美国畅销书排行榜的庆功宴,罗尼突然现身,"我们的书",他还哭着对勒卡雷讲:儿子,咱们一起努力有成,是不是呢?

压到书末才说,但勒卡雷其实早就写了罗尼,《完美的间谍》。这是一部有争议的书,有人直讲这是勒卡雷最好最深沉动人的小说,也有人指出它结构凌乱松散。都对,其实也就同一件事不是吗?现在有了《作者父亲之子》这块姗姗碎片,就全补起来了、完整了。

但我得说,这太戏剧性的人生、太紧实的生命之绳,另一面,也不免把勒卡雷捆太紧了(现代心理学那些制式因果说法,必然不断加深暗示如嗾使),让他的生命内容少了余裕,也少了东西,就像勒卡雷自承的:"从我开始动笔写作那一天开始,房里就有两头大象:我父亲骇人听闻的一生……另一个是我的情报关系。"这两样又都迥异于、不宜于,也很难回转一般性的正常人生。你怎么可能只要这边不要另外那一边呢?

这是通则:人的禀赋并非指的只一个、一种(更非那种武断检定的IQ)。生命的工作太过漫长,每阶段都有它不一样的困难及其要求。就说NBA篮球吧,会飞如文斯·卡特那是禀赋,但高度敏感于球场空间及其动态变化如魔术强森,沉静强韧无匹的心智力量如大鸟勃德又何尝不是珍稀禀赋。三十岁前你会飞也许就所向披靡了,但三十岁后呢?流逝的时间会带来不一样的球赛,另一种球赛。

猜猜看,哪种禀赋耗损得快?

再讲另一个通则,比较危险、比较可惧的一种。哪种来得早的所谓禀赋往往会成为陷阱、成为牢笼,会把你困在前期的成就出不来，而且耽误了你去寻求可长可久的专业技艺，寻求更可长可久的整体理解？写小说，远比打篮球漫长，更多阶段，更多歧路，更多可能，也要求人更多更复杂，这还用说吗？

关键不在于外在世界的此一变化。一如勒卡雷的有力驳斥，冷战落幕，间谍并未消失，窥探、监控、伪装、欺骗、背叛、谋杀更不会消失，间谍小说仍可持续前行，而且泼散开来也似的面对一个更紊乱更各搞各的没焦点没基本游戏规则的世界。勒卡雷也依然最好，无可撼动，甚至，不少热爱他成迷的人（我认得好些个）尝试把他推上一个新顶点：去掉"间谍"二字，直接就说是最好的小说家。

于此，我自己的意见稍有不同。勒卡雷后来的小说，没冷战并尝试较放开类型小说模式，少了这两个重要扶手，走起来似乎有点颠滞，有弗吉尼亚·伍尔夫所说那种"朦胧"（原用来批评失去海洋支撑、上了陆地后的康拉德小说）。我想到早年演电视影集《霹雳娇娃》（《查理的天使》）全球爆红的费拉·福赛特，她鱼跃上电影，影评优雅的批判我印象深刻："银幕变大，她好像迷路了。"

我钟爱的另一位类型小说家，纽约的劳伦斯·布洛克也有点这样。

而且，勒卡雷似乎一直保持着他写类型小说的习惯节奏——我意思是，写太快了，有点低估了新一阶段、面对更大世界的小说难度；或说已是一种肌肉记忆。

环顾周遭世界，我以为我们正经历着一趟小说鉴赏、小说评价的定向位移。有相当长时日，好小说和好读的、受欢迎的小说，或严肃小说和享乐小说各自成立不犯，但如今两者有逐渐合流的趋向，对不少新的小说读者，所谓最好的、经典的小说慢慢变成是那种不失享乐（通俗小说式的享乐），但好像有点东西有点看不懂遂以为高大上的东西。

我不认为谁真能阻挡此一坠落走向，但也正因为这样，我对已经够精彩的勒卡雷小说，变得不安，变得小气，变得有些斤斤计较。

荣誉本身没什么，但荣誉是指引，是地图，是联系并拉动某些珍贵东西的绳子，所以褒则褒，贬则贬，有这样的无情。如果最好的小说下修（抱歉，用这个词）到勒卡雷，我大概就可列表哪些伟大小说难再进入人们的视野，我也惋惜这浪费了小说读者可贵的虔诚。

必须在最后讲这些扫兴话语，因为我们是很认真的阅读者。

《我弥留之际》·福克纳

　　为什么读《我弥留之际》？就因为福克纳。

　　福克纳绝对是非常好、不该略过不读的大小说家，但阅读他的小说，依我多年冷眼旁观，有着相当普遍的相似烦恼，屡起屡仆，好像不容易撑到小说结束，读着读着睡去的倒不少——其实不是深奥，而是复杂、凌乱乃至于沉闷，已达被误以为是深奥的复杂、凌乱和沉闷。小说技术太过精湛的纳博科夫是文学史上较受不了福克纳的人，说他光是玉米棒子的历史都当本小说来写。

　　在我们这个大游戏时代，沉重是不赦之罪，福克纳小说因此处境更艰难，有理由会担心就此灭绝。

　　怎么办才好？我一直有这个好心的念头，想帮忙找出福克纳小说的较恰当的阅读起点，可能是这两部：一是《我弥留之际》，另一是我多年前很认真推介过的《八月之光》。在福克纳那些黝黑不见底、屡屡让人困于绝望的小说中，《八月之光》算是有"穿透而出"之感的一部，小说的行进速度快些、轻些，有着柔和的微光，有着尽管仍不够但仿佛可相信的温和希望，也是因为，我实在很想让人也知道他这番话，《八月之光》的来历，《八月之光》最原初的那幅图像："在密西西比，八月下旬会有几天突然出现秋天就来了的迹象，仿佛不自当天而是从古老的昔日降临下来，甚至有着从希腊、从奥林匹斯的某处来的农牧神、森林神和其他神祇。这种天气只持续一两天就消失了，但在我生长的县内每年八月都会出现。"

肩上阳光，这样写成的小说。

所以你看，福克纳还是可以讲得、写得这么漂亮，在他稍微没那么认真、用力、严肃，以及非追根究底不可的时候——不是那种表面的、借来的文字之美，而是从内容里如根部生出来，让文字得到源源养分如花绽放的明亮通透。

其一

《我弥留之际》（*As I Lay Dying*），写成于一九三○年福克纳才三十三岁时，只花他六星期算一挥而就有如神助，福克纳本人显然极满意、得意甚或惊喜，公开讲这就是他（至此）最好的一部小说，还说是读他作品最恰当的入门书，官方认证（他也知道自己小说不好读是吧）——艾迪·本德仑太太，死者，留下了遗愿，要家人把她葬回娘家所在的杰弗逊镇，有那么点想抹消自己结婚生子这后半生一场的虚无哀伤味道，遂有了这趟历时六天六夜、距离四十英里的殡葬之旅。

这是一支跌跌撞撞的殡葬队伍，本德仑这一家子心思、情感、企图各异。这里，福克纳用了较便捷的小说形式，全书拆成五十九个单位，五十九块碎片，始于二儿子达尔，终于大儿子卡什，每一场都是一人独白（共十三人），如昆德拉所言放个麦克风在每人心里听到他内心的活动声音，又通过每个人参差不齐的眼睛重复观看相互监视，所以这五十九块碎片其实是鱼鳞式地、叠瓦式地向前行。

书写者给自己方便不见得是好事。一般，这种不整理、不必费神统合串接为一体（意即取消掉书写一个、一次重要深思过程）以至于容易"偷懒"的形式，极容易流为情节化、大纲化——太多书写者通常并不真具备足够好的同情习惯和能力，可以反复出入于每个人物，因此，人物是典型化的（老人、邻居、恶棍云云），更像只是角色扮演，话语的进行也像是接力，分配好了你讲这段我讲那段，所宣称的多重视角是假的、虚张声势的。

但这样轻一点的形式对福克纳也许是好的，至少对读他小说的我们甚好——福克纳小说，会让我想起下围棋的人讲的"长考无好棋"，这句吐嘈的话其实是补充的、提醒的，完整的真相有两面：长考有时确实会让人想太多，会被缠绕住甚至入魔，下出不敢相信的败着；但另一面是，快棋只是争胜之棋，少有名局，真正的历史名局仍是苦心思索的产物。所以，《我弥留之际》可直接认定就是福克纳最好的，或说最接近完美的作品，游刃有余，一种完成后不见疲惫反倒精神奕奕的作品，但恢宏地来说，真正代表福克纳书写、作为他约克纳帕塔法世界小说群核心的，仍应该是《喧哗与骚动》《押沙龙，押沙龙！》云云这些不乏败笔也多处混乱不清的作品。深思熟虑仍是文学书写的根本样态，典型的败笔只是他树立起过大过远目标的不尽成功，以及他对人对事物太多面的反复观看，以至于难以整理、难成干净结论。这让人，尤其小说同业的后来者尊敬，因为先行，可被后来者继承，如加西亚·马尔克斯说福克纳教会了他写南方的炎热云云，最灵动的小说如花长于最沉郁如腐殖土的小说之上，这是小说书写史最美丽的图像之一。

但《我弥留之际》不真的是一趟轻快的、直行如矢的旅程，甚至感觉他们岂止走了四十英里，也不只装载一副棺材而已，福克纳打开头就不断地往上堆东西，本德仑家每个人心里各异的、四分五裂的种种东西，愈走愈重如迷途——大致，今天我们很容易在网上看到这样不断传抄的情节介绍文字："长子卡什是只知干活的木匠，护送棺木时遇到大水，掉入河中断了腿。次子达尔是个敏感的人，路途中放火烧棺，被妹妹送进疯人院。三子朱厄尔是母亲最宠的一个，他在这趟旅程失去了他努力干活换来的那匹最心爱的马。么儿瓦达曼也没能得到他梦想的玩具火车。女儿杜威·德尔怀了私生子，打胎不成反被药房伙计诱奸。只有老爹安斯买成了一副假牙，还娶了新太太。"

达尔是最悲剧的人物。我们应该可以讲他是本德仑家较"正常"、事事看进眼里的一个，对母亲的情感也感觉最干净无私，原是这趟旅程最重要的叙述者，占到十九个章节（19/59），他放火烧棺是因为泡了河水的母亲尸体已开始腐烂发臭，招来了五只兀鹰。达尔让人想到福克纳小说更重要的思索者、叙述者昆丁（也是最像福克纳化身的人），最终撑不住投水自杀的昆丁，似乎，在福克纳揭示的这个世界，正常，尤其正常还多点敏感的人是不易存活的，你得有着异样的自私、愚蠢、残忍、软弱云云才行，而福克纳的如此揭示又这么自然不稍迟疑仿佛天经地义，真令人悲伤。朱厄尔正好相反，他只关心他那匹马，他其实是私生子，父亲是镇上牧师，福克纳只用朱厄尔讲一个章节，他眼里无视心中无物（多像台湾当前的一干年轻人），让他只能生物般被看、被理解（要不要同情呢？）。另一个和达尔正好相反的人是老爹安斯，日本人说的"老害"，他最狠，毫无负担地一一榨出所有人最保护的东西，一切利益归他，六天六夜下来，每个人都失去了重要的某物，只他满载而归——父不父，子不子。

大概正因为如此，台湾过去有一译本直接改名为"出殡现形记"，但这较合适钱锺书而非福克纳——福克纳几乎不嘲讽，即便这一家子遍处是材料。《我弥留之际》原是他最喜剧最狂欢的一个故事，但福克纳仍如此正经、郑重甚至严肃地来说它，认真对待每一个也许并不值得认真写的人。

要知道，福克纳原是个足够幽默的人，或较准确说，滑稽七幽默三的狂欢之人，本来能写更好笑也更好读的小说，这个性格样态充分显现于他年轻时，尤其前小说书写的那段荒唐日子。我觉得最有趣是所谓的新奥尔良福克纳城市掌故——一九二四年（二十七岁）后他住新奥尔良试着写小说，也打工养活书写。他当导游，也许事先没做功课（依他的懒散这非常可能），也许就只是天性使然、刹不住，福克纳总是随口乱编故事，不存在的人，没发生过的往事，一个平行于现实的不思议的新奥尔良。唯多年之后，新奥尔良市政府很聪明地正式认证为真，当然也注明系由福克纳制造。这是福克纳给这城市的一部未化为文字的小说、一组爵士乐曲。

再稍前，一次大战末，有战争英雄梦的福克纳，还假装自己在一场不存在的空战中伤了腿，披着军服、挂根拐杖把家乡当伸展台走了好几个月。

他本来该顺此是一只狐狸，但最终他彻彻底底成了刺猬，尤其他所写的约克纳帕塔法（契卡索语，河水静静犁开来的平坦土地）小说。本来，这种直视人生命现场、人辛苦存活的小说，总是狼狈的、突梯的、出边出沿的，好笑，且多自我嘲讽。事实上，现代小说正由此开始，如我们说现代小说始于《堂吉诃德》和

《巨人传》。而且，每个国度学会现代小说书写，都又重来一次，因此这是普世的、开发最成熟、最好上手，也最没空间隔阂容易被接受的小说，坦坦大道。

所以我尊敬福克纳，他不走这简单的大路，他的书写，用弗罗斯特的"旅迹较稀之径"来说都显得太轻快、太帅。福克纳之路，不但孤独，而且危险，以及折磨，我这么说半点没夸大。

福克纳把小说书写扎根于他的南方家乡和家族，动机原是浪漫的，一开始吸引他的是曾祖父威廉·克拉克·福克纳，家族开创者，一代目，福克纳就是继承他的名字，这增添了更多神秘联系和想象。打过美墨战争和南北战争，发了财、当了州议员，也不止一次开枪杀人的老上校，当然是在地代代相传的传奇英雄，但历史事实一路揭开来，今天我们都知道了，这只是那种美国南方典型的残酷奴隶主，是白人至上的种族主义者，是身披白色尖顶长袍的三K党人，是挥舞爱国爱乡大旗的恶棍。

此一事实真相，也正是老上校在福克纳小说一路展开的模样，只是早了世界好几大步。福克纳本来要祝福他，最终却只是成功分解了他——从《坟墓里的旗帜》中已真实化复杂化的沙多里斯上校，到《八月之光》里海托华牧师的极不堪的祖父，再到《押沙龙，押沙龙！》正式恶灵化、死后仍诅咒般不放过子孙的斯特潘云云。还有更多散落在他这个那个小说人物身上的碎片。

海托华牧师崇拜祖父，传说中英勇战死于杰弗逊镇的南军英雄，但最终，他发现事情真相极可能是这样才对——祖父只是去抢劫人家的粮食、烟草和酒，"一个鄙俗不堪的坏蛋被猎枪（持枪的不是北军，只是一个保护自家乡舍的农妇）击毙在鸡笼子里"。

解剖一个陌生恶人可以是快意的，也许还会有道德满足感；但解剖亲人，尤其是自己原来最崇拜的亲人，这接近于拿刀活生生自我解剖吧——所以，最接近福克纳化身的昆丁，逃离了家乡不够，最终还是顶不住跳水自杀。戏剧点说，这样写的福克纳算死过一次了。

本来，顺着他天花乱坠编故事的本性和能耐，顺着大家爱听的这一类传奇故事（像《飘》这样的小说和电影，像日后好莱坞的大类型西部片，其主人翁便多是南北战后的流浪南军英雄，如传奇枪手林戈或强尼·尤马），福克纳本来轻轻松松就成为新一代的南方英雄，但他过度正直的书写把自己逼到一个非常非常尴尬的位置，成为一个瘟神也似的人，让自己痛苦，也让家族家乡所有人痛苦不堪。一直让别人痛苦会招来危险，尤其在封闭的美国南方，这个危险一路升高，到福克纳晚年的一九六〇年代正式大爆发，当时，私刑和谋杀不断而且几乎就是公开的，还可以得到州政府（警方、司法系统）的掩护和赦免，任何质疑黑白种族隔离、替黑人说点话争点权益的言行都有立即性的生命危险，最著名的当然是马丁·路德·金博士的被暗杀事件，福克纳本人也多次遭到死亡威胁。

福克纳知不知道这样写小说很危险？怎么不知道，他在小说里都提前写出来了不是吗？他小说中多少人因此而死，而如活于炼狱？

这句有点说得太聪明的话如今已快是流行语了："有两样东西不可直视，一是太阳，另一是人心。"文学书写者无法完全避开，这是其职业风险、职业伤害，当然，一般不至于到福克纳这种地步。

其二

五十九块、拼图一样的小说，我们的阅读于是也跟玩拼图一样——大致上，我们得定下心忍它四五个章节左右。一开始，就像大侦探波洛讲的："你不容易弄清楚白色这一块究竟是云还是猫尾巴的一部分。"渐渐地，图像会奇妙地浮上来，由模糊而清晰而确定。克服这摩擦力，我们阅读的大车就吱吱嘎嘎上路了。

四十英里，今天我们稳稳地开车只需一小时，这么短的路，却奇特地给我们一种好像永远走不完走不到的恍惚之感，路漫漫其修远兮。但，晓得尤利西斯的返家之旅多长吗？我无聊量过地图，从特洛伊到故乡绮色佳，直线距离约三百英里，七倍，水路船行得绕半岛南端也不过五百英里左右，可尤利西斯整整用了十年，还九死一生。

《我弥留之际》当然是"又"一个现代奥德赛故事——这丝毫不必怀疑，福克纳喜欢这么写小说，如《押沙龙，押沙龙！》、如《去吧，摩西》。

这里我们说"又"，是因为在西方的文学书写尤其小说书写，这已是一种反复使用的书写之道，以《奥德赛》来说，最著名的当然是乔伊斯的巨著，摆明了就叫《尤利西斯》，只是，他的故乡是都柏林这个悲苦的城市，而且没十年，乔伊斯（过度）巧妙地把一切浓缩为只有一天，一九〇四年六月十六日这一天内，无数个一瞬。事实上，不只用于小说，像大导演库布里克的经典电影《二〇〇一太空漫游》，原文为 2001: A Space Odyssey，外太空奥德赛，大约就是归乡路最长的奥德赛故事了。我年轻时还看过一部电影，《战士帮》（The Warriors），在当时某个小众圈子颇受注目，讲纽约一个小帮派参加一场帮派盛会后，从布朗克斯区回他们南布鲁克林区地盘，一路遭各种伏击的惨烈故事，三十里路咫尺天涯，又大概是距离最短的奥德赛故事了。

这和我们一般所说的使用典故很不一样，或者说，比用典更进一步，更开发出其剩余价值。用典，把昔日某个大家已知的故事（思维成果、文字成果云云）引为己用，这聪明且省力，可瞬间大量地扩张、丰富、延伸文字容量，像是"我本楚狂人／狂歌笑孔丘"，如此才寥寥十个字便纳入了千年前这些隐者和孔子的动人邂逅故事和其杳远对话。也因此，字数受限的诗（不得不）用典最多，多到甚至不堪负荷如浓妆让人看不顺眼的地步（好的、美善的东西总会被人们过度使用成灾，这是历史通则）。深刻点来说，这是继承，愿意如此继承得有着必要的敬意，因此较发生在我们对昔人昔事有着单纯敬意的年代，一般来说，用典这种引用并不动原文、原内容，倾向于把它当个可倚靠可遵循的"结论"甚至教谕，并由此再出发，公路接力赛也似的，让人的书写、思索、探究不需要笨笨地从头跑起，所以人可以进步，可望及远。

但《我弥留之际》使用《奥德赛》明显不是这样，它差不多只保留"归乡"这一核心，彻底重写——这不是概念性的单点捕捉，更多时候是一种更溯源、更富形象和细节、更一路交缠比对的整个"意识"，照花前后镜。因为尤利西斯此人、特洛伊到绮色佳这趟神鬼航程，以及织着布的佩涅洛佩尽管独一无二，我们无法也来不及参与，但归乡这事却是人普遍有的、点滴心头的某一生命经历，后来的人也有话可说且有资格说，在这里，我们可以接近平等地和尤利西斯对话、印证、讨论、交互补充反驳云云，以某种共同生命处境的亲切感，于是形成了一处场域，一个本雅明所说的说故事的小世界，大家围拥着，听着别人的故事，也说起自己的故事……

由于文字使用由简而繁的必然，也因为人认识的由大及细通则，最原初的故事不仅只显露此一生命处境的某一面相、万千可能的其中一个实例，而且叙述的方式通常大而简，因此毋宁更像只是"原型",如《奥德赛》是人们万千归乡故事的原型，押沙龙是骨肉兄弟间情欲权力利益交缠并相互残杀故事的原型（《圣经》，以一种更简、更处处留白的说故事形式），麦克白、哈姆雷特、堂吉诃德、莎乐美、美狄亚等等各自是人某一生命处境的原型，我们不难——找到在其上书写的数量不等的小说。通过这样的一再从头书写，此一生命处境逐渐以一种展开的、更完整也更稠密的模样显现给我们，这是一道很舒服很有意思的进步之路、结结实实的进步之路，人更认识世界，更认识自己。

对此，等而下之的书写是那种大惊小怪的、只把黑白善恶直接倒置的负片式使用方式（比方那些所谓令人战栗的童话云云），它没有（或没那能力）真正进入这一处境，没说出自己的故事，于认识意义来说并未踏出半步，原地打转，只相当于四格漫画那样的初级技法，卖弄微不足道机智的一种技法，或只是一种宣传——我们能为它稍微辩护的，只是从头书写，一定有着程度不等的不平、不服气、不甘心云云的反驳成分。尤其，这些原型故事必然受限制于它生成的特定历史时空，且多是人犹受简单道德规范约束的时空，也就是说，彼时的是非善恶判决往往太轻易太急躁（但不见得都是错的），也因此有更多被禁锢不言的空白部分。对后来的人来说，于是像押沙龙、美狄亚、麦克白、莎乐美这类被判定为"恶"的故事反倒让人更有动机，也更有施展余地。当然不是戏剧性的由黑翻白，而是在黑与白两端之间逐渐辨识出各种渐层，容受各种可能，并且，把那些其实来自彼时世界、来自该时代的"恶意"从犯错犯罪的个体分离出去，不玩这种"众恶归之"的栽赃游戏，我们才从武断的道德判决，得以转到对人一再深陷的那种艰难处境的思索以及由此而生的自省和同情。

说是反叛，不如说是"不只这样"，昆德拉谈小说时所讲的

"事情永远比你所想的要复杂"。

举实例来说个重写《巴黎圣母院》的故事，雷蒙德·钱德勒的名作《再见，吾爱》——在冷硬钱德勒最浪漫的这部谋杀小说中，钱德勒把雨果所揭示那种美女与野兽、一看就令人不祥甚或绝望、大概只能单向纯牺牲奉献的戏剧化爱情，重写成我称之为"感情永远不会等值"的现实悲剧。七尺巨汉驼鹿马洛伊（钟楼怪人）当然无怨无悔，而已摇身变为上流贵妇的歌舞女郎维尔玛（吉卜赛姑娘）也非全然无情，但生存对她太困难了，而且她早已步上不顾一切护卫自己低贱出身秘密的无法回头之路，最终，她把手枪里的五颗子弹全射入马洛伊的腹部……

对你我寻常人而言，钟楼怪人的恢宏故事只存于远方、存于传奇，但人与人情感永远不会正正好相等这一失衡，却是我们每人每时的基本生命样态，夫妻、亲子、友朋都是这样。长时间下来，这或会倾斜成灾，尤其会在某种艰难考验时刻令人悲伤地显露并爆发，糟糕的是，输家还屡屡是用情较重较深的那一边。所谓生命的基本处境，便意味着没有简单永逸的解方，也最好别开诚布公讨论（极容易异化为争吵的"相骂本"），大概只能静静地理解，用感激和宽容为砝码来时时校正它、平衡它，尤其是自知用情较浅的一方如带着歉意。

民初的大疑古浪潮里，写《古史辨》的顾颉刚曾嗤之以鼻地发出此一质疑：后代之人怎么可能比当时的人知道得多？所以中国古史只是后人不断添加附会形成的，这就是他有名的"层累造成说"。我们当然知道他所指为何，但宽广地、正常地来说，我们怎么可能比两千年前、三千年前的人所知还少？这不是太凄惨也太没面子了？

后人当然会不断添加，每个重说故事的人都一一印上了他的手泽，现在我们晓得了，这正是神话乃至于史诗的完成方式，绝非只中国人顽劣地这样做。事实上，中国极可能是最节制的，这应该和孔子及他身后的儒家有关，"过早"地除魅，逼使这些总不免怪力乱神满天飞舞的想象只萎缩于戏曲、民间传说的一小角，且多只是数量不足的碎片，这是太（早）理性的进步代价。

没有神话，没有史诗，没有像荷马或维吉尔这样的诗人，也就很难出现当代小说的这种继承重写。

有很长一段时间我还颇遗憾此事，但这些年我把它转为对华文现代小说的思索和期待，很神奇地，遗憾也跟着转成为昆德拉所说，华文小说还留有这一组小说最会做也应该去做的事，华文小说书写在这里还留着空白、留有一片蓝海不是吗？——尤其，书写者若愿意把总是束得太紧的大帽子弄松点的话，真的不必这么胆小、这么虚张声势。如果某一个"原型"故事真真实实触到了你某一心事、此时此地的某一生命处境，需要去计较它始于、来自哪里吗？如福克纳想着他此时的南方家乡及其族人，作为思索的"扶手"也似的，他倚靠着，重写了两三千年前远方古希腊人的一次迷航（《我弥留之际》）、古希伯来人的一个家族悲剧（《押沙龙，押沙龙！》）……

现代小说（也是始于欧陆，但几百年下来证明适用于每一种语言文字、每一个国度）是很好的东西，远比一般以为的更好更能干。

最终，我们以此来简单回应本雅明对现代小说的一个严厉质疑——本雅明以为，现代小说离开了这种"共有着同一生命处境"的说故事小世界，转去书写个人生命中"无可比拟"的事物，于是单字也似的，现代小说断去了和人们的联系，遂变得不可解，书写者也就成了最孤寂、最得不着安慰的人。

我们这里，现代小说这样的从头书写，在某个原型故事之上，重新聚集有着此一共同生命处境的人，不正正好是对本雅明的一个回答？只是，这样的联系比较幽微难言，聚集的人会变少。

确实，现代小说是在往深奥处细微处，也难说是往难解处走去，但没办法，这是唯一之路，所有的、每一行每一业的进展无一不如此。人和人初级的、明白可见的联系早已用完说完，当然也可以选择完全放弃前行，在原地不断重复，人们毋宁更爱重复，因为安全，而且享乐，仿佛驻留了时间地一再回去某个愉快的时刻。重复会很快成为只是习惯，戒不了的瘾也似的，失去了（也不在乎）其他一切可能的意义，只剩纯享乐这一个。如好莱坞电影，他们真正想的从不是进展，而是如何重复（重复那些成功的、获利的影片），如何不让人们弹性疲乏的重复。

根本地说，其实没有真正无可比拟的、独一无二的事物如歌德所言，有的只是太远太深太细所以太累的东西，因此人迹渐稀。法国新小说可能最接近于本雅明所言，但那其实只是少数不容易成功的作品和更多虚张声势的作品而已，所以纳博科夫直接讲了，哪有什么法国新小说，就只有阿兰·罗伯-格里耶这个天才，和他身后一排想要攫取名利的人而已。

福克纳，生前（在欧陆，尤其法国）曾被誉为某种意义的近代小说之父、某种书写的先驱者，但我们晓得，福克纳从没要独一无二，正好相反，他只是想弄明白而已。

要弄明白，就得像击破粒子般击破独一无二，如布洛赫的名言，没有比较，就没有理解，把"我"仿佛全然独特孤寂的生命际遇，设法丢入到人类的总体经验之海中。如果近处没有（或不够），那就去远方，如果眼下没有，那就去往昔，碧落黄泉，吾将上下以求索。福克纳小说一直努力在比拟，比拟到已急躁、夸张、失准的地步，所以加西亚·马尔克斯才说，他一直在《圣经》里"乱闯"。

爱猫的诺贝尔奖作家莱辛这么告诉过我们，成长，其实只是不断发现自己的独特经历，原来就只是人类普遍经验一部分的这个过程。

在顶级的小说家中，福克纳极可能是把小说写得最伤痕累累的一位，但不嫌恶心地说，这也正是小说勇士的勋章不是吗？但这样英勇的小说，要的不是人们的崇敬，要的只是我们的阅读，以及，设法理解。

《白鲸》· 麦尔维尔

为什么读《白鲸》？因为我们很多人可能许久没读这样子的小说了，而且，我们应该也不再这样子写小说了，但那样恢宏的景观仍应该深深记得，让我们不会变得琐碎、斤斤计较，并屡屡相互憎恶。

其一

《白鲸》写于一八五一年，书写者是美国人麦尔维尔，地点不重要，据说是美国东北角的最早移民地点新英格兰十三州，人是才刚乘坐五月花号到来没太久的英国清教徒，也就是说，新天地住的其实是老欧洲人而非真正的原住民，融合着也相互排斥着相当程度的文明和原始——大致如此。

小说讲的是个捕鲸（已不再被允许）的故事，但在海洋这个广袤的、泯除了时间感空间感以及几乎全部差异的神奇舞台，逐渐浮现出来的却是雪山一样、神话一样、似真也似魔的巨大无朋的白鲸莫比-迪克，以及上天入地疯狂追踪它的裴廊德号独脚船长亚哈，最终，让这个故事"成为宇宙的象征及其镜子"——我们或听过这样的讲法，说《白鲸》是大小说，是史诗小说，但比较精致的说法应该是博尔赫斯所讲过的这句话："这部作品把小说带回到它的源头——史诗。"

昔日，神话里的北欧人把海洋命名为"巨鲸的道路"，人本来就是鲁莽地闯进这个不属于人的世界。

稍后，写自然世界的杰克·伦敦在《海狼》里如此写一场海葬："我只记得海葬典礼的一部分，那就是尸体应该丢入海中。"

《白鲸》几乎不需要别人来解释，它要我们做的只是直接阅读，某个字词还没学会也无妨，直接读（我自己第一次读是小学时，借来的），然后，接近平等地交谈。我们说，《白鲸》当然是用文字写成的，但它倒回头模仿着口语说故事时务必明朗的形式，话语在说出口那一刻即被听懂，若有所（暂时）隐瞒，不过是说故事人那种职业技艺性的吊人胃口而已，诱着你，吓你。唯一游移不定的可能是小说的通体寓意，这其实不怪我们读者自己想不清楚它，这一百多年来更多经验丰富的阅读者、研究者也无法确认，所以争议不断，因为亚哈和莫比-迪克这趟达到丧心病狂程度的争斗，并非能够简单凝结成一句话的生命教训，一句话的真理，硬要听这个，我宁愿相信这揭示的是人不可解的愚蠢，以及，大自然如此令人费解的愚蠢。《白鲸》的寓意，是萧伯纳讲的那一种，它甚至无法期待由麦尔维尔本人来解释，"因为这种解释可能正是作品所要寻找的"。

即便在文学这个理应柔软的世界，寓意还是一直被想成是偏道德的（或其负片，反道德的），再加一个完好的句点，以至于作品（故事）被抹去光彩，被用后即弃，被当只是谜题，书写者很阴险地用来让人掉进已挖好的末端陷阱里如整人。所以这么多年来我谨慎地几乎不用"寓意"这个词。我以为的寓意，是事物和事物一种忽然得到的惊喜联系，在一个点上的奇妙相遇，本雅明特别强调了它的轻灵，用华文来说是"轻纱引风"；它不仅不封闭而且更像是个开始，像仿佛若有光的洞窟，通往他者，通往鸟兽虫鱼，最终或许是一整个世界（如果一直想下去的话，如卡尔维诺所言，从任一个点开始，最终好像都通向整个世界），也因此，寓意更像是人想象力的某一趟奇异飞翔。

或这么说，象征应该大于寓意，多重寓意。

麦尔维尔是命运多舛多蹇的人，始于穷苦，终于穷苦（一八一九至一八九一）。他生于一个加尔文教派的大家族，但十二岁即家道破败并丧父，从这个年纪就辍学工作。他的航海经历开始于十九岁，先商船，后捕鲸船，是开了大视野，但应该也都不是愉悦的生命经验，而是长时间孤独且一成不变的日子，不知何时袭来的致命凶险，加上残酷专权的船长等等。其间，麦尔维尔不堪忍受开过一次小差，在南太平洋马克萨斯群岛和土著泰皮人生活了一个月；也曾因为参与针对船长的抗暴行动而被囚。《白鲸》的书写，也许就是起始于对这一斑驳经历的一次回想。

即便是《白鲸》这部小说也一样是凄凉的。《白鲸》写成于麦尔维尔三十二岁，但终其一生此书几乎无人闻问，据说总共只卖出五本（我在出版世界多年，没听过有这种销售数字）。这本书一直要到二十世纪初才被想起（死后二十多年，连成为幽魂都等不起），才逐渐还它公道，甚至被慷慨赠予美国最伟大小说的殊荣，也就是说，《白鲸》在麦尔维尔本人心里的图像和我们的完全不同，他不会真的知道自己做成了什么事，也许只觉得自己做了件蠢事吧。但愿他自信点乃至于自恋点，会苦笑地想着他所熟读

《圣经》里耶稣的话语，别把珍珠扔给猪群云云。这是文学书写最核心的孤独，我想不出有哪一行哪种志业像这样，完成的时间，完整报偿的时间需要这么久，长到荒谬，长到让诸多东西失去意义转入虚无。

所以博尔赫斯这么说他："麦尔维尔和柯勒律治一样习惯于绝望。《白鲸》其实就是一个噩梦。"

但这还真没那么容易看出来。我指的是，就《白鲸》的"书写材料"，我们处处找得到和麦尔维尔生命经历的直接联系，但气氛上、心境上却大大不同，甚至多是背反的。最明显的便是语调，这是我自己最喜欢，一种最兴高采烈的、始终不改兴高采烈的说故事方式，就从第一个字开始，"就叫我以实玛利吧。前些年前——且别管究竟是多少年前，我口袋里只有很少的钱，或者没有钱……"开头决定出海捕鲸如此，结尾"每个人都死了"仍如此；尴尬时如此（比方得和陌生的异教徒野人鱼叉手睡同一张床），卑屈时如此（比方第一次见到亚哈船长），恐惧时如此，距离如此兴高采烈最远的东西之一正是绝望。语调是人思维乃至于人格的"果"，却又总是倒回头来成为人思维和人格生成变化的一个"因"，调节血脉驱散愁闷，让人用更加兴高采烈的目光看世人、看世界。

这也许是我们可仿效的，试着从改变语调开始，再及于眼睛，及于内心。

在这个脏兮兮的捕鲸人世界里，被写得最有品最高贵的人物，居然是野人鱼叉手魁魁格，我所认得的人读《白鲸》无不这么想。放今天这倒不难，因为政治正确了，所以就像可以死人但绝不能死小狗死小猫一样，在好莱坞甚至已是一种公式了（上帝是黑人，总统是黑人；侠盗罗宾汉的导师不是英国神父，而是更聪明也更文明的黑肤摩尔人)。但才十九世纪中的美利坚空气可不是如此，那是加尔文教派那个最严酷的白人上帝仍高悬每人头顶三尺的时代，烧个人吊个人用石头打死个人仍不算什么大事，只是没再那么公开方便而已，如今仍活在美国南方的三K党人（加尔文教义的虔信者后裔）也依然如此。我读着书中说故事人以实玛利忘情地看着魁魁格脑袋那一幕，他讲魁魁格从头骨构造到容貌像极了乔治·华盛顿，是"野蛮人化的华盛顿"，当下，我有一种穿越时空的不寒而栗之感，一只猫刚刚走过了我的坟墓，这如何能不是亵渎？要知道，华盛顿一直被美国人认定是最接近神的人，"他是好人中最伟大的，也是伟人中最好的"，终整个十九世纪如此。我开始这么想，这部小说被美国人整整遗忘了六十年，只少不多，也许是幸运，噤声的时间宽容了麦尔维尔，也保护了《白鲸》。

一路读下来，麦尔维尔冒犯加尔文教义的可不止这一处（比方，为什么选以实玛利这个暧昧的名字，以实玛利是亚伯拉罕和外族婢女夏甲所生，不只是庶子，还是个"外人"，甚至异教徒）。如果说麦尔维尔是桌上放着《圣经》写这部小说，也是倾向于《旧约》而非《新约》，日后，宅在美国南方写小说的福克纳亦复如是，这是必要的，而非巧合。相较于《新约》（通过耶稣和使徒保罗）的凝聚为绝对一神，《旧约》更多的是犹太人的历史现实，凌乱的、处处矛盾的历史现实难以收拢，难以裁切成单一一个万能、智慧又公义的神的意志执行，所以仍暧昧地存留着昔日西亚一地多神的、泛灵的崇拜景观，或直说就是大自然，风雨不时喜怒无常、没记忆也不安排的大自然。如果一定要说是一个神，那么，那些不惧渎神的人会说，"上帝是疯子""人类历史是一本疯子的日记"。

文学书写，尤其"事情永远比你所想的要复杂"的小说书写，比较喜欢一个众声喧哗的世界，如果万物有灵那当然更好，省得书写者一个一个费力去铸成。好的文学书写者，即便是仿佛只在静静观看，仿佛只一物扫过一物的袖手时刻，仍奋力要想出某种深度，写到某些如水面下冰山那样的东西，希冀它们仍有轻轻撼动人心的奇妙力量；让万物皆活物，都有它的灵魂和可能去向，乃至于如罗丹讲的那样（有没有夸大呢？），不是把石头凿成雕像，只是释放出本来就藏在石头里的那座雕像，释放出石头的灵魂云云。写出宁静，这和一幅静物画是截然不同的两种东西，任何人都分得出来。

这样的小说，在除魅殆尽的近代，最明确或说最完美的范本，我以为，当然是加西亚·马尔克斯那本泛灵的《百年孤独》。

小说家和他小说的关系千丝万缕，远比一般人以为的更千丝万缕，小说能够虚拟的也远比一般以为的要少，少太多了而且无法深刻，真正深入的东西仍得取自于书写者本人。但有一点是明确的——两者的关系绝对不是直接的、相等的，我可以用自身的体验每一天都证实一次，每天证实此事四到五小时，书写时的我绝对大于、好于平常生活的我。小说书写，可能把这个"好于、大于"拉得更开，这是小说这个文体的独特要求，要求书写者是一个更宽大有容的自己，否则，小说会一直惩罚你。

十九世纪，想想欧陆，尤其想想英国和旧俄，那已是现代小说充分成熟且光辉的年代，甚至已写到小说的某处尽头，要求更深向地开拓了。我们不能不说，清教徒的美国交出来的成绩是很可怜、很初级的，能被记住的，另外大概就是霍桑吧，一个同样处处不虔敬还曾更正面质疑清教徒教义的小说家。北美洲的贫乏书写，初来乍到加民智未开不应该是理由，现代小说进入到全世界各地如日本如中国时甚至条件更差，而且还是异文化强行的，有着比器官移植更难以克服的天然排斥性，不像北美洲移民其实就是个离乡背井的老欧洲人而已，这种成绩真是没面子。归根究底，并不存在所谓的加尔文教义虔信者小说家，加尔文小说家是三角形第四个边云云的东西，这根本不必等现实成果来证明，加尔文教义和小说书写不相容，背反着小说的基本原理。

个人的生命际遇鬼使神差，保有着集体思维得删除的少许珍贵例外，及其超越性，因此，愿意的话需要的话永远可以赋予毫无道理的希望，永远容许那些心怀不甘善念的人一赌。在麦尔维尔身上所发生的，我猜想，就是大海，或用书中以实玛利的话，"那一大片全都是水的地方"，只剩下水的地方。大海特殊而且神秘，也许随着人类种种科技力量的提高，那种纯属无知的神秘性持续缩小中，但也许大海施加于人感受的神秘、转入到思维的神秘从未减少，我记得多年前我写康拉德散文集《如镜的大海》那篇引介文字，几乎毫不犹豫所用的标题是：大海，史诗的最后一个舞台。

爱之、恶之相当两极化的康拉德小说，其书写的最大的奥秘便是海洋，海洋把他的某些笨拙、某些斧凿太过的安排、某些虚张声势的文字，乃至于虚张声势思维的明显空白，仿佛都联通起来，都温柔地包覆住了，还有这无际无垠海洋不能容的东西吗？康拉德小说也一直和"史诗"这一词黏一起，事实证明，稍后离海上陆、尝试更专业书写的康拉德，大量失去了那些康拉德小说所独有的魅惑之力，模糊了，平凡了（弗吉尼亚·伍尔夫语），如同光辉的青鸟在光天化日无趣地变成了一只黑鸟。

大海，把人带回某种天地之初，小说仿佛从头开始写。

其二

《迷宫中的将军》里，南美洲的大解放者波利瓦尔将军沮丧地发现，把南美洲从西班牙人手中解放出来不算太难，真正困难的是治理，总是才一转过身马上又乱成一团，又得赶回去扑灭它，徒劳得团团转。我相信这两句话真的是波利瓦尔生前讲出来的："治理这个大陆，就跟在大海耕种一样。"——但这里，我们要看的是后一句。

大海之上，无法耕种，无法驻足，无法文明，无法在此建构人类世界种种，只萎缩地发生在、保留在那只如一叶如一粟的小小船里，而风雨飘摇，这又极脆弱，朝不保夕。

如此，是有点像返祖到某种远古岁月，人太少又太弱，偌大世界，得紧紧挤在个小点才可望保卫自己，这曾是我们地球上每一角落的先人都活过的生命处境，这一处境的时间也长得不堪回首——因此，书写者一不小心就太想当然耳，直接把这种"返回原始"的小说写成为单纯的原始，比方左翼的、惯写生物世界的杰克·伦敦（我个人对他有特殊的情感，《白牙》《野性的呼唤》等等，是我十五岁前的伴随之书），他的小说《海狼》，在美国当时浓郁的斯宾塞优胜劣败返祖主张的空气里写成（记住，是糟糕的斯宾塞，不是了不起的达尔文），书里那位满口蹩脚哲学、把"我是一只强大的酵母菌"长挂口中的船长，便是把这艘船统治成和外面没差别的弱肉强食世界的人。

真正的纯生物世界，没太多能让小说家写的，如写《人间喜剧》的巴尔扎克所说，因为本能的行为简单而且雷同，写成了一只差不多就说出了全体，亿万年悠悠时间，万古如长夜——小说家不该是蹩脚的哲学家，更不该是如此蹩脚的生物学家。真正的生物学者如古尔德会告诉你，生物世界还真的不是你讲的那样。还有，千万别听斯宾塞胡言乱语。

"返回原始"绝不等于原始，它天差地别多一个极巨大无匹的东西，那就是——它依然藏着、携带着人类用了一万年时间确确实实建构起来的人类世界。此时此地，尽管只剩一艘船的空间，这仍不至于也不该完全消失，尤其那些并不占空间的，人的记忆，人的情感，人的思索，人万年过来已被形塑而成的样子云云。事实上，真正特别的事全发生在这里不是吗？小说忽然来到了（或说创造出了）大自然和人类世界已无缓冲的交壤之处、激烈撞击之处，小说不写这个尚待何时？

《白鲸》结束于裴廓德号捕鲸船的沉没，海面上形成一个活生生就是象征之物的巨大同心圆，漩涡吞没一切，包括任一小块木头碎片，还有倒霉来觅食的海鸟，这是《白鲸》著名的结局，既然每个人都死了，那故事为什么会流传下来？因为"我"活下来了，这个叫以实玛利的家伙抓住了棺材改成的浮子，带回来这个故事——我自己喜欢时间逆向地想，说故事的人并不是那个始于出海、茫茫不知前方命运如何的以实玛利，而是历劫归来如见证人、日后根据记忆来讲故事的那个以实玛利，鬓微霜，又何妨，这样似乎让小说多了点欲言又止的深度和哀伤，也给我们读小说多了点将信将疑的自由。

人（带着他沉重的、此刻感觉竟然如此没用如此脆弱的记忆），仿佛赤身站在大自然前面，像他的先人那样。

所以我们稍前所说，以实玛利此人出身哪里、裴廓德号出航于哪里（小说里当然有交代）并不重要，我们大致晓得即可，一如"就叫我以实玛利吧"根本不必是真名，一如破旅店名为"柯芬"根本就要我们当它就叫"棺材"。

博尔赫斯谈笛福的名小说《摩尔·弗兰德斯》时说："如果我没搞错的话，描写环境特征乃是丹尼尔·笛福（一六六〇至一七三一）带根本性的发明，在他之前的文学从未注意到这一点。这一发明之晚非常显眼，根据我的记忆，在整部《堂吉诃德》中从没下过一场雨。"

或曰后人们如此嘲笑莎士比亚的不朽的《哈姆雷特》——好奇怪北欧丹麦的宫廷里，怎么会挤满了一堆取意大利名字的人？

因为，（据博尔赫斯）在笛福之前，故事以及更早先以史诗形态被写下、记录下来的故事，尚未也还没必要纳入某一特殊环境那种精致的但（相对）如此微弱的作用力。山就是山，不必去考虑它是乞力马扎罗或阿尔卑斯；海就是海，也不管这里是爱琴海或真正荒波大浪、巨鲸之路的北大西洋。也正是说，故事发生在哪里都是个"世界"，乃至于就只是戏剧舞台，这是人（整体的人）和大自然（以诸神、以命运、以大白鲸莫比—迪克的面貌）的直面相遇、对峙、讨价还价和争战，以至于，人的形貌也跟着巨大起来，好像就连实际个头都变高了，我不晓得人类最早神话故事里对巨人（如泰坦）的想象，是否也源于这样的感受。

也因此，这种等于没命名的、未经现实着色、几乎就是概念性揭示的人事地物以及时间，日后很自然地皆一一成为象征，成为各种幻想的起点。

史诗，日后好像由诗人继承，我所知道的几乎每一位现代大诗人，早晚皆把"写成一部史诗"当职志甚至一生悲愿，这至少可追溯到维吉尔的《埃涅阿斯纪》，由一个人刻意写成，而非几代人口语流传而成的所谓"人为史诗"，意即史诗作品化了，并隐隐指向进一步的个体化、特殊化。但如果考虑到史诗是记事的、历史的乃至于是人对自身来历的惊觉和追想，这上头又让它更靠近日后的小说如源头——也许，诗成为一种文体也是稍后的事了，原先，这就只是当时（不得不尔）的文字记录方式而已，在文字才刚有且书写配备取得仍如此不方便如此昂贵的时日，仅能够重点地用最简约的文字来记下所有口语流传的东西（要不然，会出现一群人身披兽皮却文绉绉谈话的古怪画面吧），如中国的《易经》《尚书》和《诗经》几乎共有着同一种文字形貌，四字一句，而四个字正是一个完整句子的最简形式。也就是说，很长一段时日，书写并不试图把人全部记忆所及都化为文字，彼时，完整的记忆仍存放于口语里，或人身体里，文字记录（暂时）是介于完整记忆和"记忆标题""记忆索引"之间过渡的东西，静静等待文字的成熟，再一步一步走向完整。

这显然也完全契合于、同步于人的认知进展。人总是由整体的、巨大线条的掌握开始，再回头缓缓补满其细节。知识的进展就是知识不断地细分，每一门学科皆如此。

这是单行道如时间大河，但局部的、单点的，日后人们也会有重回认识之初、宛如重回天地之始的奇妙时刻。比方，人忽然发现自己来到了某一方广漠的、无人烟的陌生大地，人某种神秘的宗教体悟以为自己只身来到大神面前云云，某种始生的惊异，某种恐怖，某种激情以及某种生而为人意识的困惑和反思——《白鲸》的书写大概就是如此，或者说，十九世纪当时的美国大概就是如此，一个新大陆，一个就在人眼前熠熠升起的神之国，人回首四顾，得重新搏斗，也得重新认识并描述，所以，几乎是同时候写成的惠特曼《草叶集》也是这样，一部几乎就把新大陆、把美利坚合众国当神一样歌咏的现代史诗。事实上，一直到二十世纪的福克纳仍依稀这么写，他命名为"约克纳帕塔法"的小说群便意味着共同面向一个远大于人的世界，一个生养人也不断折磨人的世界。小说真正的主角，越过了各个故事里的人，直指这个世界。仍然黏牢于土地的畜牧和农耕，仍然由教会统治如神监视，美国南方是历史大河里的一处时间漩涡，顽固不仁地保留着昔日那种认识程度的美国如山中无岁月，如不知长进。

约克纳帕塔法，契卡索语的原始称呼，"大河缓缓犁开的土地"，我以为福克纳采用这样宛若一切回到原点的命名，他是心中有图像的、有感受的。

小说书写，亦步亦趋于人认识进展的不断细分，也单行道地一径往更精细处去，细如碎片，细如粉末，细如气味，细如幻觉……会想，这伊于胡底？现实里，答案其实在近百年前的欧陆已经出现了，最显眼的实例便是这两部伟大的不祥巨著，一是福楼拜的《布瓦尔和佩库歇》，另一是乔伊斯的《尤利西斯》，前者埋首进去的是书和知识如海难，后者则迷失于生活现场也如海难——卡尔维诺把这描述为"深渊"，极迷人的不见底的深渊，人目眩神迷地直坠进去难以脱逃。卡尔维诺又说这样不断细分最终"渊博等于虚无"，因为人无法穷尽或直说不堪负荷了，人已先撞上人认识能力的极限右墙，或还更早到来的人描述的极限右墙。

这也带给人或许更普遍（不只书写者，而是及于所有人）的一个大困难，那就是因此"不信"——细节四面八方飞出，只在某个角落形成秩序，并不都支援那个"巨大而简单"东西的成立，更夺目的是例外、背反、驳斥以及怀疑，人有益地挣开如束身衣的单一力量统治（神、真理、无上命令……），但却陷入了细节的蔓藤缠绕，举步维艰，走不了太远。我们已来到这样不得不小心翼翼如试探的书写时代了，所谓"难言轻信的书写者，写给难言轻信的阅读者"，彼此防卫，所以交浅言轻。"真理"云云的巨大字眼，写的时候都得鼓点勇气并加上括号，限定它，并鬃一层轻轻的嘲讽。

所以我们说，《白鲸》这样的小说应该不会再有了，像是小说自身的已逝青春岁月，这让它多了一种珍贵——这样一部人还能敞着胸怀说话的小说。

不信，人的认识随看随忘，成了幻觉程度的记忆印象，很快复归消失。就像《尤利西斯》小说中这位利奥波德·布卢姆，如同难以数计的微中子通过他的身体，留不住，没影响，无知觉，好像发生过这么多事，但这又只是寻常的一天，晚上入睡，还是原来那个人。

不信，其实并没那么帅，也没那么好受，当下固然有一种爽快利落的清醒之感，但推到终极之处，却是寸草不生的人心荒芜。干脆丢开理性，如斩除一切知识细节纠缠地回头取援宗教，这确实是一条路，尤其人感觉已力竭之时、已年老之时，"凡劳苦担重担的人都到我这里来，我要使你们得安息"。这没什么不好甚至幸福（我对我同代的朋友临老皈依宗教，总替他庆幸不已），只是生而为人，多少有点事关尊严的委屈感和羞赧之感。而且，宗教自己也仍式微之中，除魅最早的西欧，如今正是宗教性最淡漠、最世俗化之地，基督信仰更多只是某种仪式行为，乃至于只是习惯。

犹想奋力一搏，这还可以怎么办？卡尔维诺如此描述自己，说他每当惊觉到就要掉入极细极微的深渊了，便要自己赶快奔回巨大世界这一端，书写乃至于思维，便是有点滑稽的反复折返跑，像一只忙碌不堪的蜘蛛——卡尔维诺没说这是解方，他说他只能这么做。

生活里，所能看到最高大、最宏伟的东西若只是101大楼或东京晴空塔，这真沮丧。（此刻，我想起日本怪物主持人松子说的："十年内休想要我踏入晴空塔一步。"）不知不觉中，我们好像都跟这个叫以实玛利的家伙一样了，每当心思寥落，甚至感觉自己快发神经了（看到棺材铺子就站定不走，遇上送葬行列便紧紧跟在后面，拿拐杖有条不紊地把人家头上戴的帽子一顶顶打落……），我们会要自己出走到某处，诸如那种一整个世界都是水的地方。活在台湾这破碎窄小的土地上，多年前我曾听过某人一个莫名其妙的异想——有一天，我想站在一个三百六十度没阻挡，大地是一个完美的圆的地方。

如果钱还没存够，假还安排不出来，家里那两只猫还不晓得托给谁，这样，你可以考虑先读《白鲸》，效果很接近。如果由我来说，这应该更恢宏也记得更久。

你无须踏出家门一步，更奇妙的是，你还不必回来。

《父与子》· 屠格涅夫

　　为什么读《父与子》？我想，应该是到了（重）读这部太热腾腾的小说的时候了——尤其，如果你有些年纪了，不再那么轻易被骗、被唬住、被煽惑，不是只会用激情看世界；或，如果你的小说阅读已达一定的量，不会太大惊小怪了，我心沉静，有余裕可以看到较细腻流动的部分。

其一

　　书写者屠格涅夫，温和的文学巨人（成就，也是体形），我们先放一段他的话在这里，出自他另一部小说《烟》："我忠于欧洲，说精确点，我忠于……文明……这个字既纯洁而且神圣，其他字眼如'人民'……或者'光荣'，都有血腥味。"

　　我无比无比同意。这番话，很清楚讲出了屠格涅夫的价值选择及其深深忧虑，他太灵敏的嗅觉（一种很容易给自己带来危险的能力）早早就闻出彼时还没那么明显的鲜血气味。今天，一百五十年的历史堆下来，我们知道屠格涅夫是对的。屠格涅夫一直是比较对的那个人，只是当时人们不够相信他、不太愿意相信他而已，他极可能是整个旧俄时代最被低估的人。

不要向历史讨公正，我们能做的只是，竭尽所能让人类历史可以稍稍公正一些。

是这个最温和不争（或柔弱不敢争）的人，而不是性格强悍、见解激烈的托尔斯泰或陀思妥耶夫斯基，写出了这部十九世纪旧俄（也许就是人类小说的第一盛世）最争议的小说。说稍微夸张一点，《父与子》是炸弹，当场把一整个俄罗斯老帝国炸成两半，当然，伤得最重的必定是引爆者屠格涅夫自己。

时间点是这样，时间总是最重要——《父与子》写成于一八六二年，小说里的时间则是一八五九年（所以《父与子》是当下的、即时的书写）。这里有个巨大无匹的时间参照点：一八四八，人类革命历史不会被忘掉的关键一年。

我们稍稍花点工夫来谈一下，毕竟这是应该要知道的——一八四八，近代革命史第一震央的巴黎爆发了二月革命和六月革命，并迅速席卷整个欧洲，于此，欧洲统治者中反应最快的反而是俄皇尼古拉一世，他立刻出兵荡平波兰如筑墙，把革命浪头成功挡在西边，并回头解散莫斯科大学如拔除祸根，高压统治提升到前所未有的强度。往后七年，整个俄罗斯呈现全然的噤声状态，这就是著名的"七年长夜"，"活在当时的人都以为这条暗黑甬道是不会有尽头的……"（赫尔岑）《父与子》小说一开始，苦盼儿子阿尔卡季回家的老好人尼古拉·彼得罗维奇陷入回忆，想起来的便是："然而继之而来的是一八四八年，有什么办法呢？只得返回乡居，他很长一段时日无事可做，百无聊赖，遂关心起农业……"

雪上加霜，俄罗斯良心、心志最坚韧、最直言不屈的别林斯基就在一八四八年病逝，别林斯基也是屠格涅夫最尊敬的人，别林斯基大七岁，亦师亦友。《父与子》小说里，这对结伴而行的年轻人阿尔卡季和巴扎罗夫的关系样式差不多就是如此，屠格涅夫书写时有没有记起别林斯基呢？我相信，日后这三十年（屠格涅夫单独活到一八八一年）他必定不断想起他这位光辉、无畏的朋友，在他需要做决定尤其需要勇气时如一灵守护，诸如此类时刻终屠格涅夫一生还挺多的。

又，最聪明且笔最利、批判幅度最大的赫尔岑亦于一八四七年去国流亡。扛得住压力的人不在，当时，整个俄国确实有瞬间空掉的感觉。

一八四八，历史地标一样的数字，已在在确认，这是革命戏剧性切换的一年，从遍地花开到归于沉寂，都在这一年——西欧这边：沸沸扬扬百年的欧洲革命到此终结，这一页历史翻过去了，西欧转向另一种前进方式，年轻人觉得较不耐、较不过瘾的方式；俄罗斯这边：革命从此东移，新核心是俄罗斯，尽管一开始并不像，俄罗斯的当下景况无疑更没生气没空间可言，沙皇、东正教和农奴制这著名的三位一体铁桶般牢牢罩住整个俄国，但这是压力锅啊，无处去的能量不断地集中、堆叠、加热，历史结局，当然是炸开来撼动全世界且成为下一波革命输出中心的红色革命。

《父与子》的狂暴主人翁巴扎罗夫，日后被说成是"第一个布尔什维克"，小说被推上这种政治高位，当然是文学的不幸。

一部小说就把一个国家一分为二，必定是原本就有着够大够深的裂缝存在，如地壳断层那样，《父与子》恰恰好炸中要害——俄罗斯这个非欧非亚、又欧又亚、如冰封如永夜的沉郁帝国，其实是领先"西化""欧化"的国家，启动于彼得大帝一个人的独断眼光。彼得大帝毅然把国都推进到极西之境，于芬兰湾涅瓦河口的沼泽地硬生生打造出新国都，这就是圣彼得堡，一扇门，一个采光窗口，一只"看向西方的不寐眼睛"。普希金的不朽长诗《青铜骑士》，写的正是圣彼得堡加彼得大帝，凝聚为这座青铜铸的跃马骑士像："那里在寥廓的海波之旁／他站着充满了伟大的思想／河水广阔地奔流／独木船在波涛上摇荡／……而他想道／我们就要从这里威胁瑞典／在这里就要建立起城堡／使傲慢的邻邦感到难堪／大自然在这里设好了窗口／我们打开它便通往欧洲。"

谈西化我们常忘了俄国，忘了这一有意思又极独特的历史经验。不同于日后西化的国家，俄罗斯完全是自发的、进取的，并非受迫于船坚炮利如中国如日本，因此原来没屈辱没伤害，西化是相当纯粹的启蒙学习之旅，充满善意和希望，是文明的而非国族的，也就和对俄罗斯母国的情感没有矛盾，更不必二选一。可也正因为这样，长达一个半世纪之久的西化其实仅及于薄薄一层上阶层的人、贵族世家有钱有闲有门路的人。以赛亚·伯林指出来，这些西化之士是各自孤立的启蒙人物，只要是文明进步事物无不关怀，大而疏阔，且只停留于思维和言论的层面。

这就是一八四八年之前俄罗斯奇特的上下截然二分景观——为数很有限但热情洋溢的欧化知识分子，和底层动也不动如无岁月无时间的广大农民农奴。别林斯基如此说："人民觉得他需要的是马铃薯，而不是一部宪法。"

来自西欧的伤害迟至一八一二年拿破仑的挥军入侵。这场大战，俄方靠着领土的惊人纵深和冰封漫长的冬季"惨胜"。但尽管满目疮痍，俄国上层的西化之士心思却极暧昧、极复杂，因为这是法兰西啊，这是第一共和之子拿破仑、是自由平等博爱云云法国大革命这波人类进步思潮的光辉成果及其象征，所以，这究竟算侵略还是解放？是壮阔历史浪潮的终于到来？毕竟，有诸多价值、心志乃至于情感是恢宏的、人共有的、超越国族的（彼时民族国家意识才待抬头）。托尔斯泰《战争与和平》小说中，我们读到，即便战火方炽，俄国贵族的宴会舞会（照跑照跳）里代表进步、教养或至少时髦的交谈语言仍是法语，甚至还对拿破仑不改亲爱不换昵称（依今日用语，可译为"破仑宝贝"）。唯家家悲剧遍地死人是基本事实，平民也永远是战争最大最无谓的受害者。这场战争于是带来大裂解：其一发生在西欧和俄国之间，历史总会来到人无可躲闪的二选一的痛苦不堪的时刻（格林讲的，人迟早要选一边站的，如果你还想当个人的话）；另一发生在上层欧化知识分子和一般平民之间，之前只是平静的隔离，如今满蓄能量如山雨欲来，开始滋生着怀疑乃至于仇恨。

　　最后决定性的一击就是一八四八年了，其核心是绝望，双重的绝望——对欧洲绝望：革命不复，进步思潮全线溃败，西欧那些天神也似的人物（如马志尼）一个个逃亡到大洋上的伦敦，仿佛偌大欧陆已无立足之地，西欧自顾不暇，至少已不再是答案了，俄国必须自己重找出路；更深的绝望则指向这一整代欧化知识分子，别林斯基已死，赫尔岑远扬，巴枯宁被捕，所有华丽的、雄辩的、高远如好梦的滔滔议论一夕间消失。比起单纯噤声更让人不能忍受的是变节，其中最骇人的当然是巴枯宁那份声名狼藉的《自白》（一八五一），他在狱中上给沙皇，满纸卑屈求恕之语，这所有一切原来如此一戳即破，没用，还败德。

　　一八五六年，七载长夜之末，屠格涅夫先写出了《罗亭》（很建议和《父与子》一并读），对屠格涅夫这样一个彻底欧化一生不退的自由主义者而言，这当然是一部最悲伤的小说。罗亭这个人物据悉是依巴枯宁写成的，但其实就是他们这一代人，是相当相当成分的屠格涅夫自己。抱怨《父与子》对下一代年轻人不公正的人尤其应该也读读《罗亭》，他写罗亭比写巴扎罗夫下手要重，狠太多了，仿佛打开始就设定要暴现他、嘲笑他（自己）——罗亭是那种春风吹过也似的人物，仿佛无所不知、无所不能议论，而且再冷的话题由他来说都好听有热度，如诗如好梦如福音。但屠格涅夫真正要让我们看到的是，这样的人、这些个议论撞上现实世界铁板的狼狈模样。那是一连串荒唐的失败，甚至在失败到来之前人就先怯懦地逃了，农业开发不行，挖运河不行，连谈个真实的恋爱都不行。罗亭一事无成，只时间徒然流去，只人急剧地老衰。

屠格涅夫对罗亭仅有的温柔是，几年后他多补写了一小段结尾如赠礼，给了罗亭一个体面的、巴枯宁理当如此却无法做到的退场——时间正是一八四八年，地点是革命风起但又败象毕露的巴黎街垒，一个华发的、身披破旧大衣的瘦削男子，以他尖利的嗓音要大家冲，但子弹击中了他，他跪下去，"像一袋马铃薯"。

一八四八年之后，已中年了，或初老的这一代罗亭，由此有了个很不怎样的新名字，如秋扇如见捐的冬衣，叫"多余的人"。

《父与子》这部命名就已一分为二的小说，于是这么一刀两半——西化人士和斯拉夫民族主义者，自由派和民粹派，温和派和激进派，改革者和革命者，以及，应该是最根本的也最难真正消弭的，因为有生物性基础：中老年人和年轻人。

这个二分历史大浪一路冲进二十世纪的红色革命之后依然其势不衰（苏联的统治是一长段不断二分不断清算的历史，当然是由理念差异转向权力倾轧，但人类历史也少见这么溯及既往、报复心如此重的政权）。所以说，《父与子》即便到了二十世纪也很少被好好读，或说，一直被奇奇怪怪地读——极仔细极挑眼，凶案现场鉴识那样不放过任何一字一句的可利用线索；同时又最粗鲁最草率，但凡无法构成罪证或用为攻击武器就一眼扫过，或更糟糕，夸大的、扭曲的、随便的解释。这真是一部不幸的小说。

说现在应该是好好来读《父与子》的时候，并不是说此一二分浪潮已然止息，我们等不到这样的时日，人类历史也永远没这样的时日，我们活在一个动辄二分且二律背反的世界，人那种不用脑的激情也源源不绝，这就是人，"人真是悲哀啊"。但勉强从好的一面来说，这也是文学的力量吧，一部厉害的作品，总会深深触到人很根本的东西，几乎是永恒的东西，好作品总生风生浪。比方，中老年人和年轻人的二分，事实上，今天的"年纪战争"或"憎恨老人"显然比屠格涅夫当时更炽烈更普遍，也更反智放肆，所以，应该还没到历史最高点对吧。

世界冷差不多就可以了，剩下的得我们自己来——保持心思清明，并努力让它成为一种习惯，慢慢地，它会熟成为一种能力。

"我们有义务成为另一种人。"（博尔赫斯）

其二

知道点《父与子》这段阅读历史的人，今天若沉静下来重读，必定会非常讶异这部小说本来面目的"柔美"——是还不到田园诗的地步，但就这几个人，这几处庄园，这里能发生最严重的事不过是一次失恋（巴扎罗夫），一场虎头蛇尾毋宁是闹剧的手枪决斗（巴扎罗夫和伯父巴维尔），然后就是书末巴扎罗夫的死亡，不同于罗亭，他是诊治病人时感染了斑疹伤寒死在自家床上的。

小说中的暴烈东西，就只是巴扎罗夫一人那些冰珠子也似的、无比轻蔑还带着恨意、所谓"坦白到残忍"的议论，或说狠话——不是行动，从没有行动，只动嘴而已。

这部小说，屠格涅夫几乎不嘲讽。书中堪称丑角的就只有西特尼科夫这个可有可无的人。我忍不住想，这个故事要落到钱锺书手上会是何等光景，必定酣畅淋漓从头笑到尾无一人孑遗，就像他的小说《猫》那样对吧。毕竟，同样活在那种装腔作势的历史时刻（钱锺书是西风东渐的民初），世界远远大于人，世界驱使着人，不断勉强人要这样那样，人被迫扮演自己还不会的角色，讲所知甚少的话，做各种不知后果的事云云。人不免是尴尬的、难看的，我最喜欢的日本谐星有吉弘行称之为"超出自身能耐的交际性"。

但有一个颇精巧的断言我倒同意，一般，这是同为书写者才能察觉的，因为这只隐藏在语调中，只是一种"势"——看巴扎罗夫的登场架势，屠格涅夫的确本来是要嘲笑的，但屠格涅夫陷入了沉思，写下去有了不一样的发现和理解（"无法把自己变简单"）。这其实是常有的书写经验，敏锐无匹、也写过小说的赫尔岑便说："写这本小说的屠格涅夫，其艺术成分比大家所想的要多。正因为如此，他才迷了路，而且，据我所知迷得非常高明。他原来要进一个房间，最后却闯入了更好的另一间。"同此，文学史上更有名的是稍后契诃夫那部非常可爱的小说《可爱的女人》，托尔斯泰引了《圣经》先知巴兰的故事说："契诃夫本来要嘲笑这个女人，最终却祝福了她。"

写出来的小说和书写者的"原意"不一致。我们这里把"原意"引述起来，是因为这个词的强调带来误解，好像说的是之前之后两个不同的人，好像人只在构思阶段才算他本人。当然不是这样，这是连续的，而且是展开，稠密地、具体地、深向地展开，以及实现。构思阶段，事物（或说只是情节）的联系总偏向概念的、单向度的、大而化之的乃至于一厢情愿，这一处处的空白在书写里才得到补满；这些姑且的、勉强的，以及并不成立的联系也到书写时才真正暴现出来，才被纠正甚至得放弃掉、另辟蹊径；更好的是，有太多深向的可能性，只有固定成白纸黑字仿佛已成"实体"才呈现、才完整、才又生出再前瞻的新视野。书写不是只动手而已，事实上，书写时人的大脑活动更集中、更精纯、更炽烈且更持续，而且，不只脑而是人一整个身体，人的全身感官四面八方张开着，很多"感觉""感受"云云这样朦胧的、悬浮微粒的、微妙到仿佛尚未成形的东西至此才有余裕捕捉、才加进来、才被思索和使用。此外，还有意志差异，构思时通常并不真的决定，书写则是真的做出选择，一系列不得不做成选择（所以犹豫、恐惧、不舍不甘心……），提笔是决志而行，玩真的了，马鸣风萧萧。

因此，书写成果必然大于、深于、好于构思（只除了构思里那些本来就该删除的不成立的幻想），这一通则甚至成为书写成败与否的一个判准——如博尔赫斯说的，一部小说如果和构思的完全一样，那真是天底下最没劲的东西。

唯一可称之为风险的是，书写者最终可能变得太宽容。理解总冲淡掉一些怒气和恨意。

没等到对巴扎罗夫的嘲讽（"不曾看到理所应有的抵抗"），大大激怒了屠格涅夫这一代、这一边的人；可下一代、另一边的人并不领情，除了少数那几个（如毕沙洛夫），年轻人仍认定这是诋毁、是侮辱。我猜，最不可原谅是巴扎罗夫的死法，死得如此无声无味，而且，他们认定（或说看出来了），致命的不是伤寒沙门菌，而是安娜·谢尔盖耶芙娜·奥金左娃，她拒绝了巴扎罗夫的求爱，天神也似的巴扎罗夫怎么可以栽在这样一个女人手里呢？

屠格涅夫自己曾这么讲巴扎罗夫及其死亡："我把他构想为一

个沉郁、质野、巨大、已一半挣出泥土、强有力、讨人厌、诚实，却因为还只算站在未来的门前而命定毁灭的人。"——站未来门前所以注定毁灭这个未实现的想法其实相当精彩，我想屠格涅夫是真的先一步看到、深深有感于某个真相。的确，在我们这个不幸的人类世界、超前众人一大步察知、觉醒、习得并坚持某些东西，the man who knew too much*，通常是危险的，像过早的花蕾结在还太寒冽、满满敌意的环境里，有时，光是太聪明、太有德、太用心高贵都会。但巴扎罗夫的确没能得到这样悲伤，或我们宁可称其为"悲怆"的死法（耳边响起那让人难以自已的交响乐），这几处过家常日子的俄国老庄园提供不了这样的死，也可以说，一八五九年彼时仍如永夜的俄罗斯还太早。

但别弄错了，奥金左娃可不是为了毁巴扎罗夫而生，这位美丽的、生命阅历远超出她年纪的有钱寡妇，是个远比巴扎罗夫更复杂更完足成立的人物（比起来，巴扎罗夫的求爱更像通俗故事里莽撞简单的年轻人）。奥金左娃慷慨接待他，感受到那扑面而来如未来风暴的强大力量，也被他吸引，但还远远不到昏头没自我的地步；她其实是善意的、温柔的，带一点应该可被宽恕的虚荣和自私。事实上，书末巴扎罗夫死前，无惧感染赶到病榻前送走他的也是奥金左娃，不当啦啦队而是小说阅读者来看，这很动人，于真人真世界已算奢求程度的动人。奥金左娃的情感微妙分寸，以及她做决定前前后后的暧昧复杂心思分寸，还有她真诚但有限度的同情和负疚，这很难写好，是卡尔维诺所说真实稠密人生和充满间隙文字的无法穷尽的落差，这些在书写时才一一浮现并不

---

* 引用自阿尔弗雷德·希区柯克的同名电影标题，《The Man Who Knew Too Much》，大意为：知道太多事情的人。（若无特殊说明，本书注释均为编者注）

断折磨书写者的毫厘之差的变化，把小说带往未知但更准确更丰饶的路。

小跟班阿尔卡季也是，尤其最后一场，他极兴奋，却也有点背叛巴扎罗夫之感地只身跑回奥金左娃家，不是找他以为自己跟着倾慕的奥金左娃，而是那个安静的，如一直站阴影里的妹妹卡捷琳娜才对——阿尔卡季这个"长大"和恋爱写得实在精彩，我们会忍不住翻回前头去找，但没事发生，也没有他"觉醒"的一点，更不靠冲突决裂无须弑父弑师这种俗烂狗血情节，阿尔卡季就这么不知不觉但合情合理变了、大了，甚至心智成熟度越过了他的导师。最终一次，他和巴扎罗夫告别那一段，毋宁更像悲伤的父亲看着闹别扭的小孩远去，而阿尔卡季果然也没悲伤太久（补上这个，是屠格涅夫最厉害的地方之一）。

还有决斗受伤后的巴维尔，被巴扎罗夫强吻后的小女人费朵西娅，都是写得精彩的部分。

这就是赫尔岑说的"艺术成分比大家所想的要多"。敌我二分过度激情的阅读，把我们拉回去那种最初级的、小孩子也似的听故事方式，这当然是返祖，是大退步。小说早就不是情节性地只注意发生什么事，小说更宽广也更富耐心地关怀这之前和之后，因为这样才完整，这才是理解，才是事件加上世界，才得到意义。尤其之后，人们遗忘了，相关人等失去重要性了，退下舞台了，其他文体不再感兴趣了，就只有小说像罗得之妻那样回头深深多看一眼，仿佛要完完整整记住它。"我记得"，这是小说之德，是这个文体最独特的温柔。

如格林《喜剧演员》书末——小说留下来处理尸体，整理遗嘱。

《父与子》的两造冲突只在言词上斗勇要狠，我想，上一代的不满在于屠格涅夫总是让巴扎罗夫占上风。但这么写也许并非偏颇，只是简单事实。关键在此——这应该是这部小说最被引述的段落，都出自巴扎罗夫之口："目前，最有用的事情是'否定'，所以，我们否定。""（否定）一切。""首先必须清理地面。"

如此，巴扎罗夫是不可能输的，因为他完全没东西要防卫，没有道德顾虑及其负重，不需举证（所有律师都知道，得负责举证的通常是输的一方）。但日后一百五十年的斑斑历史（尤其苏维埃革命如验证这一场），这样清理掉一切自然会生长出好东西的想法已证实是人类最糟糕的幻想，只制造灾难，倒退回原始和野蛮；更糟糕的是，今天居然还一代一代有人在使用这种辩论技巧（如今就只是个不光明的辩论手法而已）。

当然，彼时并非全没清醒的人，赫尔岑就是一个，他不是说这样野蛮的主张不会得胜，毕竟人类历史是随机的、胡闹的，经常做出疯子也似的决定（"历史利用每一桩意外事件，同时敲千家万户的门，哪一扇会打开来，这谁会知道呢？"），而是——赫尔岑说，一群野蛮人扫掉糟糕的旧世界，只留满地疮痍和废墟，而且只能够在上面建立起更糟糕的新专制，这，凭什么我们该表示欢迎，该努力让他们获胜？

多年之后，以赛亚·伯林温和的历史结语是："因为，在一个用狂热和暴力创造出来的新世界里，值得你生活的东西可能太少了。"

但我更想引述的是当时卡特科夫的看法，这也是个读进小说的人。

《父与子》里巴扎罗夫的另一句名言是："一个化学家胜过二十个诗人。"意思是，一个化学家胜过普希金加荷马加莎士比亚加李白杜甫王维苏东坡云云，这显然是搞笑，但巴扎罗夫可不为搞笑。

卡特科夫很准确地看出来，他挥舞的不过就那几本最初级科学知识的廉价小册子而已，辅以解剖几只青蛙、用显微镜看看草履虫云云（我初中一年级十三岁时的课程），没更多了。卡特科夫进一步指出，巴扎罗夫绝非科学家，毋宁只是新布道家，他对真正的科学毫无认识（从内容到精神，民粹和任何专业皆不相容），甚至不真的感兴趣，否则他会更苦心地研究深造而不是喋喋狂言（彼时的俄罗斯有多少东西急着要学）。他只是奉科学之名一如教士祈祷所说的"奉主耶稣圣名"，科学是新宗教祷词，是新口号，最终，就仅仅是新口头禅。

日后，这也不幸完全言中。

要到整整（不止）半个世纪之后，瓦尔特·本雅明才提出那个"土耳其木偶棋弈大师"之说，指出真正有力量获胜的不是唯物主义，唯物主义只是木偶，真正下赢棋的是躲木偶里头的神学——《父与子》早早察觉了，还实体地创造出巴扎罗夫这个人来，多厉害。

巴扎罗夫"有力量但没内涵"（"力量"和"内涵"，四种排列组合中最差也最危险的一种），或我们该宽容点说，来不及有内涵。毕竟，他真的还太年轻了，如钱锺书说的，年纪太轻，时间太短，"装不进去"；巴扎罗夫色厉，不得不色厉，因为内荏（如果连自己内涵不足都不晓得、没自觉，那就有点糟了）。他是光年轻就构成全部的宽容理由，连最不谈宽容的法律都如此，我们只祈盼有点界限，别错到无法收拾、无法弥补。

也毕竟，在俄国这一切都还太早，才一八五九年，年轻的俄罗斯。

巴扎罗夫无声无息地死了，但其实也非全无价值，我相信这是屠格涅夫费心的文学安排，给了他另一个接近神的位置，尽管新一代绝对不领情乃至于无感——这我们今天已熟悉到甚至隐隐是一个典型，一种书写套路。巴扎罗夫是天使，面目狰狞的天使，他短暂来过，让每个人都因他变得更好，世界加上他再减去他，隐隐多了点幸福。

熟悉屠格涅夫小说的人都知道，他太精细而且太抗拒神圣的根本思维，很不容易肯这么写。

每一个人，只除了巴扎罗夫的一对老父老母，他们只得到一个再没人来探访的孤坟。这两个只负责流泪的老人，是整部小说最悲伤的人物，却也是写得最简单最扁平的角色。

《堂吉诃德》上下卷 · 塞万提斯

为什么读《堂吉诃德》？

一般性的理由，我会讲，这是一部所谓"我们应该要读的书"——应该要读的书，这是我自己近年来的一个说法，用来取代我们习用的"经典"。经典感觉太高太令人望而生畏了，其实原来只是用来表达我们对某一部了不起著作的敬重乃至于感动，但这样也就不知不觉把它给推远了。

尤其到这个我们对舒适度要求较高的时代，一部书被冠上经典之名，更多时候等于宣告这部书不必读了，或这部书只那些怪怪的人才读，从而丧失了原意，还遮去了真相。事实上正好相反，经典是（不知不觉）最多人读过的书，直接地间接地，整本地拆解地乃至于只一句两句地。经典流传一段时日之后，更多时候不再以书的完整形貌出现，而是四下散落在比方某篇其他文字中、在口说耳传中、在人起起伏伏的记忆里，也可以说，这部书几乎无处不在了，而且和人的关系更亲切了，如同被人一直携带着，随时随需要想起、说起、感悟、印证和体味，以那种一点一点的精致方式进行，参与了人生活里的大小事，参与了一次次寻常的或郑重的判断选择云云。

把经典改为"我们应该要读的书"，就是把它拉回到我们生命现场来，希冀能找回来那种密密实实的生命联系。翁贝托·埃科对经典的定义正是这样，经典是通过够多够久的人阅读才成为经典，这比它内容的实质高低好坏更具决定性。

其一

没看错的话，我们当前这个时代正缓缓流失掉"我们应该要读"这个意念和心志，台湾尤其严重，自称觉醒的年轻人的觉醒之一就是原来可以不读书，这是很可惜的。

但这一回，我重新翻出这部《堂吉诃德》，有一个较私密的企图，我是特别对着那些爱读小说的人而来：《堂吉诃德》在小说历史上有着无可比拟的位置——读这么多年小说总该会生出这个好奇心，我自己年轻时就被这一好奇缠了好些年：小说的"原点"何在？怎么开始的？谁？

现代小说，始生于欧陆尤其英国，在笛福、菲尔丁等人的书写中缓缓凝聚成形，这已是十八世纪初的所谓近代了；至于小说的长河来历，则承自于人类说故事听故事的悠悠传统，这又久到超过百万年了，远早于文字发明，人有嘴有耳朵就有故事了。因此，我们的油然好奇集中在这个点上——人讲了百万年故事，怎么讲着讲着忽然变了，在何时、哪本书"质变"为今天的现代小说？

依我个人的阅读记忆，被视为质变原点的候选之书也就那几本，意见并不太分歧。大概，英国人顺自身的书写上溯到乔叟，

《坎特伯雷故事》，十四世纪；法国人则是拉伯雷，《巨人传》，一样中世纪但稍晚的十六世纪。较特别的是，《巨人传》这部狂野到几乎没了边的奇书，越出了国境得到至今两个重量级的支持，一个是俄国的大文学理论家巴赫金，如获至宝在这本书上建构起他著名的狂欢理论；另一个是捷克来的昆德拉，他一讲《巨人传》就没完没了。当然，昆德拉也热爱《堂吉诃德》，二书难分轩轾，也根本无须分轩轾。

《巨人传》是我个人编辑生涯的一个遗憾，我处心积虑很多年，但终究没找到恰当机会出版它。

唯票数压倒性胜出的仍是《堂吉诃德》，我信任的、视为楷模的大书写者没人不喜欢这部书，仅有的微词反倒来自最喜爱一级的博尔赫斯，他指出《堂吉诃德》终究还是终结了骑士小说，博尔赫斯不认为有哪样书写形式该被消灭。从阅读面来看，《堂吉诃德》也是活得最好的一部，它的诸多内容至今仍是我们生活乃至于生命构成的一部分，没真读过书的人也辗转知道它携带着它，做不可能的梦，打不会赢的仗，忍不能忍的悲伤云云，我试着检索一下，出来的前七笔资料全是日本的最大连锁卖店堂吉诃德，疯子骑士堂吉诃德卖化妆品、时装、奢侈品？堂吉诃德被记到、用到这样，我真不知道应该高兴还是悲伤。忍不能忍的悲伤？

来看这个——"拉曼查那里有一个乡村，名字我们就不提了。不久前那里住着个老派的乡绅，家里有一支长矛、一块旧盾牌，和一匹老马——"

这是《堂吉诃德》的开头，非常潇洒，而且从容，给我们一种天高地远之感。我记得昆德拉也引过这几句开头，显然他也喜欢，只寥寥几笔，但老练的小说家同业比读者更容易被抓住，完全知道这一下子打开多大的书写空间，或直接用昆德拉的话来说，就这样开始了一趟"在无限大世界的乐呵呵的冒险旅行——"。

毕加索则把它画下来——那幅著名的堂吉诃德剪影般墨黑画像。拉曼查的愁容骑士和他的瘦马罗西纳特,一旁稍小的是桑丘·潘沙和他抢来的心爱驴子斑点儿,当头一个黑色大太阳。朱天心早些年写《想我眷村的兄弟们》和《古都》的咖啡馆就挂着这画,朱天心也因此写了她那个有趣的短篇《拉查曼志士》——望风追逐,求情于铁石,用礼于野人。

我也记得博尔赫斯曾告诉我们,颇得意的语气,仿佛炫耀他读得比我们熟:"根据我的记忆,在整部《堂吉诃德》中从没下过一场雨。"

加西亚·马尔克斯说,第一句最重要,第一句决定了整部小说的语调,决定了小说看世界、说世界的方式。

《堂吉诃德》的这个开头极富"现代感",或说,只有现代小说才"敢"这么写。

传统说故事的方式,为求第一时间圈住读者(听者),通常开头就下重药,甚至不惜吓吓你——像《水浒传》,故事始于洪太尉鲁莽撕去封印,登时天地异变,一声响雷,现出一道黑气,化为百十道金光四射而去,这厮放走了祸害的三十六天罡七十二地煞,天下要大乱了;《东周列国志》更可怕,由周宣王那个鬼气森森的噩兆之梦开始,一美貌女子自西冉冉而来,直入太庙,大笑三声,再大哭三声,将七庙神主捆一束望东而去。

乃至于,二十世纪末的纽约,布洛克的马修·斯卡德系列,这是一组好得不像类型小说的作品,也更自由,有更多书写者的自我成分。但注意到了吗?小说首章恒定是一桩谋杀案,先把尸体摆出来,而且重播也似的尽量不遗漏任何细节。

也就是说,书写者和读者的关系变了,现代小说和读者的关系开始疏离，不再把侍奉读者当第一要义，再怎么在意名利、敏感于读者反映的书写者仍有其限度，小说开始顺自身的路而不是读者的期待走，书写者有更优先的召唤声音。也可以说，小说书写，放进了志业工作的成分，不单单只求糊口。

小说分歧为二路，现代小说走向人稀之径，类型小说则保留着较多传统说故事的方式，人仍如往昔浮沉于悠悠时间长河之中仿佛微尘一粒，没清楚的时间断点，类型小说书写者少了某种现代小说的"时代自觉"，故事的外装也许说得更用力，求新求变求眩还虚张声势，但这正是每一代说故事的人都做的事。

新颖的外装，古旧的内容，这个里外时间落差，乔治·卢卡斯的《星际大战》堪称最生动的实例。这部未来得不得了、遥远到不知究竟何年何月的科幻片，不就这么个故事吗？——一个农民无意中救了一个落难公主，并挺身帮她复国，在炽烈的战斗中，农民逐渐发现自己的神圣血脉，是某个高贵的武士后裔云云（唉，就不能只是个农夫吗？农民难道就不可以救公主？），这其实是典型的中世纪故事而且还是最老土的那种是吧。事实上，卢卡斯也自承，他的故事和人物正是来自黑泽明的日本武士电影《战国英豪》。

所谓的类型小说有种种定义方式，这里我们借用我的老朋友詹宏志年轻时不周密但较锐利的说法：所谓类型是小说和读者的一组约定，好挣开某些真实世界的限制，给故事制造出一个特殊空间，像是，你先别管为什么人可以一跳五丈高，为什么每家都生一个绝世美女，为什么他摔下悬崖绝不会死而且一定在山洞里找到宝物，也别问为什么这里每个人都处心积虑想杀人，又为什么杀男女主角非要用某种耗时三分钟以上乃至于一整天的麻烦的处决方式不可。现实世界是类型小说的死敌，我们得先暂时忘掉它，假装没看到这种种不合理，它就会回报我们一个好听的故事。

这约定一旦破坏，就像镜子有了裂痕，只会一直裂下去，无法修复。

《堂吉诃德》是如何毁坏骑士小说约定的呢？——它不直接攻击，几乎口不出恶言，它只是笑，但日后我们知道这其实最狠，最致命。

笑的这个摧毁夷平力量，我所知讲得最好是翁贝托·埃科，在他第一部也是最好的一部小说，神奇的《玫瑰的名字》里。那是书末，第七天，为护他神圣信仰不惜毁书杀人的瞎眼老僧侣佐治讲出来的。大致上是，神和人的神圣约定并不怕暴烈的直接攻击，事实上，这往往只是信仰的背面，信仰之光的阴影部分，往往分享着同一个思维，更有着相同的激情，还有着相同的语言；也往往，信仰借由对它的攻击而变得更聚焦并且传送更远，如同另一种宣扬，让信仰之光更强大更璀璨。但，"假如有一天某个人可以说（也听人家说）：'神下凡化身为基督的说法让我觉得很好笑。'我们就没武器可以对抗这样的冒渎了。"

于骑士小说，那个有一天说"书里头那些骑士让我觉得很好笑"的某人就是写《堂吉诃德》的塞万提斯；而（也听人家说）跟着笑跟着传话的就是我们大家。

笑对类型约定的摧毁，发生在我们眼前的最生动实例便是港片的类型英雄角色变化——有个笑话，说冬天河里有人溺水，好半天，终于有个老先生英勇入水救人，拉上岸后，老先生第一句话是："刚刚谁把我推下去的？"

港片银幕英雄的毁坏及其转变便像是这样，一路上满满的笑声，从年轻时拳打脚踢的成龙、洪金宝，到市井小民的许冠文，小人物英雄，误打误撞的倒霉英雄，心不甘情不愿的英雄，最终收尾成那种胆小怯懦、还非常小人、周星驰式的英雄。被这些家伙这么恶搞下来，原来那个连长相都得俊美的正面英雄再回不来了，不好意思回来。

只是，类型小说没这么脆弱——特定的类型约定也许就此毁了，但类型小说母体并不见得，类型小说可以把破坏者给收编进来，成为它麾下的一支，甚至就是它的新面貌。像是，港片英雄，只是换了新约而已，英雄不死；像是，汉密特和钱德勒又写小说又讲理论地把原先的英式安乐椅神探狠狠收拾一顿，但最终这只是推理小说的一场茶杯内革命，开创了所谓的冷硬派推理，让谋杀诡计濒临耗尽的推理小说满血复活，又再写了快一百年至今。

得好到远远溢出类型小说的可能边界之外才行。

《堂吉诃德》不但笑了骑士小说而已，它所完成的不只当下的除魅，而是像《巨人传》那样见神杀神见佛灭佛。《堂吉诃德》还沉静地建立，它不必依附骑士小说之存在，即便世界早已不是中世纪，谁也再读不到任一本它所笑的骑士小说，《堂吉诃德》依然元气淋漓，阅读起来丝毫没违和感，说是才刚写出来的也不奇怪。所以昆德拉讲，这根本就是一部提前出现的现代小说。

笑，终究还是短暂的；嘲笑，更是依附性的，必须它嘲笑的对象犹健在犹强大肆虐，嘲笑才有感、有意义，两者其实算是共生。只嘲笑的单维度小说，也许很痛快而且用心高贵，很难单独成立，很难不用后即弃。

还有，我们常有这个错觉，总以为慷慨把某个烂东西推倒，原地自动会长出好东西来，但其实更常见的是，一块荒地，占领它的只是更荒败更无价值的野草乱石，还被丢满垃圾。

其二

埃科指出来，这个笑声是民间的，是平民的武器，来自人真实生活的第一现场，礼不下庶人。《巨人传》的庞大固埃直接挥舞这个利器，讥笑大笑狂笑，用到极限甚至超过了，"各位老爷，各位绅士，各位尊贵的麻子脸——"但《堂吉诃德》，就像博尔赫斯说全书没下过一场雨一样，全书几乎没谁笑过，每个人都认真、焦急而且愁苦。堂吉诃德认真且焦急要早日完成他的伟大骑士功业，自封为拉曼查的愁容骑士；其他所有人认真且焦急想快点叫醒他，让他早一天复原为大好人阿隆索·吉哈诺，愁容满面。《堂吉诃德》把笑声完整留给我们读者，我们这些认真但不着急不忧愁或说想忘去其他忧烦的读者，若还有，也只在书写者塞万提斯脸上，一抹的，自得的。

几百年后的今天，也许我们因熟读熟知的缘故，少了大部分原初的惊异感，其实塞万提斯的手法是精彩原创的，他反向更用力颂扬骑士小说，一路颂扬到让本来没那么讨厌骑士小说的人都不安起来，而这些话语又摆明了是个疯子说的。但我自己更喜欢的是塞万提斯的冷静，他没被自己这个精妙的反讽带走，最终，他让这个反讽远远不只是反讽而已。

博尔赫斯讲过，一部小说里的神奇之事，最好只发生一个、一次，这是大书写者的忠告。像卡夫卡的《变形记》，就只有主人翁格里高尔一个人一觉醒来变成虫子，世界如常，家人也如常而且如常到知道那是格里高尔，如此，我们才盯得住、看得清接下来引发的一系列奇妙变化。如果格里高尔全家人都变成虫子，那我们看到的不会是一部伟大的小说，而是"国家地理杂志"频道的某纪录片，诸如《昆虫一家的日常生活》。

《巨人传》是神奇之书，这个神奇没完下个又来了，人都要耳鸣了；而《堂吉诃德》的神奇之事就只在吉诃德先生一个人的高热脑子里面，其他举凡理发师学者教士管家侍女旅店老板娘都只是正常人，正常到无梦。是以，这个神奇不被另一个神奇给抵消、抹平、替代，这个神奇独特、唯一、高耸入云。

　　我猜，没有一个人说得出来事情在哪一章哪一节变了，但确确实实，我们都感觉出其间的微妙变化，这感觉甚至有生理的部分——堂吉诃德的幻想及其行动、其疯言疯语，当然荒唐好笑甚至愚蠢，但奇怪地也自由无羁，有某种奇妙的飞翔感上达感，我们的笑声里往往有着钦慕、恋慕的不好意思的成分。而且，这个神奇东西不是自然存在的，是由我们难以完全抑止的人心里生成的（在这里，塞万提斯把原来说故事传统的泛灵式神奇，悄悄转成了现代小说的人心神奇），因此，尽管这不合理、不可能、千疮百孔而且只会在铁板一块的真实世界前撞得鼻青眼肿像吉诃德先生那样连牙齿都掉了（昆德拉喜欢掉牙这段，他指出原来骑士小说里的战斗从没人关心过牙齿），但我们心头雪亮，我们的某一部分心志、某一些希冀、某个不好示人的最私密心事，不也一样不怎么合理不怎么可能、不也都注定在现实里就是这种结局吗？以至于，这可能是塞万提斯始料不及的，他这位拉曼查的疯骑士，是悲伤的而不是嘲笑的，反倒成为一个我们自省的、尊崇的以及怀念不已的人物，那是我们久违了，而且举目所及再看不到了，甚至已开始不相信的心志、价值、教养，以及希望云云。堂吉诃德这个人原设定是荒谬的，但时间温柔地刷洗他，他可笑的外壳部分逐渐剥落下来，如今我们看着的，是这个赤诚的、晶莹通透的核心；世界本来是嘲笑他，最终却祝福了他。

　　再来是故事场景。基本上，《巨人传》仍在王国的宫廷、战场进行，世界一扫而过，大空间移动不耗时不费力两三步就到了，不啰唆，人站在张爱玲说的"云端"，世界缩得很小，或说整个世界就只这几处地方有意义，配合着整个世界就那几个人有意义的基本设想，而这也正是现代小说首先要反对的，反对其粗疏、势利，以及浪费。

《堂吉诃德》，我们一直说这是"在无限大世界的冒险之旅"，书写史上，好像也只有昔日奥德赛的十年返乡迷航和但丁的地狱净界天堂之行可比拟，但我们实际来公路丈量，这主仆二人加一匹老马一头驴子这么一步一步真的走，真实距离并没多远，从头到尾就只这片乡居之地而已，没真的有异国城堡，只有寻常旅店，不是两王国大军交锋的战场，就只是牧羊的草地。这所谓的"无限大世界"当然只是隐喻，一个成功而且极舒服的隐喻，也是我们的阅读感受。能够把一小块乡下地方写得如无限大，塞万提斯真的非常非常厉害。

便是这样，塞万提斯沉静地引进来一整个稠密的、有厚度有实物有生命具体细节，还容纳更多种人更多样人心活动的真实世界。也许，塞万提斯本来要的只是一块够硬够坚实的大地，好让他砸玻璃瓶子也似的把薄而脆的骑士小说砸下去，但其结果不止如此，内容多出来了而且"溢出来了"，这是书写过程中会发生的，而且所能发生最好的事。说得没错，生命会自己走、自己找出路，也可望有做同一种梦的人会接手，只需书写者能让它真的活起来就行了。

从小说发展的历史来说则是，塞万提斯彻底把小说"带开了"，离开窄小的王国，下到广大的民间世界，巴赫金所说的，那个过去不被讲述，但将是日后现代小说主要阅读的"第二个世界"。这不是一种说法，而是《堂吉诃德》内容实实在在的比例。《巨人传》的文字分配比例便不是这样，《巨人传》是重磅炸药，安装于王国内部，炸掉第一世界的四面高墙，让第二世界得以出现在将来书写者的视野中；《堂吉诃德》不缠绕这个，它直接就走出去了，潇洒地把第一世界抛身后，王国云云骑士云云，只是些疯言疯语。所以，也一样热爱《巨人传》的昆德拉遂直接定论了，《堂吉诃德》就是第一部现代小说，只是要等很久很久才有笛福、菲尔丁等人跟上来。塞万提斯踽踽一人领先一整个世界二百年。

这里，有一个一定要单独来说的人物，桑丘·潘沙。

一般读者会把阅读焦点集中于堂吉诃德，但更吸引小说家同业的，却是他身后这个矮胖的侍从兼对话者。桑丘，就书写意义来说，最富未来性、开拓性，这个人物不可思议的"早到"，更不可思议的是一写就完成，就接近完美。比起来，庞大固埃和堂吉诃德仍属偏概念性的人物，英国小说家 E. M. 福斯特所说的偏"扁形人物"，并没朝现代小说跨出太远：庞大固埃四下搞破坏，但整个样子还是原第一世界人物，一个反叛的贵族或神祇；堂吉诃德多一翻多离开一箭之遥，但他的"乡绅／骑士"两面，老好人阿隆索·吉哈诺是隐性基因，我们真正看到的是显性的愁容骑士。桑丘才真真正正是彼岸生活现场来的人，"圆形人物"，圆滚滚的，饱满，生动，浑身是细节，日后的小说书写者将不断从他身上找到需要的东西。

桑丘的出场，在吉诃德先生第二回出门历险前夕，大概是这样——吉诃德先生想起来，依小说，游侠骑士出门一定得有一名侍从，于是，"那几天里，吉诃德先生竭力怂恿一个帮工人，那是他一个邻舍，人很老实（如果这个词可用在穷人身上的话），只不过头脑浅陋。"

头脑浅陋，也就是笨。

说动桑丘丢下老婆儿女跟他走，还一路挨揍，主要是吉诃德先生的一个承诺——一旦建立了大功业，得到一个王国，这吉诃德先生估算六天就可完成跟上帝造世界一样，他必赐个海岛给桑丘当总督。桑丘满心欢喜，深信不疑，但同时，桑丘也马上有他极现实、极精密的计较：他锁定的目标是海岛总督，若更上层楼当国王，那家里的驼背老婆子岂不就是王后，而小孩都成了王子公主吗？"我有点不信，我心里想，就算老天爷把王国下雨那样下给我们，也总不会下到我们家那个老婆子头上——"他最害怕的是吉诃德先生没干国王而是受封大主教，那样，已结了婚还生了小孩、守不了贞洁的他不就一场空了？

　　原骑士小说里，有人想这个吗？

　　日后，有回说起某黑人海岛，桑丘不乐意了，估计自己统治不来这一堆黑不溜丢的异教徒子民，随即，他想到不是可以把他们一个一个当奴隶卖吗？又开心地多少人乘多少钱算起他的财产来。

　　好，桑丘笨吗？全世界大概只吉诃德先生一人这么想。真的，所有读小说的人都在惊讶他的聪明，绝对是全书最聪明灵动的一个人，已届临滑溜狡诈的地步。因此问题来了，那他怎么可能追随个疯子找罪呢？他完全知道那是风车不是巨人，是钢盆子不是曼布里诺头盔，刺杀的是流出红酒的酒囊而不是流血的妖魔，知道而且熟识绝世美人托波索之达辛尼娅就是那个高他一个头不止的女汉子村妇阿尔东沙等等一堆。他目睹还承受吉诃德先生每一次的疯癫行径及其狼狈下场，依然忠诚耿耿，也依然信他，难以思议；一路上斤斤计较，一路抱怨吐嘈，唯不离不弃，也真的陪着堂吉诃德走到最后——桑丘这个太生动、生动到几近矛盾的人物，是塞万提斯留给读者，尤其两百年后的小说书写同行，一个美丽的、丰饶的、费解的谜。

日后的现代小说世界里，与其说是我们渐渐弄懂了他，还不如说我们不断地看到他，自自然然地熟悉他了——比方俄罗斯果戈理的小说里，捷克扬·聂鲁达的小说里，印度吉卜林的小说里云云无远弗届，原来桑丘是遍在的、全世界的。现代小说下到生活现场，从好好观看、描述这个之前文字未曾真正触及的民间世界开始，几乎第一眼就会先看到桑丘这样的人，这是生命现场最抢眼的一种人。尽管书写成败深浅不一，强调的面向也不一，端看书写者是从惊异、辛酸、欣慕、嘲讽或生气的不同心事来想他说他，比方中国的鲁迅便是鄙夷的悲愤的，叫他阿Q云云。

　　如今，又经过现代小说三百年时间的密密实实书写，这个多嘴、世故、滑溜如鳗鱼，总不停搞笑闯祸的人物，我们通常称他为民间世界的滑稽类型，或沿用巴赫金，狂欢类型。

　　桑丘的矛盾，我想起来博尔赫斯，在谈某小说里一个矛盾难解，甚至怀疑是写失败的人物，博尔赫斯轻轻地，但敏锐极了地说："我想这个人是依真人实事来写的。"——大自然太过复杂、凌乱，什么都来，如大人类学者列维-斯特劳斯八十几岁时的终极生命结论："无序，统治着世界。"岂仅仅只矛盾而已。人依存于这样的生命现场随之起伏浮沉，古希腊人以喜怒无常又偏好捉弄人的诸神来说无序，如此，人又怎么可能不矛盾呢。这上头，最早进入、描述民间世界的中国，好几千年前就温柔地了解并且宽容了，"礼不下庶人"，我们不能这么要求在生命第一线现场挣扎求生的人。人依存于捉摸不定的大自然，最不需要也最扛不住的便是逻辑的完整一贯，这样的重物会让他失去应变的弹性，极可能致命。

　　当然，我们都对人有更好更善的期待，但这不是自然原有的，这是人类世界独特的发明，是人给自己的要求和工作，漫漫长长。

道德上或美学上，如果我们不乐意桑丘这样的人（确实有时候蛮讨厌的），那就得努力让他活在的世界变好一点，让他有余裕一点，有自主可能一点。

大先生鲁迅，所以，是不是少了点同情呢？

其三

鲁迅对阿Q最著名的鄙夷是所谓的"精神胜利法"，桑丘·潘沙看来也颇善此道，因为生存必备，说到底，人如果能直接获胜，谁还需要这么麻烦这么窝囊寻求精神胜利呢？——答案就是做不到。不管是百万年的严酷大自然，或日后几千年的人为统治，神也好，人也好，都是远远大过于他的碾压性力量，人完全无法对抗，人只能躲开，躲避正是大自然所有会移动的物种的基本应对方式，抵抗只在被逼到无路可退才发生。唯一大不同的是，人演化出了一个最复杂的大脑，有更好的记忆力，并由此发展出种种非生物本能的意识，这是人非处理不可的独特部分。也就是说，桑丘不仅要躲，还不能记恨，往往，精神上的伤口和身体的伤口没两样，会妨碍求生还可能感染恶化致死。当然，桑丘不像阿Q那样用"儿子打老子"的占便宜方式，他掏出来的西班牙俗谚是"肚子吃饱，忧愁减少"，疗愈系的温和俗谚。

宫崎骏的《千与千寻》主题曲，我记得有这一句："人总是不停地犯错，而他们只会记得当时天空的湛蓝。"

记忆可能是危险的，人只能留着有用的那一小部分，自己经历的，以及听来的。后者通常以某种简化固化的俗谚形式收存，俗谚，就是没文字以及不识文字之人的书。这里头超出他亲身经验的部分尤其珍贵，这将是他踩出自己那窄小一亩三分地的唯一倚仗，像跟着吉诃德先生走的桑丘，每当又碰到陌生的人、没来过的地方、没见过的场面，他就从他的俗谚百宝袋掏出个貌似合适的，顿时惊慌退散，底气十足。

有关桑丘这样的狂欢人物，塞万提斯最厉害也最超前的是，他不像日后大部分小说那样把此人封闭在原居地静静勾画，他把桑丘拎出来，直接写到最难、最动态、最火花四溅的尖端处——我们看，这对高矮主仆的乐呵呵旅行，最丰盈的正是这两人原本应该是鸡同鸭讲的对话部分。堂吉诃德这边是疯到脑子只剩文字，仅限于骑士小说的那一点点文字，而桑丘只有语言，完全另一个世界的俚俗语言，但结果，这趟旅程，这一路没完没了的谈话（堂吉诃德不止一次给桑丘下封口令），却是人类书写史上最美丽的篇章之一，几乎是永恒的。尤其，如此纯文字和纯语言的交织碰撞，非常非常高难度，要到现代小说充分成熟的后期阶段才真正出现，说真的，迄今够漂亮的例子依然寥寥可数。

在这里，桑丘的俗谚起着非常关键而且夺目的作用。他道听途说、一知半解地乱抛乱用，通常是最岔笑的凸槌部分，却也有啪地撕开真相、国王新衣那种虚矫真相的痛快地方。最好的是，偶尔，仿若诸神到齐、星曜交辉、灵光乍现，某句俗谚会像正正好摆对位置般点亮起来，它成了解说者、开启者，是两个异质世界的连通那一个点，是梯子；它所携带厚实似土地、普及如众生的生动生命内容，把吉诃德先生空荡荡的疯言疯语装满，填实起来更再撑高起来，让它真的光辉、壮丽、慎重、崇高。日后，我们读一堆类似对话形式的小说，也读不少那种不知伊于胡底的所谓公路小说，最难写好也最让我们沮丧的是不知如何离开当下，当下陷阱也似的抓住人紧紧捆住人的小说，极目所及尽管无际无垠，但一切却又琐碎、沉闷，半点不重要，而且一成不变，之前和现在一样、前方也跟这里一样。书写者和我们读者一样意志涣散，疲惫不堪。

加西亚·马尔克斯说他避免写对话，对话最容易尴尬，麻烦正在于语言和文字的难以勾连、难以融合。

堂吉诃德和桑丘，有无限大的世界，有如此无所事事的幸福，有昆德拉说的已经消失于现代人眼前的"远方"，有那一颗星，This is my quest to follow the star. No matter how hopeless, no matter how far*——

而这趟旅程，十年之后还要更好，也真的走更远，踏出了拉曼查方圆之地。当然，也更难写——这就是《堂吉诃德》下卷。

没错，塞万提斯还写了下卷，上卷成书于一六〇五年，下卷则是一六一五年。这讲起来还颇荒谬，两层的荒谬：其一，知道《堂吉诃德》这部书的人非常非常多，但知道有下卷的人却一直非常非常少，少到不成比例；其二，就读者数说，读了《堂吉诃德》算不少，但也读下卷的人，我们用"凤毛麟角"来说会不会太过分？所以这更荒谬吧，搞半天我们错过的或略去的居然是最好最精彩的那部分。

塞万提斯原本应该没打算要续写，否则上卷最后就无须交代堂吉诃德之死为句点，还郑重写了墓志铭和悼亡诗，连桑丘都附赠一首打油调子的赞诗。

但就在那十年间发生了一桩令塞万提斯极懊恼却又无可奈何的事，那就是《堂吉诃德》的成功引来了跟风者，坊间开始出现另一个乃至于另一些堂吉诃德，这无法制止，在那个时代，既没

---

* 引用自安迪·威廉姆斯歌曲《The Impossible Dream》的歌词，大意为：这就是我追寻星辰的过程，不论多么渺茫，不论多么遥远。

著作权法保护，就连道德罪名都没有。因此，塞万提斯就只剩一招，那就是把堂吉诃德写回来，重整盔甲和瘦马，让正牌堂吉诃德再次出门，只此一家别无分号。

以良币逐劣币，那时候，人对世界、对世人还真有信心，敢相信他们辨别得出好坏。

不读下卷，其实算情有可原，因为有过太多例证、太多次上当失望经验遂拟成一个通则，那就是续集总是糟糕的、砸锅的，还破坏美好记忆，能忍住不看最好别看。确实，从书写准备来说，一部作品通常有足够长时间酝酿成形，且通常很奢侈地把能动用的好东西好材料全用上去（加西亚·马尔克斯讲他写第一个长篇《枯枝败叶》，"那个年轻人，好像以为自己这辈子只会写这部小说，把知道的东西全丢进去"。）；而续集，则往往是成功之后的打铁趁热作业，一定得抢在热气消失前推出云云。同理，较好的作品不仅常是系列作品的首部，还经常出现在书写初期甚至就是人生的第一本书，比方推理名著《特伦特最后一案》，书写者本特利的第一部小说，至今（一九一三年，已一百多年之久了）仍然是推理小说前十前二十的顶级之作，而本特利趁胜再写的另外两部特伦特探案，则灰飞烟灭也快一百年了。

博尔赫斯曾柔和地这么说："其实，每个人的一生都可以写出一部好书。"这句容易挑剔、有遍地实例可反对的话，博尔赫斯要讲的是，人一生够长够真实厚重，也必定都有他珍视的、动了最深情感的、从中认认真真活过来的事、物、人云云，我们称此为"幸福题材"，这不必有什么特别的文字技巧书写技巧，差别只在于有没有相关的生命机缘而已。

但是，郑重无比的但是，《堂吉诃德》下卷远远好过上卷，正统的文学评价如此，小说书写同业心领神会的评价更如异口同声

（我至今未发现有异议者），也似乎每个人都很同意博尔赫斯这个看法："下卷里的堂吉诃德更像是塞万提斯本人。"同为写小说的人，最懂这话的真实性及其所指。

我们讲过续集如剑坠落的书写逻辑，消耗的、摘果子也似的；但另一组小说，依循着另一道书写之路，是累积的、养成的，如草木生长——人更好的，以及更深沉的话语，其实不大可能在第一时间、彼此陌生刺探的状态下说出来。说话需要前提，需要彼此一些基本的理解和信任，因此，每一部书的完成也同时是个开始，是下一部书的基础作业，也是起点，让进一步的话语成为可能。这里，我想举用一个非小说的实例，一方面是这部书太好，我一直不遗余力地想让多点人知道，另一方面则是因为跳出小说书写专业，回到较一般性的生命经验层面，事情马上如此明白。这部书就是托克维尔的《民主在美国》。

《民主在美国》，上卷非常厚，是他游历观察的夹议夹叙报告，彼时美利坚这个宛若在历史海潮漩涡里冉冉升起的全新样式国家，的确非常需要翔实的描述和解说；五年后再写的下卷则是字数不多但极稠密结实的议论和历史判断，这些日后证明最精彩最重要的话，没有上卷打底他讲不出来，世人也不会真正听懂。尤其两百年后的今天，我们对美国已有即时性且更详尽的了解，上卷这部分功能已不若往昔，而随着民主困境一个一个冒出来，下卷就像一颗宝石，愈磨愈亮，今天谈民主谈政治谈自由平等，不可能不说托克维尔。下卷是一本神之书，民主政治的麻烦和代价，世人处处始料不及，托克维尔却在一八四〇年就一句一句清澈地写下来。

只是，话语向着更深处扇形打开，因此另一面是，能够以及愿意跟进的读者会减少，每多往前一步都得再丢下一批读者，这是没办法的阅读人性。所以，某些其实有能耐写得更好的书写者会聪明地选择留下来，此地繁华，流满牛奶与蜜，书写者不敢挑战读者如《圣经》说不可试探你的主。

　　进一步说，人的生命经验必是持续地增加的，在趋于重复、感觉太阳底下再无新鲜事之前仍有大把日子，一般，三十岁到五十岁才是人生命经验最丰富的时期（也许太多太凌乱不容易整理说清吧，写起来较辛苦，也需要更多耐力和专业技艺）。再者，人是行为远远走在思维之先，太多早年乃至于童年记忆，得延迟到很多年后才真正弄懂（"多年之后，当布恩迪亚上校面对行刑队时，他会想起来父亲带他去找冰块那个遥远的下午——"）。几个大创作形式里，小说最理性，需要最多生命经验支撑，也要求最大数量的材料才能装满。人，愈年轻愈靠近自然生物，先依本能然后依情感冲动而行，较能够写好诗然后散文，小说最晚，成熟的作品是人中年之后的回望，埃尘落地。一般而言，中年之后的书写者才能真正用出小说这一特殊文体的独特威力来。

　　如此，我们就得到一个准通则了，不周全但堪用（事实上，我自己觉得很好用，可延伸解释不少事）——续集如剑落地，人最好的作品出现在书写前期，这是通俗小说的印记，最大支配力量是君临也似的商业市场机制；续集如人前行如花绽放，每写一部作品都更接近书写巅峰，这是正统小说之路，如果由我来说，我会说这是唯一的路，书写者听的是自己内心的声音。

　　下卷，塞万提斯还愿般还真的让桑丘当了总督，那是个名为巴拉托利亚的海岛，有一千多个岛民。上任仪式上，总督管家尊称他唐桑丘，对此，桑丘的反应意外地严正，也很"现代"——"听着兄弟，我可没'唐'这头衔，我家世世代代也从没这头衔，叫我桑丘·潘沙就行了。我父亲叫桑丘，祖父叫桑丘，所有的桑丘都没什么唐不唐的。我估计这岛上的唐比石头还多对吧。上帝知道，给我当四天总督的时间，我一定把这些'唐'清理得一个不剩，这些家伙一群群的跟苍蝇一样讨厌。"

桑丘只干了七天，基督教的吉祥数。他是自己辞的，在第七天晚上一场动乱之后，认清自己终究不是这块料。桑丘最自得的是他一毫不取，空手来空手去——这家伙真的非常"未来"，连思维都是，不大像个中世纪人。

好不容易实现了大梦却又弃如敝屣的桑丘之后呢？他没返家，而是寻回吉诃德先生身旁，继续他们又狼狈又幸福的旅程，所以说，总督真的还不是桑丘的终极大梦，这旅行还没完，路还很远、很长。我读到这里时，感觉到自己哪里被轻轻触了一下。

生命里的确有某些难以言喻的东西，不需要合理。

其四

下卷比起上卷，也不仅仅只是比较好而已。

要抢回堂吉诃德，彻底据为己有，塞万提斯得做到的是，把这部书写更好，好到让人断念，写得更难，难到令人绝望，然后，最好结局把吉诃德先生写死掉，盖棺定谳。不是上卷那种朦胧的、留有种种余地的死法（类型小说一堆这种首鼠两端的死，当年柯南·道尔在莱辛巴赫瀑布处死他厌烦的福尔摩斯便犯这种错，果不其然福尔摩斯八年后复活），而是那种死透的、无法再从坟墓里爬回来的死。

但塞万提斯更狠，他把别人这些堂吉诃德直接拿来用，我猜是他调皮的性格发作，且下定决心不给敌手有分毫得逞之感——自己上卷的原堂吉诃德，坊间仿冒的劣质堂吉诃德，还纳入这十年书本加口语流传、莫名其妙多出的种种疑似的、添加的、各自想象的堂吉诃德碎片。因此，再次鼓勇踏上征途的堂吉诃德遂变得复杂多重、波光粼粼，人们看他、接待他的方式也多样了，不再只冷眼当他是个乡巴佬兼神经病，说稍稍夸张点，下卷的堂吉诃德成了"名人"，成了所谓传说中那个骑士，居然还有人慕名见他、崇拜他云云。中世纪当时真的已经这样追星了吗？尤其在堪称旧教最后神圣堡垒的西班牙？我们总想那应该是个保有过多规范，人被束得较紧的时代和国度，换到现代我们就全懂了、不疑了，这就是我一直说的，当前世界最强大但仍严重被低估的支配力量：时尚。这是海啸形状、雪崩形状的东西，强大到无一价值、信念、教养、是非善恶真假不摧，只要出名，管你是王八蛋或蠢蛋，都不断有人找你签名、要求合照并贴网炫耀，这是我们每天都看到的。

塞万提斯这是绝顶聪明之人的生气加报复之道，不是自噬其心的恨，这么做最耗元气还一定伤身体（没错，恨人恨世界最需要体力，一天二十四小时无休，只适合年轻人），就算赢了，也只是惨胜，自伤三千。塞万提斯嘲笑并利用，利用是更彻底的嘲笑，把射来的箭甚至不直接射回去，而是当材料、当堆肥、当柴薪，跟送货上门的没两样，气死他们——这很值得学，在我们当前这个恨意泛滥的时代。

我们或许也注意到了，堂吉诃德那些合适口耳相传、偏类型桥段的疯子闹笑话之事，风车巨人、羊群军队、村姑佳人云云，绝大多数集中在上卷——所有征象一致，下卷是另一本、另一种小说。

下卷，因此不再只是那有数几本骑士小说的千篇一律文字和真实世界二分的反复撞击而已。下卷"起飞"了，进入到一个全新空间，一个目眩神迷的不思议国——文字和语言，真实和幻影，史料和传说，眼见和心想，当下和记忆云云揉成一团，相互感染，多重渗透。塞万提斯的文字始终干净潇洒（如我们才读过的上卷一开头，这非常非常要紧，说明书写者自己没昏头、没跟着起舞），但放进这样光影明迷的世界里，文字很自然个个有光晕，自自然然（而不是设计的、命令性的）皆成隐喻。我自己很喜欢能够如此读小说，心思安定却又屡屡惊险：安定感来自文字的准确，让人始终稳稳地走在该走的主线上，如此气定神闲才敢乱看乱瞄乱想甚至冒险岔出去，知道自己随时回得来；惊险则是文字的丰饶隐喻带来的，每个隐喻都是一道且往往不止一道的岔生小径，是塞壬之歌，不断诱引你离开，通往一个个"洞窟"，一个个柳暗花明的异样世界。

复杂绝不等于混乱，愈复杂才愈要求准确，这不只文学书写，每一门行当比方木工玻璃工都是这样。坊间那种虚张声势的、脏兮兮的混乱只是书写者的无能，以及心虚。根本上，隐喻并非书写者制造出来的，隐喻是文字自有的，得自于文字在悠长时间里的经历，每一次使用，都可能黏附上不同的东西，多出来一点意思，和世界发生新的联系，有新故事。书写者能做的只是选准文字，对的字在对的时刻放上对的位置，文字自己会发光，书写者甚至不必特别分神去管它。

一定得选准文字，这是卡尔维诺再三叮咛的。

可也因此，下卷"忽然"转向了一道不同于，乃至逆向于日后现代小说之路——现代小说始于、生于民间世界的发现，好好地观看、描述它是第一阶段的工作，书写尽可能"下到"每一处生活现场，这就是我们读过最多的叙事小说，长达一两百年，甚至到今天还有过多的人认定这才是小说，小说就是单纯的叙事，就是说故事，"就不能好好讲个故事吗？"这是我近年来尤其在中国大陆仍不断听到的抱怨，今日何夕。

我们说，《堂吉诃德》是（欧陆）民间世界最早的书写之书，但下卷"不下反上"，转进更文字而不是更生活，这是现代小说很晚才做的事，得等到已重复描述了、故事耗用殆尽之后，当然这也是更难写好的小说，不能再只靠一双清澈的眼睛和一支流利的笔，书写要求更多思维更多理性，有多重多角度观看、理解世界的能力，还得更有知识更富学养，有横向跨越、融解各种学问、各种文字领域的能力。这也就意味着，书写得有其他思维领域成果的支援，小说自身不容易孤军深入。

如此严苛的书写要求限制了它的"早出"，因此，如此写成功的小说并没那么多，我们立刻会想到的也许是翁贝托·埃科这个较极端的名字，这位"转行"的大记号学者，恶魔也似的知识狂文字狂书籍狂，以及他《玫瑰的名字》这部奇书，一九八〇年他四十八岁的小说首作，我以为也是他最好的小说。晚期的《波多里诺》也不错，把所有文字摇晃到不断振动于、摇摆于真话和谎言之间。至于他的《傅科摆》《昨日之岛》等小说，我以为并不成功。

翁贝托·埃科的拆毁能力和建构能力实在太不成比例了（华文世界的钱锺书也这样），熟读埃科的人都知道他绝不虚无，他有很深沉的坚持和护卫，认定有最终不可抹消的界线，有无可更改的规则，有应该相信的东西云云。只是他思维的破坏力、腐蚀性太强了，往往剩不下、留不出空间给他要建构的东西，甚至留不住希望。《昨日之岛》便栽在这里，他所寻求的烛光般最终救赎在他反复摇晃下终归会熄灭，不可能成立了。我自认自己可以清晰分辨出来，但不容易讲清楚这差别：同样在相似强度的挑剔、拆解、嘲讽之下，像格林小说，我们最终仍确确实实感觉哪里仿佛有光、有路、有挨过了所有狂暴幸存下来的东西，即便是他那部最让人绝望的《问题的核心》；《堂吉诃德》也如此，即便上卷偏向单纯的、直通通的嘲笑，但几百年下来事实证明，世人笑而不弃，今天应该没一个人负面地使用堂吉诃德这个名字对吧。

这里有个很简单的事实，简单但关键，大雪球一开始那颗滚落的小石子——下卷，书写者和堂吉诃德的关系明显变了。

上下两卷书写动机不同。上卷是攻击，目标是骑士小说，炮火因此集中于堂吉诃德身上；下卷则是抢回堂吉诃德并让他成为唯一，我相信当时仿写的方式，必定是更夸大堂吉诃德的疯癫和狼狈，这是其通则，因此，塞万提斯得倒过来保护他。但疯子骑士这个外形基本设定无法更改也不足够写出区分，塞万提斯只能往内写。是的，搞笑不难有点小聪明的人都能凑合，但要让堂吉诃德"不凡"，那就得书写者本人也有相应不凡的高度和深度，这一点，我相信塞万提斯是有把握的，环顾当时周遭。

这个变化，博尔赫斯让我们理解得更周全更丰富——上卷，"堂吉诃德看到的巨人，塞万提斯知道那只是风车，这两人并不一致"。也就是说，塞万提斯还只是个旁观者；到下卷，"堂吉诃德愈来愈像是塞万提斯本人了"，意思是，塞万提斯逐渐动用到更多自己，愈玩愈真。自己，永远是书写者的最后库房，最深刻、最成功吸收的东西全收存于此，包括生命经历、包括所看所学所知（听闻的、阅读的），或说，只有那些最深刻体认的才成其为自己。一部小说最严格意义的书写成败，写的人自己最知道，在于最终（不是一开始，开始得先离开自己）有没有真的辗转"叫出自己"，让自己"进入"，小说朝外写，但小说不是身外物，从一开始就不是。

"进入"，这是卡尔维诺的用词，小说家不断进入到他者，进入一朵花一只鸟乃至无生命之物；纳博科夫则说"演化"，小说家自己的一个个、一次次不同演化。

上下两卷，我们不说"翻转"，因为上卷其实并没那么"身外"，上卷的堂吉诃德从不是个"集我厌恶的骑士小说于一身"的疯子。我们说，默片里的卓别林，以及《男人真命苦》里的寅次郎，是所谓"高贵的流浪汉"，那还高出他们一头的堂吉诃德，当然是高贵的疯子不是吗？这也正是屠格涅夫的看法。此一事实，我想最感安慰的一定是博尔赫斯，他惋惜骑士小说不复，他因此认定塞万提斯是爱读骑士小说的，只因为"不喜欢不会知道得这么多"，所以，这一切原是塞万提斯"对骑士小说的依依告别——"。

　　不喜欢，不会知道得这么多，这个浅白到不行的道理，或说人性，却往往是小说书写高处的一个盲点，让一部绝佳的小说，只差一步，无法上达为更好的小说——像是，钱锺书的《围城》《人·兽·鬼》等，这都是我极喜欢的小说，也是我最常想起来的小说之一，没办法，眼前世界眼前的人，一而再再而三如此虚伪、愚蠢、恶心，还自以为是，我总会又想起方鸿渐轮船上、火车上这里一段那里一段淋漓痛快的讽刺，想起《猫》那场现形宴会，非常解气。但在最严格或最高处，我知道钱锺书的小说终究少了，不会真正撼动我，那种埃科所说"灵魂为之震颤"的撼动。

　　于我，张爱玲光芒四射的年轻时期小说也是。

　　恶人恶事恶物，你注视不了多久的，你只想说"够了"，书写者的职业关系也许非得逼自己再多看两眼，但仍是够了；只有你喜爱的、珍视不已的东西你才真正沉浸其中，带着它生活、行走、入睡成梦，用生命和它相处。另一面是，恶真的很平庸很肤浅（我数不清有多少次想跟那种卖弄恶的小说讲这句话），五彩斑斓效果十足但没真正深度可言，只能吓吓生命经验不足大惊小怪的人；更多时候，恶不过是某个不知节制的生物本能而已，像是求生本能，在人类世界放纵为自私、争夺、侵占、窃取、欺骗、背叛、诬陷、谋杀甚至屠杀云云。

真正有深度的、深到未知的是善，善并不本来存在，如赫胥黎所说在自然界根本找不到，更多时候还非得抵抗生物本能不可，因此有代价有牺牲有伤害。善是人异于生物的独特思索和祈望，人没有足够经验可依可鉴，没生物本能支援，唯微唯危，不真的知道得靠什么成立，如何能持续不质变，也不真的知道最终带我们到哪里及其全部代价——

这很困难没错，还难受，往往你不是注视而是搜寻，因为无人无物无事，你注视的只能是某个空白，想着那些不在的以及应该有的。但小说不是身外物，也不仅仅只是职业，对那些把小说当是"生命中最重要那件事"的书写者而言，应该竭尽可能地把自己最重要的东西放进来看看会发生什么事，包括那些个不可能的梦。

最后，我们来读堂吉诃德的死，这是文学史上最光辉一级的死亡事件，不多，像《百年孤独》的上校之死、安娜·卡列尼娜之死、哈姆雷特之死等等——

这是终于恢复心智清明，又是大好人阿隆索·吉哈诺的堂吉诃德，可也依然还是堂吉诃德。他立了遗嘱，又昏迷过去，直挺挺在床上躺了三天："堂吉诃德家里乱成一团，不过，外甥女照常吃饭，女管家也依然喝酒，桑丘的情绪也还行，因为继承的财产多多少少减轻了继承者怀想垂死者的悲伤。最后，堂吉诃德接受了各种圣礼，又慷慨陈词抨击了骑士小说之后便溘然长逝了。公证人当时在场，他说，他从未在任一本小说里看到任一个游侠骑士像堂吉诃德这样安然死在床上。堂吉诃德便这样在亲友的同情和眼泪中灵魂升天了，我说的是，他死了。"

"我说的是，他死了。"——从第一句，潇洒到最后一句。

《往事与随想》·赫尔岑

　　为什么读《往事与随想》？我希望这理由就够了——这是我所知道书写史上最好的一部回忆录，胜过（其实我想说的是"远胜"）那些更知名更传世的，像是奥古斯丁、卢梭、夏多布里昂，以及因此意外拿了诺贝尔奖的丘吉尔。

　　借大师之言再多加点重量，以赛亚·伯林说这部书是"整个十九世纪最伟大的自由主义之书"。

　　但我内心的另一个声音说这很可能不够。在台湾，比方说，曾经有相当一段文学时期，我们并非对十九世纪旧俄不感兴趣，也有深深浅浅的个别涉猎，但我从没碰到过一个稍微认识赫尔岑，或曾不经意说起这个名字的人。这很令人沮丧，但理智上并不意外：一是，赫尔岑正是那种所谓大建国之前的夹缝之人，就像中国的清末民初，卧榻之旁，总要丢下一些不好说也说不清楚的人，大胜利后的历史通常最残酷也最多顾虑，因为各种糟糕人性的恒定缘故，尤其是赫尔岑这么复杂、正直（或说诚实），永远在现实第一线且思省批判幅度之大几乎无人能及的人，新政权消化不了这么多话、这么多白纸黑字。二是，正因为他的如此生命际遇，以及他的如此思想倾向、思想深度，据我所知，几乎注定是我们这个不长进的人类世界最容易错过的人，或者说，最好错过他，免得我们会太辛苦太认真以及太悲伤。更生气起来的时候，我会把他归类为唐·麦克林所说的"我们这个世界不配拥有的美好之人"。

其一

亚历山大·伊凡诺维奇·赫尔岑，一八一二年生于莫斯科，家世显赫而且非常富有，却早早走上反抗之路，才二十岁出头就遭流放，一八四七年他正式去国，从此成为流亡者，直到一八七〇年逝世，用他自己的话（写给马志尼的信）是："十三岁以来……我就致力于一个信念，在一面旗帜下迈进——奉个人绝对自由之名，反击一切强加的权威，反击对自由的各种剥夺。我要像个道地的哥萨克人，像德国人说的'只手擎天'，继续我这场小小的游击战。"

一个人的战争。这可以想成是赫尔岑那一整代俄国知识分子的反抗形态倾向，彼时说是反抗，不如说是启蒙，因为才开始，一切都还太早，或说，俄国要学要改要建造的东西实在太多了，远远大于、多于、复杂于任何一种可想象的政治主张，屠格涅夫曾经沉痛地这么讲，在这一波如人类脱胎换骨的大进步思潮里，俄罗斯究竟贡献出什么？俄罗斯空无一物，俄罗斯什么也拿不出手，"难不成我们要说俄罗斯有茶炊？"是以，这代知识分子热切地奔走交游，聚一起没日没夜地无所不谈，但没有联合，更凝结不出具体的共同目标及其行动；声息相闻，却各自独立如孤岛如礁岩，这在日后当然遭到各种嘲讽，可也正因为这样，他们少掉了不少束缚，更不必自我切除好挤进某个公约数也似的团体之中（不只掌权者穿制服，蔚为行动的反抗者制服往往更紧身、更脱不得，这是通则，比方，反抗者不是比掌权者更多强调牺牲吗？），因此，他们更富个性且心思宽广自由，如果你真的够优秀，往往会比有着各种时间优势的下代、下下代秀异之士更好，因为更自由、更无拘无束的缘故。

一个人的战争（如同房龙《人类的故事》讲耶稣篇章的这段前言："接下来我们要说的是，一个马槽和一个帝国的战争，奇妙的是，马槽赢了。"），若我们聚焦来看，确实就是赫尔岑本人没错，尤其一八四八年长夜的那个赫尔岑——一八四八年之后的俄罗斯整个失声如濒死，说只靠赫尔岑一个人顶着这并非太夸张。彼时已流亡于西欧的赫尔岑，一个人办杂志，一个人创立了俄罗斯史上第一家自由出版社，一个人写，不懈地，凡俄罗斯必须知道的必须思索的无所不写。这些淋漓地谈论文字输血般源源进入俄罗斯母国，热切地流动于全俄的知识分子之间，据说就连沙皇本人都是他的读者。

一个人 vs. 一个帝国。房龙所说的是历史追述，而赫尔岑的却是确确实实的当下景观，是他的决志而行。遗憾的是，他没有赢，不算是赢。

一百五十年后的今天，我们也许不再觉得出奇，日后世界各国各地的流亡者不也都这样，只能这样？毕竟这是成本最低、最容易想到、也最容易执行的做法，你脑中马上会浮现这样的画面：某个满头华发的老去之人，一个人伏案于灯下剪剪贴贴……信件中止，大约就是生命到终点了。赫尔岑，和日后这些制式的流亡作业者不同，最重要的当然就是内容，完完全全不在同一档次里，但我以为更富意义的一点是，赫尔岑是启蒙者而非单纯的、狭义的反抗者，反抗禁得住相当长时间的沉寂，那可以改叫潜伏，甚至蓄积能量，反抗者可以跟自己说，就跟打开电灯开关一样，只要反抗意识仍在，随时可以启动；但启蒙工作不是如此，启蒙的本体是学习，学习是每一天的事，禁不住太久的中断，稍长时日的荒废意味着得重新来过，人又变笨、变无知、变野蛮原始，废一整代人往往只要十年时间或者更短，我们都目睹过此事乃至于此刻正亲身经历着，台湾时下所谓的"觉醒青年"（应该是误解了"觉醒"这个词）不就如此。

还有，反抗者可说谎而且几乎一定说谎，美其名为必要策略云云，启蒙者不说谎，他的可能错误来自认识而非意志。

一八四八年之后的俄罗斯，仍属某种意义的历史曙光时刻，反抗方兴未艾，内容远远不足，也还不必决定，此外，和日后被西欧用暴力打开的亚洲各国不同，俄罗斯并没有亡国的迫切危机。

所以赫尔岑的这句历史名言：当时俄罗斯的书写（包含文学，尤其是及于每一处微小具体细节的文学），就是"一份对沙皇的总起诉书"。其启蒙的意义远大于对抗的意义——固然，俄罗斯的更新进步之路，沙皇，以及其三位一体的东正教和农奴制的确必定是最大的拦路虎没错，也非"处理"不可，但推翻乃至于处决只是选项之一，把罪恶和落后全归给沙皇一人，以为宰了他天国自动会降临，那未免把历史看得太简单了，不仅偷懒，而且危险。

狭义的反抗者置身于胜与负的世界之中，胜负巨大到、重要到屡屡挤开内容乃至于修改内容丢弃内容，尤其是其道德意涵的部分，我们在每一次的历史决胜时刻、在每一回反抗行动的中后期都能目睹此一现象，无一例外，令人沮丧。

"历史甚少重复，历史利用每一桩意外事件，同时敲千家万户的门，哪一扇会打开来，这谁会知道呢？"——赫尔岑的历史观是全然开放性的，是那种高度理性的、不扭曲修改事实的，而且得有足够强韧心智力量才撑得住才主张得起的自由主义者（因为得承受所有的不确定又要挺住不落入虚无）；不是十九世纪初级规格的，而是要到二十世纪后半才缓缓成熟起来的真正自由主义者（唯至今仍为数不多且饱受误解）。想想当时人们的认识水平及渴望，想想黑格尔、马克思和他们宛如建构一个平行空间的种种封闭性历史体系，赫尔岑注定孤独。

　　人类历史一直这样，水落但不见得石出，或较仔细地说，一部分石出，一部分只是遗忘，这是读书的人必须努力的，也必须忍受。

　　赫尔岑不以为历史有剧本，有任何人可理解的潜在计划，遑论那种有机性想象的意志，或那种封闭性体系的、把不配合的事实排除在外的、只此一途的所谓规律。进步、文明云云，都不是历史自有的、应许的、注定的，这都是人的主张、人辛苦工作和创造的珍贵成果。终极地来说，赫尔岑讲（我喜欢这番话，尤其是他的语调）：人类历史可能演化个千百万年，也可能戛然而止，某颗彗星尾巴可能扫中我们这颗星球灭绝掉一切生命，如此，历史就终结了，此事没文章可作，也没任何道德教谕可言。事情会如何发生，并没有保证。一个人的死亡，其荒谬和其无可理解，并不下于全人类之死。此事神秘，我们认了就是，没必要拿来吓小孩。

　　赫尔岑也引述莎士比亚说的"历史是白痴讲的烦人冗长的故事"，是一本疯子的日记。历史的胜负，如果一定要说有什么稍稍明显的、我们可以小心翼翼相信的有限度的通则，赫尔岑历数不同国度、不同时代的胜负结果，如此指出——最终收割走胜利果实的，通常只会是那些折中者、妥协者，是他口中的"对角线"，也就是平庸，或说至少得有足够比例的庸俗因素。此一通则随着"人民"（或说群众）力量的日趋强大、绝对平等原则的普及，变得比以往更加清晰可信了，历史每前行到一定距离，仿佛慌张起来也似的便会开始排斥，进而抛弃掉太认真、太往深刻处持续前行，乃至于只是太高贵太诚实的人。

也因此，赫尔岑绝对不可能掉入到那种可厌的赢家哲学陷阱里。胜负沉重，也可能影响深远（当然，如果我们不那么相信它，就不至于那么深远，它从我们的屈从中得到力量），但并非判准（尤其是非善恶），甚至不见得就是答案。事实上，答案，如果我们不把它限制在特定的、有边有界的、就一事论一事的具体问题里，有可能是相当危险的，特别是面对千丝万缕的未来、面对大历史如十九世纪当时那种一次说完人类全部历史的过度允诺思维。没有这种答案的，也不该有，"任何真实的人类问题都不会有任何单纯或终定的答案"，除非转向神学，始于科学终为宗教，科学实在无法、不敢回答的只能由宗教来说，就像格林在《一个自行发完病毒的病例》书里讲的："教会对所有的问题都有答案。"多年之后，自承是马克思信徒的瓦尔特·本雅明在他最后遗稿《历史哲学论纲》证实了此事（其言也善？），他以著名的土耳其木偶棋弈大师为例，指出来唯物史观是木头外壳，躲里面负责下棋所向披靡的侏儒正是神学这个苍老的女仆。

真实世界里，赫尔岑早早预见了红色力量的壮大乃至于胜利，连胜利的样态都说得极准（"共产主义将在剧烈暴风雨里横扫世界"），尽管这话早得惊人，彼时红色革命还远远不成气候（赫尔岑一八七〇年死，同一年列宁才出生），但这样是"完成"吗？至少是这一趟俄罗斯进步和文明之路的完成？赫尔岑不这么想，他在其中看到了野蛮和原始的生成，是的，野蛮、原始，以及其必然伴随而来的反智暴力，这不管来自哪里、哪个阵营，都同样可憎，也都是倒退返祖。由此，他预见了某种新专制的到来，一种齐头平等式的、用狂暴激情充填起来的专制，它将清算、摧毁我们才堪堪建起来的文明结构，造成"文明的死亡"，而那些被驱使、被用为盲目工具的无知群众只会得到"眼泪、匮乏和屈辱"；他也早早看出来本雅明所指出来的宗教化、神学化（只是早了快一百年），赫尔岑以为这些所谓的解放者其实是大信仰时代那些宗教顽固分子的世俗传人，"才会有新的十诫发布……作为信仰的新象征"。赫尔岑这么质问："信上帝……以及天堂，既然是愚蠢，那么，相信尘世乌托邦，怎么就不是愚蠢呢？"最终，赫尔岑直接说了，可历史不会因这场胜负而终结，新的专制必定无可阻挡地一路走到自身"极端和荒谬"的最后阶段，然后，新的反抗力量会再次兴起，"社会主义将处于今天保守主义的地位，被那场乘势崛起，但我们今天还看不见的革命击败"。

还真有趣（或荒唐），在那个一堆人如此热衷于，并自以为已完全穷尽历史奥秘的时代，真正看最准，准到如此清澈、深远而且细腻的人，竟然是这个如遗世独立于另一端、认定历史全然不可测的人——在我们用惯了、已不再有表情的四字成语里，其实有不少其深处是悲伤的，"曲突徙薪"是其中一个，它指出，人们完全不记得更不会去感激那个最早且最正确建言的人。我想，是正确太严格太让人难受了，正确会阻止人任性，正确和我们太多偏爱的东西背反，正确会要求我们别这样别那样，以及，正确会暴现我们的错误和愚昧无所遁形。就像火灾这一家人，如此便无法把这场火灾意外化天灾化，妈的，房子烧掉已够惨了，还得自承愚蠢？

其二

回忆录这个或可戏称为防君子不防小人的特殊文体，容易写但并不容易写好——容易写，是因为写的人说了算，不容易写好，也是因为写的人说了算。

认真写本回忆录，我我我地细说从头，我们会时时处处发现，这和我们甚多的价值信念以及基本教养并没那么容易调和，举凡尊严、谦逊、诚实等等。也因此，在往昔人们较在意价值信念和尊严（以及等而下之，较好面子）的长段历史里，并没有回忆录这东西。圣奥古斯丁的《忏悔录》应该算是个起点，因为他搬出一个超越这些价值信念和自尊的更大更高的东西：神。神既然什么都知道了，人干吗还掩掩遮遮犯该隐的错误（依《圣经》，该隐是第一个装傻意图糊弄神的人），是以障碍冰消瓦解，没自尊的诚实取代有自尊的诚实，更诚实。

回忆录也因此取得了一个更高贵无私的正当性，像是贡献遗体供后人解剖教学云云，埋在人心深处千年万年那些最隐晦最幽暗乃至于罪恶变态的东西得以被摊开被凝视被思索讨论，接上了日后的弗洛伊德。

然而，即便已到了我们这个动不动就有人写回忆录，也必定是人类历史上回忆录最盛产的年代，好的回忆录依然极稀如梦如幻，毕竟，价值信念和尊严教养，绝非只是该抛弃的障碍而已，这全是书写里正面的、脊梁骨也似撑起、撑住作品的最重要东西，这确实会阻止我们，但更多时候，是阻止我们放纵，阻止我们自私，阻止我们伤害他者，阻止我们胡言乱语和说谎。这些病毒也似的东西，释放在回忆录这种我说了算、只靠自律的书写里，尤其危险，尤其没底线。

更根本地，我认为，好的回忆录不多是注定了的，因为它先已剔除掉一大批最好的书写者了，阵容单薄——小说家冯内古特讲过某大学校长在毕业典礼的此一致辞："我以为有意义的话应该用四年时间认真说仔细说，而不是留到最后一天才讲。"说完，这位校长就潇洒下台了。是的，我要说的正是，所有好的、不懈的书写者都用接近一生的时间书写，他所有最好的记忆、最好的经历和体认，都已在书写里反复被取用，被反思被整理，并已一一化为作品出去了，因此，很大比例的书写者并没有也可能不以为需要再多写一本回忆录，就算写，也只是某种拾遗补阙，把那两句不吐不快但奇怪一直没机会说清楚的话讲出来，或把所有始终找不到书写用途的碎片东西一次出清画个句点云云。纳博科夫的回忆录《说吧，记忆》便是很极致的存货出清书写，呈现的是这位技艺精湛无匹的小说家都没办法好好使用的东西，细如粉末细如幻觉，以至于《说吧，记忆》成为书写史上最不好读懂的回忆录，可能没有之一。

　　用一辈子好好讲、仔细讲，所以这些家伙真正的回忆录便是他们一生作品的总和（建议阅读者在恰当时候可依时间顺序读一遍）。但我们可能也会注意到，某些书写者的其中某一部作品，其实几乎就是他的回忆录了，装上了创作翅膀飞行在更奇妙空间的回忆录，像是普鲁斯特《追忆似水年华》，像是更飞出去的、三岛由纪夫的《丰饶之海》四部曲，像是我的老师朱西甯的《华太平家传》。

　　也因此，回忆录通常不会是这些书写者最主要的那本书，甚至只是侧记、补述，以至于，有些阅读者读自己钟爱的作家的回忆录会异样地失望，如坠地，如梦幻青鸟化为平凡的黑鸟，如白天再踏入歇业中的光天化日无人的游乐场云云。较例外的是格拉斯的《剥洋葱》，我以为这是他最好的一本书，胜过他那几本更负盛名但太框架化铁块化、太虚张声势的小说，可能也是因为他一直隐藏着一些沉郁记忆未宣，最终倾倒在这本其言也善的书里。

大体上，最好的回忆录书写者，因此是那几位没能成为文学家但非常能写的人，厚积薄发，弹药充足，尤其若生命一场仍留有遗憾，仍心有忧思。比方夏多布里昂、托克维尔、卢梭、丘吉尔等，我自己会要加进一个名字，英国的德·昆西，他更好（厉害的是，他已写了很多）。

我不是爱读别人回忆的人（一流书写者补述般的回忆录例外，我一定读，因为里面有太多螺丝钉也似的东西，可帮我锁紧诸多的感想和猜想），但像《往事与随想》这样焦点不在我，而是我这个时代、所有这些人这些事的回忆录，却是我很喜欢的、感谢的——"必须说出我所在这一时代人的处境"，多年来，我一直把这视为书写者的某种终极性义务，至晚从二〇一三年《尽头》一书之后，我也紧紧携带着这个意念写往后的每一本书。只因为，这几乎无法替代，这是重又落回时间甚至空间限制的书写，没有前人，也无法赖给后人，时间大河，这一截只有你在。

今天，尤其在台湾（一个某方面又变得如此不思长进的小岛），这么说并不合时宜——十九世纪旧俄这百年，真的是人很值得多知道的一个极特别的时代。我们可能马上会想到二十世纪初震撼世界至今仍有余波的红色大革命，但不止这样，大革命的爆发及其成功可以只是历史鬼使神差的结果（南美洲大解放者波利瓦尔的正直告白："我这一生，完全是鬼使神差。"），可以光凭人的某种生物性本能驱动并完成，可能就像那种现实成功人物的回忆录那样，外面高潮迭起波澜壮阔，但内里空洞肤浅平庸如无一物。十九世纪旧俄绝非如此，它的内容是丰富的、恢宏的，这里只讲我自己无比好奇的两件事：一、如何可能，这竟是人类文学书写尤其小说的一个最高峰的时代？二、如何可能，这么多理应四体不勤昏昏度日的大贵族大富豪，肯于抛开手里的权势和财富，走上一道道如此危险不可测的人生之路？

我们晓得，彼时俄罗斯的文明条件其实并不好，知识准备普遍不足，沙皇、农奴制、东正教这著名的暗黑三位一体仍牢牢罩住这个国家；自然条件更是不利，太辽阔且冰封的土地处处是障碍是死角。也许这正是法国大革命以降过度光辉到届临天真的西欧大思潮，和如此沉睡、禁锢、腐朽的现实，两个巨大落差反复撞击百年下来的一种奇妙结果吧？但我以为关键仍在于人，这些相当了不起、敢于承受两种极端力量反复冲刷的人，历史如赫尔岑所说没什么单一的、必然的允诺，或更正确地说，那种下坠的、千篇一律的历史结果还可以说是自然的乃至于必然的，任何有所超越的、闪闪动人的历史成果，都是加进了人、加进了非必然的个人力量才成其可能。

如同维吉尔领着但丁进入地狱和净界，除了广泛阅读这时代的种种作品，我们也希冀找到像维吉尔那样在场的、经历着这一切的领路人，通过他清澈的眼睛，以及宛如重走一回人生的引领，有焦点地、有时间序地，可建立种种有来历和线索地来理解一个时代——如此，以赛亚·伯林（他出生于俄罗斯）给了我们三个名字：别林斯基、屠格涅夫和赫尔岑。

别林斯基正直无畏如岩，但如此强大的正直不免得牺牲点宽广和复杂，而且他太早死了，一八四八年才三十六岁，没参与一八四八年后这更困难也更多事发生的下半场；屠格涅夫是文学家小说家，他那种总是稍退半步的文学书写留下来最多具体、最多面向的人、事件和什物细节，可屠格涅夫又太柔弱了，他的过度同情和宽容让他不免失真或说流于策略，在关键处该直的地方不够直。所以，柏林最推荐的正是赫尔岑，他议论纵横几无遗漏，不可思议地既尖利又绵密、既深刻又宽广、既强烈又公正不阿，而且从没一刻停止他这场"小小游击战"直至一八七〇年止。尤其一八四七年流亡后，他站在"彼岸"（《彼岸之书》，这正是赫尔岑一本书的书名）回望俄罗斯这一切这一场，恰当地把俄罗斯置放回大世界里，接上人类的总体经验，接上同时间欧洲各国各地正发生着的变化，心思清澈、时时准备、哀矜勿喜。我们说，公正非常困难非常稀有到几乎让我们时时怀疑人间是否存在（所以才强调'上帝是公义的'，完好的公义只能由神负责），因为公正是道德，人得保有诸多价值信念长时间不失不坠（正直、同情、勇敢云云）才堪堪撑得住它；但也许更难的是，公正也是一种能力，好人不见得公正，人得有足够精准的眼光和足够高度的思维才有办法正确评断，还得有够好的表述能力，才能大声地说出来。

以下这番终极赞语是柏林说的："以敏锐而且具备先知之见的时代观察家而言，他可以和马克思、托克维尔并列无愧；而从道德家这一面来说，赫尔岑的宽广、完整及其种种独特洞见，则还胜过这两个人。"——这段也许会挨骂的话，我个人完完全全同意，也甘于一并被骂。

《往事与随想》带着我们走过这个奇特的时代，但我强烈建议阅读者坚定地跟着走到最后，千万别错过欧洲革命彻底沉寂、革命者在欧陆已全无立足之地、悉数流亡到伦敦这最终的一幕——这是非常非常珍稀的，通常只会一笔带过的记叙。

历史记叙早已把目光从这些人身上移开这不奇怪，毕竟这一切已完结已死灰不复燃了；稍稍奇怪的是，文学书写尤其宣称"总得有人留下来数尸体"的小说书写一样弃之不顾，等而下之的种种可能原因我们就不说了，自身也是流亡者的技艺精湛小说家纳博科夫告诉我们，这意外地非常非常难写。

被问到对索尔仁尼琴等一干流亡小说家的评价时，纳博科夫以这样的两难理由拒绝了——他说，文学评价是严正的，不可妥协也不用于同情，但这样的严格对这些特殊的书写者却又是不恰当的，他们承受着种种迫害和不公平，他们一直置身于某种难以好好书写的处境——

一生，纳博科夫努力挣脱流亡作家这个身份，他不要这个特权加值，也不愿屈服于这个方便的借口，我想，他知道这个政治加分会从文学扣回来，而文学成绩才真正是他要的。但纳博科夫终究还是写了《普宁》这部小说，以大致上嘲笑七同情三的比例，很明显地，两面他都留了情。

人们遗忘他们，而流亡者通常也配合着此一遗忘，以各种或让人不忍，或让人鄙夷的方式毁弃自己——现实的胜负原不是善恶对错的判决，抗拒着当下现实仍大大有事可想有事可做，甚至远比那些浑浑噩噩顺流而下的人们清醒且有价值。但流亡者总是自己停住了，不随众人走也不自己走，以至于形成某种纯时间性的抗拒，这就太困难了，失去生之气息的东西总是很快积尘、毁坏。

赫尔岑没躲避他流亡者的这个身份，牛骥同一皂，他远比纳博科夫心软或说不思自救；而他做了纳博科夫没真做的事，既是解剖又是自剖，宛若遗言，必须留下遗言。

他成为这一趟历史站到最后的一个人。

苏维埃革命成功后，列宁特别点了他的名，让他成为苏共历史一个带点暧昧的偏正面的人物，加某些但书的革命先驱者云云。但凡掌权者还有几分自信几分正直，很难不心动于这样一个人的品质和光辉吧。诡异的是，这其实也来自赫尔岑少见的一个错误判断——一八四八年之后，赫尔岑也对这一西欧进步历史思潮生出怀疑，一度把希望掉转向俄罗斯本土，寄情寄望于蔚起的民粹力量。为此，一直很尊敬他的屠格涅夫非常不谅解，说了不少重话。

这个原是赫尔岑这样的人最不可能犯的错误，粗鄙的、背反他某种深刻历史美学的错误，说明他当时有多沮丧到不顾一切。

也就是说，在某个正统的、铭之金石的历史记忆，赫尔岑被记得是因为他一个少见的失误、一次飞得比母鸡还低的时刻——人类历史，如何能不是一本疯子的日记呢？

《麦田里的守望者》·塞林格

为什么读《麦田里的守望者》？

这次，让我们先来重读这段文字，霍尔顿去了星期天的博物馆："不过博物馆里最好的一点是所有东西总待在原来的地方不动。谁也不挪移一下位置，你哪怕去十万次，那个爱斯基摩人依旧刚捉到两条鱼；那些鸟依旧在往南飞；鹿依旧在水洞边喝水，它们的角依旧那么美丽，它们的腿依旧那么细且那么好看；还有那个裸露着奶子的印第安女人依旧在织同一条毯子。谁也不会改变样儿，唯一变样的东西只是你自己。倒不一定是变老了什么的，严格来说倒不一定是这个，不过你反正改了些样貌，就是这么回事。"

唯终归地说，还一定是你会变老。

其一

《麦田里的守望者》正式出版于一九五一年，其实远早于日后风起云涌的六〇年代年轻人反抗风潮，但这一时间差在台湾并不容易察觉。我查了一下，台湾的第一个中译本要到一九六二年，而我自己又要晚个十年左右才读到，伴随着已满街都是的西洋摇滚，以及空气中异质的、有着禁忌成分的六〇年代破碎印象和气味，全揉成一团——彼时地球稍大，事物传递耗时；彼时我们所能有的东西也比较少，会收存较长时间时时勤拂拭，事实上，有些人（我认得好几个）甚至一收存就是几十年，身体有某一处琥珀化了，里头仍原原本本是那些东西，一讲起六〇年代就热泪盈眶。

就像在美国大家都说的那样，这部小说影响了好几代人——朱天心高中岁月的"成名作"短篇《方舟上的日子》，使用的便完全是霍尔顿式的第一人称叙述及其粗口（朱天心也仍记得一清二楚，是贾长安精彩的中译本），吴念真初识她的开场问候语正是："你晓得你写了多少个'他妈的'吗，我算了，六十三个——"，彼时那样社会的台湾，一个高中女生公然讲了六十三次"他妈的"，确实惊世骇俗。

语调是马上能学的，文学有鹦鹉这一面；语调也比一般以为的事关重大，语调意味着人怎么看事情想事情以及决定怎么说事情（亦即人打算以何种方式和世界打交道）。我相信，《麦田里的守望者》问世的第一波暴烈撞击必定是这所谓"满嘴脏话"的语调，先于内容，并赋予内容一个扑面而来的形式力量，把事情弄到难以善罢的地步，本来就一直都有的两代人隔阂彻底裂解开来，日后（六〇年代）还演化成革命和战争，美国、法国，甚至连如此拘谨守礼的日本年轻人都闹起来。事实上，《麦田里的守望者》当时在美国许多州的学校和图书馆被列为禁书，直接罪名正是这些亵渎的、咒骂的、从第一章到第二十六章没停过的所谓污言秽语。

小说开始，霍尔顿站山坡上，兴味索然地俯瞰着跨校的美式足球赛如外人，星期六，十二月天，"天气冷得像巫婆的奶头"——

原来也可以这样，五十年后的今天我还是会大笑。

托昆德拉之福（他评论大江健三郎小说的那番文字），这次读《麦田里的守望者》，我注意到有两个应该要有却从头到尾没现身的人，那就是霍尔顿的双亲大人。不确定塞林格自己是刻意如此或顺应书写自自然然如此，但昆德拉这样技艺精湛的小说家必定是对的——父母亲这两个"雷霆万钧"的人物不好或甚至不该出现，否则小说就跑掉了，成为那种我们或许更熟悉但也因此无感的寻常小说。

"雷霆万钧"是原来昆德拉用词的颇准确的中译。我们假想，霍尔顿返家若和父母相见，不管如何或热或冷处理，很难不成为整部小说最高潮、具决定性的一幕——父母亲的质量太大，势必会吃掉其他所有的"成人"，把诸如历史老师、车上的人渣同学母亲、抢他钱的皮条客、那两名仿佛活在另一个世界的修女，乃至于他疑为同性恋的昔日恩师等等，全部降格成和父母亲冲突的泛音、侧翼。

也就是说，《麦田里的守望者》很难再如此开向一整个成人世界，变成只是父母亲 vs. 小孩，家庭伦理剧。

此次，我还注意到这处时间差，我以为是很有意思的——《麦田里的守望者》的书写，被塞林格一直携带着，又被二次大战干扰，断断续续，但真正书写完成交出来时，塞林格人都三十二岁了。无论如何，最终检验这部小说，觉得可以定稿问世，是塞林格三十二岁的眼光和思索，大了书中的霍尔顿整整一倍。

三十二岁的《麦田里的守望者》，这是什么意思？记不记得日后六〇年代那句铿锵作声的反抗宣告："绝对绝对不要相信超过三十岁以上的人所说的话？"

所以，这也就不会是那种开向未知、贴住现实世界人走到哪里话讲到哪里、二维倾向的、容易任性容易只剩自己的小说，所谓的公路小说，像日后凯鲁亚克的《在路上》。

作品不应该只是书写者自身病征的报告而已（套用年轻人的话："你对小说是不是有什么误解？"），应该要有高于此、深厚于此的东西，不管书写者把自己的存在位置摆得多低、多卑微。我以为这样是偷懒，或者书写者的程度不够好，不知道怎么想自己。

三十二岁塞林格所写成的十六岁霍尔顿，这也让我们再想起美国那边没答案的争论：《麦田里的守望者》究竟是不是一部成长小说？——是成长小说，意思是这趟旅程、这段年少岁月，不过是人成长的必然曲曲折折参参差差，等他习惯了身体里涌出的荷尔蒙，习惯了现实世界的模样，没事的，霍尔顿自会回归考菲尔德家子女的"正常"模样，谁都有青春期不是吗；不是成长小说，则是强调霍尔顿和上一代人、和世界的决裂，霍尔顿更当真、更严肃，原本就不因身体和腺体而来，也就不会如潮水般自然退去。

塞林格如何收拾这场呢？——这趟返家之旅当然是回忆、是反思，霍尔顿淋了雨生了病住进医院，也接受了精神分析师的诊治，但看样子只是疗养，不严重（若写成就此发疯，那是另一种小说了）："老实说，我真不知道自己有什么看法。我很抱歉我跟许多人讲起这事。我只知道我很想念我说到的每一个人，甚至老斯特拉德莱塔和阿克莱，比方说，我觉得我甚至也想念那个混账莫里斯。说来好笑，你千万别跟任何人说任何事情，你只要一说起，就会开始想念起每一个人来。"

我们也应该注意到，霍尔顿的怒气不只发向上一代人，事实上，除了对女生心存温柔之外，霍尔顿对他那一干同学更鄙夷，没一句好话，他若要寻求对话或期待听出某种解答，这些同年龄的蠢家伙想都不必去想，还能够稍稍寄望的，仍是寥寥那几个他以为没彻底毁掉的成年之人，像是他去了好莱坞的"堕落"作家哥哥 D. B.，或那位也许只是太温柔的老师安多里尼。

所以说，事实真相是——霍尔顿并不"代表"一代人，他就只是霍尔顿·考菲尔德个人，孑然一身，孤独不因为他的年纪，毋宁是来自于他不当地超出了他的年纪，太敏感，太提前眺望，想太多如胸怀异物，以至于再无法融入同代之人中，想融入就得相忘；而他却又不真的不是十六岁，他困在这个年纪里，想做的事做不了，也不被上一代人稍微认真地聆听、对待，心飞得很远，身体留在原地。

"总而言之，我一直想象这一画面，有这么一大群孩子在一大片麦田里玩，几千几万个小孩子，没一个大人——除了我。我呢，就站那该死的悬崖边，我得守那里，要是哪个孩子朝悬崖一头冲来，我得抓住他——我是说小孩子总是没命地跑，什么也不管，我得随时冲出来抓住他们才行。我就只想做这个，我想做个麦田里的守望者……"

《麦田里的守望者》书里的不朽名言，非常非常动人，我只是想，但现时现地，父母听自己十六岁的孩子这么说自己毕业后的"志向"，会是哪样复杂难言的表情？

这样，我们或者就又想到另外那一处时间差了——《麦田里的守望者》成书于五〇年代，之于日后风起云涌的六〇年代，整整早一个十年期。我这不是要赞叹《麦田里的守望者》引领风潮如先觉，我只是很庆幸它"提早"被写出来。

"不要像一个时代那样写，要像一个人那样写。"——这是博尔赫斯老书写者的殷殷叮咛。然而，事情难尽如人意，就算充分自觉，我们和我们所在的时代纠结盘缠，时时处处，还是不见得能事事恰当地暂时剥离出来；而且，会有那样强风吹拂如刮去一切的时候，强到人几乎不可能站得住脚，强到人仿佛再记不了任何东西，Blowing in the wind*。你可以去桃园海边（比方我们该保卫却不愿的七千年藻礁那一带），或起落山风的恒春半岛试试看。

时代之风愈强劲，人愈被吹到底推到两端，中间消失，这是跑不掉的历史通则。不管往哪一端，对小说书写都是逼迫，都是伤害居多，而非乘风而起（也许当下会生出此种幻觉如魅惑于女妖歌声）。那样的《麦田里的守望者》，我敢断言，会失去层次，失去余地，失去那些霍尔顿再怎么口出恶言仍保有的必要温柔和好奇，这些，日后风停，人清醒过来，都是人首先得重拾回来的东西。

至今，六〇年代犹留着不少名字（内容已逐渐淡去），人的，诗的，歌的，聚合的，地点的，事件的，唯足够厚实，甚至能说明它自己的文学作品尤其小说，却很不相称地稀少（我忽然想起，二〇一六年诺贝尔文学奖颁给了只写歌的鲍勃·迪伦，六〇年代大英雄），这的确并不是写小说的恰当时日，或者说，并不是人能好好坐下来、好好想事情好好弄清它意思的恰当时日。

有位大书写者说了这番或许太过严厉的话："如果不考虑到其历史意义，人类够资格留下来传交后世的杰作将少得可怜。"随着年纪，世界一块一块揭露，我愈来愈知道他讲的是大实话。

集体声音响彻云霄，彻夜不停，小说书写者（如昆德拉之言）很难完整听见必要事物的低微声音，人们也不大可能听得到他必要的危微话语。我猜，日后六〇年代行动起来，并进而战斗起来的下一代年轻人，必定很受不了霍尔顿的"软弱"——他们会视此为柔弱，甚至就是软弱。确实，打架没赢过，连赢的必要意志

---

* 引用自鲍勃·迪伦经典歌曲《*Blowing in the Wind*》，大意为：答案在风中飘。

都没有，只挨揍，屈服了事还赔钱消灾。霍尔顿四体不勤，生命养料用于脑子和心，远远多过于肢体肌肉，但人这样不好、不行是吗？这样的判决合于道理吗？有没有闻到某种返祖的堕落气味呢？

列维–斯特劳斯说过，人的脑子是远比人的双手更精致的东西。

我自己会倒过来看，"柔"（先去掉"弱"这个评价字眼）是其结果，是完成之后的表征。这里，人真正做到的是，你足够耐心、足够诚实地看完事物的完整模样，由此油然生出的同情、生出的"柔"（"我觉得我甚至也想念那个混账莫里斯。说来好笑，你千万别跟任何人说任何事情，你只要一说起，就会开始想念起每一个人来。"）。"柔"的意象，我们总是想成水，均匀地流动，无声地渗入，有多少缝隙就进入多深，永远进入到最深。这当然也有风险，一种用心高贵的风险，我们说理解一切就是原谅一切，最终，你或许连不值得原谅的恶人都原谅，如同水不觉不察地已渗过了你认真防御的某一条界线。

柔和的《麦田里的守望者》不方便于光天化日行动的六〇年代，但它极可能藏在个别的人心深处，是这场大反抗的某个起点，某些人的启蒙，乃至于某个夜深忽梦少年事云云的魂萦梦系的东西收存着。我想起来马克·查普曼此人且不只是他一人，一九八〇年十二月八日冬天纽约，他四颗子弹枪杀了六〇年代英雄约翰·列侬。查普曼没前科，半生努力以霍尔顿·考菲尔德的模样活着，曾在阿肯色州越南难民营工作，尤其关心孩童。当天，他买了本平装《麦田里的守望者》，到场的警员回忆，他丢下凶枪，手里还拿着那本《麦田里的守望者》。

不说代表，"代表"这一词经常性地不恰当。年湮岁久，六〇年代最终可能和哪部小说联系起来呢？我只能想到《麦田里的守望者》（至于那本《在路上》就让它随风而去吧），尽管如今我对人的历史记忆选择，真的已到了全无信心的地步。

其二

好玩的六〇年代里又更老了的塞林格本人，看着彼时的美国以及欧陆，会不会又想起自己曾揭示的这一图像——几千几万个孩子，在这一大片麦田玩疯了跑疯了，没有大人守在悬崖边……

不该尽污一代之人，是有人想守着，唯事情比塞林格想的麻烦，这只能是"大人"因此视同为敌人不是吗？从扫兴到居心不良。这不是守望而是自由限制，甚至，他们极可能也不当那里是悬崖，不认为越过去是粉身碎骨的坠落，而是挣开一切的奇异飞翔。

大西洋彼岸法国六八学运，我想雷蒙德·阿隆便是这样的守望者之一，但他正是不受欢迎的人，一直被扔石头（所以干什么？求求你们让我为你们守望吗？）。但今天回想起来、比较起来，彼时如此热狂到不愿讲理（一讲理可能就输了）的法兰西年轻人，仍然保有最底线的明智和诚实，他们称"阿隆不是我们这边的人"，只能难以言喻地弃绝他，更好更刻度精密的是这两句："宁可和萨特一起错，也不跟阿隆一起对。"甚至他们几乎承认了，萨特这个附和的大人极可能是错的，至少没阿隆对。

日后，坠落的年轻人因此相当不少，尤其那些在麦田玩到最后的人，激越，暴怒，入魔，无法收场，像是派翠西亚·赫斯特，美国传奇媒体大亨威廉·赫斯特的孙女，她极戏剧性地加入了执行城市游击战的无政府组织 SLA，号称筹措革命资金，一九七四年四月十五日抢了旧金山一家银行，只得手可怜的一万美元。

一九七四年，早已是曲终人散的时候了，派翠西亚·赫斯特稍后被捕，判刑七年，"说不清究竟是搞革命还是单纯的抢劫——"

留下名字的，没留名字的，六〇年代狂飙这一场，有诸多悲剧不胜唏嘘，但日后年轻人再反抗的所谓××学运就渐渐安全了、知道界线了，算记取历史教训吧。没错，第一次是悲剧，第二次第三次第四次就一路糊掉了，转为喜剧、闹剧，以及漫画。

"娜拉出走了怎么办？"这是小说世界最著名的追问。小说家有权，也非得让小说止于某个点不可，而读小说的人追不追问也是油然的、正当的，他是因此放心了或更担心云云。《麦田里的守望者》，我们一样可以问："霍尔顿回家了怎么办？"

不像厄普代克"兔子四部曲"，"兔子"安斯壮从离家的《兔子，跑吧》到《兔子归来》之后还有《兔子富了》《兔子歇了》写完一生。并没有回家以后的霍尔顿，我们只好转而询问："写成《麦田里的守望者》后的塞林格怎么办？"——答案是，塞林格旋即隐居于新罕布什尔州的某一山居小镇，好像一直保持书写但几乎不见新作品问世，二〇一〇年九十一岁去世，也就是说，他仿佛越过了某道界线，终生再难以回头和世界、和世人和解。

我想，塞林格的逸出界线，难以承认现实世界种种必要的界线，是因为他树立了一个太大、太干净的目标，形成了一个对现实世界的严苛要求，一个现实世界根本支应不了的要求。

非常明显，霍尔顿完全不是那种把无脑当个性的打砸暴走少年，正好相反，我们所说的那些普世价值，他深信不疑且试图一一保卫。是以，他的控诉集中于"虚伪"，这对他信守的价值最富腐蚀性。父母虚伪，校长虚伪，历史老师虚伪，父母为他铺设的人生之路也虚伪得恶心，无非只是要他如显赫的律师父亲那样"打高尔夫球，打桥牌，买车子，喝马丁尼""将来可以买辆混账的凯迪拉克",就连他本来很喜爱的作家哥哥 D. B.,也奔去了金粉的好莱坞,成了个"婊子"。

进入现实的成人世界似乎无一幸免,是以,霍尔顿心中最美善最干净的,便是最远离成人世界的十岁妹妹菲比,"你见了一定会马上爱上她";还有他白血球症早夭的弟弟,"比我聪明五十倍"、永远留在那个时间里的艾里。那一晚,霍尔顿一个人去睡车库,"用拳头把那些混账玻璃窗全部击碎——"

讲艾里那只左撇子棒球手套,是书里最柔美的一段:"……手套的各个手指,以及每个指缝写满了诗句,用绿墨水写的,写上这些诗,他外野守备没球打来时可以读"——霍尔顿一直带着这手套,也一直记得艾里走的那一天是一九四六年七月十八日。

另外,是霍尔顿在菲比学校发现有人在墙上写了"× 你"两个大字,"我看了他妈的差点气死,我想到菲比和别的小孩会看到……最后总有个下流孩子会解释给她们听……以后有一两天她们会老想着这事……我真想亲手把写字的人宰了。"但霍尔顿随即又发现,这些脏字是遍在的,不仅手写,还用刀刻,哪怕给你一百万年时间,你都擦不掉一半——"任世间所有眼泪",我们看霍尔顿不改满口脏话地讲着欧玛尔·海亚姆也似的这番悲伤话语,用脏话骂脏话,我不以为矛盾需要嘲笑,只觉得更深邃难言。

基本上,六○年代反抗是循此开始的,但拉直它,撤掉霍尔顿的徘徊犹豫,如《圣经》讲的修直道路,也就不个别地停在那几个有名有姓的具体成人的控诉,而是迅速(太迅速了)上到社会、国家、经济体制、宗教、学校云云的高度、广度,如日后列侬的神曲《imagine》说的,得认真想象了,没有国家,没有宗教天堂,没有战争杀戮,还有列侬以为较不易想象的,再没有私人财产,这样的世界可能吗?是不是这样才能有我们想要的那个世界?

不是要砸烂所有美善的信念价值，正好相反，是一个都不可少不妥协弃守，一个一个都要把它擦到最亮，擦出它们最素朴的本来面貌——回想起来，这极其可能是人类有过最放胆也最华丽最快乐的一个乌托邦（最道德又最快乐？这是奇观）。不讲理（即便知是乌托邦也得稍微认真想它的合理性，如柏拉图，如摩尔），人人只添加不思省，反思不成比例地低到、轻到、浅薄到等于没有；而且这么容易，别笑我们做梦，加入我们一起做梦，你加入，像加入一场音乐祭（记得伍德斯托克节这一天吗？一九六九年八月），一场摇滚，整个世界就合而为一了，梦和现实没界线（只有小孩和疯子才分不清梦与现实，心理学的定论），瞬间天国。

什么都要，却还不具足够能力真的思考它，也不耐烦；无限自由，这怎么可能不璀璨如花？又如何可能不以种种悲伤收场，甚至如本雅明所说，跟着风中的纸片而去，最终总是通向犯罪？

霍尔顿的言语暴力，也必定很快蔚为真正的暴力，玩疯了，而且此时人多势众。

其实，预知结果甚至预知死亡的人并不乏，但他们无法说话，或说了没人听见，或听见了被扔石头；但真正的障碍可能是，立刻被归入那种腐烂、真应该打倒不疑的反侧之人。毕竟，这是没中间位置可站、极端召唤另一极端如共谋共生的最糟糕的话语时刻。雷蒙·阿隆可能是当时发出最多诤言的人（对六八学运更无好感的列维-斯特劳斯便不多说话），多年之后法国一次很精彩的访谈，问他问题的正是学运一代的人，事过境迁，也都不年轻了，但阿隆仍公正大派如昔，他指出六〇年代青年的高道德本质，只是如此纯净到、高傲到如单子化的道德目标，无可避免会被铁板也似的现实世界击碎，碎成一地的同情意识，流离失所，如同"失去目标的鱼雷般在冰冷广漠的海洋中，重新寻找可栖身的具体而微的道德目标——除了就地卧倒当是青春一场，相当数量的人去了中南美，去了非洲和亚洲，蹲点，挖水井，医疗和防治传染病，仍然超前迟重世界一大步地关心环境、海洋和雨林的变化，关心人权、女权和动物权……"

和日后学运的参与者尤其领头人物，去处大大不同——日后，他们极大比例地成了政客，成果甜美。

六〇年代当然不会是年轻人的最后一次抗争，很多国家条件不足没赶上，这一定只是开始，像打开糖罐子不会只拿一颗。然而，大半个人生冷眼旁观下来，如今我反而惊讶。六〇年代和日后的年轻人反抗竟如此异质，某种意义来说（尤其我自己真正在意、珍惜的那些东西），这甚至该说是唯一一次。

多年下来，发生在年轻人身上的变化，我以为，最戏剧性的是价值信念的问题、道德的问题，几乎是交换过来——六〇年代年轻人的指控一如霍尔顿，是你们背离了一个一个价值信念，你们抛了理想，你们还把世界搞到容不下这些美好的东西；如今年轻人尤其台湾，则比较像霍尔顿这一干同学，他们不谈这个，也不相信，什么价值信念什么道德都是你们上代人的老东西，甚至，他们会掉头来教上代人要世故，要知道人生现实，都什么时代了真是——

三十岁的人说六十岁的人天真？这还是很奇怪。今年，一位下一代的文学青年，以极不可思议如见恐龙的神色质问朱天心："你为什么就不肯驯服？""你知不知道你这样很讨人厌？"

此外，六〇年代年轻人急于长大如霍尔顿；如今年轻人则一直延伸青春，四十岁、五十岁……我想他们隐隐知道，价值信念云云，道德云云，都是很沉重的东西，你一天信它，一天就得负重而行，这当然都是自找的。

最近有一支电视广告，一对已不真的年轻的年轻男女，开着沃尔沃轿车，犹如此喃喃自语："我们会成为什么样的大人……""我们会不会变成我们讨厌的那种大人……"——妈的都开沃尔沃了，这是我看过最恶心的广告。

所以可思议了，再来的反抗愈来愈安全，识时务，更知道如何和既有权势力量合作，短暂如一场演出，take money and run*——愈来愈像一道政治的终南之径，花三天，取得某个终生享用的资格，就可以高举自己是 ××学运世代去选议员选"立委"了。

不好看的东西说到这里就好，还是来回想一九六四年的夏天，自由的盛夏——那个夏天，几千个年轻人往南走，到密西西比、到南方各州为黑人争权，教他们投票。但此行其实艰苦而且凶险无比，马上，詹姆斯·钱尼、安祖·古德曼和麦可·史威纳三人就遭当地执法人员带头的种族主义者绑架并痛殴至死（没错，执法人员），诸如此类的事一整个夏天不断，被打、被捕、被枪击和炸弹攻击有数百起。这些不知死活的年轻人，日后调查，绝大多数来自霍尔顿那样的中产以上富裕舒适的家庭。

《自由之夏》，如今这也是一本书，书里收辑了彼时参与者的回忆，在那里，我们能听到久违了、人们已鲜少再那么说的明亮话语。

所以，借勒卡雷的话，这也是美学问题。美其实不凭空发生，更难凭空存在。这让六〇年代成为唯一——这一场，终究留下来许多美丽的东西，许多我们曾误以为会一直出现的东西。我们也许还是低估了它的条件、它的代价，以及它困难悲伤的成分；也许，我们还是把身而为人的自己想得太优质了些。

---

* 拿了钱就跑。

有不少好东西，人们可能发现它但不可能留下它，或直说不配拥有它，以我们到此为止的样子，以及可见未来的样子。

　　也来想，如果霍尔顿晚生些，他会以何种方式进入这场运动？我再一次细看他向菲比描述的麦田大梦，他不是要参与孩子们的游戏，他以为那只是游戏，他要在崖边守望，这其实是"大人"的工作，或者说应该有大人站着却没有的位置。霍尔顿神经质地感觉危险，发现了这处人们轻忽的空白，他认定自己已是"大人"。

　　所以，《麦田里的守望者》也就比我们认知的又稍稍超前且理智，成了某种意义的历史预言之书。

《道林·格雷的画像》·王尔德

为什么读《道林·格雷的画像》？其实，一直到写前最后一刻，我心里满满的依然是《快乐王子及其他故事集》，但没关系，因为这两部作品有个牢不可破的共同点——都是奥斯卡·王尔德写的。

王尔德，作为一个读者，我一直感觉对他有相当亏欠，没把他一整个人置放在他应得的高度位置，他并不是只《快乐王子及其他故事集》这本书写得好而已。所以这样好，这样我们或可以多读一本书。

其一

博尔赫斯这么说他的书写：像黎明，像水——这不是赞辞，我以为这是对王尔德最准确的讲法，应该作为他的墓志铭，刻上他巴黎拉雪兹公墓（离家乡这么远）的碑石，陪伴墓前那只斯芬克斯像小石雕。

生如春花，死时残破不堪且孤独，竟然有点像他写的快乐王子的命运。

一座温柔的雕像和一只耽误了南飞的燕子。引介《快乐王子》，我以为最好的方式是把这个故事一字不漏重抄一遍，不要去碰碎它，谈论感想云云是稍后的事——其实我更建议每个人都这么做一次，直接抄写原文更好（常常，华文的译者多事了点），你一定会惊讶文字原来这么简单，不可思议，只用如此简单而且少量的文字，还是可以把故事讲得这么美丽又这么悲伤，简单但如此绵密（不是那种轻触你一下即缩回的诗），它毫无阻隔，不需时间，直接进入人心，或确切地说，我们跳动着的心脏。

王尔德自己这么讲，在《道林·格雷的画像》书里。当然，他的析理能力没他说故事能力强："美是一种天赋，甚至比天赋更崇高，因为它无须解释。这是世界上的伟大事实之一，一如阳光、春天，或是那片倒映在暗黑水面上我们称之为月亮的银色贝壳。你不能质疑它。它有其神圣的君权，拥有它的人便能登上君王之位。你在笑吗？唉！当你失去它的时候就不会笑了……"

过去，曾有某位书写者如此大言自己的书："这本书是写给九岁到九十九岁的人读的，九岁之前，就由他母亲念给他听。"说真的，能让这番话成立的书非常非常少，也不见得需要（除非带着某种命令成分）。但《快乐王子及其他故事集》的确是这样一本书，我可以证实，至少证实三分之二——我十岁左右读，那是我们小学"国语"课本里的一课，我不觉得自己有什么读不懂之处；三十几岁时，朱天心（和我同年）念给自己孩子当睡前故事听，会哽咽得几乎念不完；又三十年后的今天，我年纪已是九十九岁的三分之二了，此刻，桌上摊着这本中英对照的《快乐王子及其他故事集》，是其结尾（"我真高兴你终于要飞埃及去了，小燕子，"王子说，"你在这里待太久了，不过你得亲我的嘴唇，因为我爱你。""我要去的地方不是埃及，"燕子说，"我要去死亡之家。死亡是睡眠的兄弟，不是吗？"）我依然心悸到不能自已，不是那种回转小孩样式的悲伤，而是我已是六十五岁老人确确实实的悲伤。

这么悲伤，但却不真的难受。我们不仅不害怕这种悲伤，相反地，悲欣交集，我们感觉幸福，好像窥见了天堂一角。

想起来真有点奇怪，那一年代，《快乐王子》居然可以成为小学课文，我努力回忆，我宜兰力行小学那位热爱打人耳光的导师，当时究竟如何跟我们讲解这个故事，乐善好施是吗？还是干脆就说舍己为人？这的确不是那种容易画好句点让人安然入眠的故事。

由于书写体例的缘故，但凡花草和动物数量超过一定比例，又动物甚至植物都会开口说话的故事，日后都不容抗辩地归为童话。这原本无妨，有妨的是童话宛如患了重度洁癖，加重度被迫害妄想症的自我清理作业——多年前我写梅特林克的《青鸟》时好好讨论过此事。童话，不容生老病死尤其是死亡，不容不圆满，不容悲伤，所以，《青鸟》得截断于光辉青鸟的捕获，不可以让小孩看到接下来在现实天光下化为平凡黑鸟的幻灭；吉卜林的《丛林之书》得把残酷的达尔文成分完全剔除，换成那种纯样板的、角色扮演的"善／恶""好人／坏人"之争，所以改名为《丛林王子》看来还真恰当；《美人鱼》不可以化为泡沫，她宛如快速演化地长出双脚，和岸上王子过着幸福快乐的生活，善良、无私、挚爱云云随着悲伤结局的消去完全消失，我们已不敢教小孩有高于悲伤的这些种种高贵的东西。

（日前，我在日本有吉弘行的冠名电视节目里看到，一位从事飞车特技拍摄的车神级驾驶员感慨电视工作愈来愈少，因为不断被观众投诉："现在就连银行抢匪劫车逃逸，都会先系好安全带——"我们了不起的中产阶级真的是堂而皇之地胆小如鼠。）

所以，如今童话变得跟儿童的衣服鞋子一样，成为最短命的东西，甚至只一次性使用——童衣童鞋我没话要说，毕竟社会富裕了，也浪费了，而且少子化，不复是我们这代人童年那种兄终弟及、衣裤可修改、毛衣拆开重织的岁月。但童话童书无论如何不应该是这样子，故事、书籍本来对时间是有一定抵抗力的，或说是人发明出来抵抗时间、抵抗遗忘的东西，五年、十年乃至于像我们讲的《快乐王子》这样，六十耳顺之年依然可以读它，依然如老年的博尔赫斯说的"像是今天早晨才刚刚写出来"。

马拉美用了这个词："携带"。说哲学应该是可携带，意思是，书本合上，有些声音、有些话语仍黏在我们身体不去，白天，梦里，不是静置的记忆，而是生动的，就带在手边，带在眼角余光之处，既是材料，也是某种支点，时时参与我们的观看、感受和思索整理。

但是，真要能沉入记忆、能成为可携带可勤拂拭之物，一定得有足够内容分量，得是某种让我们心生波澜的东西，某种非比生活寻常如异物侵入、如开启一个新世界的东西，某种我们当下没办法一次想完消化完的东西。所以，绝对不会是如今这种无菌处理过、除了个舒适句号什么都没有的童话。句号是终结，是就此归档，所以通常也意味着遗忘，当然，能遗忘是比较好入睡没错。

五岁、十岁，一切才开始，他们的世界应该是打开的，他们干干净净到令人羡慕的记忆应该用来记下好东西。一一画成句号好让他们快快遗忘是什么意思？——《快乐王子》这样难以收拢成一句结论的故事，我宁可稍微恶心地说，正是让你用十年、二十年乃至于一生时间，去寻找你以为最完美的那个句号。

悲伤真的有这么可怕吗？——《快乐王子》结束于一种清澈的悲伤。《青鸟》呢？《青鸟》的最后一幕其实是这样，最后抓到的那只青鸟在大家手忙脚乱中飞走，小姑娘放声大哭，小男孩蒂蒂尔鼓勇走到舞台前，出镜地对我们所有人说："如果有谁抓到，愿意还给我们吗？我们需要它来得到幸福……"

这个结尾不那么容易见到了，我查了一下，不少华文译本不是删了就是改了。

我们这代人的童年，大概都被大人以各种方式吓唬过，最普遍的无聊至极话语是，你其实不是你爸妈亲生的，你是垃圾堆捡来的云云。我痛恨这种恶趣味，但不故意吓小孩绝不意味着就要跳到另一极端。生而为人，我们会悲伤，这是人性（我自己会说这是必要的，不知悲伤的人感觉很不对劲，也应该不可信任，所以我们继续这样，难保会教出尽是些不可信任的人），也是我们生命的基本事实，谁也无法给小孩一个没有悲伤的世界，那种完全删除悲伤的故事是无法兑现的承诺。但这里我们真正要说的是，人会为他人的遭遇、他人的故事悲伤这件事，这一样是人性，但这是我们尤其应该努力保护好，甚至应该不断学习琢磨的人性成分，是最好的一种悲伤，会让我们成为一个质素较好的人。春秋战国当年，牢牢吸住孟子目光的便是这种悲伤，他称之为恻隐之心，就只因为人心里这个精致低微的善意声音，孟子愿意直接相信人的本性是善的，并说服了日后几千年的中国人。

日本一代传奇歌手中岛美雪的《骑在银龙的背上》，我记得有这句歌词："人的皮肤这么柔软，是为了感受他人的苦痛。"

所谓"质素较好的人"，讲的并不只是道德（我对道德这个不免自损、得是人自己心甘情愿的东西总小心些，以为只能自我要求而不是责成别人），而是不知不觉的事关认识——我的感受不晓得对不对？很奇妙地，为他人悲伤，也许因为无须辩解、无须防御的缘故，较之为自己悲伤的不免封闭自怜（这是悲伤最大的陷阱），这反倒是人最诚实、人心最柔软多孔隙的一刻，它张开向远方，深沉地、亲切地联系着一个个他者和他所在的世界，联系着众生，一次次站到我们原本到不了的地方，看着、经历着，感同身受着，胸口满满。我们像是有着千百个化身，这不是什么神通（也许倒过来，佛家的如此神通正是此一隐喻），就只是懂得为他人悲伤。

以快乐为名，但《快乐王子》给予我们的并不是快乐，而是幸福之感，看见了极美极善事物的幸福之感，しあわせ（幸福）——快乐似乎和悲伤不共容，有你没我；但幸福要复杂太多了，幸福不拒也不惧悲伤，甚至，它好像必定包含着某种很清澈的、很沉静的悲伤；甚至，它仍会在人最悲伤最受苦时到来，如雨过天晴。

朱天心的小说《漫游者》一书，是以父亲之死写成的一系列小说，哀恸逾恒，却也是她此生最写到幸福的小说。

幸福，是我们每个人都曾有过的生命感受，不会经常，但不乏，如日本人这么长挂口中；难以获取，却屡屡又出奇的简单，"幸福来得这么容易（突然）"，这已是大陆人人会说的玩笑话。它不像快乐这么飘忽不实，尽管仍短暂无法驻留，但给我们一种时间静止下来的拥有感；也不像快乐那样依存于感官，似乎会以某种模糊的，如梦境残片印象的样式一直保存在记忆里，最终像是个希望。

幸福的"配方"随机而且捉摸不定，我们没办法复制，就连描述都困难。对幸福的终极描述是天堂，即所谓的至福，这一描述工作已不懈地进行几千年了，一直没真的成功。佛家的可能最动人，基督教则相当失败，《圣经》里的天堂几乎是恐怖的，还很吵闹（犹太人这上头的才华明显有限，或说，他们生活的土地实在太贫乏无物了）。日后，厉害如但丁，《神曲》的"地狱·炼狱·天堂"三卷，写得最模糊的正是《天堂篇》，加进了但丁挚爱的贝雅特丽齐仍只能这样。最精彩的当然是《地狱篇》，有那座时间老人塑像和故事；有古希腊一干哲人诗人长居的所谓高贵城堡，永恒迷惑之乡；还有但丁忍不住羡慕的，也许比在天堂还幸福的那对偷情犯罪的男女，他们拥有彼此，"共用一个地狱"。

所以博尔赫斯在谈《天堂篇》时指出，但丁描述的天堂很明显少了个应该要有的"人物"，那就是耶稣。没办法写进耶稣，博尔赫斯这么猜想："因为（耶稣）太人性的缘故"。——这个极精巧且直刺我们阅读盲点的猜想就不解释了，我的解释只会破坏它窄化它，我们把它完好地留着。

快乐只需要感官，幸福则深入到我们思维层面、记忆层面，乃至于人性。

博尔赫斯认为幸福是终极性的，无须进一步说明来证实它；博尔赫斯也对天堂这东西兴味盎然，以为是人类最有趣的发明。但我所知道他对天堂最精彩的一次描述是这个——构思其实始自于他妹妹，他妹妹是画家，想画回到天堂之后的耶稣，画他（祂）不由自主的怀念，在天堂里，他怀念"加利利一地的雨水"，怀念"父亲约瑟木匠屋子里木头的清香"，怀念"抬头看到的那一片最美丽的星空"……

其二

《道林·格雷的画像》是一个奇想，逆转某种时间必然效应的奇想——画像随时间不断年老、丑怪，人自身驻留在画成的那一刻，永远年轻。

我们或许也会想到这个流传多时的狗血故事——某一个画家想画天使和魔鬼的肖像，他很顺利找到一个天使般的小男孩画下他，但魔鬼苦寻不得啊，多年后，他总算找到一个魔鬼般丑怪不堪的男子，但这男子闻言痛哭起来："我就是你画的那个男孩……"年轻时，我以为这里头有着善恶的教谕成分；如今自己老了，知道这就只是时间而已，光时间就够了，"魔鬼是老年人的模样"。

但这书可真是不祥，我们，尤其有小说书写经验的人，才读开头两章就有点不寒而栗——一个从此不老甚至永生的最俊美的男子，一个画出此生不可能再有、宛如踩入某种禁忌之地的画家，一个满嘴享乐哲学、无视任何规范、随时煽风点火的上流社会爵士，其核心，则是这幅画，不遗漏不掩饰地记录着显示着人容貌和心思的每一丝变化，这是飞蛾扑火，这幅画所联系的人很难善终甚至伤及无辜，包括小说书写者本人。

这是王尔德唯一一部小说，写成于一八九〇年，三十六岁。三十六岁是彼时欧洲人认定人寿七十的正中心一点，人生的折返点，往后十年尤其那最后五年，将是他生命里最凄凉的一段时日，凡起飞的，都必将降落。王尔德死于才四十六岁，如其他一干天才（果戈理讲的，早死，是天才人物的痼疾。这话，要不要信呢？）。《道林·格雷的画像》，与其神秘地说是王尔德对自身未来命运的无情预言，倒不如就平实地来想，这是他的缓缓察知，人进到中年，中年是人再难躲闪、人全身曝现于现实强光之下的时日，也就是人诸多年轻特权告终的时日，他不得不知道自己这样的人会有什么东西冷冷等在前头。

王尔德爱美成痴，一生仿佛为美而活，这让他远比寻常人脆弱，更禁不住时间流逝；王尔德又是个同性恋者，男同志是人类世界最老不起、最在意容颜身体的人，日本人称之为"面食い"。于时间，我们害怕的是死亡和死亡前导的一身衰病，他们害怕的青春不复，是肌肉的松弛，皮肤开始出现的那一点点浮肿、斑点和皱纹云云，估算比我们提早三十年——三十六岁的《道林·格雷的画像》写的不是死亡，而是人开始"变老、变皱、变丑""当思想在你额头灼烧出纹路，当热情以可怕的火焰在你唇上烙下痕迹……"

和稍前《快乐王子》的极尽温柔完全不同，读《道林·格雷的画像》也许会让不少人感到不舒服，尤其在一百多年后我们这样一个绝对平等意识的时代，我们明智地顺从一种更有道理也更有道德的平庸。确实，小说中有不少任性的话、挑衅的话（绝大多数出自那位袖手旁观全身而退的亨利勋爵之口，让人更不满），仿佛带着跟整个世界过不去的架势而来，遂很容易演变成那种"作者和读者一路吵架的书"。但我们若恰当地加入王尔德呼之欲出的恐惧，王尔德的哀伤和孤立无助，会清清楚楚看出来，这虚张声势得很明显，这是他仅仅能够援引的抗辩之辞，他本来就不怎么能够这样子讲道理，必须这样讲道理必定是他感觉自己已退无可退得挣扎了——燃烧自己，烫伤别人。事实上，这比那种和善照亮别人的好蜡烛更常见、更人性。

博尔赫斯这么说王尔德："他是把自己装扮成庸俗不堪的绝顶聪明之人。"（就是这句话打醒了我，我于是尽可能重读他的每一本书，果然如此）。所以这极可能也算是他的面具，在某些我们已忘记的历史时空，乃至于仍留在某些人身上，人的尊严比我们现在一般以为的重要太多了。示弱，公然掉眼泪哀哀求饶是最不堪的，你日后要怎么跟自己相处？这几乎是"生理上无法接受"，人不能不逞强，

"你知道吗？有些人不逞强就活不下去——"（松子·Deluxe）

如此，我们便能读到一部更好的《道林·格雷的画像》了。

来读一下小说里这段文字，说话的当然是亨利勋爵，他向宴会里一干名流抛出这句话如抛饵："人要想讨回青春，只要把以前干过的蠢事再做一次就行了。"这瞬间引发哄笑——"他把玩着这个想法，变得任性起来，把它丢向空中，幻化个样子，松开它，又把它抓回来，用幻想让它发光，用悖论让它飞翔。他这么玩着玩着，对愚蠢的赞颂竟然变成一种哲学，而哲学也因而年轻起来了，像我们能想象的那样，穿上酒渍斑斑的长袍，戴了常春藤花冠，踏着疯狂的欢快舞曲，像酒神女祭司那样，在生命的山丘跳起舞来，并嘲笑迟钝的赛利纳斯太清醒。事实像森林中受惊的动物，在她面前纷纷逃窜……"

这段文字，把人某种玩世的、真真假假的言行耍弄描述得如此精巧如此准，可见王尔德经验丰硕，是他长年置身这种衣香鬓影上流宴会常玩的把戏吧——用悖论让它飞翔，把愚蠢赞颂成一种哲学，年轻的哲学云云。

当时年少春衫薄，骑马倚斜桥，满楼红袖招——的确像这样。王尔德的人生得意得很早，都柏林三一学院和牛津大学的生涯顺利，诗和戏剧的书写顺利，金钱收入也顺利，他的容颜和考究衣妆引发些许嘲讽还是一样无所不利，但时间滴答作响是吧。事实（不是那些幽微难知的事实，而是我们称之为现实世界的这种事实）不会一直逃窜，事实是冷冰冰的铁板一块，事实最富耐心，会等到诡计拆穿笑声停歇尘埃落尽，就像爱讲笑话爱嘲弄事实的小说家冯内古特感同身受的："笑话会很快冷下来，但不幸炮管还是热的。"

美很纤很细，很在意生存环境，这于是让它有个无望解除的根本弱点，美跟我们素朴的道德思维有很大一块不相容，这在我们今天这个平等时代尤其明白——简单说，美禁不住太道德性的追根究底，基本上，美昂贵而且"无用"，至少，它不是人生存的"第一类需求"。美的讲究，在我们想到有人仍挣扎于吃饱穿暖的生命现场，有人还饿死冻死时，很容易成为某种嘲讽，甚至罪恶。

很清楚，近百年来，人类世界对于美的极致追求基本上已停下来了，原因很多，但美的这个根本道德困境无疑一直困扰着我们。倒不是完全弃绝美，而是止于某种和解，我们明智地满足于"不难看"这个稍低的层次，那种带着疯狂、执念的不顾一切地追逐，已成为历史。

但想到这是历史，是远比我们今天更普遍穷困、贫乏的时代，也许有人火气就更上来了——这无法辩解，美的成本一直是"挤"出来的，一面古巴比伦那样的浮雕之墙，一座圣索菲亚那样的教堂，原来可以养活、救活多少穷人，或今天我们更熟练的换算，"可以供多少小孩吃营养午餐"（想着这事，再回头看《快乐王子》里小燕子果然把雕像的宝石、金箔一次次叼给饥寒的各式穷人，这可真让人心思复杂）。往事历历，美的确不下于庶人，更多时候背向庶人，只存活于、依附于每个时代的权贵高层，接受帝王、教会、贵族富豪的豢养，像莫扎特，他的身份就是宫廷音乐家，时不时要替皇帝的宴会写舞曲。

于是，美又多了一层势利的色泽，做到最好也只能到这样——已故星象学大师古德曼女士曾这么说某星座人的慈悲："他很乐意寄支票给穷人，但休想要他踏入贫民窟一步。"

也因此，美的追寻者如王尔德，总是活着像个四体不勤的享乐主义者，像小说中亨利勋爵这样的人——这两种人本来就很像，一开始很像。

很像，但不真的就是同一种人。我以为只是一对心怀鬼胎、各取所需的盟友，最终仍是要分清的——对于王尔德这样的人，享乐主义是他最方便也最舒服援引的一种现成哲学，如一层铠甲，可遮挡住他的柔弱，缓解他的道德困境，也像一种伪装，让自己可以融入到某一人群之中（"像一只雨燕，会自动降低体温，融入到周遭环境里。"勒卡雷语）；而且，他是孤单的，他需要同伴、听众和观众。至于享乐主义者这边，几乎一定会装扮成美的追寻者，这几乎是本能，让自己高贵起来，从肉欲的层面提升到心志的层面，好掩盖自己的自私、败德和腐朽。

宛如不回头向着毁灭走去的王尔德，他其实有办法自救，那就是停下来，别认真，就地卧倒当个享乐主义者，像小说中的亨利勋爵，亨利勋爵是这张不祥画像相关之人唯一全身而退的一个，这绝非偶然，他"敏于言而慎于行"，白话来说是，只出一张嘴；或像台湾当前那些"生活优雅的绅士"（借巴尔扎克的命名），这是滑溜溜但舒适安全的生命位置，不当真，所谓的道德困境就当场解除掉十之八九，毕竟，这是只处罚好人的自我困扰，算是格林所说那种"只有用心高贵的人才犯的错"，至于所剩不多的那一点点不安，只要偶尔赞颂一下贫穷的印度、赞颂一下劳动者那"有力的、温厚的、长满着老茧的双手"就洗掉了。

一八九五年亦即王尔德四十一岁时，他因为同性恋行为的罪名被判入狱服苦役两年。但这场官司其实是他自找的。他控告他同性情人道格拉斯的父亲诽谤罪不成的法律反噬。据悉，当时有人劝他别去挑起这场没意义又不可能赢的诉讼，王尔德说："我想看看花园的另外一边。"

不是装饰，而是美的寻求作为一种志业，永远还想知道更多，想看到、理解美的全部模样实整模样，王尔德一定得起身离开这座享乐主义的花园不可。美精致、珍稀而且困难，但无处不有而且不相替代，诉说着各自的真相和可能，在生命粗砺之处，悲苦之处，阴森森之处，危险之处，败德、变态、罪恶之处……

这部《道林·格雷的画像》不已经很危险，甚至恐怖了？

狱中两年，王尔德以书信形式（收件人当然设定为道格拉斯）写成了死后才出版的《自深深处》一书（我手中的华文译本名为《狱中记》）；又用掉了生命最后一段时光写完长诗《瑞丁监狱之歌》——这两本也该读的书就不在这里谈了。这里只多心提一下，别把这两本色泽、光度不大相同的书当所谓大彻大悟之书、今是昨非之书，千万不可。这只是延续，只是进展，是他迟早会来到的地方及其想法，也还会有变，如果他继续活下去的话，如果他还有再下一本书可写的话。

最后这三年，王尔德活得不见得比狱中那两年好，身败名裂，妻儿远离还改了姓，而且，又更老了些。其间，道格拉斯曾短暂回到他身边，但只撑了短短几个月——这其实是可思议的，说是必然会不会太重了些？男同志这种最不许人间见白头的感情，很奇妙地，时间的宰制力似乎特别强大望风披靡，最终，占尽上风的好像都是年轻一方，乍看像财富和社会地位较弱、像被支配者的年轻一方，我这一生听过太多太多这样的故事。

究竟，现实世界里有没有这样一幅不断变化变丑的画？我想了半天，大概最接近的是著名的伦勃朗自画像，但这不是一幅，而是一系列的，悠悠时间里由百幅以上画像所构成。王尔德写小说时有想到这一组画像吗？

大画家伦勃朗·哈尔曼松·凡·莱因，忠实地画下镜中所看到的自己，从干干净净的少年到一六六九他活着的最后一年，至死方休如志业。这显然（已）不是自恋，我们更清楚感觉到的是好奇，对时间的好奇，对"我"的好奇。我尤其被他一六六二年五十六岁那一幅"抓住眼球"，画像里的伦勃朗侧着身如探头进来，满脸皱纹斑点，罕见地带一抹近乎诡异的、小丑也似的笑，这让我想到欧陆民间故事里那种恶作剧的魔鬼，他画下了这样的自己。整整四十年之久，他站到远处如此回看自己，最终成为一个人类学般不懈的工作。所以，平静，忠诚，无奈但很幽默，而且得其善终。

有时，生命如王尔德这样仿佛只此一途，但有时又像多歧路多意外，有着其他逃逸的可能，这真的是不容易弄懂的——

《丰饶之海》四部曲·三岛由纪夫

为什么读《丰饶之海》？我以为，这是一部人随着年纪会愈读愈喜欢愈多感想的小说，尽管三岛由纪夫写成时才四十五岁，一九七〇年末冬日。

其一

并没多少小说如此"耐读"，比较多的，如博尔赫斯所说，得趁还年轻，不少小说，一定年岁后可能就读不进去了，"你会开始考虑很多事"。

先来说我自己和这部小说的意外相遇——那是在称为"格子街"的奈良老街，一家不起眼的街町博物馆，这种通常只收些在地人才有感觉的老东西，旧照片旧地图旧文书旧招牌云云，但我晓得这家小博物馆神通广大，常借来好东西。我曾在这里看过五个标价数亿日元、二米直径大小的古伊万里瓷盘，有仍寒光闪闪的那把妖刀村正，都像卖野菜卖水果那样摆着，只拦一条红绳，没玻璃柜没恒温恒湿装置。而这一次，是数十本日本近代文学大师的亲笔手稿，你想得到名字的全到齐，而且还是他们最负盛名的那一本，川端《雪国》、谷崎《细雪》、宫泽《银河铁道之夜》云云，三岛当然是《丰饶之海》的末卷《天人五衰》，都摊着最后一页，很有意思，尤其三岛。

我和朱天心不追星不迷文物但看着不舍离去，都晓得三岛完成此书就出发赴死了，这几行字毫无时间缓冲地粘贴着死亡。但——所有文稿中，朱天心最喜欢三岛的字，大气，强劲，笔笔送到，那是怎么样一个冬日早晨？你当然可以说这是更大的疯狂（其实疯狂撑不了这么久），但回归文学书写的根本经验，完成了，如果这本书写得够厚够满意，人松口大气，那一刻，世界异于寻常地宁静，人也异常清醒，身体松弛得手脚微微发麻，身体有一种被清空的飘浮感，是一种很不错的、晶莹剔透的虚无。至于，到自卫队切腹自杀则是早已说好要做的事，被这趟书写耽搁了，但没被这趟书写清除，如今，故事讲完，死亡依约而来如季札挂剑。

也许，三岛完成了福克纳那个没能兑现的华丽誓言——福克纳说他将写成他的那本"黄金之书"，届时，他会折断铅笔，一切到此为止。

但这部小说很可惜也因此"遗书化"了。很多人直接在小说里找三岛自杀之谜。这不算错，错误在于"直接"。

直接找太容易了，那就是第二部《奔马》中同样如此赴死的饭沼勋，这位少年剑士为着效忠天皇，逼日本政府戒严并修宪，前去刺杀财经巨头并切腹自杀（三岛自己则劫持自卫队长官）。而饭沼勋的起义教本则是记叙明治初年敬神党党员的《神风连史话》，这是已可称之为闹剧的绝望起义，两百人左右，只用武士刀（不被西方现代武器污染），对抗儿玉源太郎的两千兵力加枪炮，所以真正的核心就是"赴死"，用生命唤醒所谓国魂云云的崇高东西，因此更像是"演出"——从神风连到饭沼勋到三岛自己，似乎可以说，我们总会在时间大河里找到类似生命处境的人，做同一种梦的人，如梦相似。

有关这个，杨照写过一篇名为《谜样的解谜之书》的导读文字，相当漂亮，建议找来看，也可以大举减轻我们这里谈论的负担。

杨照举出两个重大质疑都是正确的，一是"《奔马》并不是三岛赴死前的最后作品。《奔马》完成于一九六八年中，离三岛自杀还有两年多……如果切腹已是三岛的中心信仰的话，为什么《晓寺》和《天人五衰》中完全不是这个主题的延续，反而转向了深秘却又宏阔的佛教唯识哲学，以及带着虚无意味的真伪轮回思辨中呢？"二是"《奔马》并不是以饭沼勋的观点写的，《奔马》主调甚至不是完全同情、认可阿勋的。……无可避免必须透过高度理性的法官本多繁邦的旁观眼光来观察叙述，本多虽然对轮回的可能大感眩惑，却始终以理性秩序之光照彻了阿勋思想中许多幼稚、荒诞的部分。"

事实上，之前三岛写过一部一气呵成的中篇小说《忧国》，那才是由起义赴死者视角写成，一团火也似的作品，目光集中于年轻军官和他美丽妻子最后的性爱和身体。《忧国》写于三岛三十五岁，台版译者是我的师母刘慕沙。

杨照进一步引用了《奔马》书中本多写给饭沼勋长信中的关键话语。

"……《神风连史话》是一个已经结束的悲剧，也是个几近艺术作品的完整政治事件，更是个出自人类天真意念的宝贵实验，但美如梦境的故事断不可与今日现实错乱混淆。"

"故事的危险性在于抹杀了矛盾。……这本书只顾执守事件核心的纯真，却牺牲了外在脉络，更忽略了世界史的观点，也未曾探索被神风连视为敌人的明治政府的历史必然性。……当时的日本，无论何等不切实际或激进的思想，竟都有一丝实现的可能，即使是彼此相反对立的政治思想，都同样发自于朴实与纯真，这种背景截然异于目前政治体制坚固的时代……"

故事的危险性在于抹杀了矛盾——这讲得真好。

而我要说的是，到了第三部的《晓寺》，开场时本多已四十七岁了，也是三岛本人死后再两岁的年纪，"四十七岁的本多不知不觉染上了一种习性，对内心轻微的感动也要警惕，遇事马上能嗅出其中的欺骗和夸张。"这是人中年不惑（"四十而不惑"）很准确的体认和描述，再往前去将更心思如镜清明，进入到博尔赫斯所说，世间再没有任一种国族云云、主义云云可欺骗你的年纪，所有的诡计在足够长的时间里都会被拆穿。而此时此地（泰国），死亡已是另一种形貌，"至于本多，他没有任何死的迹象，他既不热烈求死，也不躲避突如其来的死。但是现在，忽然在这热带地方，整天被倾盆而降的灼热火箭照射；本多觉得，这片草木葱茏、欣欣向荣的景象，一如死的辉煌繁茂。"

"我们全都难逃一死，没有人知晓他的名姓。"——博尔赫斯讲，死亡如此坚决，但其面貌、其时机和其路径则多种多变。三岛没在写成《忧国》那一天死，死亡便不可能再停驻于那样的窄迫激情和心志之中；也许此一形式如旧瓶可以姑且保留下来，乃至于只是一个如本多说的"艺术作品"（事实如此，但也成了嘲讽），但其内容变了、不一样了，因为时间就是流逝，不舍昼夜，尤其是小说中（亦即思维中），时间仍一径前行，穿过中年的《晓寺》，复穿过老年的《天人五衰》（本多已是八十老者了），死亡继续它捉摸不定之路……

有个小小的有趣之处是，理应最临近死亡的末卷《天人五衰》，却是唯一不以死亡收尾的故事，还通篇不见人死，这是偶然的，还是安排的？

无论如何，要把如此巨大厚实的三岛，直接塞进一九七〇年冬天那个仿饭沼勋的浅浅死亡之中，是荒唐的，这严重误解了人的行为和思维的复杂关系、size 大小悬殊关系。

这一理应早已淘汰的，也有点危险的误解，到今天仍以某种（自认的）高贵之姿保留在为数不少的人们身上，并潜伏着等待某种灾难时刻爆发蔓生开来——比较醒目的历史实例是中国宋朝，北宋灭于外族加上两位皇帝的被掳，被视为国耻（其实，较明智健康的处理方式是，不去抗拒此一激情在时间中自然的淡去，别让它挤压掉应有的记忆和反省），带来了一个悲恸但仍急躁，只是状似理性的著名反省："无事袖手谈心性，临危一死报君王"云云，开始了超过百年的所谓"知行"的讨论（尤其日后明又亡于清），也得到了阳明学"知行合一"这一积极有力的结论。其基本方向是，怀疑"知"，严厉质疑"知"的立刻有效性，以可实践为唯一判准，来定谳"知"的生死存废，完美状态则是"知"和"行"直接画等号，两者完全重叠。

今天，让我们搁置"知""行"这两个已有相当拘束力的词，平实地用"思维""行动"来替换它们，如此，再清楚不过了不是吗？人思维的领域和人行动的领域怎么会一样大，又怎么可能让它们一样大呢？这是对人思维的无比轻蔑，几乎是迫害了。

愿意的话，可以一个一个试，数学、物理学、文学、伦理学、经济学、政治学……乃至于我们用以享乐的电影电视电玩，看看这样一趟过滤下来还剩多少，相信我，这是一个几乎不值一活的贫瘠世界。

　　思维的领域不可道理计地远远大于行动可能的领域，包括永远不可实现的、只一代一代真实薪尽火传于人心人脑里的东西（亦即列维－斯特劳斯很值得好好体认的说法："人（只）在思想中经验着的东西"）；也包括一小部分在遥遥未来的某一天方得成功实践出来的东西，像是"嫦娥应悔偷灵药／碧海青天夜夜心"的夜间奇异飞翔，到一九六九年阿波罗成功登月，中间绵亘着数千年悠悠岁月，我们甚至有理由怀疑，如若没这样的思维，没诸如此类奇思异想引路，日后的此一实践是否可能，所以凯恩斯才这么指出，我们不知不觉都是过往某一个思想家的信徒。

　　事实上，即便是"知行合一"这一主张也是无法彻底实践的，只能是个提醒，或某种理想；也就是说，它的完整模样只存在于思维之中。思维和行动，除了大小有别，还有难以一一罗列的更微妙复杂的关系，人的行动，或再扩大些，人的行为，屡屡是随机的、突兀的、背离的、否定的、歪斜不相干的云云，我们每个人都是这样。

　　思维和行动的大小之别，随个体、随专业志业大大不同，极致的，我们或会想到哲学家康德，他一生过着孤独、规律到一成不变的刻板生活，像是"只以一个脑子活着"；或小说家卡夫卡，和康德有得一拼的乏味而且时间更短（卡夫卡只活了四十一岁），他让人惊叹"以这么点微不足道的经验材料，写出如此规模的小说"。基本上，小说家这一行当，是"知"和"行"大小极为悬殊的一种（一般而言，比诗人更内敛、更隐身于常人之中），你得从他写的作品而不是从他的生平去认识他理解他。只从他的行动（或扩大些，行为）去窥探，收获极小，且很容易异化为误解。

这里，我们得先处理三岛之死，便是要排除掉此种窥探带来的误解，把三岛的"知"和"行"先分开，也把《丰饶之海》这部大作品和三岛本人给还回来——《丰饶之海》共四部各自完整饱满的长篇小说，四个彗星般划过的人物，少年、纤细如诗之美的松枝清显，年轻、胸中火焰也似燃烧的饭沼勋，异国、带着奇怪前世记忆的泰国王室月光姬，以及依然秀美、但已无赖化虚无化的安永透。这四个人，往事历历般依序排列于说故事人本多繁邦的四个生命阶段（少年、成年、中年、老年），也是近代日本四个各自极富意义的时间现场，时间总长度为六十年，日本最波澜壮阔，如行过地狱、炼狱、天堂的这六十年。书写者以轮回之思（身体那三颗昴星样的黑痣）把这四个人物一气连贯起来，小说主轴自始至终稳定、笔直、清晰，不胆怯不逃走，书写者的意志、专注力惊人（有足够书写经验的人晓得这有多难、多疲惫）；而书写者同时又极度纤柔敏感，因此，整部小说又细节滋润枝叶繁茂，一段描述、一番对话乃至于只是眼角余光一瞥，都不轻易放过，近百万字几乎不见那种必要但乏味的所谓过场，如技艺精湛的木匠把木头的连接处化为特殊工匠技术的展示、特殊之美和其理解（对木头的理解云云）的呈现。所以小说可以信手地、随意从哪一部哪一段开始读，如那种"风吹到哪一页就读哪一页"。但我诚挚地建议，还是老老实实先从头到尾读至少一遍，这样再回头来装逼不迟，也才有足够底气。

其实，我倒并不反对把《丰饶之海》当三岛"遗书"，这部小说和书写者本人的奇妙联系，使得遗书云云这一通常不恰当的概念意外地有趣，还意外地"有用"。但这遗书是整整四大册，而不仅仅只是《奔马》里那几页几句而已。

其二

作为一个现代小说的"被迫"输入国，日本的现代小说总体书写成果是相当惊人的，至少亚洲各地无出其右。十九世纪旧俄当然更厉害，但彼时俄罗斯帝国并非遭强迫侵入，而是彼得大帝把国都推到国境极西迎进来的，彼时俄国人对待现代小说的情感状态很不一样，信任程度也不一样，人或许更乐意（或更自然地）引为一生志业，把自己埋最深的秘密、更难说清楚的希望交给它云云，至少，这大大地减少了闹别扭所浪费掉的时间和心力；日后拉丁美洲的大爆炸是另一个奇特的高峰，只是，仍以西班牙文书写的拉美究竟算移民继承还是移植成功？像是北美书写，我们直接看成就是欧洲小说在一方神秘陌生土地的延续和扩展。

这是个善于学习的国家。但当然，日本现代小说的丰收原因复杂多端，得另外写本书来讨论才行，这里，我的好奇只集中在日本传统的安然延续，没被西学暴力侵入切断、丢弃这一个点，这是大人类学者列维－斯特劳斯探察日本后指出来的（"日本的工匠技艺直通上古时代，而这恰恰是人类学者最感兴趣的"），还回头惋惜法国有太多东西切断、消失于法国大革命中，以为无以弥补，列维－斯特劳斯感慨万千（这一感慨应该会挨骂的，但可见他的认真）："法国大革命的代价真的太大了。"

不切断，是历史的鬼使神差——简单地说，被船坚炮利轰开国门的耻辱，责任概由彼时掌权的德川幕府承担，明治天皇干干净净，万世一系的天皇重新掌权反而成了解答，是为明治维新。当时，对西方列国以及所谓的"兰学"（经由荷兰人传入日本的西学），态度较开放、务实、健康的是德川幕府，尤其末代将军的庆喜（其实是相当有品质的一位将军）；相对地，勤王这一侧所高举的只是"尊王攘夷",一种只靠腺体不动脑子的主张,更像义和团,所以,历史不仅诡谲,还不讲理。

再下一次大危机则是二次大战败战,最终盟军息事宁人,战犯究责上到东条英机为止,昭和天皇又躲过了,日本也没菲律宾化,历史的好运没用完。

列维-斯特劳斯更换了我这张历史基本图像。基本图像容易不察,但非常重要到几近决定性,是人思索、理解的根本依据(亦无限制)。人基本图像差异太大,语言会很难对上,语言会愈交谈愈感疲弱无穿透力,像被什么阻隔着——过往,看亚洲各国现代化这一场,我的基本图像(用以比对、借喻、触发……)总不知不觉是中国清末民初这一张,但这些年,我改依列维-斯特劳斯的指引看日本,加进足够的传统(其支援、其干扰、其化合和互斥、其选择、其源远流长的消长……),政治议题、经济议题、社会议题、文化文学议题皆然,乃至于只是一条街一家店一间神社这样走着看着想着,商品什物、美学、人的姿态教养和行为反应云云,非常有意思,像转动着万花筒,我自以为收获甚多,喜出望外。

当然,我也因此重读了相当一批小说。

得承认,日本的现代小说书写,尤其第一阶段,显得相当特别,异常地沉稳,也异常丰硕多样,像是准备得比较好,有更多可用来写小说的东西。毕竟,现代小说的"输入",只能是其形式和概念,无法连同其内容细节材料一并接收(干吗?也写个英国人法国人吗?);或这么说,在如此巨大且迫切的国族创伤之下,你很难不以一种趋同的、集体的眼光看待自我种种(鲁迅、老舍、巴金……乃至于看似迥异的钱锺书)。当然,对个别书写者来说也许没问题,一个书写者可只认准某一路径来写,如赌一种迷信

（哪怕是一种偏见或韦伯说的"一尊魔神"），只要够认真、够深、够久；但总体成果来看，这种偏集体化的面向未免单调，略去了太多其他可能，感觉可惜了。所以博尔赫斯曾这么劝诫："不要像一个时代那样写，要像一个人那样写。"

也得说，这种"像一个时代那样写"的作品，总掺入了太多所谓"时代意义""历史意义"之类的额外荣光，对小说的准确评价因此从不容易。然而，小说阅读终究得是"真实"的，是一个个人和一部小说直面无隐的关系，我们几乎可以断言（大时间消泯了细节和例外，几乎是最好预见的），随着时间流逝，这样外力粘贴的东西总先脱离，荣光杳远，再三十年、五十年，小说不得不以它纯净的素颜面对它彼时的读者、面对那些已快无感于它写成时代的读者，读者会减去那些"多余"的感动，比方像高尔基的小说《海燕》《母亲》等等，当时的人读它和我们现在读它，落差之大会让你感觉一定有谁搞错了——如果三十年后、五十年后小说这玩意儿还在，或人们仍愿意认真阅读、鉴赏小说的话。

还有，当时这种集体的、时代的目光，总是厌恶的、鄙夷的、欲去之而后快的，如鲁迅之于中国传统。人性上，对讨厌到这种地步的东西不会想多看两眼，而且就一整团地丢弃它，不分辨不拣择，也就很难有层次有深度，看不到那些得凝视够长时间，才会浮现出来的东西。在各种书写文体中，这对小说尤其不利，因为小说正是那种"事情永远比你所想的复杂"的文体。

日本的美学成就惊人而且特别（我跟自己用的词是"奇妙"），不只是具体的艺术作品，而是化于、呈现于生活的食衣住行中，人的一动一静一啄一饮中，惊讶的人很多，不只列维-斯特劳斯，还有博尔赫斯，诗人艾略特乃至于画家凡·高云云。这也很顺利地很完整地进入现代小说这个新文体之中，不违和，源远流长大河般不截断。就以我们今天还算熟悉的小说来看，像夏目漱石，像稍后一点的川端康成、谷崎润一郎，我自己是没那么喜爱川端、谷崎的小说，但不得不说这是极特殊的、有意思的，至少，这样的书写"不该"出现得这么早，通常要到现代小说这个文类不再有震慑性、不再感觉是强势文化舶来品的中后阶段。或我们更整体地来说，日本所谓的"私小说"来得早而且普遍，仔细想想，面对着占据时代意识优位的现代小说，孑然一身的书写者得有足够底气，也就是自认有足以匹敌、能够抗衡的东西在身，才"敢于"用它来写如此琐细、如此家常的私事。这种"像一个人那样写"的小说，在那样犹火杂杂的、人的一切未规格的时代，还真的写出来那么点百花齐放的动人景观。

三岛《丰饶之海》的首卷《春雪》，甚至比我们上述的更进一步——三岛自己说的，《春雪》乃至于整部《丰饶之海》是他想着平安时代的日本自身古小说《滨松中纳言物语》写的。这种继承的、比拟的、追问（再次发问）的书写方式，堆叠起古今，连通着相似生命处境但不同生命现场的人（"穿过遥远的距离，你伸手给我"）；而我们也已说了，第二卷的《奔马》，三岛又把昔日的《神风连史话》直接写进小说里。

就"日本自身之美"这一点，我自己喜爱三岛还胜过川端、谷崎，此番再读《春雪》加重了我这个偏见。我以为川端和谷崎那种几乎是静物的、画卷也似的书写，美是真的很美，美到某种病态，但也有着类似于我读自然主义书写的全部不安和不耐烦（自然主义是小说书写阶段性的重大反省，也一针见血，但自然主义不是一种能够彻底执行的书写方式，理由再说），最终，你甚至感觉这个书写者"不聪明"，至少不够聪明到你想借助他的眼睛看世界，比较像降回接近生物性的所谓"视觉"，如此你有我也有不是吗？三岛很不一样，三岛是带着问题来的，或甚至说被已成他生命危机的问题追着来的，不只观看，还是一一搜寻，如此，这些恍若无时间无岁月的绝美东西，于是也仿佛重新被检视，被拉出来置放在某种现实无情力量的锋刃之前，这样的美甚至必须"讲理"，这更暴现它的脆弱，我自己读《春雪》始终有着这样山雨欲来天起凉风的提心吊胆之感——这是"时间状态"、时间紧张度相当不同的两种小说。我们说，美的事物是在我们看到时惊异，同时也深知它的无可驻留。川端的书写如诗，从当下的美直接跳到它最终的命运（李太白的诗也都如此）；三岛是小说的，这些东西仿佛不可察觉，但一点一点地就在你眼中毁坏、消逝。

　　也可以从这一面看——于日本自身之美，在川端和谷崎那里几乎已是某种生命哲学、某种志业工作也似的东西，我（代表日本人）就是向着它而写，我就是要展示它、记忆它、存留它；三岛在这上头很奇葩，他的纤柔敏感完全是天生的，少年三岛确实就像松枝清显那样，但他如章诒和说名旦程砚秋，"憎恶这样子的自己"，想换成另外一种身体，另外一种可能的人生，所以他开始疯狂健身，强迫自己流汗，强迫自己修炼原本最讨厌的剑道（"我真讨厌这个！生硬的声音，不管输赢都捂着脸哇哇叫……真让我受不了！"），强迫自己从松枝清显变身为饭沼勋。三岛如此剧烈的生命决定，由于来得太早，所以并不必，也无须足够说服人的理由，它可能就只来自一次受辱、一次欺凌、一次体育课或运动会的失败、某无事下午的一场梦境般胡思乱想云云。于文学、于小说书写，三岛的天生纤弱易感原是我们做梦不可得的天赋异禀，但却是三岛生命地狱处境的开启，他拼了命想逃离它剔除它，也试图在书写上改用阳刚的、强硬的文字，换一种声音和感受方式，但三岛想望中那种哪吒也似的彻底替换是不可能的，也天真了，新的进来，旧的顽强不去，人跟化石层一样，否则如何能够在四十岁之后仍写出《春雪》这部小说？

颇残酷但这确确实实是一个文学通则：书写者的地狱通常是读者的天堂。如果我们把少年三岛叠印在痴看着美丽聪子的松枝清显身上，这样做有点犯规但绝对不是附会，这帮助我们看出来，《春雪》这么柔美安宁的文字其实并不真的平静，这里头有挥之不去的不安，以及重重困惑，书写者的心绪远比川端、远比谷崎复杂难言；眼前这些美好事物的可望驻留时间似乎更短更巍巍颤颤，较之川端、谷崎的安定不波。如果你还已读过了他其他小说如《金阁寺》并再叠加上去，这里有着川端、谷崎小说里并不容易见到的种种深层转折及暗示，不是那种举重若轻的，所谓"物之淡淡哀感"，三岛生命中没这种悠闲，我比较相信他是屏着一口气，努力压住心绪起伏写《春雪》。《丰饶之海》是如此一道迢迢长路，而这才刚开始不是吗？如此内张外弛，所以三岛自己煞风景地说，他是在这部雪花漫天飞舞的美丽小说里到处埋炸药。

《丰饶之海》四部小说以轮回之思为轴，但对三岛，这应该不仅仅是个聪明的文学技法而已，这是三岛很年轻时就已用自己身体模拟过的，是生命具体经验——事实上，从松枝清显到饭沼勋，"三岛轮回"毋宁更复杂凌乱，不是新生的，而是纠缠的、更苍老的，一种保留着携带着昔日全部记忆的沉重轮回。而我们一定得留意的是，事情当然还没完，因为饭沼勋并非三岛生命的终极样式和年纪（只是死法雷同混淆了此一事实），饭沼勋死去或说再次进入轮回，三岛自己则又十年、二十年地活到了一九七〇的四十五岁，这当然是更稠密、人更有能力反复思索的生命精华时间，也更长（得扣除人婴儿期幼年期的心智未开时间）。而外头世界，这是日本宛如起飞宛如加速的历史时刻，资本主义大获全胜。

而小说中从头到尾在场的说故事的人本多繁邦还一直活到《天人五衰》、人垂垂老矣已不必主动去死的八十岁，死亡早已近在咫尺，无须你去找它。

其三

日本这趟颇辉煌的现代小说书写稍后戛然而止，历史退潮，止步处大约就是三岛，后三岛的日本现代小说正式进入荒年，值得认真一读的作品非常非常少，显然，这个国家有了不一样的想法了，做不一样的梦。

大约两年前的某一个早晨，三位勤读也相当善读小说的年轻朋友到咖啡馆来找朱天心和我，说到三岛，其中一位皱起鼻子说："我不喜欢三岛。"再补一刀："他太自恋了。"我知道他看错了或说时候未到（只希望他日后年岁渐增，会记得再读一次三岛），我没作声，说服人干什么？而那种人家看在你年纪不好反驳的感觉更糟不是吗？

我是那种闻自恋色变的人，数十年如一日，已达对爱照镜子之人避之唯恐不及的地步，我理应更敏感才是。我猜，他对三岛小说的理解，大概被那几张秀肌肉的著名照片给干扰了吧；或者我猜，他一定很喜爱太宰治和他那部已成年轻人圣经的《人间失格》（太宰不差，唯《人间失格》应该不是他最好的小说。代表作但非最佳，这文学世界常见），过度热爱太宰很容易奇妙地排斥三岛——我们讲过了，三岛讨厌自己，秀肌肉应该是证明自己已成功摆脱了那个自己。

郑重来说，自恋之人不会这么写小说，自恋的人总是把小说写成散文甚至诗，我所向披靡，我无可比拟——没能力也隐隐不敢比拟，只因为比较会揭露真相，没有比较就没有理解，从而没有伤害（大陆网友无厘头地又改成：没有比较，就没有"上海"）。世界太大太硬，世人太多太奇葩，我不堪一击。

《丰饶之海》，太明显了，三岛这是如昆德拉说的站到远处回看自己，不够，还拎着自己四处找比拟，人体实验般把自己丢到不一样的生命现场，或许更容易暴现出真相的生命现场，而且像那种冷血的自然观察般不伸手干涉；还不够，更进一步比拟于古人，比拟于异国之人——的确有屈原那样碧落黄泉上下求索的味道，就唯恐遗漏。

每一部小说，和它书写者的"距离"远近不同，比方年轻的张爱玲说"云端上看厮杀"，站得远远的，几乎就站神的位置。但大致上，愈富问题意识、愈往人心深处而去的小说，距离愈短；或另一种说法，好几位大小说家都讲过，小说愈写到后头，书中人物会愈来愈接近书写者本人，如下卷中的堂吉诃德远比上卷时更像塞万提斯——这讲的同样是，那些对外挪借来的书写材料（人物、事件、场地……）有限，有时而穷，无以为继，而且，通常只能进到人皮下几公分处就停了，更深的思索和理解只在"我"这里面发生，小说要再更深处去，就不得不动用更多自我、不吝交出更多自我——这完全无关那种肤浅的自恋，这个"我"是辛苦的、累积着疲惫伤害的劳动场所，不是顾盼走秀的 T 台。

三岛从不是那种悠闲的说故事人，他是和自己小说距离最近那一级的书写者；而遗书的这部《丰饶之海》又像是他人生的一次彻底清算，距离更近，小说和他本人几乎重叠，恍兮惚兮。

也因此，最痛恨玩那种"文如其人"式任意比附，总用力在作品和书写者之间深深画开一条线的纳博科夫，经验性地告诉我们——小说（小说中人物）是书写者自我的演化，一次次，一个个，那些没能在人生现实真的完整展开、显露无遗的演化。纳博科夫还提醒我们，自我是复数的，自我可不止一个。

还有这一个响亮的声音——包法利夫人。福楼拜说："就是我。"

松枝清显、饭沼勋、本多繁邦，以及散落于小说各处的更多自我碎片……

这样，应该就顺利看出来了，《丰饶之海》由四部小说构成，但并非四个人物简单地平行并列，松枝清显和饭沼勋，后两部的月光姬和安永透，其分量和深度完全不同；也可以说本多繁邦对他们的"用情"明显不同，小说在饭沼勋之死这里打了个大弯，那种密密私语的内心无遮无隐的声音似乎远了、消失了，月光姬和安永透已离开了三岛本人，是借来的，偏向于被观察的"外人"。

或我们这么问，重新精致地演化了松枝清显和饭沼勋这两个昔日自我，下一个呢？接下来的三岛本人跑哪里去了？既然不是异国异性的月光姬，那是谁？就只剩这个人了，本多繁邦，这个很奇特为什么事情发生时他都在场的本多繁邦。

少年（松枝）——青年（饭沼）——中年（本多），这样纵向排列也才真正符合人的生命样态，让时间恢复流动，恢复了人（以及他眼前的万事万物）在时间大河中无可拒绝的生长、变化、毁坏和死亡。只是三岛这个人，确确实实曾经以如此暴烈的、断开的方式跨过不同的生命阶段而已。

顺带说一下，三岛也并没给月光姬相衬于松枝、饭沼的死亡，月光姬甚至死得有点用后即弃，借助了孔雀主的蛇噬故事（《佛母大孔雀明王经》），应命般二十岁时死于红花烂漫凤凰树下的眼镜蛇毒牙，好再进入轮回。

本多繁邦这个人，一般很容易把他当成那种吸纳地、沉默地说故事人，或稍多一点，是三岛身上的"理性成分"，用来检视、对照小说舞台中心的主人翁。但我认为这都低估了本多繁邦的分量，会错过不少东西，尤其本多精彩如灵光的"感想"，那是悬于书中主人翁之上高处的东西，甚至就是他们的绝望、伤害和死亡所换来的东西。

这一次、这个年纪再读《丰饶之海》，我决定犯规地试一次，就彻底把本多繁邦这个人当真正主人翁，当三岛在小说中的完整化身，本多繁邦"就是我"。如此，整部《丰饶之海》的基本图像瞬间变了——本多当然从头到尾在场，因为这所有一切正是本多老人的回忆，在自己八十岁了、死亡已来到跟前时，他回想自己这一生，细细回想已不在的少年、青年以及之后（"内心深处的真正问题，总是很天真的啊。"以及，"又觉得只有在'如果我还年轻'这样一种假定的条件下，才可以作如是之想。"《晓寺》）；乃至于像《天人五衰》卷末处回忆完结，月修寺住持，也就是《春雪》里的聪子本人却否认了这一切，包括松枝清显这个人的存在，"会不会从来就没有这么一个人呢？会不会本多先生以为存在，然而实际上，从一开始这个人就完全不存在？"也就是博尔赫斯一定最喜欢的，这只是本多这个老人的一个梦，在梦中他又化身为松枝清显，和本多遥不可及的聪子有了这样的接触、这样一个故事。

主轴（于小说，"主题"这个词太收束了，让人深深不安）也不是真的轮回，而是死亡，死亡的思索带来了这一趟回忆——轮回只是三岛本人生成变化的夸张说法，也是本多用来处理死亡的尝试，一种猜想，一个希冀，死亡是大事，死亡非比寻常，人不处理难以承受。

本多和三岛本人最显著的不同，也是我以为最富意义的不同，是本多活了三岛几乎多一倍的时间，本多替三岛多活了超过三十年——分歧点正是《晓寺》，从三岛死后两年开始，这是三岛向小说借来的生命时间，或说，三岛急于探知死亡的奥秘，遂提前让自己在小说中向着中老年演化，借来中年人的身体和思维、借来老年人的身体和思维，让体认完整，避免有所遗漏。这是小说这个文体的重大特权，小说化虚为实，小说把二维的概念思索填实为有着具体细节的实事实物，小说让思考成为经验。诸多书写者并不真的彻底察觉、善用小说这个独特而且强大的能耐。

我想起冯内古特《加拉巴哥群岛》中主人翁"我"的快快死去，才在小说开头两步之远处，这是他的奇想，这家伙下定决心要当个鬼魂，好自由进出每一个时间和空间，好进入人心，探知所有的奥秘。

这么读《丰饶之海》，马上救活的便是《晓寺》——《晓寺》（不太像小说）一直是个大麻烦，有人甚至讲这更像是本多的泰国游记；还有，我们读小说最怕的那种，怎么好好小说家不当，忽然变成个蹩脚的哲学家云云。当我们把目光从月光姬移到死亡，这些困扰就当场一空了，《晓寺》直面死亡，或说，终于终于，本多繁邦来到了（自以为）有能力正面思索死亡的年纪了，这个壮绝唯不免左支右绌的持续思索，赋予了死亡足够的郑重、足够的敬意，以及，必要的畏惧，都是饭沼勋没有的，不是那种年轻时日所想的轻快死亡（博尔赫斯一针见血，"死亡和爱情，正是年轻小说的两大印记"）。我们假设，如果《丰饶之海》的书写止步于《春雪》和《奔马》，那我们所看到的死亡模样，不会跟太宰治的《人间失格》差太多（我还是建议也读他的《阴火》和《斜阳》，这三书贩售数字落差之巨，一直让我惋惜不已）。那种轻言的、无畏的、拿来挥舞的死亡，通常书写者意有所指心不在此，因此死亡本身毫无内容。

《晓寺》处理死亡的不尽成功，这是意料中事，不是因为这样的思索说理和小说不合，别小看小说，小说仍有足够大的柔软性和包容力（D. H. 劳伦斯说的，小说吞得下这种理论"硬块"），而是，本来就没有完全成功这东西。死亡是绝对的疑问，是纯粹的谜，是完整的否定，是没有边界的虚无，是从未见过任何一个人回来的旅程。我们能期待的只是，三岛能为我们多想什么，能想多仔细以及多远，最终在哪里"屈服"并以何种方式逃脱云云；更可期待的可能是，通过死亡的硬生生逼问，拓宽、夯实我们对生命、生活这一反侧的体认，种种如冷天空气迎面而来的、让人激灵灵打了一个冷战的体认，人变得比较清醒，清操厉冰雪。我们晓得，人的思维包括时间意识、有头有尾的完整生命意识，极可能正是从人察觉到死亡这个点、这一刻开始的。

如日本评论者说的，这是"和死亡的凄绝格斗"，是"和虚无主义的凄绝格斗"——我一直不很看重日本的文学评论，这一领域日本始终出奇地贫弱，但这两句话人家说得对。

本多自己的死亡念头一直要到《晓寺》卷末才姗姗到来。当下，这是一种极宁杳的、人胸口满满的狂喜之感，脱逃有望成功，即将获得自由，但这已是三岛自杀后的事了——"他真正真正想看的东西，只存在于他不存在着的世界里，为看见真正想看见的东西，必须死。"

这发生在月光姬拜访本多家别墅那一夜。本多坐游泳池边，游泳池水面波光粼粼，像撒了光的旋网，那一刻，似乎梦境和现实的界线消失了，生与死的界线消失了，不管是什么界线都消失，所以好像什么事都会发生，包括歌德所说那种夜间的奇异飞翔——

"映在水面上的二楼窗户，正开着通风，白色透花窗帘飘动着。月光姬今夜将住在那里。月光姬曾在深夜从那窗口飞到屋顶上，又轻轻落在地上。……月光姬在本多看不见的地方，不是真的在飞吗？本多看不见的月光姬，解脱了存在的束缚，谁能说她不会跨上孔雀，穿越时空而变幻莫测呢？显然，这些事是既无确证，又无法证明，才使本多着迷的。"

又，"莫如说，本多在心里把死看成一种游戏，他醉心于死的甜蜜，认识怂恿着他自杀，在自杀的一瞬间，他久想一见的月光姬裸体，如同灿烂的月亮，出现在他眼前。那是一尊谁也看不到的闪烁着琥珀光辉纯净无垢的裸体——本多梦见了至高无上的幸福。……本多所一向期望的，或许正是这孔雀成就。如果今世之恋皆以半月告终，那么谁不梦想孔雀尾上升起的满月呢？"

这晶莹剔透的狂喜，是宗教性的体验，在理性的尽头之处，如此华美的图像才升起（"理性中止日，宗教生成时"）。人也可以从此就停止在这里，让它成为确信，成为完满的答案，如此就完完全全是宗教了——所有宗教（但不包括那些不整理的，如"一整捧刚采摘鲜花"的泛灵崇拜），不管析理精巅，其无可替代的共同思维核心都是否定的，如韦伯说的，始于理性的否定，再进一步便是对整个我的否定，最终对是这个"我存在着的这个世界"的否定，《圣经》最重要的著述者、论理者使徒保罗也这么讲，在人不能，只能靠神、靠神所射入的光。只是，这个图像的光辉，遮盖住了否定，遮盖住了死亡的黝黑；乃至于，这样的光辉，让人可以克服恐惧，愿意一赌自己的迷信，想想，丢弃一个不可能完满的世界，有机会换得万千个眼花缭乱的至福世界，这划算吧？

再往下，就只能是纯描述了（如《圣经》），最多只能是数学式的无穷演绎或说循环论证（如佛家），因为理性止步于死亡之前，理性到不了界线那一边。

必须死，但看来本多繁邦并没留在这波光粼粼的一夜，他继续活下去。

其四

轮回这个太温柔，温柔到不像真的的概念，并不难在人心直接生成，有时只是因为害怕，或只是因为某种无可遏止的奢望，它就来了、信了。对三岛本人应该更容易些，他年轻时仿佛已完成了一次轮回。

我读过一篇有趣的文字，讲托尔斯泰已垂垂老矣的晚年，那些奉他为大师为先知（已不只文学了）的"信徒"们，普遍生出一种"他不会死"的执念，可能连托尔斯泰本人也片刻地这么想过——这样一个人，这样的智慧，这么光辉的生命，他都走到这里了，死亡在他面前怎么可能不俯首呢？或者说，这一切怎么可能、可以在一夕间完全消失掉呢？这太荒谬了。

我们寻常人等，尽管没这么伟大，但我们也都有我们珍惜不舍的东西，有我们用足了情感守护的东西，有我们用一生力气，勤勤恳恳地、日复一日才一点一点得到的东西；还有，我们也是好不容易到达这样一种刚刚看得懂人、看得懂世界的心智成熟的时刻，怎么就要结束了？就要灰飞烟灭了？

发明轮回不难，难的是发明之后，它禁不起一直想下去，每多想一点，都会遭到现实世界各种合理性的阻挡，都被理性驳斥，也就是我们讲的除魅，直到它千疮百孔，光彩尽失。

事情本来就是这样——愈聪明、愈思辨的人愈难处理死亡，因为这个完整不可分解的谜是没有答案的，人愈聪明、愈想，只意味着找到了更多疑问、更多荒谬，也更难得到身心安泰。所以但丁《神曲》里，那些最聪明的人都进不了至福天堂（但丁以他们早生于耶稣、错过了拯救云云的宗教性理由来搪塞，但这也是隐喻了不是吗？），而是一个一个游魂似的长居于阴暗如迷雾的地狱第一层，但丁最伟大的发明，所谓的高贵城堡，永恒迷惑之乡。亚里士多德、柏拉图、荷马……

于此，最爱读《神曲》的博尔赫斯有他个人的不服气，他一直有个奢望，想要有一个"有学问的人的天国"，并认为在一代奇人史威登堡的宗教思维里找到了（史威登堡构筑了一个有趣的天堂，只有那些真正听得懂上帝深奥话语并对话的人才进得去，虔信者听不懂，只能徘徊在天堂外围），遂万分惋惜史威登堡没能成为另一个马丁·路德或加尔文，多一个新教教派，好让那些潜心于思维的人也可以怡然地面对死亡。

所有的宗教里，博尔赫斯因此最心仪佛家，尤其还在追问，还不死心，还不把一切化为吟诵、化为仪式好接待众生的那时候的佛家。三岛《丰饶之海》的死亡思索乞援于佛家（他也写到基督教但略过了），大概也因为这样吧。

用小说家布洛克"雅贼系列"里的玩笑来说，在《晓寺》和《天人五衰》之间这几十年时间，我们并不知道本多繁邦发生了什么多想了什么，但跳到《天人五衰》的老年，这样的狂喜、这个光辉的图像彻底消失了，本多走向了怀疑的这一侧，即便他已亲眼看到安永透身上三颗黑痣这一"确证"，也依然挡不住他的怀疑，随着时间，他几乎认定了安永透是个假货，是"赝品"。

安永透这个年轻人，除了天生容貌和他那个看向大海、看着海平线处船只出现的职业之外，几乎再没可堪想象之处，而这几乎一定就是本多所能看到的最后一次轮回了，他已老到等不起下一次了，这样，算不算他的结论呢？——好不容易找到轮回这条救命绳子，三岛究竟在想什么？他这么写实在太狠了（于人，尤其于己），在最后一刻止步，"把刚刚给我们的东西又都要回去了"；或者说，他太诚实了，诚实到千金不换天堂不换，他终究是走不出永恒迷惑之乡的人，如昔日那一群我们视之为楷模的智者哲人。

安永透的不堪，除了是三岛本人的终极怀疑使然之外，是否也还有另外袭来的沮丧？我在想，三岛并非那种困在小小自我里的人，他生命中一直有着（三岛由纪夫式的）足够的现实介入，他有个不小于自我的大和魂、大和之美、大和的品气和元气、大和的每一源远流长美善事物、大和的忧伤及其历史命运云云。大时间纵向地看下来，他是否逐渐察觉出了不对劲，察觉出某种毁坏，某种拉它不住的不改流逝……这里，三岛可能不是怀疑了，而是失望，对世界、对人的无比失望。

安永透一样如松枝如饭沼的自杀，但三岛让他不死，仿佛中断了轮回。安永以瞎眼、从此不言不语的更糟糕的模样活下去——毋宁更像那种犯了不赦之罪、不能死不得安歇的受诅咒者。

得说，三岛真是厉害，我指的是这个已拖着天人五衰身体的老本多，这是很不容易写好的人物，以及，还不容易察觉自己没写好的人物。我一直讲，小说中的老年人失败率、失真率极高，因为他通常由年轻很多的书写者来写，没有那个身体，和死亡的距离、关系也完全不同，只能典型地写，写成同一种同一个老人。尤其，本多不是被观看者，本多是观看者加上无止无休的思索者，小说中最深最难的东西都在他身上，你可以借来外形和行为，但他的思维、他的体认、他那些老人才有的微妙感受你哪里去借？这些只能是"三岛的"，小说这个可在时间大河中纵跳的文体把你带去那里，但仍然要你自己想、自己感受。

至此，我们几乎可以这么说了——四十五岁就死去的三岛，通过小说魔法般的安排，让他做到可以用四五十岁的三岛思索死亡，再用七八十岁的三岛思索死亡。就人寿来说，这就是完整人生了，就是人已穷尽所有了，因此，没浪漫，不是冲动，更不是那种樱吹雪般的璀璨之死，《丰饶之海》所揭示的死亡思索很厚很重，也负责任，能想的都想了，能讲的都讲了。

　　设想，如果三岛真如本多般活完《天人五衰》这年岁，再如川端般开煤气自杀，这会是哪种死亡图像呢？——我们会说，这是一个已疲惫不堪的老人，不觉得自己还有什么没看到没经历过，不觉得还有什么样的可能，他选择休息；或者更身体性的，没元气再这么高强度思索了，遗忘已快过了认识，像大人类学者列维－斯特劳斯八十岁之后说的，我不会也没时间重启一轮新的思维，再去建构一个完整的思维体系了；也许还有尊严问题，不想让人照顾自己，不要人看到自己更残破不堪的模样……

　　我们或会悲伤，但不会真的震惊，内心里，也不会觉得不应该。

　　但走过这趟迢迢长路的三岛，何以又寻回他年轻时日的、饭沼勋式的死法呢？我不敢说我真的知道真的能解释，我只能说，人终究得有一种死法，你走向山，或者山走向你——这里，我喜欢赫尔岑的话，尤其他的语气：一个人的死，和众多人的死一样，都有它不可解之处，此事神秘，我们认了就是，不必大声嚷嚷，更不要拿来吓小孩。

　　也许，正如三岛自己已坦白写出来的，饭沼勋的死法保留了下来，但已成为某种"艺术作品"，一种仍可采行的死法（且物尽其用地或可激活一些东西）。而我们晓得，实际上这连艺术作品都谈不上，一九七〇年冬日下午那一场是个闹剧，现场无奈听训的日本自卫队员不配合或根本不知三岛所云，三岛自己的最终演说也是草草，本来就没啥内容（所以说，遗言在写《丰饶之海》时已说完了）。这一切，更像是走个程序而已，真正做到的，就是他成功地死了。

死亡沉重、生冷、无趣，又完全空无。死亡无可比拟，但我们一直努力想比拟，甚至给它一个可感的形式，好让它有点温度，好可以说出它。我们会说它像是大眠，像旅行的人回家了，像多年后人期待着又见到自己的亲人，像樱花飞舞满天，像微风天坐在风帆下，像酒醉后坐在河岸上，像没药的香气，像人发现他一直忽略的东西——我们是很需要安慰，也需要再多一盎司勇气，还有，我们需要多知道它一点是一点。

整部《丰饶之海》结束在，或说静止于这个画面如一切停息。本多繁邦站在月修寺的庭园，"这是个毫不出奇、娴静明朗的庭园。数念珠般的蝉鸣占领了整个庭院。除此之外没有其他声音，寂寞到了极点。这庭院什么都没有。本多觉得，自己来到了既无记忆也没有任何东西存在的地方"。我自己读到这里不敢作声地呼了口大气，还感觉出其中无何有地有着某种欣然之情，是我错觉吗？很类似的画面我曾读过且从此深入记忆，但那是在刚果森林，格林写的《一个自行发完病毒的病例》，像一路走向死亡，连笑都不会了的大建筑师奎里，走进了当地人们都不敢进入的夜间森林，和本多一样，奎里发现这里根本不是寂静无声，而是有着无止无休的虫鸣，但这里完全是空的，"他无法怪这些人害怕，假如人要不怕夜里到森林里去，他必须什么都不信。森林里毫无吸引浪漫之人的地方，它完全是空的，它也不像欧洲的森林里有人住过，有巫婆或烧木炭的人，或者杏仁饼做成的屋子。从来没有人在这些树下走着，哀悼失去的爱，也没有人像个湖畔诗人一样在此倾听宁静，与内心密谈……"

这我们就不在这里多解释了，不要急着解释，像卡尔维诺讲的，这样几乎是神话的、已去除所有寓意却又像空着好吸引无数寓意的静止画面，最好让它安静地沉入记忆里，好不遗漏它的每一可能，解释、体认和想象。还有，我以为这是读小说的奖赏，你一路读《丰饶之海》到这里，心里满满是东西，这最后一步该由你来走完它，这是权利。

这里只一点点提醒——这不是单纯的返祖，回归原始，不是像D. H. 劳伦斯最终选择长居新墨西哥州，并达尔文主义式地不断发言训斥我们，没有那种火气，那种脸上得色、那种残忍；这也不是所谓的彻悟，那种以为立刻找到新生找到全新生命实践的彻悟。这是苍老的、终点的，像是卡尔维诺说的，赋予了虚无、给了人的全部徒劳一个晶莹剔透的形式；这是那些难言轻信的长途跋涉之人的力竭之处，很像是死亡了，但或许更像是某种天堂，不意瞥见到的天堂一角，是他们这种人仅能有的，仅能依靠的天堂，安歇之地。

"丰饶之海"这个很美丽的书名，三岛本人证实过，这的确来自月亮那儿，或应该说是月球，在阿姆斯特朗踩上月球之后，我们完全证实了，那就是个大坑洞，一片死寂荒凉，这样的发现没什么喜悦之情，反倒很悲伤。所以，比现在年轻许多的解说人杨照断言："名为'丰饶'，实则干枯。月球上被命名为海的地方，本质上也是个冒牌货，是地球上的海洋概念的赝品替代，也是对'丰饶'的讽刺虚相。"

也就是说，三岛之死，最终还是害怕自己被看出来仍是昔日那个纤细阴柔的少年，是"赝品"，他要留住那个阳刚、强壮、武勇的三岛由纪夫，就只能像他写的《金阁寺》，用死亡来阻断时间，让它不生变化，停在这一刻。

我自己没敢这么想，我的依据很不怎样，就只因我的记忆使然——不只是没因此更替掉我已有的、抬头看仍那么美丽的月亮而已，事实上，也阻止不了日后各种更美好的月亮进入记忆并相信它。阿波罗登月成于一九六九年，我当时小学五年级吧，日后，我又知道了比方赤壁一战前夕，曹操横槊所看到的那个亮到满天星斗为之一暗的月亮；旅途夜里的李白惊异如同初见，那个流泄一屋子光华的月亮；泛舟苏轼，被香气的桂棹和兰桨打碎，哗的化为流光之路的倒映水上的月亮；还有，博尔赫斯所说装满着泪水，博尔赫斯拿它当明镜，送给他最后的伴侣儿玉的那个月亮；还有，年轻俊美的古希腊牧羊人，因为如此一夜不舍离去，遂祈求天神宙斯让他可以永远睡在这山上，裹一身柔光如大眠的那个月亮……

　　一轮明月照九州。

　　这些，都好好的是我的记忆，一如那个荒枯的科学的月亮也都是我的记忆，我心矛盾，或更可以说我心有容。最终，我记忆里还有一个月亮，某种心绪时刻我以为最动容的一个——

　　"十六世纪初，卢多维科·阿里奥斯托这样幻想：一位勇士在月亮上发现了那些从地球上消失的东西，如：情人的眼泪和叹息，被人们消磨在赌场里的时光，毫无意义的计划以及得不到满足的欲望。"

　　所以，丰饶之海，不仅仅只是虚幻，也实实在在的悲伤。

《圣经》旧约·新约

为什么要读《圣经》？这个问题真正要问的是，如果你并不是个基督徒、不因宗教信仰的理由，还需要读《圣经》吗？

我自己的答案是——最好还是读一下，如果你想稍微深沉、稍微完整地了解我们眼前已然的这个世界的话。至于次数，笼统来说一生顶好有个三五回，在不同年纪，感觉自己面对着有所不同的生命处境时。

这并不是个很难的实践。

其一

先来说书籍的一种形态、一种它和它周遭世界的关系，或可称之为"像极了河流的书籍"——《圣经》尤其是此一形态的极致。

只要有足够的时间长度，一本书从不只是一本书，正如一条河从不只是孤零零一条河，而是形成一个"水系"——它会不断汇集着其他水流，由涓涓水滴到波澜壮阔，沛然莫之能御，它改变山川大地的形貌及其品质，甚至改变了空气、改变了气候；它慷慨地持续分流、冲刷、润泽，让土壤厚实柔软美丽，宜于生命的驻留和演化，长出草木，招来兽群，最终，到来的是人，定居，繁衍，耕植，孕育文明。我喜爱的已故古生物学者古尔德，他有一本书就叫《缤纷的生命》，地球上最缤纷的生命现场，一定都有着、环绕着一条这样的河。

幼发拉底河、底格里斯河、尼罗河、黄河、恒河云云，人回想自身的来历，筚路蓝缕，有时会激动到称呼这样的一条河为母亲，说它是一切生命的源头，而不仅仅只是一个神而已。

这种水系的、河流模样的书籍形态，把我们带回到书籍的最原初时日、书籍没有单一作者的时日——很长一段时日，人的书写，不是要完成一部作品，只是单纯的记忆保存，想记下一段思索、一个经验、一个故事云云；而这样的记叙也是注记的开放的，允许他者尤其一代一代的来者在其上修改、增添，"在此一思索之上继续思索"，这半点不足为奇，只是延续，因为在人发明出文字之前，人以口语传说的方式已如此进行了百万年了。像是中国的《易经》作者究竟是谁？相传是伏羲此人先创造出八卦这个神奇公式，然后周文王姬昌坐牢时把它展开分解成更细致的六十四卦（另一说是夏禹，但这其实无妨）；日后再由孔子用文字来反思它说明它，凡此。但这当然仍是假托的简略的，后来的人们喜欢这么做，好让自己放心，并赋予它某种神圣性来保护它坚固它，所以古希腊的两大流传史诗由盲诗人荷马署名（但希腊人又狡狯地说，荷马同时诞生于七个城邦，宛如有七个城邦的万千个分身），至于《圣经》，犹太人干脆讲是由"圣灵"写的。

很后来，在进入到单一作者的封闭性书籍时代，如此的修改、增添和再思索其实并未停止，只是转而在"书籍外"进行。要想较具象地见识一下可能的川流纵横壮阔模样，建议找一家大型书店，愈大愈好，看看奉《圣经》或卡尔·马克思之名，所呈现的相关书籍幅员之广及其图像，也可以在搜寻引擎打上 Bible 或 Karl Marx（别用中文，会逊色太多），我的感觉是自己当场渺为一粟，满心以有涯逐无涯的疲惫感。

书不只是这一本书，书并不结束于书写者最后的句点，而是动态地由这本书和它所有的读者所共同完成。不少人从这个角度来问来探索，包括已故书的大搜寻者大诠释者翁贝托·埃科，我想，这是追问书和现实世界千丝万缕的关系，而非评价书的"好坏"。影响力最大的书，和最好的书，这是不尽相同的两件事，有时不尽相同到让人心生不平，比方二十世纪弗洛伊德的《梦的解析》。

我应该没看错，这一不尽相同正在持续扩大，影响力位移也似的向着通俗那端而去，和书的内容好坏届临背反，以至于当《百年孤独》卖得"像卖香肠一样"，加西亚·马尔克斯不是开心，而是惊愕，带一点自己八成做错了事的感觉。

赫尔岑的名言："历史同时敲千家万户的门，哪一扇会打开来，这谁会知道呢？"人，向着未知，向着眼前的迷雾一片摸索着前行，一直都是这样，会选择走上哪一条路，这鬼使神差，如拉丁美洲大解放者波利瓦尔的感慨："我这一生，完全是鬼使神差。"——个人如此，卡尔维诺讲过，某一天你搭上这班车而不是那班车，你向左走而不是向右走，人好险（或好可惜）差一点就做不成现在的自己，而你甚至并不知道自己做了选择；比个人更缺乏自觉缺少意志的集体更是如此，尤其在人类世界才伊始的时刻，各个社群各个国度的人，被抛掷在不同的生命现场，先看到什么，眼球被哪一惊异景象紧紧抓住，用什么样的猜想什么样的假设进入世界，携带着哪一基本图像前行云云，基本上都算走得通但并不是非此莫由，更非不可替换（弗罗斯特的名诗 *The Road not Taken*，未走之路："未来因而全然改观"）。真正难以替换的是日后不断加进来、不断堆叠上去的再思索成果，难以数计的人（其中不少人甚至远比原思维者、原著述者更聪明），难以数计的苦苦再思索的精纯时光，才让这一切成为历史既成事实，让它难以比拟也无法逆转。我也想到中国春秋宛若繁花盛开的历史时刻，当时林中分歧可不止二路，某些历史条件加上历史偶然，最终中国走上的是儒家这条路，但两千年后的今天我们晓得了，某种对人性保持高度警觉的法治思维，某种下阶层、劳动者的思维，也都可以是坦坦之路，只要给它们足够长的时间和后来者。甚至，名家那种着迷于名实的、如提前出现的记号学思维也非常有趣不是吗？

一般相信，《圣经》应该就是人类史上读者最多的一本书，但这里多心提醒一下，我们所说的并非像《哈利·波特》或《小王子》这种阅读方式的读者，而是思维如薪尽火传的接续者、思维如大河开展奔流的参与者。

不一定得是最好的书，但也许我们仍可笼统地看出来某些个共同的特质。于此，翁贝托·埃科没好气地指出（他显然也很不服气）："你只要大肆狂言即可。"——大肆狂言，去除掉其嘲讽，意思是，不怕说大话，竭尽可能地愈大愈好，大到没办法收拾完全不是个事，恰恰好相反，就是要留下足够多的矛盾和空白，这是关键，这才能顺利吸引足够后来者的加入，给他们足够的施展空间，也就是我们常说的，往往，问题比解答更重要或更富意义，尤其是那些并没单一答案的问题，它不是让我们只获得一个答案，而是给我们一个视野、一条路（或不止一个、一条）、一个世界；进一步讲，这样上天入地但矛盾纷呈的"大书"，很容易就分解开来，"材料化"了，像个大仓库，当你在其中寻获某个如获至宝的东西，应该不必也不会太在意其他部分的杂乱无用。

埃科说话时想的是哪些大肆狂言之书呢？马克思？或尼采？这里，我自己一个小小实例是康拉德——他最好的小说也许是《"水仙号"上的黑水手》，而他被讨论最多，也给后来书写者最多启示的可能是《黑暗之心》，这几乎就是他最失手的小说，那个不知所云但宛如未引爆炸药的库兹先生。

"不学诗，无以言"。这不是骂人的话，只是稍微严肃地揭露某种人现实处境的话。人的交谈，尤其是比较深刻一点的思维交换，总是在一定的基础之上进行，孔子指出诗正是这一共有基础的核心成分（其文辞、故事来历、喻义，以及此时此地的特殊的交织联想），这无须解释，也通常不会有谁觉得还要回头解释。你一人不知不学，那就只你一个无法听懂别人讲什么，无法参与谈话，不仅如聋似哑，严重起来甚至还失礼，还可能危及身家性命。《春秋·左传》里，我们看彼时的盟会，国与国谈判、宴饮，乃至于寻常的政事讨论都是这样。

得说，不读《圣经》无以言的程度，要比不读诗无以言的程度既广且深多了；孔子的描述基本上不（直接）及于庶人，而《圣经》则接近无所不在，甚至在一般人的生活现场更生动更持久——《圣经》由西亚到欧洲到整个世界，并不只由那些前仆后继的传教士携来（不过，想想那种哪里都有人敢去的驱动力量还真是惊人），而是垂直性的，从各个睿智的领域（哲学、文学、艺术、科学……）到每一处生活现场。甚至，它还不总是慈悲的、拯救的，我们亚洲这些国度记忆犹新，《圣经》可以跟着船坚炮利的暴力而来，曾经，它就是这个暴力的一个构成成分，帝国主义的构成成分，如同当年犹太人抬着约柜攻入迦南地。

来讲我的祖母大人——我祖母谢简阿桂，清末生人，教育程度是私塾而非学校，身份证上注记的是"识字"，信仰是传统崇拜加上佛教，每个月初一十五两次茹素云云。但由于闽南语并没有"星期几"这个说法，所以她一生仍日用不知地说"礼拜几"这词，也晓得礼拜天是不上班不上学的日子（并不知道这源自《圣经·创世纪》的上帝），尽管这不妨碍她礼拜天仍打四色牌、打麻将。是的，《圣经》无所不在，或者说，这几世纪的人类世界，其主体确实是读《圣经》的欧洲人所走出来的世界。

当然，《圣经》浓度最高、人们如同携带着它过生活的时代是杳逝了，事实上，欧洲自身正是所谓"世俗化"最快最彻底的一块地方，我喜爱的英国学者加顿艾什指出，从严格的宗教崇拜意义来说，如今西欧最大的宗教其实是伊斯兰教而非基督教了。没有任何东西能躲得过历史变迁如列维-斯特劳斯所言，时间就是流逝，流逝的包括神在内——两千年下来，各个睿智界的思维和创造已走太远了，已不必回溯其源如不必重温其基础课程、重读小学课本；至于生活层面，人们也许仍在复活节找彩蛋，在感恩节吃火鸡（美国白宫废了这事，因为奥巴马特赦了那两只待宰火鸡"安享天年"），在圣诞节狂欢并互赠礼物，但毋宁就只是仪式行为乃至于生活习惯而已。今天，人与手机每天相处十几个小时如身体器官，但 iPhone 上那个很漂亮的、缺了一角的苹果商标（知不知道是咬的？谁咬的？），我们不怎么会去想它的学名原是"分别善恶树的果实"，更不拿它来分辨善与恶。

所以，《圣经》还必须读吗？于阅读，我不会也从不动用"必须"这个词。我会说，如今少掉了些命令成分，会让这本书更完整更有意思，毕竟，命令总不免窄迫，过度强调（亦即过度舍弃），且多少让人心生抗拒，如今我们或可更趣味盎然地读它——

起源，确实像博尔赫斯所讲的那样，往往反而误导我们，它不见得那么重要。或者说，认为它重要的那个时代、那种思维已不再了。曾经，人们容易以为昨是今非，容易相信古老就是神圣（美国大法官霍姆斯谈成于一七八八年的这部美国宪法："只因为是两百年前的老东西就认定它神圣，这让我恶心不已。"），容易把人的历史想成是一趟不断堕落的旅程（一种高贵反省所犯的错误，也是对人的无比轻蔑），习惯轻蔑人的宗教尤其是这一思维的"主嫌"，像诺斯替主义的有趣宇宙图像，以创世的神为中心一点，宇宙同心圆也似的不断向外扩展，离中心点愈远愈久，神性愈稀释云云。而今天，这则往往是某些人的唬人把戏，祭出起源，只是炫耀"你只知其一，我还知其二"的装逼行径而已。

但起源之思还是非常迷人，如同寻获记忆，如同人想起自己的前世，有一种让人安心的完整感、完成感，世界变大，想象如翼飞翔；不大像只是多得知一个知识，而是某种回望，过去现在未来。像星宿海这个地方，我猜想它的模样跟我们寻常可见的小山泉小山涧不会有太大两样，但结果这是这条大河、是中国千年文明这一趟迢迢历史的起点，是这样，它才当得起这个神也似的名字不是吗？甚至，有没有一种可能，人们是先为它命名，才上溯着黄河找到它？

"原来如此"——这是我阅读所能有过的最好的一种感受，心思沉静但辽远，原来如此，原来如此。

星宿海一样作为当前人类世界最重要的一处起源，《圣经》因此不必是一部最好的书，但《圣经》是吗？是的，这是非常非常好的一本书，而且如此特别。

其二

　　文字留下，话语飞走——所以，各个古老文明思维成果的高低厚薄，仍得取决于日后的记述工作，尤其宛如定谳的文字记述工作，我们今天所能读到的是记忆，不尽然就是当时的真相。

　　犹太人来得稍晚，或者说要到很后来才进入到人类的历史视野之中，他们一直只是一个无关紧要、漂泊在沙漠之中、四处找寻居住之地的小部落而已，这样挣扎于生存的小部落遍地都是。希罗多德的《历史》一书，就跟早期的任一历史著述一样，压根没提过犹太人一字，而希罗多德已是西元前五世纪的人了，彼时，已有多少王国兴起，也已有多少王国化为废墟如一梦，特洛伊的大战早已打完且尤利西斯也辗转回家了，事实上，就连犹太人自己也成功建国但得而复失，亡于尼布甲尼撒，进入到所谓"巴比伦之囚"的处境且至此重新飘荡千年，也就是说，现实里他们是生是死毫不重要，不值一提。

　　但今天，在传交到我们手上的书中，较之现实内容更丰厚、有更多事情发生的各文明古典籍，《圣经》却如此特别——一是，《圣经》的记述意外地稠密，富实物细节，更奇妙的是人物如此生动完整，用 E. M. 福斯特的标准来说，更接近"圆形人物"，而非"扁形人物"，简称像人，而不是那种角色扮演式的圣人英雄；二是，《圣经》刺猬般以虔信宗教者的角度来回忆来整理，有点像《瓦尔登湖》梭罗说的那位想"造出完美手杖"的工匠，无视于月换星移、无视于人世间已一变再变不晓得走到哪里了，"时间只能站在一旁叹息"，这样，或让它不免偏狭武断，放弃不少东西，但一以贯之在它选择的路上，它单独地、无可比拟地走得更远更深。

　　《圣经》把芜杂难收的人类历史奋力"净化"为人和神认识、

相处关系的历史；相对地，在中国，这一工作的主要担当者是孔子和他身后的儒者，孔子的理性、孔子对宗教的淡漠，使得中国的古典籍里最少神秘的东西，神的身影不可思议地极模糊甚至可疑，以至于，我们今天所掀起的某种神话热潮（电视剧、电玩、通俗小说……），只能往残存的民间传说里找，往南找，到彼时被摒除于外的《楚辞》乃至于蚩尤、巫者的幽暗世界找。我们这里所谓的"找"，当然包含了附会制造，如最早的那样。

《圣经》，半为《旧约》半为《新约》，断点其实相当明显——《旧约》基本上就是犹太人的历史记叙，所以很难单一意志地收束净化，留下很多不容易拗得过来、不容易说清的部分，矛盾、空白处处但丰富（所以日后文学书写的取用，多《旧约》而非《新约》。或说，宗教中人爱用《新约》，而宗教外的人爱用《旧约》）。基本上，我们可以把《旧约》看成就是犹太人一路收存整理下来的官方历史版本，书里的反派角色是所有生存竞争的外族，是以《旧约》也由基督教和传统的犹太教所共用；《新约》则是较纯粹的、意志贯彻的宗教著述，反派人物转成了犹太人自己，当权的法利赛人、撒都该人，把耶稣送上十字架的也是犹太人自己（罗马总督彼拉多只是没阻止悲剧发生而已）。我们可以把基督教的兴起看成是犹太人内部的"宗教革命"，断点在此，只是因为年轻的耶稣不可思议的、不符合他年纪的仁慈温柔，他声称他来是成全《摩西律法》而非废除《摩西律法》，他拒绝激烈的手段（唯一没忍住的一次是砸烂耶路撒冷圣殿前的商业一条街），小心不跨出宗教、道德领域一步，更无意如先人大卫那样当犹太人的王。也因此，"救世主"这个流亡犹太人全部希望所合成的梦寐之词，日后失去了所有政治意涵，甚至直接等同于耶稣，如同十字架原本是法律刑具，却成为神圣的象征。

《圣经》的单一宗教视角记述，可能来自犹太人奇特的、宛如返祖的历史际遇。

古之大事，唯祀与戎，先宗教后征战，这顺序可能是对的，人类学报告所显现的大抵如此，我们较合理的推想也是如此——最早，人生存的依赖和威胁就只是大自然，如何倾听它（祂）弄懂它并应付它当然是头等大事，要到三四千年左右（意即人已生存超过两百万年了），人口和土地的关系才紧张起来，"避开"这个生物世界最通用的生存手段再难援用，征战的时代才来临并愈演愈烈，部族的领导由祭司缓缓转为战斗英雄云云。中国，由商而周我们大约可看出是其过程中一个模糊节点（中国以后来世俗帝王的形貌来描述早期的宗教领袖），周人把商人的尚鬼、淫祀、饮酒迷醉、耽于夜间思维当亡国教训，铭之金石（和《圣经》的替罪羊方式正好相反）；而最巨细靡遗的典籍版本是《圣经》，《旧约·士师记》是个太有意思的篇章。士师是新兴的世俗领袖（也可视为世俗国王的前身），主要任务是领导作战，现身于后摩西时代，犹太人正式攻入迦南地抢这块流满牛奶与蜜的土地，需要的是战斗而不是祷告（"我们已祷告太多了。"十九世纪旧俄，别林斯基就这么驳斥寄希望于东正教的果戈理）。我们也应该注意到，其实在摩西当权时，犹太人抵达并觊觎此地已足足四十年了，过其门不敢入，当然，日后犹太人仍归罪于不敬神而不是战斗力不足。

这一战斗拉锯了几代人时间，既是犹太人和原住的亚摩利人、迦南人、亚玛力人云云的战斗拉锯，也是士师和祭司统治权的消长拉锯，最终，赢的是犹太人和士师，大卫成王建国，国王的任务已不只征战，而是食衣住行无所不包的治理，意即全面开向世俗。这个权力转换，《圣经》留下了一段生动的证词，出自最后一任掌权的祭司撒母耳。彼时犹太人再三跟他讨个国王，他知道大势已去，说了这番也是事实也是恫吓的话，大意是，你们要的国王，将会让你们的儿子为他征战、为他耕种，还让你们的女儿为婢，取走你们最好的橄榄园、葡萄园，取走你们财产的十分之一作为税金……

也就是到时候你们可别后悔。这话是真的，但其实与是国王是祭司的统治无关，只是权力结构自身的扩张。日后，像中世纪的教廷统治，也做撒母耳所说的这些事，并不比国王"便宜"，事实上，某方面他们更坚决也更富想象力，比方他们征地上的税也征天上的税，征人身的税还征灵魂的税。

犹太国王的世俗统治，在大卫之子所罗门王时迅速到达高峰，他是最豪奢的王，也是宗教性最淡漠的人——所罗门王娶诸多外族女子为后为妃，允许她们建造自己的小神殿，敬拜她们本族的神。这样的宗教宽容，日后我们在巴比伦王国、在罗马帝国，乃至于我们今天放眼所及的（几乎）全部国家都看到，这应该是明智的、进步的，不这样做才是犯罪，或称之为迫害。

如果一切顺利，这将是一道不回头的历史之路，或更确切地说，只要世俗统治拖过一段够长的时间，宗教的控制力随着人世俗生活层面的展开而式微、而限缩，历史翻过了这一页，未来的征战将只是世俗国王的彼此争夺，但犹太人的历史在此快速地打了个弯——所罗门王一死，王国旋即内战并裂解为二，北以色列南犹大。世俗统治的"失败"，给了其势未衰的祭司好机会，宗教和世俗的争斗重开，不同以往的只是，这已不再是祭司由上而下地压制士师，而是祭司由下而上地见缝插针、煽动乃至于政变，其中最严重的一次系由以利沙处心积虑发动，就像我们今天仍在阿富汗、在伊朗看到的那样。以利沙很典型，我们也应该很熟悉这号人物，他农人出身毋宁更接近日后的旷野先知，更为纯粹更为严厉，也正是我们今天所说的宗教狂热者、元教旨者；所以以利沙也必定是更残酷的人，曾经只因为一个小孩笑他秃头，就举手灭了他。一般而言，宗教领袖比世俗领袖更不犹豫于杀人，只因为奉神之名，神圣到甚至豁免于十诫第六条"不可杀人"的至高神谕。

谁赢了呢？谁也没赢，赢家是外来的亚述人和迦勒底人——北以色列先亡于亚述王，又一百五十年后，南犹大又亡于巴比伦雄主尼布甲尼撒。时为西元前六世纪，犹太人进入到所谓"巴比伦之囚"的全新历史处境，而且，从此犹太人将以一个非国家的种族样态穿行过未来两千五百年——

犹太人真正独特的历史由此开始，《圣经》的无与伦比也由此开始——本来，像这样小国小部落的覆亡，是人类早期历史的常态（在中国，从黄帝时号称万国到秦汉的一统），基本上就是灭绝或融入征服者消失不见，极少数是躲到某个崎岖不毛之地以初级部落的停滞形态挣扎存活。国家失败了，便只能折返回宗教来凝聚来护持，但原先那种部落神的简单崇拜显然做不到这么困难的事，得有更强大更精纯的信仰力量才行。

这也就是《圣经》的《先知书》，或称为《后先知书》，以区别于摩西以降的第一代祭司，显然犹太人也察觉此一历史断点，不只是时间的流水顺序而已；文风也丕变，仿佛由小说内折向诗，不再只是全知观点的历史记叙，《后先知书》有更多个人的声音，祷告、内省、祈愿，以及幻境。

我们简单说，犹太人在此有一次空前的"质的飞跃"，从视野、思维内容到想象力——先是巴比伦，然后是波斯，日后还有希腊和罗马，用现代的话来说是，只有更强大没有最强大，只有更华美更深奥没有最华美最深奥，这应该是一次接近魂飞魄散的

"文化震撼"，犹太人被带到大世界面前，"始见沧海之阔轮船之奇"，原来，说故土迦南地的"流满牛奶与蜜"，不过是相对于不毛的沙漠而言。我们回看《列王记上》所罗门王的篇章，文中所描述的圣殿、宫室及其器物（必定已夸张过了），其实并不怎样，还有点"暴发"不是吗？尤其最重要的"至圣所"，不过是个三十英尺正方的小房间，要命的是，从天花板、墙壁到地板全贴满金箔，这样的美学还真吓人。

对照组，我以为是日本那种水木清华的神社，神坛只是轻纱引风的帘子，偶尔一角扬起，感觉像是神来了，应许你的祈求。

所以说，日后所谓的所罗门王宝藏，其实只是《圣经》大水系末端所冒出来的一个白日梦、一个水花。就算有，也不会是什么富甲天下的财富，而是某个乡绅生前的收藏品而已。

"我们曾在巴比伦的河边坐下，一追想锡安就哭了。／我们把琴挂在那里的柳树上，／因为在那里，掳掠我们的要我们唱歌；抢夺我们的要我们作乐，说'给我们唱一首锡安歌吧！'／我们怎能在外邦唱耶和华的歌呢？"（《诗篇·第一三七篇》）——这的确是末世了。和过往的征战挫败不同，过去的挫败仍积极祈求下一战的胜利，没有如此深沉的哀伤乃至于绝望。我们差可想象，面对如此尺寸和实力的巴比伦王国、波斯帝国，诉诸武力的重新建国行动看来全不实际，当下不允许，未来也遥遥无期，也因此，集亡国犹太人全部救赎想望所凝聚出的"救世主"（说成是预言，其实是一代代人不断添加涂抹的希望），尽管膨松一团无所不包，但已殊少武勇的成分了，日后，耶稣旷野禁食四十昼夜后的决志而行，也放弃所谓的万国繁华，放弃当犹太人的王，并进一步把恺撒和上帝分开。

地上已无路可走，那就往天上去。便是在这里，绝境中的犹太人给了人类（至少）两个空前的发明——

一是普世的一神。

另一是天堂，或确切地说，日后西方世界的天堂原型。

而这两者应该是相关的。

其三

"我是耶和华，在我以外并没有神。你虽不认识我，我必给你束腰。从日出之地到日落之处，使人都知道除了我以外，没有别神……我造光，又造暗；我施平安，又降灾祸；造作这一切是我耶和华。／诸天哪，自上而滴，穹苍降下公义，地面裂开，产出救恩，使公义一同发生，这都是我耶和华所造的。"

这样的神，始生于《以赛亚书》的后半。事实上，有足够充分的迹象显示，这一不同以往的祷词应该出自另一位不知名的先知——和前面以赛亚那种仍囿于犹太部族的、犹诅咒怨毒的、犹满满报复之心的祷词大大不同，像突然拉高好几个档次，这份全新祷词前所未见地恢宏，从眼界到胸怀，也相应地优美、相应地温柔；这样的神才联结得上《创世记》里那个神，如同恢复了本来面目。

普世的，所有人的，而不仅仅只是犹太人所独占的神，或者说，犹太人在此把自己下降一阶，成为只是万民平等中（幸运）被拣选出来的一个部族（"唯你以色列我的仆人，雅各我所拣选的，我朋友亚伯拉罕的后裔，你是我从地极所领来的，从地角招来的……"）。这个或许至此仍只是某单一一个犹太人的想法，但日后的历史证明，这是一条愈走愈长愈宽的大路（"在旷野预备耶和华的路，在沙漠地修平我们神的道……"），日后，神奇的使徒保罗才得以把此一信仰带出犹太部族外头，铸造出日后的欧洲和世界。而这似乎也保护了基督教，基督教从犹太人的信仰中岔生而出，但留在犹太人世界的仍是他们的传统信仰（犹太教），一如印度半岛的人们仍信仰印度教而不是佛教。

一个人心中的一个念头，竟然能成为日后万千人们最深的感动、最深的梦境和希望——博尔赫斯几次这么动容感慨。这确实不可思议，但却也是思维者、书写者无论如何必须相信的。

我们仍看到诸多严厉的话，但这已稍稍不同昔日的严厉——过往那种部落战神也似的怒气，若发向犹太自己人，比较像是不服指挥不从军令乃至于背叛，发向外族，则只因为他是敌人；也就是说，这里面并不管是非，不做善恶之辨，只有那种不讲理的偏狭国族忠诚，所谓的一神也只是相对性的，意思更接近于只是"我们的神"。但《以赛亚书》里这个所有人的、公义的一神，神的怒气开始指向那些无怜悯心的人、狂傲自大的人、刚愎作恶的人、不公不义的人云云。这是法官的严峻，而不是将领的狂暴；更像是审判，而不是暴力镇压，保罗说："神不偏待人。"

有个人类世界的通则：人类发明出新东西，不会立刻知道它日后完整实现的模样，包括其范畴，包括其代价，以及它可能带来的灾难。

《以赛亚书》的一神是迈向未知的一大步，人和神的关系由此紧张起来——神原来就只是自然，人活在自然之中如已知如相忘，不必非整理不必非解释不可，也无从怀疑，依需要编织些故事以自娱以安慰就可以了；如今，神转向道德、转向是非善恶，神离开了自然，不再自动成立，便要求某种秩序、某个首尾一贯的"道理"。简单说，单一公义的、执行是非善恶之辨并施以奖惩的神，究竟要如何和一个无序的（列维-斯特劳斯语）、毫无道德迹象的（赫胥黎语）的实然世界和解合一？

更麻烦的是，这个新一神又很快拉高为至善，全知，万能，而且昔在永在，毫无瑕疵，毫不模糊，这势必和我们所在这个破烂不堪的世界完全对立起来，而且再没有缓冲空间，人把自己逼到了死角，愈当真就愈为难。公义原只是人的希望，但你如何给世人一个百分之百公义世界的承诺？

"但是为什么——我没办法不去想这件事，哪怕知道这么想并不会让我比较快乐——为什么上帝应该恨祂所创造的呢？要是祂最后会恨他们，又何苦创造他们？而且，倘使祂是按照自己想要的方式创造了一切，那就没有任何事物应该为他们原本的样子而被定罪，这不是或多或少推翻了整个原罪的概念吗？那么，基督又为何需要为我们的罪孽而死？这篇讲道对我产生了负面影响，我变得困惑而好辩。甚至让我觉得（尽管我不愿意承认），对基督这个人感到厌恶，因为祂的完美是这样不断地被提起……"——这段素朴但迫切的质问出自艾丽丝·门罗的《女孩和女人们的生活》，也就是说，两千五百年后二十一世纪依然活跳跳的问题。

恶从哪里来？

是啊，恶到底是什么？是谁"造"它出来的？神为什么允许恶存在？这算力有未殆呢（可是祂明明是万能的、无外的），还是另有安排（但可以直接完成干吗要安排）？——由此，可以想得极深极远如迷途如入魔，但自始至终是每个人都会直接问的，尤其在受苦时，在愤愤不平时，我们一生中都有很多次这样的时刻。你一旦相信世界是由至善的神所造所管辖，我们眼前遍在的、已习惯的全部恶人恶事，瞬间便不再理所当然，便不可理喻，甚至，再不能忍受如眼中进了沙子。

《圣经》里，这问题爆发于使徒保罗，五百年后，彼时耶稣已死（或回去了），身份有点尴尬的保罗三次渡海，把基督教传向外头世界——传给外族，传给那些有自身信仰而且知识储备更高的人，对神的认知和论述，便有着完全不同规格的要求（过去，封闭于犹太人世界里，新的普世一神和原来的部落一神是可以有意无意不去分清的）。这是普世一神信仰真正脱胎换骨的一大步，关键到日后有人干脆直称基督教为"保罗的基督教"。确实，《圣经·新约》足足半本是保罗一人所写，所谓"保罗的十四卷书信"，若说后几卷的作者有争议，不正恰恰好说明保罗论述的全新展开？

耶稣以口语传道，使用生动的故事和比喻，依《圣经》，他一生只在沙地上写过几个字旋即拭去，真令人好奇他究竟写了什么；保罗的书信用的则应该已是文字了，有着文字才可能写到的深度和稠密度。

然后是圣·奥古斯丁，保罗思维的再思索者。他的《天主之城》一书写于四世纪初，刺激他的是彼时罗马城竟然被蛮族哥特人攻破，天地崩毁，大恶横行于世——信神的人、贞洁的人为何受害、为何死亡？获胜的为什么是恶？而且不是一个人两个人，是举目所见无一例外，神在哪里呢？奥古斯丁必须回答这个，迫切地、活生生地，为他自己，也为他相信的神。

以至高至善的神为前提，追问这个和祂完全不相容的恶，是不会有解答的，所以直到二十一世纪今天的门罗依然在问，依然如同最原初那样子发问。但我们说，这看似徒劳的两千年历史时光绝非徒劳一场，事实证明，这道思维之路被欧洲人走得既深且广——面对一个注定无望回答却又非回答不可的问题，人便得倾尽所有，动员所知道的一切，检视每一个实例、每一处细节，尝试每一道路径，想象每一种可能，甚至动用诡计，文字的诡计、概念偷换的诡计、逻辑的诡计云云。正因为恶无所不在，恶血肉真实（所以绝非教会搪塞所说的，恶只是善的缺席、善的空白，甚至善的反面成全），恶事关每一个人，是以这一思索很快"溢出"神学、宗教的范畴，人得到的不是一个宗教的答案，而是一条丰硕的全面思索的长路，一张更小心翼翼的人性基本图像，对恶的理解，对人幽暗一面的掌握、警觉和设法防范，最终，据此建构出不大一样的社会、国家和人类世界。

我想起三十年前左右，华人学界对此曾有过一阵堪称痛切的反思，代表之书是张灏的《幽暗意识与民主传统》，断然把这几世纪的自由民主宪政成果归于此一思索——是以，中国模模糊糊的偏性善倾向是否乐观了点呢？这比较愉快，但人也就免不了稍稍偷懒了，防贼不力。

无法直接回答，保罗和奥古斯丁便不得不把问题拉开，如围棋手把紧绷难解的场面"弄松"。奥古斯丁的《天主之城》甚至由特洛伊战后、罗马城的建造开始讲起，乞援于"时间"，足够的时间纵深，看看可否消灭恶，或至少稀释恶，看看拉长之后的时间可否让正义果报"完成"，从而让恶贬损不值，让恶微不足道，让恶只是个张牙舞爪的小跟班、小丑如本雅明的描述。

然后，我们来看先知以西结的天堂。天堂，时间大河的终点，时间的静止之地。

或更确切地说，不是以西结才发明了天堂，而是以西结说他去了趟天堂，从而以见证人的权威身份改变了天堂。

我们有充分理由相信地球各地人们早早发明了各自的天堂——至福之地、没痛苦折磨之地，这说是发明，不如说是人无可遏止的渴望，是人性。天堂总显得贫乏，那是因为快乐、幸福难以具象描述，难以保存，但天堂仍有它生动之处，在于各种具体痛苦的消失，这使得天堂有了些许个性，甚至看得出地域性，比方湿热不堪的印度人说它"清凉"，而不幸在高纬度欧陆冬夜卖火柴的小女孩，她去的天堂则是温暖，有个大壁炉那种。

但以西结给我们看的天堂是可怖的，毋宁更像是放错位置的地狱，空中监狱那类的。骇人的火，畸形的活物，叫嚷威吓的声音，神从头到尾不讲一句仁慈安慰人的话，满口是刀剑、瘟疫、饥荒、亵渎、流血和死亡，所动用的刑罚几乎全是"唯一死刑"。和前一卷先知耶利米的哀伤忧郁完全不同，是要多讨厌这个世界、多讨厌人才这么说话？

彼时的先知大致可分两型，一是但以理那种的，居于犹太人中，脱颖而出，作为某种部落代表和外人周旋，作为某种部落导师指引并安慰人心，睿智，足够的世故和耐心，甚至狡狯如狐，会一些魔术似的、江湖术士似的把戏；另一则是以西结这种的，所谓旷野先知，独居独学无友，没现实世界的阻止和校正，接近百分百几率地必定陷于狂乱，幻觉和真实不分，目中无人、没血肉真实可同情可悲悯的人，所以更圣洁、更勇敢而且残酷无伦——但我们也得小心别把结论落太早，这种安于贫贱、弃绝世俗欲望、状似无法威胁收买的人，有一定比例只是时日未到，只因为他还没机会"堕落"而已，人心是危险而复杂的，今日旷野明天朝堂，我们一路看过太多这样的人，谁都能自己列一纸够长的名单。

以西结的天堂何以重要？事实面这么说就够明白了——这就是《圣经》压卷之作《启示录》的来历、的蓝本，而《启示录》多重要、多掀动日后世界不是吗？多被往后难以计数人们包括好莱坞、包括今天的电玩不断取用？

不真是天堂而是审判法庭（想想日后中世纪的宗教法庭、北美的清教徒宗教法庭），只是，这才算开始、才草创，只因为没有搭配地狱来安置死后罪人好持续惩罚，善恶果报仍得是当下的、现世的，一样会陷入奥古斯丁的时间困境，无法完全平息恶的喧嚣、完全解决恶的逃逸——天堂和地狱原非一体而生，地狱是概念产物而非生理需求，所以来得较晚，并且，只有在"审判"的意义之下，两者才组合为一，天堂是奖赏，地狱是惩罚。

（我又想起晚年博尔赫斯说的，算算我此生所做过的好事，绝对当不起天堂这么巨大的奖赏，而我所做过的全部坏事，应该还不至于下地狱。所以，我们何去何从？）

终《旧约》，地狱就只是坟场而已，意思是人最重要的惩罚不过是死亡（处死），人死去就离开神的统治归于虚无，但人们对恶的认知走在前头，所谓的"百死莫赎""这么死算便宜他"云云，恶有甚于死者，得想出甚于一死的刑罚来对付它。

《启示录》的"进步"在于它加进了"末日"，看来，又几百年过去，使徒约翰（就说是他写的）也发现了这个漏洞——真正完成的审判在末日，时间最远的那个点，到那一天，封印揭开，天使吹号，再无任一丝恶可侥幸可漏网，正义在可惜你我都无法过瘾看到的那个日子必然圆满完成，像数学家说的，两条平行线会在无穷远处相交。

其他时间，以西结用来发明一个犹太人的理想国（以西结可真是个发明家）。这与其说是国家，不如讲就是以西结天堂落实于世间的模样，由神直接统治（"人子啊，这是我宝座之地，是我脚掌所踏之地，我要在这里住，在以色列人中直到永远。"），这当然是个可怕的构想，我们就不多说它了。

其四

《圣经·新约》由"四福音书"开头，四卷叙述耶稣短短一生的篇章，也是《圣经》最仁慈的篇章，晚年托尔斯泰于人类救赎之所寄——"四福音书"最特别的是由（据说）马太、约翰、路加和马可四人各自从头细说，不惧重复，却也完全不惧参差，在《圣经》必定强烈定于一尊的编纂要求下，这极不可思议，也反倒比定于一尊的唯一版本，多了一种精巧的朦胧，摇曳生姿，多了一种难以言喻的无法穷尽之感，在无限的神和短促有限的人之间，有一种心存敬畏的保留。身为一个编辑，我非常赞同而且佩服。

借用一下平民史家房龙的敏锐体认——马太，"他是一个朴实的人，他喜爱耶稣经常对加利利的农夫们所讲的家常话，所以他着重格言和讲道"；约翰，"他必定是一位有学问的略显迂腐的教授……他所写的耶稣生平带有严谨的神学味"；路加，"他庄重宣称自己读过所有关于基督生平的书，但都不满意……因此，他在马太和约翰所忽略的细节问题上花了很多时间和精力"；至于马可，"在耶稣的最后日子里，从模糊的背景中经常可以看到一位聪明伶俐的少年一闪而过"，房龙猜想，马可应该就是这个少年，跟到最后，悲剧发生时一直在场，"这卷书看起来正是那一个少年才能写得如此精彩，他所写的许多事情都带有一种亲身经历的味道"。

我记得某位欧陆的大书写者如此鼓勇说过《圣经》："我用耶稣是神的角度读这本书，觉得通篇矛盾不通；但当我改用耶稣是人来读，我赫然发现，这真的是一部最美丽的书。"

我也是。年轻时相当一段时日，我读《圣经》屡攻不克（稍后才莞尔知道朱天文也这样），甚至一路读一路心生闷气，在于我不假思索接受了虔信者的话当阅读前提，这里每一句都是至高至善之神的话语，并统一由圣灵完成，百分之百智慧，百分之百对，这样绝对是"捧杀"，没有任何一本书应该被如此评价；但我终究慢慢看出来了，如迷雾吹散，这不是一个作者，而是许许多多个作者（且只限于一段时候的犹太人），在他们各自的生命现场，奋力说出他们极有限但灵光闪逝有如神助的话语，如此，这些话语全活过来了，尤其那些相互妨碍如沙砾如伤痕的部分，不必勉强统一互看脸色，不必完美，像鸟挣开脚链，抖开羽翼自由飞起，非常舒服。我知道怎么读这本书了，事实上，我一直都这么读书不是吗？

Welcome home。

基本上，《圣经》是顺时间纵轴编成的，由天地始创到耶稣身后的门徒联合传教为止，有不少人把《圣经》的时间数字记录加总起来，竭尽所能也只六千年左右，宇宙或地球生命史只六千年吗？这疑问可以很麻烦也可以半点不麻烦——我们需要一大团如迷宫如诡辩好把人绕晕的论述（如果《圣经》字字句句全对的话），或者我们只要说"犹太人弄错了"即可，就像和《圣经》成书时代相去不远的大天文学者托勒密，他算出地球和太阳的距离只五百万英里，这种错误改正即可有什么关系呢？

在这个直线叙述的犹太人历史主干上，"加挂"着不少非时间性的篇章——但说它们是加挂礼貌吗？

我自己倒不怎么推荐《箴言》和《诗篇》这看似巨大的两个篇章。箴言是人生命经验的结晶，化为给一代代后人的一句一句忠告，好教导他们如何在各种艰难的生命现场趋吉避凶存活并变得更好；诗则是人的言志、人情感的变化和飞扬、人在察觉自己和所在天地万物的亲密联系，如水奔流，如鸟鸣啭，如花绽放。这是每一社群每一国度都有、都努力保存子子孙孙永宝用的好东西。唯收集编纂即是选择（所谓的"删诗书"），《圣经》里的箴言和诗相对的单调、干燥，应该是日后编纂者过度虔信、过度净化的收束结果，从而，箴言失去了它们该有那种遍在的、具现实针对性的或不免偏见不免俚俗但生动有力的特质，也失去了它们总会流露的幽默或自嘲，像严肃的宗教训令，不复是温柔的事事提醒；诗也是，《诗篇》像什么？我以为像中国的《诗经》去掉了"国风"和"大小雅"，只留"颂"这一神圣部分，这其实是人最受约束的时刻，包含衣装、肢体和语言，可能连微笑都失礼、都冒渎。《诗篇》中最重要的诗人数大卫王，依记载，大卫擅长弹琴、赋诗歌唱，上一任的暴躁士师扫罗患失眠症，得听他吟唱才睡得着，但《诗篇》里，我们丝毫听不出他如此抚慰的、伴人入眠的声音，反倒会惊醒过来睡意全消。

　　真正的诗是《雅歌》，这是《圣经》中一颗熠熠明珠，意外地好，意外地文学——《雅歌》是那种深情召唤、让声音飞过平野飞越山岗的古老情歌，"耶路撒冷的众女子啊，我指着羚羊和田野的母鹿嘱咐你们，不要惊动、不要吵醒我所亲爱的，等他自己情愿。"写这样一位美丽的牧羊女和她的等待，明亮、热切但干干净净一尘不染，比起来，中国宋元那种公子佳人夜会故事，要没耐心多了，总是直奔主题。《雅歌》全文没一字提到神，是《圣经》中唯一如此的篇章，不可思议，或者我们也可以想成，这是神圣性编辑的漏网之鱼，让我们窥见未经修整的诗歌模样。

　　《路得记》应该是日后教会证道最爱援引的篇章之一，真善美，记叙一个最温婉的、天使般的女子。依记载，路得正是大卫的曾祖母，遂也是耶稣的先人。今天，再读《路得记》会让人微微一惊的是，路得其实不是犹太女子，而是摩押人。我的惊讶不在于原来耶稣的"血脉不纯"，而是《圣经》如此大方地留下证言。本来，异社群、异种族的反复通婚繁育是最自然的，依人类学报告，从异族抢夺女人，乃至于两个敌对部落同时也互为通婚部族，这是一个通则。所以说，所谓纯净血脉的要求不是自然的甚至不可能是真的（人只能靠无知才能否认此一厚达数百万年的事实），这是很后来才出现的极糟糕概念产物，由过多的仇恨和当下的利益养蛊而成，也是人与人"相处失败"的不幸结果。我们说，在《以赛亚书》我们看到了普世一神的初萌想法，但很长时间这绝非犹太人的主流意见，事实上，这将是罪状，在现实景况趋于紧张，尤其在起了征战之时，直至今日，这种打开心胸、试图跨越敌我、平等和善相待的主张总是被视为通敌视为叛国，所以耶稣被钉十字架，所以保罗处境艰难并三次出走。我们甚至该说，终这历史一场，犹太人从没真正跨出这一步，愿意慷慨把神分予他人。所以基督一脉没能和解成为犹太人信仰的一个教派，而是独立出去或说被驱赶出去，成为世界减去犹太人的普世宗教。

《约拿书》则是个好玩的故事，感觉更像是契诃夫或果戈理的一个短篇小说，讲一个想法很奇特、老是和神吵嘴的先知人物；不是信神不信神的大是大非之争，而是信神却不肯乖乖就范，是《圣经》全书中最奇葩的人神相处样式——原来，尼尼微城的人行恶，神要约拿去宣告降罪毁灭的信息，但这家伙居然就落跑了，还偷渡出海，被鲸鱼吞入腹中三天三夜，这才心不甘情不愿地出发。有趣的是，识趣的尼尼微人立即悔改，神也后悔不再降祸，本来这样就 Happy ending 了。但约拿却生起气来，说他之前不愿受命，正是看准了神太过慈爱一定会收手，言下颇有被当棋子耍，甚至有伤他先知信誉的愤懑，"现在求你取我的命吧！因为我死了比活着好。"（神的回嘴亦如吵架："你这样发怒合理吗？"）约拿干脆到城外搭一座棚，等着看尼尼微城的最后收场，神也顺势安排了一棵蓖麻，一夜长高好帮约拿遮阴，却让蓖麻在黎明时遭虫咬枯死，又在日出后吹炙热东风，把约拿晒得头昏眼花，于是，这一人一神又吵起来了，还是那两句："我死了比活着还好。""你因这棵蓖麻发怒合理吗？"……

《传道书》是《圣经》最低温度的篇章，由某个心思寥落、看什么都灰扑扑的、奄奄一息已算忧郁症的犹太人写的，"我心里说，这也是虚空。智慧人和愚昧人一样，永远无人纪念，因为日后都被忘记；可叹智慧人死亡，与愚昧人无异。我所以恨恶生命，因为在日光之下所行的事，我都以为烦恼，都是虚空，都是捕风。"我所读过、听过最好的《传道书》阅读建言，出自台北某教会一位中年牧师之口，他讲：有时你信神信得太喜乐，太顺风顺水，感觉自己要得意忘形了，那就读一下《传道书》，寒风彻骨让自己醒一醒。

还原为一个一个不同作者，一个一个都所知有限的人，这些文字一篇一篇全活过来了不是吗？

然后，我们来说《约伯记》，我以为《圣经》里最麻烦、最不好解释的篇章——"乌斯地有一个人，名叫约伯；那人完全正直，敬畏神，远离恶事……"

约伯是人生大赢家，巨富，还有七个儿子三个女儿，但撒旦对此嗤之以鼻（完全不交代哪来这个至恶东西，而且说他也住天上都不奇怪，他"往返而来"，和耶和华交谈自然到如平辈如同事），以为约伯得此丰厚的人生奖赏谁都感激信神，不信你夺走他这一切试试看，"他必当面弃掉你"。于是，神与撒旦极无聊也极残酷打了个赌（他们俩没能力预见结果吗？），唯一条件是不得取走约伯的性命。

所以说，我们还是得把《约伯记》当个故事、寓言云云来读，说是实人实事就太难受了。

一夕失去所有，连十名无辜儿女全莫名其妙死掉（只能当他们临演退场领便当）的约伯怎么样呢？我所听过的牧师或神父证道，全描述为约伯尽管受苦，依然虔信依然仰望神如初，这有点狡猾或说无奈，因为约伯是没如他妻子说的"你弃掉神，死了吧！"没有"以口犯罪"，但这人可是抱怨个没完没了，整部《圣经》的所有怨神之言加总起来还不及他一个人十分之一，耶稣钉十字架、连生命都被取走也就只这一句："我的神，我的神，为什么离弃我？"基本上，约伯只是把他火力四射的怨言以一种极卑俯的形式包起来，他甚至诅咒自己的出生，以为神该让他在怀胎就死去云云（不就是弃掉神的礼貌说法吗？），这很尴尬，也谁都听出来了，如果约伯没错，那犯错的只能是神，"因约伯自以为义，不以神为义"，闹这么大总得有一边要负责。

整个《约伯记》是场大辩论，一造是约伯，另一造是他三个听不下去、为神辩护遂显得无情的友人，以及最后出来收场的年轻人以利尹。大家都讲最激烈的话，理不直但气极壮，论述凌乱到几乎分不清谁是谁，但这些脱缰而去的话语，却真是人心深处的声音，真的是人的疑问，唯有冒着渎神、冒着信仰瓦解的风险才能说出来，说得如此深。我的建议是，何妨忘掉名字，就把它当一个人左冲右突的思维来读，一个在苦痛中挣扎却又努力想保有自身信念信仰的反复思维来读。

最终，耶和华铿锵的声音由旋风中传出如最高潮，神丝毫不回应约伯的具体疑问，而是强力镇压，要他（以及一干人等，也许还包括多年后的你我）闭嘴："谁用无知的言语使我的旨意暗昧不明？……"约伯也当下认怂，这人真是有前途："我是卑贱的！我用什么回答你呢？只好用手捂口。我说了一次，再不回答；说了两次，就不再说。"

神的句型全是压伏性的反诘，潮水般淹来——"是谁定地的尺度？是谁把准绳拉在其上？……""海水冲出，如出胎胞，那时谁将它关闭？……""光明的居所从何而至？黑暗的本位在于何处？……""谁为雨水分道？谁为雷电开路？……"；然后是生物界，"山岩间的野山羊几时生产，你知道吗？母鹿下犊之期，你能察定吗？……""谁放野驴出去自由？……""马的大力是你所赐的吗？它头顶上桩挈的鬃是你给它披上的吗？……""鹰雀飞翔，展开翅膀一路向南，岂是借你的智慧吗？大鹰上腾，在高处搭窝，岂是听你的吩咐吗？……"凡此。但说得最漂亮的我以为是这两句："你能系住昴星的结吗？能解开参星的带吗？"自大却又温柔如女子；还有，"你曾进到海源，或在深渊的隐秘处行走吗？死亡的门曾向你显露吗？死荫的门你曾见过吗？你若全知道，只管说吧！"

神一定讲得很解气。这里，我总是想起《楚辞·天问》这篇也许是中国早期最奇异的文字，回到那种只自己一人面对无边疑问的阅读。

神的最终结判决奇妙但倒不意外，约伯胜诉。那三个竭力为神的公义辩护的友人反而遭到轻罚（最有趣的地方），乱讲话的老约伯财产解封，且计算利息也似的陡然增长近一倍，还有七名新儿子和三个长得更美的女儿，数量不变，质量提升。

不该说是 Happy ending，而是有惊无险。

其五

"强辩的岂可与全能者争论吗？与神辩驳的，可以回答这些吧！"神摆明了不回答，或说人没资格如此质问，连为神辩护的资格都没有。如此"解方"，在相距整整半部《圣经》之后（因为无法确认约伯的时间落点），使徒保罗有了遥相呼应的说法，温和地称之为"因信称义"——《罗马人书》为保罗十四卷书信之首，也是基督信仰论述的起点，保罗以"因信称义"开讲，几乎当这是人走入救赎大门、走进新世界的唯一钥匙。

"人称义是因着信，不在乎遵行律法。"信在前，理解在后，缺东缺西的理解得靠信仰来补满、来提升、来完成。我们确实无法反驳，人太有限了，人的认识和理解太有限了，而且给我们的时间又这么少如微粒如埃尘；我们心知肚明，有太多问题我们想一辈子都得不出答案，以及还有太多问题本来就没答案（如有关死亡的诸多思索，那是理智到达不了之处，纯粹的问号，单向不回返的大疑）。很自然地，连基督教一神的种种难题也一并包裹其中，在人不能，在神凡事皆能，人理性的晦暗不明之处，只有靠神的光、信仰之光的照入才得以明亮开来。日后，马克斯·韦伯也这么讲，信仰，必须让理性停住才能够，信仰始生日，理性中止时。

至于奥古斯丁那样拉长时间完成公义等式，乃至于时间无限延伸的末日审判云云解法（其实也正是各民族的基本解法，"不是不报，时间未到"），极有趣，约伯在第一时间便仿佛预见了予以驳斥，淋漓酣畅，的确是两千多年后我们仍会想说的话："恶人的灯何尝熄灭？患难何尝临到他们呢？神何尝发怒，向他们分散灾祸呢？他们何尝像风前的杂秸，如暴风刮去的糠秕呢？你们说：神为恶人的儿女积蓄罪孽。我说：不如本人受报，好使他亲自知道。愿他亲眼看到自己败亡，亲自饮全能者的愤怒。他的岁月既尽，他还顾本家吗？神既审判那在高位的，谁能将知识教训他呢？有人至死身体强壮，尽得平静安逸。他们奶桶充满，他的骨髓滋润。有人至死心中痛苦，终身未尝福乐的滋味。他们一样躺卧在尘土中，都被虫子遮盖。"

有一说，迟来的正义不算正义，如凯恩斯不耐烦的名言："长期？长期我们都死了。"若然，那迟得地老天荒、慢到时间尽头的正义又是何种正义？

真正完整接受《约伯记》神的全部话语连同其语调、其威吓的，最终是新教的加尔文教派，清教徒，他们由此以同样的杀伐之姿宣称，神是不可尽知的，如月亮有另一面永不显露于人眼，人也没资格探问，神自有祂的安排和时间表；而且干脆，加尔文教派著名的"预定说"，谁得救谁不得救都是神预定好的，人在世上的作为无法更改它，亦即，就连善恶果报的最基本正义概念都连根拔掉，道德不再有意义，人不再有自由意志的可能，或说道德只剩驯服，对神的全然驯服和转头对人的无比蔑视（也难怪清教徒伦理和非道德的资本主义，以及十九世纪优胜劣败的社会达尔文主义结合得最好）——一般，我们称此为"最后的辩神论"，最后，意思并不是就此完满解答，而是釜底抽薪，直接把问题取消，把人斥退，若再辅以斧钺刀剑（加尔文教派的确刀剑不离身，到北美洲后换成了来福枪，美国恶名昭彰的来福枪协会和清教徒教会高度重叠），这就是镇压了，就异化为思想言论的钳制了。

平和地说，加尔文这其实只是把神"还原"，包含于当时一个全面认识事实回归真相的大思潮中（科学、人文……），承认了大自然的风雪不时、喜怒无常，"无序，统治着世界"（列维－斯特劳斯），就像其他民族始终都认知的那样，希腊奥林匹斯山甚至爱捉弄人的诸神，或中国的天地不仁，没情感，不知觉云云——所以，今天的宗教淡漠，至善之神风华不再，也不干加尔文辩神论什么事，就只是"世俗化"（史蒂莫西·加顿艾什），人落回地上如亚里士多德讲的石头终究会落回到地面上，那是它"最舒适的位置"。博尔赫斯曾称此为"疲惫的历史引力",地心引力沉默但无情的作用那样,你得做到一些极特别的事才能抵消它飞起来,但你又很难长时间抗拒它,所以说凡起飞的又必将降落,这让人踏实,却又不免沮丧不免兴味索然,感觉一种得而复失的疲惫和苍老。

世界,加上至善一神,再减去至善一神——我们借用一下卡尔维诺这藏匿着精巧时间差的著名句型。从《以赛亚书》开始,这的确是人一趟奇异的飞翔。

最后,我们来说说犹太人精彩的祖先塑像,"摩西五经"里的人物,从挪亚、亚伯拉罕、以扫、雅各到约瑟。这排犹太先人确实是"最像人"的,比起其他国族的同期祖先。

"摩西五经"指的是《圣经》的前五篇章《创世纪》《出埃及记》《利未记》《民数记》和《申命记》。摩西是犹太历史的一个重大起点,犹太部族到他手上才初步"定型"——尽管语多重叠,但大致上,《利未记》,完成了垂直性的权力层级建构,正式确立了祭司阶层及其统治;《民数记》,如中国周宣王的"料民于太原",详细计算人数,分别氏族,规定其权利义务(近似于一种无土地的分封),这是赋税、动员战斗乃至于日后土地分配的必要基础工作,让每一个人无所藏匿;《申命记》则进一步是律法和大大小小规范的向下颁行,包括诸多的生活须知(亦即把生活必要知识化为律法,让人不知亦能行),最有趣的是,还巨细靡遗规定走兽、游鱼和飞鸟哪些可吃哪些不可吃,如此,不洁和恶混淆起来了,原只是健康考量,却上纲成为罪行,割礼(希罗多德所言"奇特的卫生习惯")也是这样,本来也是温柔的身体卫生关怀,却硬化为信仰的入门资格,一直到保罗才成功解开,不解开寸步难行,永远困在特定地域的某一特定时间之中。

也就是说，由摩西开始，犹太人的历史这才正式进入"真实时间"，在此之前，时间汪洋鸿蒙，没刻度，不连续，孤岛般人只能点状地尽力回忆。而回忆这个仿佛会自己生长的怪东西，每来一次好像总会多知道一些，都更明确一些；又，回忆这个懦怯东西，也总是顺应着回忆者的现实情感暨其需求，朝特定的方向演化，如本雅明说的，岩石的纹路，人看它够久，便逐渐浮现成某个图像，奇特的兽，奇特的圣人英雄，神。

人最早回忆（形塑）他们各自的先人，几无例外地总是过度崇高伟大，几乎是神，或一半是神一半是圣人英雄。这里我们要多说的是，先人回忆，同时也是一条神圣甬道，回溯源头，连通起人和神，先人是中介者，昔是今是。像萨满崇拜，人真正祭拜的是祖先而不直接是神，如孔子说的"非其鬼不祀"，如《尚书》所载周公为重病的哥哥武王祈福，对象也是他姬家诸先王；天地无私，神无私，唯祖先这是亲人，可以也理应偏袒。但基督信仰的上帝太神圣又太迫近了，无时无处不在，占走了全部荣光（"一切荣耀归于神"云云几乎是基督徒的口头禅，一个结束话语的句号，比说早安午安晚安的次数都多），这形成消长，祖先的回忆折向凡人演化，祖先的"功用"变了，人性、平凡才照见神的神圣、崇高。

不是古圣先贤，不是传说故事的"人设"，就只是我们的先人，就只是活在百年、千年前的我们自己，质地真实，形体饱满——这么夸张点说，这是人类书写史一批"提前"写出来的人物，其他的，差不多得等到现代小说书写后才出现。

有关神的独占荣光（其实这些话只能由人自己说，还不能代表别人说，由神来说会变得非常奇怪），格林在《一个自行发完病毒的病例》中刚果丛林麻风病院现场，有一番令人难忘的质问，说话者是主人翁奎里，对象是神父院长："……你们看到一个人与妻子同住，不但不打她，还在她住医院受苦时照顾她，你们称这个为基督之爱；你们到法庭，听一位好法官对一个到白人家偷糖的小偷说：'你这可怜的小偷，我不惩罚你……'你们便称这个为基督之仁。但当你们这么说时，便是大盗——因为你们偷了这人的爱和那人的仁。可是，当你们看到一个人背上插着一把刀血流不止时，为什么不说'这是基督之怒'呢？当亨利·欧卡巴新买的脚踏车刹车被人故意弄坏，为什么不说'这是基督之妒'呢？你们就像那种光偷好果子，而任由坏果子在树上烂掉的人一样。"

"不，不是。神父，你们想把所有的好东西扯入你们的信仰之网里去，但是你们无法偷走所有的美德。温和不是基督教的，自我牺牲不是基督教的，慈善不是，后悔也不是，我想原始人看到人流泪时，自己也会哭。你难道没看过狗哭吗？当世界冷到极点，而你们的信仰之空虚终于暴露出来时，仍然会有一些傻瓜用自己身体盖住别人，让他多活一小时。"

归根究底仍然是善与恶的问题。神至善而且一尘不染，无法抹消无处可去的恶便得被扔出来，于是，只能由人来认领。这个仿佛自诬的、扭扭曲曲的恶，落在并没直接相系恶行的人身上，保罗只好说它是"罪"，原罪，我们第一个先人亚当在天地之始便已犯下，我们刻在基因里（但为什么呢？）、正是生命基本构成的罪，一种无须犯罪的罪，一种已超过六千年、没追诉期限制也不消解于遗忘的罪。

人把自己想成这样，卑屈如蝼蚁，还一身罪愆，我相信，这在日后传道必定一再发生困扰，在某个智识更高的国度，在面对某些在意尊严如纳博科夫所说"仁慈、自豪、无畏无惧"的人们时。事实上，教廷统治的中世纪便是结束于此，人想做像希腊城邦那样抬头挺胸的人，人不愿再一直扑伏着。但如此认真而且长时间的自诬，不仅仅是精彩的祖先塑像而已，有些路会是异乎寻常地既远且深，其中最成果丰饶的应该是这个：自省。

自省，或进一步称之为忏悔，也就是自省加上认罪，加强版的自省，我们马上会想到的是，圣·奥古斯丁的《忏悔录》。

读过《忏悔录》的人都看到了，这书里并非只道德性的检视忏悟，更多是不断"向前"的询问和思索。自省，并非一定是道德的，也多有非道德的逆道德的，像是，"当时我应该更狠一点……""真后悔没扁他一顿……"，这也都是自省。《迷宫中的将军》书中，波利瓦尔和那个该死的法国佬一场激辩，但一直要到法国人上了岸、船又前行数里之后，波利瓦尔这才一个一个想出来更锐利的论点，绝对让老法哑口无言，没错，我们最会吵的架总是在吵完架之后。

正经说，自省是再思索再吸收。图像、声音、气味、感觉，如微中子每一天数以千万计地穿过人体，嵌在骨头某处留存下来的只寥寥几个，这是乔伊斯在《尤利西斯》书里所显示的。人的经历不直接就是经验，经历得再加上自省这一内折内化才成为经验，才在我们的记忆里保存下来。我不完全确定自省是否算人的本能行为，即便是，也短暂微弱不可靠，所以，生物时期的几百万年经历，人的留存比例如此悬殊万古如长夜；所以，人的自省需要自觉需要练习乃至于需要"勉强"（日语也正是学习之意），我们观看这最后一万年的文明建构和进展速度变化便一目了然。

古希腊著名的德尔斐神谕："认识你自己"，这成为苏格拉底乃至希腊思维的重要核心。在中国，至少从孔子起，便强调了自省的重要性，曾参甚至把它化为一种不懈的生活习惯。但自省有种种障碍，其一，自省到达某一深度，便会撞上人的尊严问题，一个"用心高贵之人"的微妙障碍。毕竟，人真正的尊严要求并不只在人前，孤独时亦然，人会抗拒那一点点不堪的自己、危险的自己如不愿屈从，让它不生长，即生即灭。

但基督教的自省忏悔走了另一道直往不回的路。神都知道了，也就无法隐藏，一代一代，如此稠密且高强度的实践，这创造出欧洲独特的忏情传统，事实上，所谓的"忏悔录"（直接的以及广义的）正是一个欧洲独有的书写体例。其他国度，可能得等到学会写现代小说才得以解脱。现代小说狡狯地绕过此一尊严困境，把"我"他者化，自身的幽暗转嫁给小说中某人，是他干的，不是我，遂可以直视，可以敞开来谈。

有一位显然不在基督信仰里的物理学者，曾说出这句很著名的渎神之言："我不需要上帝这个假设。"但姑不论宗教不论哪种生命皈依，假设有神，假设天地有灵、有更辽远崇高的存在，这不好吗？如孔子说"祭神如神在"，如博尔赫斯，我以为他是不可知论者，但他喜欢说神，喜欢天堂和地狱，以为这是最伟大的发明，说耶稣是最仁慈的导师以及最好的演说大师，又说但丁《神曲》极可能是人所能写出来的最好的书。

我很喜欢日本的伊势神宫，去过几次，这是日本最高一位近似中国太庙，却又更庶民化的神宫，像是天与地在此交会，五十铃川静静流过一侧，我们在川边洗手洁净，川水清澈但水汽氤氲，这是我人生从未有过的经验，我深深知道手上这水非比寻常，我第一次知道什么是灵气——

格林说，人如何爱一个"无"呢？所以要有神，神要有我们熟悉不惧的形象。我们自省也是，有聆听者有对话者，如山壁回音，而向着神的自省便成为有往有复的交谈，双向交谈比单向喃喃自语可持续可行远，可不断旁及其他如展开，而且，会是有温度的话语。

　　我也来说句渎神的话，庄重的——如果要说我不相信《圣经》什么，是我不相信《圣经》里有我要的所有答案，像格林讲的（当然是反讽）："教会有全部的答案"。

　　《圣经》是一本书，不是其他，一部名为 Bible 或译名为"圣经"的书，一个稍稍虚张声势的命名。这部书的作者是一个人数有限且命运乖蹇的部族，他们集体的历史、记忆、困惑和梦境，各种艰难的、绝望的生命处境逼他们追问，问得比谁都多都执迷。

　　成书时间则是世纪初，如此，我们也大致可确认其时间落点和限制，到此为止的人智，到此为止的知识准备，到此为止的历史经验，到此为止世界向人显露的样子……

　　一本书，很好也很好看的一本书。

《浮云》· 林芙美子

为什么读《浮云》?

这三十年整整了,彼时台湾电影"内圈"忽然起了一阵小津热,小津安二郎,美丽的日本上一代大导演,《东京物语》《秋刀鱼的滋味》云云,但更内核的杨德昌和侯孝贤迷的却是成濑已喜男,尤其他的代表作《浮云》。

日后,听说王家卫也最喜爱《浮云》,看他拍的电影,我以为可信。

杨德昌已逝,但我们仍会说起他讲《浮云》时眯着眼的模样,他总是说片尾雪子死去、富冈俯身为她搽口红那几秒。

这三位我以为正是华人世界有过的最好的导演(真希望还会有更好的出来),此一证词对我意义非凡;但我更是个小说读者,我还是希望这三位大导演也回头读原著小说(我来猜,王家卫读了)。

我以为书写者林芙美子已差不多做完所有事了,但这位已有相当身后之名的小说家还是被低估了,她真的写得非常非常好。

其一

当然，成濑是了不起的，他专注地并不张扬自己地辨识、挑拣、呈现小说最好的部分，这是比一般想象中困难很多的工作，而成濑极可能拍成了电影史上最好的一部由小说改编的电影。我们知道，知道到已当它是铁律，最好那一层级的小说很难拍成好电影，文字用到一个临界点，至此文字单独前行，和影像就分离了，去到只有文字才能去的地方，岂止影像，连语言都抛下了。

容量的歧义是第一感。一般，一部电影的容量换算大约是一个短篇小说，但不是也可以拍八小时十小时以上的电影吗（我能想到的是 BBC 如此拍了一堆了不起的大叙事小说，但毋宁是某种科普作业）？我们这么一想就晓得可能不仅仅是长度的问题了，带有自身企图和意义的影像大概撑不住这么久，影像会疲惫不堪。阻止电影如此增长的不只是经济理由而已。

真正无法克服的分歧更为本质。此处我们只说这个：只有小说（文字）能放个麦克风在人心里，这是昆德拉讲的，让我们听到人心各种细微的活动声音。到电影这里，我们只能靠影像的交织隐喻（间接的，只能做到诗的地步），以及演员肌肉弹性有限的肢体和表情。像杨德昌喜爱的这搽口红一幕，其实并不只柔美如诗而已。原小说，这是长达数页直视梦魇的书写，毋宁是恐怖的，绝对是小说最好的死亡书写之一。最终，雪子眼睛狠狠盯住的是看护她的在地妇人都和井信（"而她的胸部和下巴的润泽肌肤却又散发芳香诱人的女人气息"），雪子本来就有一个渐强的恐惧，以为自己会被这女人害死，得设法从她手中挣脱出来才行。现在，这一切已成事实了，她死，富冈和都和井信结婚，住下来……就在这一刻，雪子胸中忽然喷出一股黏稠的东西，被子、毛毯和枕头全被污血弄脏了，"雪子拼命想把浓稠的血块咽回喉咙，就像个活埋的人，呻吟着发出求生的哀鸣。雪子还不想死，头脑冰块般冷澈清明，身体却不得自由。"

便是这个目光吓跑了都和井信——那是一张令人毛骨悚然的恐怖病容，直勾勾的眼神仿佛把自己穿透了。都和井信冒雨逃回家，以至于没人确知雪子何时病逝。

从大山里赶回来的富冈，他真正的悲伤（或说绝望）来得很晚——国境极南、再无法往前去的屋久岛，号称一个月下三十五天雨，雨激烈有声地下了一整晚，"下半夜，富冈突然猛烈腹泻。他痛苦地蹲厕所里，无力地把脸埋入两手之中，像个孩子那样呜咽哭起来，人到底是什么？到底应该怎么做人？"

"人到底是什么？到底应该怎么做人？"——我读过不少《浮云》小说和电影的介绍文字，包括林芙美子自己讲的，但我以为最好的就是这两句。

高峰秀子，电影里的雪子，还是太美了（尽管我感觉选角时有考虑到小说雪子甚至林芙美子本人年轻时的容貌），且一直素着脸，这也许是电影的缘故（我想起王家卫讲的，没办法，俊男美女是电影的基本前提）。小说中的雪子"长相太不起眼"，还屡屡是丑的，也因此到越南支援工作时才被扔到没人要的高原上的大叻市，在那里结识了已婚的农林省官员富冈兼吾；而且，战后在东京狼狈活着的雪子，也尽可能是浓妆的，像是这令人骇异的一幕般：坐在阿世的梳妆镜前，"雪子毫不介意地用着阿世的粉饼和粉扑"。阿世才刚被杀，她逃家从伊香保温泉到东京当舞女，和富冈同居，被追来的大龄丈夫清吉扼死，雪子看了新闻才循线找到躲了她好久的富冈。这近乎不知羞耻的举动让富冈厌恶极了，遂也更厌恶自己，"坐镜前的雪子显得瘦骨嶙峋。曾经浑圆的膝头单薄了许多，平添了不少岁数。胸脯也单薄了。头发是一种缺少滋润的焦黄，额头宽得有点夸张，眼角也耷拉着。"

顺便讲一下。电影里，这看来是富冈最渣的一段，最缺钱，还因凶杀案牵连丢了工作。像是他把雪子给拖下去。但其实，这反倒是富冈居然生出了气力的异样时刻，他重拾起自己对树种的知识，也忆起了在越南森林里的种种研究和听闻，坐定下来一个字一个字写着为报刊杂志供的稿，仿佛把瓦解掉的自己一点一点拼合回来；他是缺一笔闲钱的，那是为了请律师为狱里的向井清吉辩护，他几次去探监，"富冈不禁为他不惜杀死一个女人的真挚而感到震动"，也认定自己才是害死阿世的真正凶手。富冈胸口有了久违的一点温度，可能终归会熄灭，但无论如何雪子就是无法放走他。

行到水穷处，这样人坠落绝境的微妙变化，仿佛重新流动，某种人生命最深处接近生物求生本能地找寻出路，"走到一切幻灭的尽头，从那里再次萌生的东西"，这林芙美子一直很会写，或者说，她最熟悉，经历丰富。

所以说，雪子的魅力，甚至偶尔不知从何而来的美，便不是给定的，所谓人见人爱花见花开车见车爆胎那种的。而是闪逝的，一瞥的，惊心动魄，出现于某种奇特的情境里，仅有的心绪中目光中，光影交错。这种针尖也似的书写捕捉，比起直接描绘一个美人，当然是难的，难到不以道理计，难到不知差多少技艺档次、多少理解人心的档次。

读小说，我自己一直有个私密看法，不晓得对不对，我屡屡对此莞尔，尤其女小说家，总是"依自己的形象造人"——在书写她最费心最动情的女性角色（当然几乎都是女主人翁），最深刻的书写素材只可能取用自身，这没毛病。有趣的是，其容貌和身体也一样取用自己，只一定是美丽化了、整容化了的自己，毕竟，细眼睛也可以是美的，瘦小身躯，也可以是娇弱的、让人生怜的云云，文字是最好的医美器械；而这样依自己形象的小说人物，可能败德，可能在书末毁灭，唯鲜少真的变丑。但此番，我对照着林芙美子的老照片读《浮云》，有点不寒而栗，可真狠啊，林芙美子三番四次把雪子写得如此之丑，借用格林的话，她心里真的有一块冰，"永生不化的一块冰"，能这么残忍对自己，这样的人应该是会杀人的。

有些非常好的书写者，我们读他的作品就好，生活中，我们该明智地远离他。

一九五一年林芙美子病逝，主持她丧事的川端康成（只剩他了）说了这句日本文学历史难忘的话："所以，请大家就原谅她吧。"

小津安二郎曾坦承，他拍不出《浮云》这样的电影。这话，熟读十九世纪旧俄小说的人一定听来耳熟，当时普希金和别林斯基读了果戈理来自乌克兰民间的《狄康卡近乡夜话》，稍后托尔斯泰读农奴之孙契诃夫的短篇，就是这个反应。我也相信，这也是川端康成对林芙美子小说的反应。

旧俄这个也许就是人类小说最伟大的时刻，书写者几乎全出身上流贵族，果戈理和契诃夫的底层震撼，不只是让他们读到了另一种书写，而是看到了"一个新的世界"（别林斯基）；多年后现代小说进入日本，书写者一样多是过好生活、人人敬重的"先生"，年轻的野草般的林芙美子以一部自传体的《放浪记》同等级地撼动他们。

《放浪记》里，我读到这一段："我从书箱里抽出一本契诃夫的作品来读。契诃夫是心灵的故乡。契诃夫的气息、身影仿佛近在眼前，喃喃对我黄昏般的内心娓娓述说。"——是书里最不起眼、如随口带过的话，也没真的讲出契诃夫什么，但我一身鸡皮疙瘩。

读《浮云》的人应该都已读了《放浪记》，这部更事实的，等于直接呈现她二十五岁前自己的作品，比《浮云》的雪子更穷，或直接说更冷更饥饿，屡屡沉入生存线之下——林芙美子七岁即随母亲和继父出走，体面地说是行商，其实就是流浪挣扎求生，十二岁前，四年内就换了七个小学，十二岁更干脆辍学当小贩，在比穷比苦的矿区兜售廉价化妆品、纸扇和夹馅面包。十九岁念完高校和同居男友来到东京，旋即被抛弃，她如《浮云》里的雪子般顽强不回老家，为了在东京存活下来，她什么都做，也差不多什么都肯做，女佣、女工、小妹、地摊小贩、工作性质暧昧的女侍……直到这一切化为作品，一九二八年开始连载，一九三〇年正式出版并爆卖六十万册，这段仿佛没有尽头的暗黑甬道的惨烈生活才结束，她可以进入另一个世界了，二十五岁这一年戏剧性地拔高成为生之分水岭。

所以《浮云》里的雪子，好像是把她的此一人生没获救地再演化下去，指向毁灭（这应该是更大几率的结局）；或者我们也可以这么想，雪子身体里就是少了林芙美子这个不合宜的执念的东西，饿着肚子也要读、要写，典当棉被才能活也要出版诗集。当然，这怀璧其罪地可能让她毁灭得更快，所以我们这里讲起来提心吊胆，特别是想到如今的世道、如今的人心。

《放浪记》这部生命之书于是有着诸多凌厉的念头，全都是被逼出来的而不是没事装痛苦或想吓唬人。骇人的也许是这句："神啊，你这个畜生！"但我想说的是哀伤的这句："会有谁要买我！把我给卖了吧！"

还有，出自矿区那个缺了手指的娼妇之口："要是发生战争多好"。林芙美子说："她希望整个世界天翻地覆"——战争和整个现代日本如影逐形，战争到今天仍余音袅袅，但这个娼妇是这么想的。日前，有位载我去咖啡馆的计程车司机，忽然指着高处一层楼说："就是这间，有没有！"原来，他已看好了六处豪宅，等战争打起来富有的屋主跑掉就搬去住，一天一家。是的，他们会这么想，这些所谓"贫贱不能移"、太穷了无法移民跑掉的人。

《浮云》里，雪子回国住进有三年断续男女关系的伊庭杉夫家（伊庭疏开到乡下未归），毫不犹豫就把伊庭行李里的值钱东西卖了，买了件绛紫色时麾外套，还做了头发；日后伊庭上门问罪，两人当然大吵起来，吵得非常滑稽，雪子理不直但气很壮，伊庭狠话放尽但其实心知无效，他把"屋里每一件行李都用绳子捆得结结实实，还贴了封条"，可伊庭前脚走，雪子就又把行李里的长披风和五升小豆拿去车站旁市场，"心中暗想，原来偷盗竟可以这么有趣"；书末，雪子投靠了借助大日向邪教成功敛财的伊庭，对着藏钱的金库，"雪子的手像鹰爪那样伸了出去"，她拿走了六十万日元，这说是想着富冈，不如说是一种已成本能的举动，一种肌肉记忆。

忽然闯入文人世界的林芙美子，不会是另一个林芙美子，她当然风评糟透了如异物，当利不让，打压后辈女作家云云。二战期间她还摇身成为海明威也似的随军记者和鼓吹者，最骇人听闻的是，她还骑上南京城墙头拍照，成为报纸头条——但应该知道，这绝不是林芙美子立场丕变，对战争换了想法，这只是她又把她鹰爪一样的手伸向军国主义的金库。军国主义的钱，除了更多，有比大日向邪教干净吗？

于林芙美子，你不能相信她的行为，甚至不该相信她的话语，你该相信的只有她的小说，她的"正直"，以及精致的反思，只用于此。

这段战时经历，我自己较留意的是她因此也跑了新加坡、爪哇、婆罗洲等地，真正留下东西的是在这些地方。

因此，何以死时只剩川端康成一个人？我猜，云上人、"物之淡淡哀感"、距离林芙美子生命现场最遥远的川端，极可能是最被林芙美子生猛、不遮不饰的力量撞动的人吧，这是他完全没有的东西。他对林芙美子的此一宽容，其实正是他对林芙美子小说的最高赞语。

其二

贯穿《浮云》的是雪子和富冈无止境的分分合合，但说这是一道小说"主线"并不恰当，这不是线，这根本是一条绳索，又粗又韧、怎样都扯不断的绳索，只有死亡才放人离开。

"静静等待时间的流逝才是唯一的解决办法。"已经无法从生命剥离出来了，已差不多等于生命本身。

所以尽管仍可以称是男女恋情，但"绝不是你们说的那种恋情"。小说开始，是雪子发了电报并找到了富冈家，这是战后返国两人第一次见面，其实富冈当时已封存越南往事回归家庭了，但喝着劣酒吃着馄饨和发黑的鲔鱼寿司，两人还是在"许多烟头烧焦斑驳痕迹"的小旅馆脏榻榻米上过了一夜（这也正是我们童年惯看的榻榻米标准模样，记忆如梦惊醒）；紧接着，是雪子挑衅也似的又去富冈家，如愿见到了那位富冈在越南时"三天就给她写一封信"的妻子，富冈正式要分手，还塞给她一千块钱，但似乎这个举措被雪子逮到了，祭出在越南时对她的承诺闹起来，但她真的坚持吗？其结果仍是两人又在小旅馆待了一夜。就这样，仿佛进入了不醒的梦魇，其间，伊庭转回东京了，雪子和大男孩美国大兵乔同栖，稍后，富冈也勾搭了温泉乡阿世还似乎不只如此，但狐死首丘，总是谁伤痕累累了就会先循路回来。

说真的，读到一半左右我都开始不耐烦了，像那种被什么不洁东西黏着的感觉。但厌烦不堪之后，再来的是惊讶，再然后几乎是赞叹了，要自己放慢阅读速度唯恐漏看了什么，这还能回来，还能再回来，海潮一波又一波。本来，在书写"情感"这个总是糊一团不易分解又总是重复的东西，要想写出进展、写出所谓的"层次"是最困难的，但雪子富冈这对狗男女，这已经不是层次了，而是流动、转动、晃动，在人处境的微妙变化中，在人心思心绪难以言喻的变化中，在赫拉克里特的时间大河里，次次不尽相同，循环却又单行道地直去不回。不知不觉中，它树根一样愈抓愈多愈紧，让人望而生畏，望而沮丧，雪子和富冈都一样，都只能投降。

我应该没有看错，在林芙美子自己说"没有条理的世界里"的这个更没条理、两人窄迫的小世界，还是隐隐有这个颇悲伤的规律——总是谁弱了、累了、生病了，会寻觅回去，找到对方，所以，注定不会有个以愉悦开头的会面。

一定要找到个标签式的单词，最接近的应该是日本人说的"绊"，自反而缩，很多人可自行验证，心领神会这个笼统字词——但终归，"绊"的正面成分还是太浓了，太应然太积极而且还太甜；但说成"像两具尸体绑一起沉下去"更不对，当然沉下去极可能是唯一结局，如死亡是我们活着的唯一结局，但如此直跳死亡有什么意思（除了假充世故、假装哲人），别亵玩死亡（一种很难戒掉的文学恶习），死亡是一切结束，死亡已无话可说，人真正能想能做的全在此之前。雪子和富冈，两人仍有着温度如同发着低烧，有着必要的种种不甘心，以及，尽管看似不干不净甚至不断彼此妨害，早已不给也不要求承诺，遑论誓盟，而他们竟然已是相互最后关怀的人，挡在生与死边界的最后一个人，哪天你死去唯一还可能在意、还会记得你一段时间的人。两人究竟是怎么走到这里的？

也许，把这两端加起来除以二，会相当接近两人关系的真相。

用他们自己的话，心平时刻，不想吵架，不愿动用太多累人理智去弄明白时讲的话，"倒不如说是彼此之间的狡狯使爱情正纯化为一种近似友情的感情，富冈直到最近才开始明白这一点。把雪子当作恶人的时代正在变成遥远的过去。"——这是两人刚从伊香保回到东京时，注意，小说才进行到正好一半。我想起博尔赫斯极认真说的，友情是远比爱情更精致的一种情感。博尔赫斯拼命要我们相信是这样。

或者就说成是亲人吧，那种人驯服于命运安排，并必须封存绝大部分理性的悠悠关系。

只来看他们断续袭来的死亡念头，这些晶莹冷光的东西，似乎方生方灭，却又像静静地累积生长，来了就不完全退去——其实不是死亡，而是生的极限，相互意识着、检视着生命究竟还剩多少，还能承荷多少，就算是玩笑话，仍是不祥的。

我以为林芙美子是对的，这些捉摸不定的死亡念头多出自男方富冈，似乎男性较容易概念性思索；另一面，也意味着他和现实的联系相对不足相对脆弱，较容易扯断飘向死亡。女性总是更实际，生命不当是一种输赢。

两人才重逢，雪子这边是："雪子含着满目泪水，她闭上眼睛，轻抚着富冈的肌肤，他瘦得腰椎都突出来了，想起来他说是因为吃得不好，粗糙的皮肤越发让人悲伤。雪子把手放自己小腹上，女人润滑的肌肤蕴藏着某种神秘触感，女人肌肤为什么如此鲜活润滑？雪子觉得不可思议。就算国家吃败仗，年轻女人的肌肤依然……"

而雪子交往了美国大兵后，富冈看着她："烛光映照下……女人自身的强悍个性，似乎开始落地生根了。富冈打量着雪子正全然变了的容貌，对女性那种得天独厚的，可不受外界影响的生命力，生出了一种近乎羡慕或忌妒的情感。……对照自己现今的卑微处境，富冈不由得暗自沮丧。……就像是从手里逃走的鱼，富冈甚至有一股强烈的食欲。'真叫人羡慕啊……'"

死亡念头始生于富冈，果然，那是新年前，两人忽然决定就去伊香保温泉。但这只半是玩笑，半是那种日本人颇恶心的独有的触景伤情，尤其不伦恋者，总三两下就想到殉情。富冈的殉情念头渗着明显的谋杀感，"既已漂浮在永久的大海之上，何不就顺应易变的人心，随心所欲放纵一番呢？富冈心想着，时候一到，就和雪子一起在枯木交错的山里结束生命。（你要是知道会被我不动声色地杀掉，你还笑得出来吗……）富冈看着雪子，她正狼吞虎咽吃着炒面。"

两人可以一起讨论死亡，则是泡温泉时，话题很快转成怎么死比较不痛（"你难道不觉得没有痛苦的死法并不存在？"），但真到了如此合适殉情之地，两人却又逃开地改说去榛名山更好，往那湖里一跳就行了。

富冈一直借助陀思妥耶夫斯基《群魔》书里的斯塔夫罗金来反复想死亡，他也记起了这番话："在生与死都一样的时候，才能够真正获得所谓完全的自由。"——这里，我们土一点现实一点来说，雪子和富冈的生命都还有诸多剩余，岂止片叶沾身而已，生与死还很不一样，所以并没这种"自由"；他们离绝望还很远，尤其雪子，又对彼此不放心，谈论死亡依然心存试探，彼此斤斤计较。

在满是赴死殉死之思的日本小说里，还真少把死亡的向往写得如此不入魔、不专注、不干不净，且半点不美丽——读此，我反倒有一种破除迷思破除虚境的痛快，我真正喜欢的是这两人各自藏于心里最深处的此一狐疑：

富冈——"富冈思考着（殉情），如同计算一组数据。两人并非因为相爱而死，这个真相在自己死后，大概不会再有人能知晓……"事实上，富冈连这事都无法确定，他杀掉雪子之后，是否真能顺利结束自己的生命。

雪子——"即使两人殉情而死，肯定也不可能死得情投意合。即使到了死前的最后那一瞬，两人肯定还是各怀心事，这绝非雪子所愿。……雪子仍然怀疑富冈会在断气前最后一瞬，发出'妻啊，原谅我！'之类的哀鸣。"

唯最终（先）死的是雪子，航向屋久岛前夕忽然染了恶疾，死亡捉摸不定，毫无条理，它找上一直离死较远的雪子，"这么强韧的一个生命，竟然也毁灭了。"

"狗为什么没有叫？"这是神探福尔摩斯的询问，问的是空白处，问一个应该要有却奇怪并没有的东西。读《浮云》，我们也试着一问，雪子究竟找了什么工作？

至少和《放浪记》中一种工作换过一种工作明显不同了，这上头，雪子活得模模糊糊的，连阿世那样当了舞女，筱井春子那样成了"打扮未免太华丽"的可疑打字员都不是。

当然不是说不缺钱，钱永远是缺的，就跟我们笑说"女人衣柜里永远少一件衣服"一样。但至少钱已不是"答案"，真正纠缠他们乃至于莫名驱使他们的，其实是高于生存线上的某些人"自寻烦恼"的东西，不属生物世界而是人类世界才有的东西。像是，如果说雪子何时最优渥最有钱，那必定是在大日向邪教那段时日，有房、有佣人，富冈问她借钱办妻子丧事（邦子，"以一种近乎自杀的方式告别了人世"），她随手就拿出两万元来。雪子盗了六十万日元从大日向教走出来，完全不同于她一贯的心思细密徘徊，小说这里写得意外地短且简单，只说这样的生活"未免太孤寂了"，离开好像理所当然，好像毫无眷恋。

这六十万元哪里去了？毫无吝惜。大致上，用于清吉的律师费，用于屋久岛之行，用于雪子治病，最后，用于雪子死后富冈在鹿儿岛的买醉，并支付那一夜的妓女，"富冈钱包里竟然还剩下许多，那是雪子留下来的那笔钱"。——生途悠悠，是吧，这六十万几乎毫无干扰，毫不发生意义。

事实上，更常缺钱的富冈，也不是走投无路，毋宁是他自言的，不容易找到"体面的工作"。

从《放浪记》到《浮云》，这呼应着书写者林芙美子本人的生活轨迹——简单说，她的贫穷甚至饥寒，不因为战争战败，而是命运的抛掷，生于如此家庭如此生命现场。事实上，逆向地，她恰恰在战争前夕翻身，并一路上扬，说来荒唐或者残酷，断垣残壁的东京，却是她生活最好的一段时日。

她顺应着自己这一特殊的生命际遇书写，或正确地说，她没有辜负自己这一特殊的生命际遇，化为书写礼物，写出日本战败极容易被淹没掉的另一种事实，另一些人及其种种可能。个体和集体从不是亦步亦趋，也幸好从不亦步亦趋。某一方面来说，集体是脆弱的还是怯懦的，屡屡陷入狂乱、沮丧而且低能，希望只能保留在这一个个参差不齐的个体里，事情做得对，这会是珍贵的钥匙，——打开被集体封锢的大门，让我们重新忆起世界可能的完整模样，也恢复自己的智商。

文学书写，一一落在某个时代里，但从来都是一个人的书写。

《浮云》，伊香保温泉过新年那一天，时间停一下让人想整理自己的时刻，两人赖被窝里，富冈这么说："……我甚至对自己妻子都失去了往日的爱情。战争让我们做了一场噩梦……制造出一群不知何去何从、没有灵魂的人……不是吗？我们堕落成一群不伦不类的人。……这个时代，满世界都是从高处跌下来的庸人。无法适应现实，不知何去何从。早知道就不跑这么远来旅行了……"

如斯感慨出自富冈还合理，毕竟，他曾是可能被器重也可能有点前程的文官。但真正让我惊讶的是，小说时间直接设在日本战败后，但这桩历史大事在整部小说里的"分量"竟这么少。我想到司汤达那个有点骇人的比喻（《帕尔马修道院》）："政治，在一部文学作品里，就像是音乐会中的一声枪响。"于此，林芙美子不假装没听见，可也不中止音乐会逃窜，小说不大惊小怪，也不假装想一下就把一切归于战争战败。这么说，战败一事很快就"处境化"了，这极可能才是她这样的人、她所在的生命现场的真相，对压倒性多数无法上达政治层面以上的人，天高皇帝远（意思是距离一样），某个暴烈袭来的摧毁性力量，是天灾是人祸还有分别吗？偶尔咒骂几句是会的，但也就这样了。

其实，早在越南时就是这样，彼时战争犹如火如荼，但他们并不相信官方战报，几乎谁都怀疑日本要战败了，只除了最天真的加野（稍后，他成了雪子和富冈偷情的"祭品"，被逮捕被解职，下场凄寒）。雪子说的是："我啊，也是在内地没办法了才志愿到这里来的……在这场战争里，一个年轻女人，每天凭着'一亿玉碎'的精神怎么活得下去？我可不是一时兴起跑这么远地方来的……";雪子参观当地茶园,听着茶园耐心且悠长的培育历史,对日本人"野猫一样"闯进来踩踏破坏,羞愧得要死:"雪子并不认为日本人也会在印度支那这片土地上几十年。甚至预感,大概用不了多久,日本人就会遭到报应。"雪子的此一羞愧,完全外于战争、不相容于这场战争,纯粹是人的基本人性反应;而日后雪子还如此回想:"当时实在太幸福了……士兵正拼死而战的时刻,雪子却与富冈深陷在那样奇妙的情缘里。"倾国之恋,正因为那么多人受难死亡,这个恋情遂更奇妙也更昂贵无比不是吗?张爱玲用来写成一个绝妙短篇小说的珍贵材料,林芙美子这样一个段落就用掉了。

所以不是控诉战争,也不直接反思战争,就只是承受这一场战争,偶尔还这样愚弄一下战争——但这样脱出战争"力场"之外的书写,也许是更好更全面的一种败战反思也说不定。

所以富冈所言的坠落向哪里去?不是坠落到生存线之下,坠落向彻底的、万年之前的生物世界。真那样,小说就好写了,不跟拍个那种非洲草原的鲜血淋漓掠食影片差不多吗?我会说,的确向着生存线方向坠落,但人的基本温饱还堪堪不是太难,真正变得非常困难的是,那些只能存活于人类世界的东西,那些我们所说属于"人性"而非动物本能的种种东西,如同失去了合适它们生长的土壤;不是向下坠落伊于胡底,而是人上达的路一道一道被窄化被截断被封闭,人得而复失。富冈说人不伦不类,说人变得没灵魂不知何去何从,仔细想,竟然意外地准确。

所以,不是如何活下去的问题,而是,"人到底是什么?到底应该怎么做人?"

我也读到这一段。雪子和富冈顺御所的道路并肩而行,下着雨,两人难得的心思沉静,又想起昔日越南,雪子说:"那时候,不论你，还是我，都还是好人呢。毫不掩饰自然的人性……"

这话，有着回忆的修饰，无法尽信，但人心最深处的那个触动是真的，而且，语气轻快，掩藏了悲伤。

其三

法属印度支那，包含今天的越南、老挝、柬埔寨，乃至于一小块中国领土，法国人在此地约一世纪之久，二战当时，日本短暂地侵入。我们简单称之为越南，只是为着说话方便。

朱天心说林芙美子写越南写得非常非常好。我相信，这不纯然是读者的赞美，相当大一部分是小说同业的油然感受，同为书写者，会更晓得难在哪里，容易犯错在哪里，不容易写到的在哪里——

我完全知道，朱天心指的并不是小说开头雪子那一大块宛如必要交代的回忆而已，而是一整部小说从头到尾不断又被想起来的整个越南——林芙美子写越南不是一整片风景，如村上春树写《海边的卡夫卡》那样，树是绿色，森林是绿色，差别只有浓淡不同，像那种市售二百色大盒粉彩笔所标示的绿色渐层命名（"凡不知道的都叫作树"）；林芙美子的现实感几乎无人出其右，写的永远是实人、实物、实事以及极准确的细节，树有各自树名且树叶、枝干、姿态和用途都不同，墙有土块的、木头的、白垩的，车过的每个小站也有不同高低温差和人的不同活动样态云云，但这样的细节描述，因为准确，不会掉落成那种扁平的、没焦点的、让人昏昏欲睡的自然主义书写，更加不会是那种只用资料拼贴，如我们今天所说检索来的。准确来自人的参与及其判断，这既是真实（该不该说"客观存在"呢？）的越南，却也是雪子和富冈看到、记得，而且曾加入进去的那个越南，其历史其知识其传闻，也是雪子和富冈曾好奇追问过、学习过的当地历史、知识和传闻。

　　这个记忆对雪子和富冈当然极重要，只说是两人恋情的起点可能还不够、不准，而是两人生命最大块、最没人掺杂的交叠之处，成为秘密，成为私语。说穿了，两人一天不散，不讲起这个讲什么呢？另一面，当然也是活在如此残败的东京，人性上，谁都会唏嘘地怀念那个干净、平和、好生活的越南不是吗？所以，这是不断从记忆再冒出来的越南，参差生长着的越南，随着人当下不同的处境，随着心绪高低变化，甚至随着当下的种种"需要"，不必然都是善意的、甜美的。像是加野醉醺醺刺伤她一事，雪子一再讲起，愈说愈多愈细节，多半是故意的。我们慢慢知道，在恩特莱茶园参观那一夜，这其实是雪子的捉弄，甚至隐隐是个陷阱，有一种拿加野献祭，好增加、证明她和富冈恋情虔信成分的阴暗心思；如今，当雪子感觉需要刺激出富冈熄灭中的热情时，她会一次又一次再"使用"加野，甚至卷起衣袖露出那道蚯蚓状伤疤的证物，把富冈扯回去那一夜，共谋犯罪是绑架也似的最强韧联系不是吗？所以富冈时不时被她搞得很毛，他是不愿回想那一夜的人："这女人难道是要想借往日的回忆，像个债主般没完没了追讨下去吗？……听着雪子的哭声，富冈突然心头火起。"

　　但确实，雪子较干净较辽远的心思，只生于人在越南当时和日后对越南的回忆里，像是她对日本这场战事的心思清明，对此地森林和人的敬重（是的，差不多就是敬重）；站在会安城那些流落于当地埋骨于当地的日本人墓前（"太郎兵卫田中之墓""花子之墓"），她会很感动，想他们就像漂在海上的椰子。这些都是她回到东京没有的，或说失去的。我以为最令人动容的是雪子以为最幸福的那次回想，那是在时速四十二公里开向西贡的车上，富冈握着她的手，身子探出车外，指认着飞驰而过的树林，哪个是异翅香，哪个是香坡垒和龙脑香，以及繁茂得令人恐惧的原始密林……雪子"也终于知道了，原来奢侈也是美的。兰比安高原的法国人住宅里飘出人声和音乐声、色彩和气味，就像高级香水的气味，隐约飘过了雪子的记忆。……那种悠然自得、稳踞于历史潮流之中的民族精神，在雪子看来蕴含着根基深厚的力量。没有比无知、无教养的贫穷民族更好战了。日本人大概无人知道，在这个地球上，竟然存在着那样的乐园……回想战争时期所谓的'以奢侈为敌'的口号，奢侈成为敌人，那还得了？"雪子回望遥远的日本，竟然有一种看着异族的感觉。

这里说的不是那种令人厌恶的、夸富的奢侈，无须故意误读。尤其从雪子（或说林芙美子）这样的人口中说出，她距离那种奢侈还太远，她们说的只是更好一点的生活，可让人的良善放心生长的生活。等她们超过那条该死的界线，我们再来反对不迟。

道心惟微，人心惟危，活在越南的雪子，活在败战东京的雪子，林芙美子实在厉害，她毫不张扬地写出来这样仿佛只是人心颤动的微差，如果阅读者没有带着相应的关怀，还真不容易读出来。

是以，林芙美子没把如此越南写成某种至福之地，某种失乐园——以前，我或许会说她抵住了这个几乎是惯性的书写诱惑；现在，我会说她具体的材料实在太多了。只能够写成光秃秃的象征，通常是书写者无以为继，很快只剩一个概念反复涂抹，而这恰好是林芙美子的强项，雪子和富冈对越南的具体回忆参差不齐、源源不绝。

最后的屋久岛联袂而行，阅读者乃至于书写者本人，总会联想到越南（这一联想只让人悲伤），但也就仅止于这第一感联想而已——富冈和雪子毫不激动，更没有那种凄美的终极寻获感幸福感，两人疲惫不堪，雪子也不反对也许在屋久岛上待几天就先回东京，只是死亡忽然找来，戛然止步于此。屋久岛大大不同于昔日越南，就像为雪子医病的那位"给人一种十月革命前俄国人感觉"的医生说的，他有早期左派人物的那种无欲无求和利他善念，但酷爱音乐（这也极传神），"我以前考虑过到屋久岛开诊所，但听说那里不通电，一年到头都在下雨，我就怕了，不能听唱片那多寂寞啊，难道就只靠空想过日子？"

林芙美子也很会写这个，人在如此没条理的生活现场左冲右突，但往往又感觉当下只剩这条路，生命只此一途。

然而，只活到一九五一年世界模样的林芙美子大概不会想到，我们读她写的越南心思更复杂更感觉荒谬——毁掉越南的不是日本人，而是美国大军，又四年后且持续整整二十年时间，空中落雨般密度的轰炸，土地埋满了地雷，更可怕的是橘剂（落叶剂），为的就是杀死所有树木草木，好让北越军队游击队无处藏匿，估计至少洒了九万公升，其半衰期长达四十年，含有戴奥辛中毒性最强的 TCDD。这其实是我们这代人先知道的越南模样，很长一段时日整个地球上最毒、死亡徘徊不走的一片土地。读《浮云》，我们是时光倒流。

还好，越南人终于挨过来了，近年，越南起飞，成了中南半岛成长最强劲的国家，二〇二〇年元旦当天，连足球都踢赢了中国大陆，三比一。

时间不仁，时间就是流逝，但我们却屡屡感觉时间充斥着近乎恶毒的玩笑。日本这边，则仿佛和越南交换过来了，林芙美子没等到，其实多活个几年就会看到，日本几乎是整个亚洲最干净最安全的地方（不是新加坡那种干净安全），我们也在日本感觉出林芙美子所说"根基深厚的力量"，但当然不是至福乐土，人认真过活的生命现场没那种乐土。

读小说，我自己愈来愈旁及书中的实物，仿人类学的小说阅读，当然是某种阅读红利，以至于，对那种空无一物、朱天心所说宛如行过旷野的小说愈来愈不耐烦——就像推理小说爱讲的，这种不经意留下的证物证词，其证据力愈强。

像是这个"车里到处是食物残渣"，这是如今最不可能看到的日本——我让自己像跟着雪子和富冈一路辗转南行，往屋久岛的最后这趟旅程，仔细跟着看车窗外的迥异风景，也看着和我们熟悉的日本那种洁净、安静、清冷，人们动作压到最少最小完全不同的彼时车厢，屡屡被什么打到地心里一惊一热。车到熊本，林芙美子这么轻巧写道："人们的谈话也变成了九州口音。周围已经没有了与两人相关的事物。"这让我想到稍前清吉讲他败战后返国："我回来时在广岛大竹港靠岸。我看见栈桥上有一包骆驼烟盒子掉地上，那颜色漂亮极了。看到那烟盒，我才真正感觉到这仗终于打完了。战败一定也是命中注定的。"林芙美子写某种孤独感流放感亡国感都是实在的。

所以，不只是满布手指大小焦痕的榻榻米和发黑的生鱼片而已，遍地都是。目黑、池袋、新宿、伏见宫殿前……不改的地名，赫拉克里特之河的地名，装填着不同的屋子、商店、品物、街景、色彩、声音、气味，以及人的样子，人的交谈内容，人汲汲遑遑的需要和渴求。时间处处撒下足迹，我猜，我应该还比今天活着的日本人有感觉，毕竟，台湾的此一社会进展时要晚个十五年左右，而生命现场，如大人类学者列维—斯特劳斯讲的，总是大同小异到令你吃惊，连人的神话、人的胡思乱想都大同小异。

这里，"伊庭搁下一包钱就匆匆离开了。雪子打开一看，是一叠簇新的百元钞票，望着眼前这一万元新钞，雪子觉得自己真可悲，生来只拿过皱巴巴的钱。而此时的可悲又让她感到可笑。这些刚从银行取出、不带一丝褶皱的钞票，的确有着十足的魅力。"——一万日元，如今就只一张纸不是吗？印着倡议"脱亚入欧"的福泽谕吉。

的确，在台湾，十岁以前我们所见的就是这样子的钞票，小额，皱巴巴的，汗湿无数次又干了的，破了断了用糨糊黏起来的，被带点哲思带点喻义地说成是"全世界最脏、最多细菌的东西"，一元、五元、十元，至于紫色的五十元钞、绿色的百元钞，只远远在大人手上看过。罕见的新钞确实是银行换来的，只出现在过新年时，银行的一项特别服务，给人包红包用的。

我想，这将是最快变得没感觉乃至于不可解的实物记忆没错吧，时日无多，在我们这代人死去之后，如张爱玲说她祖母，这些皱巴巴的小面额纸钞将再死去，并永久死去。这上头大陆后发先至，纸币已是倒数计时的消逝之物，连乞丐都使用微信支付。

人，真是寂寞。

如此出身、这么书写的林芙美子，一般很容易认定是所谓的素人小说家。像《放浪记》这样的作品，具体材料野草野花般蓬生，直直说出来就好，其实并不需要太多文学技艺的支援，更不用去另外寻求结构，事实的强大力量让它的衔接转折毫无困难，让它自然成立、成形，书写者只要贴住事实、顺着流水时间就成了。但这样丰饶的生命材料却是两面刃，往往让书写者养成依赖的坏习惯，或至少耽搁了时间，止于自体经验，不思及于他者，不去琢磨讲究必要的书写技艺，不阅读不吸收足够的文学知识乃至于必要的文学教养，这全是走书写长路必不可少的最基本的东西。书写的消耗量之大之快几无例外地超出人的预想，写下去就知道，两本、三本，差不多就枯竭了，人如打回原形。也因此，文学之于素人书写者总有某种"用后即弃"的残酷感，惊喜地捧上天，再断崖似的坠落成笑话，如瞬间切换，难以相信他曾经写过那样精彩丰沛的作品，像是旧俄既被视为某种小说之父又早早如空无一物、十年写不成一部《死魂灵》（只完成不到两个章节）的笨拙的果戈理。确实，素人作家一生最好的作品常常是第一本，顶多第二本。

这种依赖，更糟的是往往成为书写者的某种拙劣诡计——享受某种道德民粹的荣光及其利益，遂不敢踏出自身一步，也不肯稍微用功地学点东西读点书，诸如"你问我诗的意象，不如我带你去看田里稻子的生长"云云，这种早已用烂掉的招式，最终只骗了、妨碍了书写者自己。

迢迢文学长路，文学从没这么简单，文学不能只有自己。

林芙美子不是，或说没成为只是素人小说家，《浮云》一书正是无可驳斥的最终证据。完成于一九四八年四十五岁的这部小说的确是完熟的作品，非常均衡。那种"林芙美子流"的生命现场直接材料依然丰沛（这是通则，书写者开向世界、开向他者，宛如得到不同视角、不同触发地回望自己，反而会发现、掘深、捡拾更多自身回忆，让自体经历的供应延长），但我们看，已不仅仅只靠雪子一个人看一个人想而已，林芙美子把麦克风也一个一个放入其他小说人物心里，此起彼落，纠结交缠，没有什么干瘪的所谓"扁形人物"。指出"圆形人物"和"扁形人物"之别的E.M. 福斯特讲小说也许不能让所有人物都太圆太饱满，结构上衔接上往往还是需要些只是角色担当的扁人如司机管家警察云云。《浮云》人物的个个过度饱满确实会感觉"拥挤"，对我们这些没想要、也没能耐承受如此细微书写的没出息读者，在总会心思不够沉静，或身体不舒服不爽利的时候，读起来的确会吃力会分神，会不小心睡着。

就小说的专业评价来说，《浮云》的确深于、广于、复杂于、完熟于《放浪记》，这不是无聊地比谁好，而是我们要多追问点林芙美子的书写，想多知道她。确定，这之间二十年文学时光她没浪费，她的文学之心是真的、正直的。倒是，《浮云》让我们回头证实了《放浪记》果然已不尽然是素人之笔，《放浪记》的文字已远远不是不粗糙而已，二十五岁如此人生能有此文字能力令人小小吃惊，也不免好奇不敢确信；而我们也可以放心相信了，《放浪记》中那种仅次于求生、接近于求生急切程度的阅读渴求文学渴求，应该完全是事实，颠沛困穷如此，日后可享受生活时依然如此。

我看林芙美子生前的黑白照片，特别注意过她的书斋书架，日后我去了她最后居住的屋子，即所谓的林芙美子纪念馆，又认真地确认一次——那绝对是每天使用的书架模样。摆饰用的书架和使用中的书架，我这一生都看过一些，可以一眼就分辨出来。

"她竟然也死了，没能享受到丝毫的幸福，像一块破布似的死了。"这是富冈对他妻子邦子之死的追想，单薄得像张薄饼的遗体，本该在钉上棺材那一刻的哀恸，延迟到半个月一个月后才忽然袭来。这种感受的延迟，延迟的了解，延迟的看清事实，延迟的原来如此，林芙美子总是这么写，我仔细想想，好像我们真实人生里更多是这样没错。这是她的洞察，也提炼成高明的书写技艺。

林芙美子看来比她写的邦子，乃至于雪子阿世春子这些浮云女人要幸福，尽管时间不够长。

二〇一五年三月，下雪雨而不是下雪的那种最可怕湿冷的一天，我和两位小说家林俊颖、朱天心从表参道走去她的故居。时间停在一九五一年的这片不大不小日式木造居屋和庭园，我努力用我少得可怜的一九五一年当时的知识——换算，这样究竟算奢华，还是很不错而已？她从一九四一年到一九五一年住这里十年，若退回到一九四一年犹大战时日，那应该是相当相当有办法了。

屋久岛上，富冈用当地土方，把辣椒水抹纸上贴雪子胸口，据说可帮她降下高烧。雪子胸口肌肤被敷得通红，"富冈把脸贴那片皮肤上，向神佛祈祷：请让我们重生一次吧"。

林芙美子，其实仍跟诸多当时的日本人一样，没来得及等日本从战火瓦砾再兴造起来，永远不会知道有今天这样一个日本。活下来不见得更幸福，富裕起来更阔绰起来应该是会的，但只是不一样而已吧，也更隐没更难言，人的生命现场不改挣扎、悲伤、不平、压抑和自寻苦恼。生而为人，就像我们看着如此状似富而好礼的当下日本，总怀各色心思地会想问，你们真过得幸福吗？比我们都幸福吗？

一九五一年六月十七日黎明，林芙美子在这个家死去。她伸手可及的那些日本人可能偷偷松了口气，但对于我这种远远的阅读者而言，我仍然惋惜，因为相似的文学案例太多已心思很平静地不免惋惜，接下来的日本还是很值得写的，需要有人来写的，日本失去了这个后继无人者，且起居注般稠密真实的观看者、询问者和记录者。

就像导演成濑巳喜男的半玩笑话，他拍了六部林芙美子，包括未完成、得找人补上结局（还补了两种）的遗稿《饭》——怎么这就拍完了？真的再没有林芙美子的小说了吗？

《坟墓外的回忆录》·夏多布里昂

为什么读《坟墓外的回忆录》？

老实说我相当犹豫。我很清楚如今的阅读状态，此时此地，建言人们重拾这部不合时宜的书，应该已算是错误了——但愿"不合时宜"这四字仍残存些许正面的意思，人仍能以此自豪，就像当年的苏东坡，如此开心侍妾王朝云说他"一肚子不合时宜"。

坟墓外的回忆，人在死亡咫尺之地，也有人干脆就译为《墓中回忆录》，甚有道理，从坟墓里传出来的阴森森声音。

爱听秋坟鬼唱诗是吗？倒不是这样，而是——人类世界的进步从不是简单的，更不会是把所有美好的都留下，把所有该死的都成功丢弃。进步，再怎么看似光朗看似唯一，最根底处仍是选择对吧，每一道路径都有它独特的相容和排斥，是以，有不少相当美好的东西我们带不过来，有些也很值得人持续前行的实践和希望就此中断，灵光杳逝，但历史定谳了吗？我自己比较不会这么问，因为太像祈愿，我已经很久很久不祈愿了；我比较想说，不觉得可惜吗？现实或无处容身，但人心应该还有空间不是吗？

人心应该宽广。

这是阅读者的基本思维——我们存留某些记忆，不尽然只想着它未来"有用"，我们记得可以只因为它是否美好。

鬼魂夏多布里昂，我带着玩笑检索这五个字试试，果然，出来的资料绝大多数是牛排，夏多布里昂牛排，菲力中段的绝佳部位，一头牛只能取到三十二盎司左右。这的确因书写者夏多布里昂得名——也就是说，今日还知道夏多布里昂的，压倒性，是吃牛排的人。

其一

"我利用了我摇篮的偶然性，我保留了这种属于丧钟已经敲响的贵族对自由的坚定爱好。贵族经历了三个连续的时期：优越时期、特权时期、虚荣时期。它从第一时期走出之后，坠入第二时期，而后灭于第三时期。"

夏多布里昂，出身法国布列塔尼的已没落的贵族，家族纹章原是松果，我极喜欢它的题铭："我播种黄金"。

本来，这个家族应该止于上一代，因为已贫穷不堪，但他的父亲，才十五岁年纪，拒绝了病榻上祖母要他种田过活的安排，"种田不能够养活我们"，毅然参加了法国皇家海军，远赴但泽市作战。稍后，他在殖民地发了财，购回了一部分失落的领地和城堡——但个别的穷困只是个开始而已，法兰西，在一九七〇年也就是夏多布里昂才刚满二十岁时正式废掉贵族。

"因为我们的岁月，在我们之前已经死了。"

佛朗索瓦——勒内·德·夏多布里昂生于一七六八年，死于一八四八年七十九岁。这部回忆录，很奇特地，早在一八一一年就开笔，历时三十年，于一八四一年停止——人写回忆录当然可在任何年岁，唯年纪愈轻愈事有蹊跷，因为总得有某种特殊的心绪，意识到某种终结，人生由此切换成以回忆为主体云云。但我们看夏多布里昂，这一年他当选法兰西院士，然后贵族院议员、驻英大使，顶峰是外交大臣（部长）；换句话说，一八一一年他的现实施展才正开始，远远不到世俗权势的高点，他是心有旁骛地看出了什么，感觉到何种大势已去的历史之流？从而用三十年时间一步步走进坟墓？

"再加把劲，就不再有需要哭泣的东西了。"

夏多布里昂这几个生命时间数字其实非常有意思。

生年的一七六八年。用他自己的话说是："我出生之前的二十天……在法国另一端的另一座岛屿上，诞生了那位摧毁旧社会的人——波拿巴。"——波拿巴就是拿破仑，这个把法兰西力量用到极限，也把法兰西积累力量几近全数耗尽的人（日后法国，比较像个不断吃败仗的国家）。和拿破仑生命时间完全重叠，我们大致就晓得夏多布里昂活于何种时代、何种生命处境。

死于一八四八年。一八四八年，革命史宛若纪念碑高高耸立的那一年，这是欧陆最辉煌却也作为收场的最后一次革命，仍以彼时"世界首都"巴黎为核心（尽管意大利的西西里岛早一个月爆发），规模空前几乎遍及欧陆每一块土地，却也到此为止。也就是说，从一七八九年法国大革命一路延烧的革命之火到此熄灭，连同所有的激情，所有的诗歌，所有不计一切的主张、想象和希望。各个国度关闭起来各自整理，建造现实的所谓"民族国家"。大戏落幕，绚烂归于平淡、归于平庸之人，如意大利不再是迷人的马志尼和加里波第，而是狡狯、庸俗、肥胖的加富尔；如彼时流亡于伦敦的赫尔岑指出的，现实收割胜利的总是公约数、是对角线、是平庸者。

所以一八四八年，既非梦想破灭也非梦想完成的一年，加起来除以二比较接近历史真相。

停笔于一八四一年。等于提前认输，那是因为夏多布里昂所相信的最后的国王，流亡多年的查理十世病逝（法国不是再无国王，而是再没有夏多布里昂认知的那种昔日贵族时代的国王），这空白的最后七年，他关心的只是这部回忆录的出版和他所选定的圣马洛港外小岛的墓地，以及"我希望能死在医院"。暮年的贫穷让他很担心会保不住这最后两样东西。

"新的风暴即将来临，有人预感到这是一场前所未有的大灾难，他们正包扎好旧伤口，准备重返沙场。然而，我以为不会有什么不幸发生了：因为君民都已疲惫不堪。……在我之后发生的只会是一场普遍的变革……这不会是几个独立的小变革，而是一场正迈向终点的大革命。未来的这些图景已跟我无缘了，它们呼唤着新的画家来描绘：该你们了，先生们。

"一八四一年十一月十六日，写完最后这几个字，我看见西向的窗户开着，正对着外国传教士住所的花园。正是清晨六点，月亮发散着苍白的光晕，已经沉得很低了，几乎碰着被东方第一道金光照亮的巴黎残老军人院的指向牌：大概旧的世界已经隐退，新世界就要诞生了吧。太阳将从万道晨曦中升起，但我看不到了。我只能坐在墓旁，然后手拿耶稣十字架，勇敢地走进那永恒的宁静。"

所以，并不是时间的绝对长度问题，这部回忆录距今其实二百年不到，我们读过诸多更古远的书。而是因为，书写者活在一个已消亡，且不会再回返的世界，人已不再这么讲话，不会这么想事情，不会这么训练、安排、使用自己，甚至，连文字语言的基本认知都歧异——活在两百年前的法兰西，他选择看着想着讲着的是另一个法兰西（"每个人身上都拖带着一个世界，由他见过的、爱过的一切所组成的世界，即使他看起来是在另外一个不同的世界旅行，生活里他仍然不停地回到他身上所拖带的那个世界里去"）。对于今天再无利害纠葛、也再没现实威胁的我们，多获取一个世界怎么会不好？怎么不是更丰饶？

像是，法国大革命的亮堂堂的标语"自由·平等·博爱"，但夏多布里昂告诉我们，写在巴黎街头墙上的是："自由·平等·博爱，或者死"——这样才整个活过来，才是较完整的事实真相不是吗？"或者死"，画龙点睛，包括主张者的甘心赴死和抗拒者的必须处死（法国大革命把理应罪不至死的国王路易十六送上断头台，当时罗伯斯庇尔的名言："路易必须死，因为共和必须生"），这不仅把我们带回真实的历史现场，还把我们拖入到更深刻残忍的人类历史长流里。

或者像是，拿破仑死后，路易十八复辟，夏多布里昂决定办报，好倡议君主立宪制。报纸名称他取得甚满意，是为"保守者"——已经多久了，我们不会再有人如此命名，自承落伍自承胆小鬼是吗？但，如此异质的文字使用，拖带着、显示着某个不同于我们的非比寻常的世界不是吗？毕竟，文字本来应该是不站立场，它的高低美丑善恶是人后来给它涂上的。

还有，一八〇六年夏多布里昂初次去了耶路撒冷，并在欧亚交壤这片古文明土地旅行，他得到各地统治者其实就是特许通行证的所谓"敕令"。非常有趣，这些敕令最吸引他的竟是——"我打开时无不怀着喜悦的心情。我喜欢抚摸这些敕令的羊皮，欣赏上面的优雅书法，对文笔的华丽赞叹不已。"

这让我想起小说家阿城。阿城着迷各种穷极的工匠技艺，自己也是好木匠，他读"买椟还珠"这个古老成语不以为愚蠢，阿城说这个人可能是真正的鉴赏家，知道这个工匠精湛技艺打造的木匣比珠玉更难得，也藏蕴着更多有意思的信息。像挖掘古文物的考古学者，一个出自昔日工匠之手的器物必定远比一颗大自然养成的珠玉，能告诉我们更多事情。此刻只有外行人才沉迷珠玉，如梅根·哈利这样的人。

历史的变革持续发生，事物的流逝更替亦从不间断，我自问，为什么我独独对贵族的消亡多点眷顾？我这么想，这可能是人类历史前行的最大一处断裂，既是直线向前也是横向转移，于人类世界这一趟数千年建构，毋宁更接近于"打掉重练"——关键是时间，已经投入的，也已好不容易锻炼出来的、难以数计的人的精纯时间。确实，所谓进步观念发生可以只是一瞬（个人），只很短时间（集体），但事情并不这样就完成，这只是把人移往某个新的立脚之地，更恰当、更宜于诸多美好东西生长，然后，仍然得由时间接手，"太阳所晒熟的美果，月亮所养成的宝贝"，没有时间，寸草不生，而时间又是往往催促不来的东西。

好（其实并不太好）有一比，你砍掉千年参天大树，找到一块以为更宜于生长的土地，你依然需要足够长的时间才能得到同样的大树；或者，你得改种某些生长较快的、偏热带的树种。大体上，我们采取后一做法，也就是说，有些树我们放弃了，让它自生自灭，走向难得一见走向绝种，如同我们举目所见的，城市的树替换森林的树。

一片森林，尤其热带雨林，活着的、珍贵的可不只有树而已，它由诸多的物种构成，一个生态。

所谓"贵族时代"只是提纲挈领的指称，我们也可以这么说，法国大革命这铺天盖地一场，结果（并非预谋，革命必如脱缰野马），终结掉的是一整个"旧"时代，终结人类世界到此为止的建构成果、样式暨其思维，几乎是这样，有那种之前人类历史走错路的感觉。我们或许会说这只是革命大军中最激进、近乎无脑的一种主张，但不幸（是不幸没错），"旧世界打得落花流水，同志们起来起来"，这通常也是最终得势的、宛如活物倒头来驱赶众人的一种主张。

相对地，彼时站大革命反侧的并非尽是些所谓既得利益的贵族之人。比方，我以为，某些在专业技艺、在生命志业领域走得够精致够远、深知交到自己手上这成果非积累百年千年得之不易的人，至少会非常非常犹豫，也往往很痛苦地左右为难，总想找出一道非新非旧的一条路，一道不截断时间之流的路。

来读几句夏多布里昂的话。

"贵族阶级不能造就一个贵族，因为贵族是时间的女儿。"

"对于保王党而言，我太热爱自由了；对于革命者而言，我又太鄙视那些罪恶了。"

"在一个更换主子如此频繁、受惯革命动荡的国家，正统王权并未深深扎根，友爱还来不及发生，风俗也来不及接受各个世纪各种制度不改的印记。"

"当人们还没准备好的时候，争取时间是一门伟大的艺术。"

"（我）执意选择那些危险最小的道德，彻底自由的道路。"

对夏多布里昂而言，这道苦心的仅有的现实之路便是君主立宪制。他赋予这样的希望："我试图把这些现代观念归附在古老的王位旁边，使这些原本是敌对的观念，通过我的忠诚变成朋友。""原因是合法的君主立宪制一直都是我走向完全自由的最温和、最可靠的道路……我将给它足够时间来完成社会和风俗习惯的改造。"

时间，如何获得足够的时间让好东西继续生长，这才是夏多布里昂真正的关怀。

尽管不合于彼时法国大革命种种时宜，但确实，这并非走不通的历史之路。时至今天，欧洲仍有超过十个君主立宪国，且如英国、比利时、荷兰、卢森堡、瑞典、丹麦、挪威、西班牙等多为最成熟的西欧民主国。君主立宪确实是比较温和的，过程中可望少死少杀很多人，少摧毁很多值得留下来的东西；更重要的，内阁制基本上就是君主立宪的历史产物，它拉长时间，让国王的权力一笔一笔转交人民，这应该接近定论了，内阁制是我们所知最安全、最健康的民主制度（所以我的从政好友郑丽文，日后应该会想到她们的所谓野百合学运毁弃了什么，而非沾沾自喜）。

"法国大革命真的让我们付出太大代价了。"这是列维－斯特劳斯的浩叹，作为他那一趟日本之行的总结。他一样一样考察日本的风土、器物、神话和宗教崇拜，尤其是各地如始终不离生命现场的工匠技艺，动不动完好承传几百年上千年，乃至于像他说的"直通上古"，人们不断在宛若足够厚实的土壤上再思索再调整再发现。如此处处惊异，让列维－斯特劳斯回望了自己国家这一趟再不回返的历史之路。

我自己极喜欢列维－斯特劳斯的此一想法，成为我这些年看日本的重要视角，看懂了很多过去我想不清的日本。但我并不讶异，我们对诸如法国大革命这样总是太激情到不免浮夸的历史，必定会被时间缓缓冷却下来，我们会更理智些，不是看法翻转如翻脸，只是负责任地两面察看，想更多，懂更多，哀矜勿喜。

生命后期，夏多布里昂把所剩不多的自己押注在他所说"思想大胆，性格却怯懦"的国王查理十世。他的现实作为变得较僵硬，在如此激烈对抗激烈、极端召唤极端的不好空气中。他自己似乎也不快地察觉："我有预感，我的角色变了，我本来是跑来保卫大众自由的，却将要不得不保卫王权。"

但也许这才是他内心真正哀伤的声音："可是，对我这个从不相信所处时代、只属于过去、不信任君王、不信任民众……除了梦，从不把任何事放心上（即便是梦，也只放一夜）的人，这种微不足道的困窘生活又算什么呢？"

夏多布里昂也引了圣奥古斯丁那句祷词："赐我一个爱护我、理解我的人。"

其二

"你们两个是训练来为大英帝国乘风破浪的……你们是最后一代了，乔治，你和比尔。"——这是醉酒的退休女情报人员老康妮的胡话，出自勒卡雷的名著《锅匠，裁缝，士兵，间谍》。

康妮缅怀的是二战的风华岁月，当时他们肩负一整个世界，决定着人类历史的走向和成败；而现在，历史翻到了美苏东西冷战这全新一章，荣光逝矣，这些练就一身绝艺的英国情报人员，只能替美国人跑腿。

所谓的屠龙之技。

"我在那里种下的树正在成长，它们现在还很矮小，我站在它们和太阳之间，可以荫蔽它们。有一天，它们将偿还我的荫蔽，像我呵护它们的青春一样。"

夏多布里昂的父亲，顽抗着难以逆转的大时代浪潮，把他人生全用在拉扯住这个理应瓦解的贵族家庭，人无疑是极严厉的，还是沉默的抑郁的，对亲情，尤其对儿女的教育也必定如此——夏多布里昂讲，贡堡当地的首富波特莱，只因为他讲故事时习惯将两肘支在桌上，"我父亲恨不得把碟子朝他脸上扔过去"。

更夸张的是这个："我父亲固执地要一个孩子独自睡在高高的塔楼上。……父亲强迫我挑战鬼魂，而不让我相信没有鬼魂。他常常带着嘲讽的微笑问我：'骑士先生害怕吗？'他甚至会要求我同死人睡在一起。"

夏多布里昂自己讲，这最终对他有好处，造就了他所谓男人的勇气——可能是吧，估计以毁去三个孩子成功一个的比例。

"我播种黄金"——日后，夏多布里昂家这一代，哥哥死于断头台，两个姐姐在监狱挨过一段时日后，和痛苦的生活告别，只夏多布里昂一人，如莱辛的诗："我最后死，命运最悲惨。"当然，这些不幸是时代使然，但是否，也仍是这个家族的贵族教养处处拉高了风险？某种格格不入，某种怀璧其罪，这个"在两座绞架、在两颗头颅之间存在着自由"的时代。就像他中学那位厄第修道院的院长神父，"他对我并不隐瞒在我身上看到的好东西，但他也预见了我未来的不幸"。

应该这么根本地说，曾经，而且一直，人并不愿屈服于生物本能，甚至视之为累赘，视之为把人往下扯、不放人自由的讨厌力量（"吾有大患，为吾有身"），挣开它，人才能变更好更有品质（"克己复礼"），人才得到无限自由云云。这些非生物性的、纯属人才有的忘情追寻，其极致之处总是超过的、入魔的，仿佛不拿生死这生物之最大事当回事；或者说，以为生命是拿来"用"的，而不是小心翼翼照顾的（人不是终归一死吗？），由此来赌某一个辉煌成果。但也许因为这"不人性"，也许因为更多慈悲且诉诸公平的考量，也许也是因为人疲倦了，人类集体戒断般不再这么想事情。

"不拿生死当回事"，这的确危险，但事情还是有差别的——如果我们谈的是关乎公众之事，比方像同时代拿破仑或罗伯斯庇

尔这样的人，用了这么多别人的生死；但如果人枉顾的、耗用的
只是自己呢？用来雕一颗石头，用来谱写一首乐曲，用来完成一
部大书，用来追一个数学原理、一个物理定理，或康德那样仿佛
只以脑子活着（连生物性的生殖传种之事或说欢愉都完全丢开），
全用来想根基性的全部哲学难题云云，而成果终将归于人类全体
所有。所以，这是否算玉石俱焚？我们究竟有没有能力稍稍恰当
地分离出这两者？

"仁慈·自豪·无畏无惧"。这是大小说家纳博科夫的回答，
回答有关什么是人最好品质的提问，他针对性而非完备性的简答
如揭示，我从此牢记不忘。而且，仁慈还是一定得摆首位对吧——
纳博科夫可以称之为俄罗斯最后的贵族，一八九九年生，在那场
更玉石俱焚的大革命中存活下来，神奇地绽放于二十世纪的美国。
他的回答完全是昔时贵族式的。

自豪，的确是夏多布里昂最清楚可见的人格特质，事实上，
他常常自豪过了头不是吗？

"高傲是我家族的通病，这个缺点在我父亲身上表现得咄咄逼
人，我哥哥将它发展到可笑的地步……尽管我有共和倾向，也不
敢说完全避免，虽然我小心翼翼遮掩着。"——遮掩着是吗？如果
我们以为这是打算闻过而改的自省，那可就大错特错了，这当然
是变相的得意而非自损。

一七八七年十九岁时，夏多布里昂那个野心勃勃的哥哥想方
设法让他进入巴黎进入宫廷。这是他初次见到这位六年后将被处
死的国王路易十六，还成功担任他的狩猎侍从，但夏多布里昂旋
即选择回布列塔尼，告别他哥哥所说的"富贵之路"："这就是我
对城市和宫廷的第一印象。社会比我之前想象的更丑恶。……我
模模糊糊感觉，我比我目睹的东西都优越。"整个狩猎过程，他

最鲜活记得的是，那匹横冲直撞差点闯祸、不肯俯首就范的牝马"幸福"，还真的叫"幸福"，该说是隐喻抑或嘲讽："这是一匹轻快的马，嘴很小，很容易受驾，非常任性，它常常竖起耳朵，是我命运的生动的形象。"

仔细读，这整部《坟墓外的回忆录》，吟啸徐行穿过这一整个喧哗的大时代，挤满了一整个欧洲的历史名人，东从俄罗斯，西抵英伦，真没感觉夏多布里昂打心底服气谁，或直说认为有谁比他更好，如果他半生倾慕的那位美丽雷卡米耶夫人不算数的话。

犹响着黎明时分布列塔尼为死者的鸣钟，想着自己为什么要来这个世界……我反而最难忘的是《坟墓外的回忆录》这番话："因为我既没野心，也不虚伪。野心在我身上最多表现为强烈的自尊，我也许有时想当部长和国王，那是为了嘲弄我的敌人。"

说得好，就只为嘲弄那堆不值一顾却又无法原谅的不入流的敌人。

也许再加这段话："人们必须知道，我是出于轻蔑，而不是出于慷慨大度，才尊重我的诽谤者的信仰。"

自豪，较不讨人喜欢甚至危险的一种德行，尤其在我们如今这个争奇斗艳却甘于平庸的时代，所以几乎也是我们丢得最干净的东西。但我喜欢人自豪一如纳博科夫，尤其，人如果到四十岁五十岁之后仍能如此，已经知其代价、知己处境，我以为这大概就是真的了，深深沉于内心伴人一生，而非年轻的一时莽撞不识利害，如夏多布里昂在他生命末端通算后仍顽强说的："在我一生当中，我宁愿接受苦难，也不愿当众被羞辱。"以及，"荣誉变成了我终生的偶像，我为它多次牺牲了安逸、快乐和财富。"

所以，较为特别，自豪是人难得的德行之一，却又同时是人德行的防腐剂，相当可靠地守卫着其他珍稀德行不失不坏——这个极有趣的刚强，带着一抹洋洋得意之色，可有效驱散道德的苦涩，因此比较持久，也比较容易感染他者。如果做个有品质有厚度的人同时还能如此欣然，也许我们也想试试成为像他那样子的人。

但我心里一直有个隐隐疑问，好像少个环节扣紧不起来，如此最挺直脊骨的人，究竟如何立于中世纪那样一种时代，神统治一切，所有美好东西都归给祂，人忏悔，人认罪，人自比蝼蚁，自豪的蝼蚁？——我感觉夏多布里昂给了我不少很具体的线索，以及，一个活生生的样本。

宗教，或直说天主教，紧紧伴随夏多布里昂一生——只多说三件事。年轻时，作为一名贵族子弟，他得在军人和教士这两种生涯二选一，教士同样是世俗之路；中年，他写成《基督教真谛》这部生命大书，意外地被当权的拿破仑看中，仕途开始，"《基督教真谛》为我打开政治的大门"；暮年，他最终所剩的就是宗教了，"这里，不再有道路，不再有城市，不再有君王，不再有共和国，不再有总统，不再有国王，不再有人类"。

但是，《坟墓外的回忆录》写他第一次去到耶路撒冷，我们看，这段回忆竟然如此短而且平静无波，完全不同于他出使罗马教廷的激情，悲伤，如饥似渴，细数着教堂、墓园、壁画雕像，以及一个个人物和往事（但很奇特不是耶稣，不是摩西，不是亚伯拉罕或雅各这些《圣经》人物和其故事），似乎，罗马远比耶路撒冷更像是"圣城"，当时，夏多布里昂甚至抛开公务在当地挖掘起来如那种不可自拔的朝圣者。由此，我们也就注意到了，《坟墓外的回忆录》里几乎不见引用《圣经》，而是蒙田的、塔西佗的、拜伦等各个诗人的，乃至于某修士某神父的事迹和话语；或更精确点说，偶尔的《圣经》话语几乎只取自《约伯记》这个怨言四射的奇特篇章，如《坟墓外的回忆录》全书以此开头："像云雾，像船只，像阴影……"，这样一种宗教（或生命）图像、色泽、气息笼罩着全书，像他讲姐姐吕西儿的苦命一生，"为什么上帝创造这一个生命，仅仅是为了让她痛苦呢？在苦难的天性和永恒的原则之间，存在什么样的神秘关系呢？"这个质问完全是约伯式的；夏多布里昂还告诉我们，在里斯卡有这么一块宏伟的纪念碑，刻着此一碑文："巴斯卡·菲盖拉违心地长眠于此。"

直接最不"圣经"的应该是这两句："要是人家打我一个耳光，我绝不会伸出另一边脸——"

我猜想，对夏多布里昂而言，天主教的崇拜景观已不再是昔日犹太人那样，说得不敬一点，《圣经》时代只是此一信仰的"幼年期"。又整整一千八百年过去了，时间的厚度，经历的厚度，思索和验证的层层厚度，相似的信仰体认，我们理所当然已懂得更多更精密，还要舍弃这些去说牙牙的话语吗？大家同样站在神前，都是人子，都是万民中的一个，没有谁自动成圣对吧，而此时此刻的事实是，蒙田（坚定但复杂的旧教信仰者）的话语，实际上一句一句来听来想并让它沉入记忆如携带，就是远比昔日先知如以利亚、如但以理高明、动人太多了。对认真的人来说，后来者当然是占优的，时间红利。

只稍稍多提一下，这一千八百年下来，天主教已发展成为一个巨大的层级系统，且深入世俗，深入恺撒而不仅仅是上帝的领域，后者尤其有《圣经》时日没有过的全新经历。由此，我们站外面的人看到的也许是权力及其腐化（这是真的），但对此一信仰自身，这则是最艰难且日复一日的课程，这趟陌生、令人畏惧的学习，《圣经》能直接帮助人的很少很少。

《坟墓外的回忆录》里这一感想，便是旧教而非新教的，有较多人间性的成分:"在孩子和上天之间设置一位圣母,并且让她分担人世母亲的关怀,这毕竟是令人感动的事。"——用了"毕竟"这词,夏多布里昂显然知道这理论上有着不安(圣母一直是基督教义的一个争议题目,尤其新旧教之间),但这样比较温暖,也有助于人世建构是吧。

这样,时间似乎有着两种完全背反的作用力量,在中世纪或说到此为止的人类世界——绝大多数人这一端,时间叨叨絮絮殊少内容,时间只成了神圣性的证明,琥珀封住那样;少数人如夏多布里昂这头,时间则是进展、是累积,时间的作用难以替代难以欺瞒,他对革命全新世界的最大疑虑正是,他忧心这一丰饶的时间之流会被鲁莽地截断,返祖也似的一切推倒重来,而且,他们会愿意重来吗?就像他老年旅行途中这强度奇异的悲恸:"我目睹一件悲惨的事:一片五到六英尺高的小松树林被砍伐并捆成柴堆,森林还未成长就被毁了。……我从未如此渴望尽快结束我的路程。"

夏多布里昂很爱树,远远"提早"出现于那个人尚未有此觉知的时代,这一点其实也是"贵族"的。

我们可以说,至此,只有少数人"解放"出来,也先洞穿了那些多出来的、虚幻的神圣部分(并非不相信有着神圣),所以夏多布里昂说,反抗王权其实是贵族发动的;日后,俄国的革命更夸张,"进步"贵族和沙皇的争斗持续了近百年,到十九世纪下半才由民众接手,进入民粹时刻,并把先行的贵族打成所谓"多余的人"。

历史千头万绪复杂难言,但最根底处,这一点无疑致命——所谓少数美好的人及其美好的成果。问题不在于如何美好,而在于少数;也就是说,夏多布里昂珍视的这千年成果,系建立于如此不稳定，还让人负疚的基础之上；更理智来想，如此牺牲多数人，成就少数人，这甚至应该直接承认，时间早晚而已，这是不可能一直成立的基础，这不"自然"。所以夏多布里昂说他自己有"共和倾向"，我不以为他骗人，也自始至终挽歌也似的讲述这一切，他只敢希冀这里有一道稍微周全稍微进步之路，人能拣择、能分离玉与石，但革命大斧，它只砍伐不剪枝不是吗？

哈贝马斯正确的今日历史结论：人类的这趟进步之路，是层级建构的社会和平等原则的政治，两者无止无休的冲突。

再多退一步，这个无可阻挡的新世界，其基本倾向，究竟是重新建构这一切（如此，损失的只是时间而已），还是另一道历史之路，新土壤新空气，将生长出不同以往的成果？什么样美丑深浅善恶的新成果？——便是在这里，相似的困境，相似的视角，夏多布里昂，以及稍后我们较熟识的托克维尔（也是贵族，来自诺曼底的贵族），极其准确地抓出"平等"这个即将到来的历史主课题，并做成相当一致的精彩历史预言。

平庸化是两人（以及英国的小密尔，和托克维尔出生只差一年）的共同看法。夷平也似的普遍平等原则所形成的集体思维，必然是天花板不会太高的公约数，未来，这将是人类世界的基本前提，也是说最后一句话的定谳者，拉扯住一切，让整个人类世界重复地、沉睡也似的停留于某种不高不低的样态，如夏多布里昂讲的，"……虚无，人们既看不到帝国宗教，也看不到野蛮人，文明达到了最高峰，但这是一种庸俗的、贫瘠的文明"。

平等也将回头摧毁自由这个此刻盟友（夏多布里昂、托克维尔、小密尔）。一般性的自由毁坏或更晚发生，在平等原则肆虐末端极可能形成的集体专制集体暴政之时（夏多布里昂如历史现场目击者般指出，拿破仑的专制已是先兆，拿破仑不是传统的、层级结构性的"君王",拿破仑如他自己所说是"全国人民一致的愿望之后才接受的皇冠",他是全新内容的"皇帝");而那些特殊的、可让人创造更好东西也可让人变得更秀异的自由,则在第一时间就一一消失("他们永远不会原谅我的优越",米拉波)。

所以,并非重来;所以,不少好东西就此中止,死心吧。

不同于托克维尔和小密尔的冷如冰柱,夏多布里昂显得忧郁,他如此说自己的处境:"人们不需要一个看不起我们渴慕的东西,自以为有权侮辱我们平庸生活的人。"

其三

读夏多布里昂,如果也能读托克维尔的回忆录,甚至他那本只写完一卷的《旧制度与大革命》,那就太好了,托克维尔并非只写了《民主在美国》——非常可惜,托克维尔只活了五十三岁。

《坟墓外的回忆录》收尾,夏多布里昂终究还是留下了他的"历史遗言",这很容易让人想到托克维尔《民主在美国》的下卷,都是预言也似的议论今后人类世界的可能,最精彩处也相似——"平等与专制有些暗中联系"。夏多布里昂不只指出集体平庸,还更洞见地指出集体平庸的暴力,集体平庸将创造出来的全新形态的极权国家和独裁者,如日后由人民投票选出的希特勒,如人民革命支撑起来的斯大林,以及我们这近百年没停,世界各地不断冒出来的微形、规格不足的希特勒、斯大林。

只是,和托克维尔严谨的论述、冷静且显得公正的语调不同,夏多布里昂是浪漫主义者(他也这么说自己),情感先于、重于、泛滥于理性,自我也大得稍稍任性。我们看,他们两人的现世位置高点有趣地相似,都干到法兰西学院院士和外交部长(大臣),

只是，夏多布里昂浪漫的自豪，总让他太夸张他的重要性和影响力，以及人们对他的赞誉，也在现实的权力纵横场域徘徊、挣扎更长时间。他的现实形象，这么说有点悲伤，一定有点滑稽而且突梯，一定不少人掩嘴窃笑。

两人也都去了新建立的美利坚合众国，但各依本心恰恰好走了完全相反的路——托克维尔研究市镇，研究制度，研究全新民主国家的体制及其宪法，交出了政治学的不朽巨著《民主在美国》；夏多布里昂，"我急于继续旅行。我来这里要看的不是美国人，而是某种同我了解的人完全不同的人，某种与我的思想的惯常秩序更加协调的东西，我非常想投身这个事业，但除了我的想象力和我的勇气，我对此毫无准备"。他浪漫宣称此行要找所谓的"西北部通道"，意即美洲大陆极北处是否连通着格陵兰云云，但他没走多远就折返放弃了（应该算预料中事），让自己置身于广漠林野和原住民世界里，"我觉得自己因大自然在一种泛神论的状态下生活、成长。我背靠着一株玉兰树的树干，随即进入梦乡，我的睡眠在希望的迷糊背景上飘浮——"，夏多布里昂因此交出的是《勒内》和《阿达拉》这样浪漫的小说，都是场景、人物设定于北美原民部落的哀伤爱情故事，并奇妙地收入于日后的《基督教真谛》中。

是否有点像？如古两面神雅努斯，一个看向未来，一个看着过去；一个年轻，一个苍老。

两人对今后世界的议论，彼时法国人的反应也几乎背反。《民主在美国》当下就轰动如起风，《坟墓外的回忆录》则被修理得相当惨。夏多布里昂一定以为自己其言也善，但法国尤其巴黎的所谓进步大空气中，人人看到的多是"不善"，恩怨未冷，埃尘满天，人人置身其中各有心思，也各自被书中的不同话语刺痛，很难真的公正。会出现喜欢这部《坟墓外的回忆录》的人（如很后来的波德莱尔），但还得再等等，等法国历史真正翻过这一页，等待人走到所谓"无利益""不相干""没兴趣"的阅读位置。真以为公正这么简单吗？公正可不仅仅是人认真坚持就有的道德而已，公正更困难的是一种能力，以及能力往往也检查不到、克服不了的种种历史现实、历史限制（人在探寻公正时，因此总是意识到时间），否则我们创造出全能审判的神干什么？

所以说，夏多布里昂的这部《坟墓外的回忆录》不是这么"用"的。

我不大相信人会因为读完此书彻底翻转他对法国大革命的基本图像和看法，或者说我不怎么信任这样的人、这样子的阅读方式。夏多布里昂是贵族，这个铠甲般的沉重身份限制着他，却也是他最特别最珍贵甚至最迷人的观看、思索位置，当时已稀少，往后这两百年更如恐龙般灭绝（大概就十九世纪旧俄那些人，我具体想到的是赫尔岑和屠格涅夫，还有意外存活于二十世纪的纳博科夫）。

但终究，我们并不是十九世纪初的法国人，我们犯不着加进去吵架，我们站较优势的时间位置——这几乎是历史通则了。所谓异议，当种种剑拔弩张的需要消失，在人经历足够时间的较完整的理解里，我们会发现，异议往往就是构成完整事实的一部分，此时此刻缺的那部分。是以，异议，当然得是有品质而不是那种只要我喜欢有什么不可以的异议，往往是暂时性的称谓，毋宁只是我们到此为止还不晓得、还没想到、还大惊小怪的东西而已，它指着某处空白，让我们的视野更完整，更逼近最终的真相。

还有一样礼物，人的想象——异议，或就直称为异物，可害怕（其实通常没那么可怕），也可收存为宝物；异物的接触和收存正是人想象力如花绽放的一刻，我们还不晓得怎么用它，就先给我们一堆想象如石头击破平静湖面，且持续悬浮着让我们的想象源源不绝。我想起《上帝也疯狂》这部老英国喜剧片，一只可口可乐玻璃瓶从天而降，掉到非洲卡拉哈里沙漠仍是原古生活的布须曼人部落，这只不知是神是魔的瓶子，最终似乎创造出一个传说一则神话，曾经有个人，带着它走到了世界尽头，把这瓶子还给神。

于政治，或说权势这个最遮遮掩掩、阴森无比却又处处立入禁止处处装饰各色人为荣光的场域，贵族站在一个绝妙的好位置，逼近，真实，包括上班时也包括下班时无休——日后，这位置只剩仆人、副官和秘书。但人自身素养和其高度的限制，决定了他去看什么、看到什么并看懂什么，所以还是难以真正替代，如今我们循此得到的总是些偏八卦的东西，没什么精巧的观察遑论洞视。伟人圣人也上厕所，也会要上床，这很特别吗？要讲吗？

耶稣，生前算彼时犹太部族的大异议者，他说，我来是要成全律法，不是要废弃律法；是增加，而不是减少或归零。

所以，夏多布里昂《坟墓外的回忆录》的较正确"用法"应该是这样——时时弯下腰去捡、拾荒者式的阅读，本雅明讲的那样；不是找某个太大太亮的决定性的东西，而是一路的微光，格林讲的那样。事实上，这原本就是"回忆录"的基本读法，这个总是芜杂的，也难尽如人意的特殊文体，书写者本人也是拾遗补阙的。采葑采菲，读者从不需要照单全收，只不过，夏多布里昂这部《坟墓外的回忆录》里可采收到较多已日稀、已不太讲究的东西。

何妨，我们随手就来捡些"样品"——

于大人物拿破仑，夏多布里昂并不嘲笑他首次失势在途中旅店的流泪和软弱如幼童，他重点记下的是这句忘情叫出的话："我要是我自己的孙子该多好！"这说的是拿破仑站上权力顶峰带点疲惫感的踌躇满志，也说出了他科西嘉岛不够显赫家谱的隐于内心最深处的不安和遗憾。而且，说这话的人怎么可能甘于民主？

夏多布里昂也问了，在拿破仑死后："他要是活到一八三四年，也许会回到我们身边，但他在我们中间又能干什么？"——这个疑问（或说质疑吧）也可扩大为，如果拿破仑生得稍早或稍晚，他又能干些什么？也就是说，在法国大革命掀起的历史上升气流和天纵的波拿巴（他一直平视地称波拿巴）之间，夏多布里昂始终保持警戒并分辨。

历史上，那些现实胜利者、当权者，其实远比一般所知所传的平庸多了，也幸运多了，这几无例外——贵族，比我们早一步察觉此事。

乍看，战争、胜利、征服、荣光云云这串玩意儿，应该最对贵族脾胃，他们不就训练来干这事？然而，他们也相应地训练高于、规范着、节制着攻击杀戮的东西；战阵有礼，有内容，更得有底线。拿破仑不停歇所追逐的胜利，已空洞无物且超过了，也就是夏多布里昂看不下去的，某种纯粹"用血肉洗濯出来"的荣光，用"死人数目多少"来计算大小的胜利，尤其打俄罗斯这最无谓且残酷的一役，留下长达数千里的满地尸体。

"那时存在着两个法国：一个是国内可怕的法国，一个是国外可敬的法国，有人拿光荣来抵消我们的罪行，正如波拿巴把光荣拿来抵消我们的自由。"——典型的夏多布里昂语言，他太文学性的文字总带着浓浓的隐喻（是长处，也是缺点）。这说的是拿破仑的法国，其实也适用于整个大革命、作为欧洲领头羊的法国。

"他的历史结束了，但他的史诗却开始了。"这是拿破仑病死，夏多布里昂第一时间的断言，很准确，也准确得令人难过，的确人类的历史记述很难不如此。"波拿巴不再是真实的波拿巴，这是个传说中的人物，由诗人的怪念头、士兵的闲谈和民众的故事所组成，这是我们今日见到的中世纪史诗中的查理曼和亚历山大，这个虚构的英雄将长期是现实人物——"

这些虚构的人，将长期是现实人物。

也来看看一七八九年大革命现场，年轻的夏多布里昂当然是目击者。当时，他是被困在会议大厅的三级会议出席者，一群人拔了剑，冒着"民众的喊叫、石块、铁棒和枪弹"攻击才鼻青脸肿闯了出来。

攻破巴士底狱，民众打死了并没抵抗的守备司令和市长后，"人们让'巴士底狱的胜利者'乘出租马车游行，兴高采烈的醉鬼在酒店被宣布为胜利者，妓女和无套裤汉开始耀武扬威，尾随着他们，路人因为恐惧而毕恭毕敬，在英雄面前脱帽。"——除此，夏多布里昂还看到了：一、狂欢中，有几位英雄因疲劳过度死去；二、巴士底狱的钥匙被大量复制，"寄给世界各地有地位的傻瓜"，这个操作可真现代；三、往后数日，果然他们都来了，"最著名的演说家、最出名的男女演员、最红的女舞蹈家、最显赫的外国人、宫廷贵族和欧洲国家大使"，巴士底狱前搭起帐篷卖咖啡，成了打卡景点。

夏多布里昂自己说，让他从大革命的巴黎离开甚至远赴北美大陆，是因为这两颗头颅：富隆的，财政总监，贝蒂埃的，巴黎总督。"如果革命不是以犯罪开始，我也会卷进去。我看见第一个长矛举着的头颅，我后退了，在我眼中，屠杀从来不是一个值得称颂的东西，也不是自由的论据。我不知道有什么是比恐怖分子更加卑屈、更加令人鄙视、更加怯懦、更加狭隘的东西。在法国，我没有见过那些为沙皇和他的警察服务的无耻布鲁图吗？平均主义者、改革者、屠夫变成了仆从、间谍和告密者；而且，更不可思议的是，变成了公爵、伯爵和男爵。多野蛮的世纪。"这两颗头，还有我以后会碰见的其他头，改变了我的政治态度，我憎恶吃人肉的宴席。"

但是，唉！革命怎么可能不由犯罪开始呢？革命哪一次不由犯点罪、杀些人开始？

可也真的，革命哪一次不多杀了人、多犯了罪呢？革命怎样才可能尽早地恢复理智、讲求公平？

但要说夏多布里昂胆小，在历史的大浪潮之前战栗，应该是不公平的。我们说过，《坟墓外的回忆录》不用来对抗已汗牛充栋的法国大革命史。他只是个"彼岸"之人，堪称认真、坚持、敏感且心怀良善企图，所以是个有价值的异心之人，拾遗补阙，让历史恢复生动。

宛如踽踽独行，穿过他所说这样一个"争宠和失宠一样危险"的奇异时代，夏多布里昂这么看一个死者："如果他多活二十四小时，这个昨晚判绞刑的人，第二天就是英雄。"

他看到，"只要有一个贵族姓氏就可能遇到迫害，你的看法愈正直、温和，就愈遭人怀疑，被人追究"。

他看到，"在恐怖时代之后，幸免的受难者翩翩起舞，努力显得幸福，而且由于害怕被怀疑犯有怀旧罪，努力高兴，他们跟上断头台一样兴高采烈。"

他看到，"当一个政府并非团结一致坚强有力时，任何良心靠不住的成员依其性格的活力，都会变成四分之一、四分之二或四分之三的阴谋家，他等待命运的决定；事件造就的叛徒，比舆论造就的要多。"

他看到，"一般而言，人心因为有平庸之处，才能爬到国家机关；又因为有其高超之处才能留在国家机关。这种对立因素集于一身的人十分罕见。"

他看到，一个名叫金盖内的不值得记住的人，"他从一个庸人变成要人，从要人变成傻子，从傻子变成笑柄。"

流亡伦敦时，他莞尔看到，"革命不时给我们送来一些具有新观点的流亡者，流亡者的不同层次正在形成。"

他也看见，这惊人的准确，如预见了一八四八年后欧洲民族国家的新历史的一页："无政府解开了群众的锁链，却控制了个人独立……不得不转到民族主义的源头。"

站在路易十六的死亡地点，夏多布里昂如此直言："……会使人产生模仿那些暴行的愿望。恶比善更富诱惑力，你想让人民永记痛苦，但人们常常记住的是那些作恶的榜样。各个世纪都不接受哀伤的遗传，现实有够多的事让他们哭泣，他们绝不会为往昔传下来的伤心事落泪。"

以及这个，"从前的老人不像今天的老人这么地不幸和孤独。过去……他们周围的事物很少发生变化，他们失去青春，但没失去他们熟悉的社会。现在，一个在世上残存的老朽之人，不仅目睹他亲友的死去，也目睹他的思想死去：原则、风俗、趣味、娱乐、痛苦、情感；现在没有任何他熟悉的东西，他在一个不同的种族中结束他的生命。"

还有相当不少。

唯，作为一个远处的，心思也远比他稳定无波的读者，我自己最喜欢的，我知道这有点莫名其妙，竟然是这两则——

其一，写于他年轻时人在北美大陆："在显微镜下，各种食肉昆虫都是了不起的动物。它们可能是过去的飞龙，它们的外形是一样的，随着物质能量的减弱，那些水蛇、狮身鹰头怪兽个子变小了，成为今天的昆虫。挪亚时代大洪水之前的巨人成了今天矮小的人类。"

完全是胡说八道，但是，就像古尔德谈法国人拉马克的遗传说（人的后天学习成果可进入遗传）："多美丽，只可惜不是真的。"

如此敢于胡思乱想（不是那种白日梦似的，心思无所凭依漂流的乱想，那很难看），其迷人处，我们很容易感觉这很迷人，我以为，这呈现人和大世界一种极亲切的关系，对你，世界全然自由开放，尚未有专业性的处处立入禁止警示，其实也不真的多危险；世界就这么大剌剌摊你眼前，这么靠近，处处是谜，也好像处处藏着好东西，还处处给人留线索如响如应，于是寻求解答可以也像个游戏，像儿时探险，像不断地被糊弄上当，装得进笑声，乐呵呵的，元气。

人把自己想得较聪明能干，久了，还真可能变得聪明能干。

至于错误，有些错误几乎无法原谅，有些错误不好弥补，而诸如此种的错误改过来即可，人畜无害。

其二，我更喜欢这一则，写在他年老时如诗如言志："……在他一本书里，他证明蓝色是生命的颜色，因为人死后血管变成蓝色，生命浮现到人体表面，以便蒸发，回到蔚蓝的天空。"

同样胡说八道。

贵族时代，他们会要求自己是全才，也多少如此自我训练，文章之事只是其一，而且可能排行不高，"绅士应该舞剑，而不是耍鹅毛笔"，如我们也说："诗赋小道，壮夫不为。"——但我以为，夏多布里昂的真正"本命"是个文学书写者，用现代的习惯语说，他是个被老法兰西、被贵族心志耽误的文学书写者。某单一一点来说这是幸运，文学书写者往往仅有的、谁也不易夺走的幸运。我说的是，人总是不断受苦，不断悲伤，徒然的受苦和悲伤，只有文学书写者，最终能让受苦和悲伤成为"材料"，取回一点补偿，遂也让人，不管原本性格是刚强是柔弱，生出某种奇异的生命韧性。

这就是大革命岁月飘在法兰西如影子的夏多布里昂（"老人是阳光下漂泊的影子"，埃斯库罗斯《阿伽门农》），我想用他引述过的这一句诗来结束这趟阅读——

"只剩一线日光在一个维纳斯的额上逝去。"

《宽容》· 房龙

　　为什么要读《宽容》？

　　这里，我差一点动用"必须"这个词，但想想还是忍下来——也许并没有非读不可的书（愿意的话，我们在其他难以数计的书里也可学到宽容），但一定有非做不可、非遵循不可的事。

　　有人反对人得宽容吗？

　　说真的，宽容并不难懂，甚至还不难说，漫漫人类历史，其实也没见谁直面地驳斥，那些不宽容的人，顶多只是狡猾地搁置它绕过它，假世故地、假务实地，说它太美好太高冷我们这会儿还讲究不起（还总带点如此的嘲讽）；但，宽容的确真难实践，属那种人的理智和人的行为相距最远的东西，这说明它极少生物本能的成分，人必须勉强自己。

　　房龙讲，宽容，来源于拉丁文 tolerare，意思是忍受——所以其来已久，人知之已久。

　　我自己，年少岁月第一次读就记得的、携带着的则是这番话："为什么？我们异教徒和基督徒不能和平相处？我们抬头仰望的是同样的星辰，走在同一块土地上，同在一片苍天之下。为了探求真理，每个人选择自己的道路又有什么关系？生存的奥妙非常深奥，要找到答案，通向答案的道路也不会只有一条。"

多年来，这番话在我脑中也始终伴随一个画面：打不动了，两群血战过后一身伤痕的人们，颓然地杂坐下来，不约而同地看向天空，忽然被无际无垠的星空抓住了——

这话其实是四世纪罗马帝国当时的叙玛库斯这个人写下的。所以，至少已一千五百年以上有找了，我们（尽管好像什么都在进步）难能说得更多更好，这也就意味着，于宽容，我们几乎可算毫无长进。

之所以有这番美丽话语，是宗教冲突的缘故。彼时开始掌权的基督教反过来要迫害别人，把罗马人的传统信仰逐出，也把原本宽容的罗马帝国带入无法回头的不宽容时代。而这将不是唯一的一次，这是人类宛如挣脱不开、醒不过来的历史噩梦的（又一次）开始。

是以，我记错了（人的记忆真是个自在的、捉摸不定的东西），这番话没让人和平，倒像是一首挽歌，We sang dirges in the dark*。

其一

这回，我想多记颂一番话，接续地，一样是罗马当时的忒弥修斯说的："有一片领域，任何统治者都不能在那里施展权威，这就是美德之国——个人宗教信仰的领域。在这片领域内，强制只能在欺诈的基础上产生虚伪和皈依。因此，统治者最好容忍各种

---

* 我们在黑暗中唱起挽歌。

信仰，因为只有宽容能防止民众之间的冲突。而且宽容是一种神圣之道，神本身已明确表明多种宗教的意愿。只有神能够辨明人类用来理解天道玄机的方法，神欣赏各种崇拜他的形式，他喜欢基督徒的形式，也喜欢希腊人和埃及人的其他形式。"

房龙注解："这的确是真知灼见，但人充耳不闻。"

充耳不闻的可不只当时的罗马人而已，时至今日。所以这本书，并非议论式的探索，而是人类历史，在他温柔写成《人类的故事》后，以宽容或不宽容为焦点，再从头讲一次人类的故事，如检视，如鞭挞，指证历历——问题一直发生于实践。难道说，宽容竟是人类发明出来，却永远无法真正得到的那种太过美好的东西。就像人发明出天堂那样？

我想，先读了《人类的故事》，尤其《圣经的故事》的人，必定骇异，甚至想察看一九二五年当时究竟发生了什么刺激大事。《宽容》此书，几乎从头到尾嘲讽，且语多严峻，已到他老绅士优雅教养的极限了。我们这也才晓得，原来他稍前说人类、说基督教，不过才四年前、两年前，多么留情，"历史就像巴吉豪特说的，应该像伦勃朗的蚀刻画，把生动的光辉洒在最好最重要的事情上，至于其他的，就让它们留在黑暗中，别去看它。"

人类历史进展还真的没让房龙"失望"，再十年，欧洲东边有莫斯科大审判，一次两次三次如赶尽杀绝，西边则出现由民众投票选出来的纳粹政权，前所未有的极权国家正在建造中，且持续输出到世界各地，人的彼此不宽容又一次拔高到骇人的高峰，取得更强大的形式和配备；跟着，就是地表涵盖面空前、死更多人，且平民百姓死亡比例更高的二次大战。他预见了吗？我们看到书里这两句："这本书有开头，但结尾在哪里？"这是不丧失勇气的书写者最沮丧的话语。

也就不奇怪了，为什么这本书流水般的历史叙述戛然止于十八世纪北美洲，少了一百五十年（按理，他应该写到他已眼见的第一次世界大战吧）。人类历史，疯子的日记本，惨不忍睹。

就是这样，以"宽容"为名，说的话却前所未见的不宽容（甚至如此疾言厉色呼唤："打倒不宽容，让我们全部宽容起来！"）。但我喜欢房龙这样的不掩饰（或说无法掩饰），这意味着他要讲得较彻底，要我们必要地想更多事，更靠近事实真相；于宽容，一直，我们总赖在某个软绵绵的、一厢情愿的迷思里。

"凡是为宽容而战的人，不论彼此有什么不同，至少有一点是共同的——他们的信仰总是存在着怀疑，他也相信自己是正确的，却又不会太绝对。"这话直接让我想到也总是慈眉善目如长者的台湾自由主义大师钱永祥，也莞尔想起老钱几乎一模一样的罕见动气。老钱最气人们把自由主义误认为那种你好我好大家都好、仿佛世间无一事一物需要坚持的相对主义。不，自由主义者是很激烈的，是穷究到底的，争是非对错，争善恶，不仅争辩信念原则，还争动态的、流变不居的事实，不轻易收缩成某个快速的单一信仰躲进一己人心里。正因为争辩如此激烈，如此必要，如此非持续不可，所以才需要宣告自由，以为前提，以为终极保障——所以自由主义不同于其他 ×× 主义，自由主义者只有自由这个非结论的、不成其为主义的主义。

相信自己是正确的，却得在这个正确转向真理时，硬生生在最后一刻刹住如惊醒，一次又一次这样，直到这成为一个信念、一种习惯；回想起自己生而为人的种种限制，回到难以穷尽的广阔现实世界。

这种刹车通常并不愉快。

而更不愉快的极可能是——当这个信念普遍化，及于所有人，成为某个庄严的誓词，成为律法，绝大多数时候你因此听到的是人不入流的胡言乱语（所以小说家冯内古特曾仿制了一个禁止标志，要人们"禁止胡说八道"），还不断看到人们利用这个庄严的保护编造谎言传送谣言八卦。你是护卫这个？

或者说，你护卫着一千句胡话谎话任它流窜伤人，只为得到一句有意义的思辨话语？（这一千比一是否乐观了？）你确定这一句不会淹没于如此喧嚣之中？

所以可想而知，一九六〇年美国著名的沙利文案，大法官最终决议，即便诽谤依然受宪法第一修正案的保障。做出这一决定应该很难受，凭他们丰硕的司法经验，也必定预知这会一并保护了多少不值得保护的人和言论。在安东尼·刘易斯所写的《不得立法侵犯：沙利文案》此书中，便追踪了日后好几桩悲惨实例，无辜的受害者因诽谤八卦而家破人亡，被第一修正案保护而家破人亡。

"你说的话我并不同意，但我愿意用生命捍卫你说话的自由。"我说过，我比较喜爱的是比尔·布莱森的生动版本，咬牙切齿的版本："你讲的屁话我半句也听不下去，但我愿意用生命保障你当个十足混蛋的自由。"

仔细想一下就知道，自由和宽容几乎就是同一物，只是我们此时心想的事不尽相同，因此注视的点稍稍位移了而已。所以《宽容》此书的序文，先讲的就是自由，人的自由以及因此才可能获取的更好的世界，房龙借一个虚拟的原始部落故事，试着告诉我们，只有宽容，人才有自由，因此兹事体大。

同理，于宽容，我比较喜爱的也是这个更人性的版本："忍一时风平浪静，退一步愈想愈气。"

房龙跟着这么写："如果我就这么说野蛮人是最不宽容的人，

并非是要侮辱他们……在他们所处的环境中，不宽容是理所当然的事。"——我想，房龙要指出来的是宽容的某种最困难处境，人自救无暇，尤其人和他人处于一种零和的、你有我就没有的状态下，人第一时间（而且通常是没尽头延续下去的第一时间）会做的，求生本能，恰恰都是和宽容完全背反的事，攻击、驱逐、杀戮、斩草除根云云；但这是否也说，宽容并非生物本能性的，不同于其他高贵德行，我们惚兮恍兮似乎还可能在自己身体里找到某些蛛丝马迹，某些低声呼应（如孟子奋力抓取的恻隐之心云云），不管是不是我们一厢情愿。宽容触犯着考验着太多"人性"，人很难自然地想、发生，它比较像是外部来的"教训"，杀不动了，两败俱伤俱残，心想这所为何来，人发觉自己的荒唐和愚蠢了，乃至于，人困而知之，付了惨痛代价因此变聪明了些许，眼光放远地可以看清更完整的利害，看见世界原来这么大这么空阔暨其种种较美好可能，纵马南山之阳，放牛桃林之野，人不该如陷脚泥淖地困在这里烂在这里，人得设法让自己恢复自由才行。是有些诡异没错，在如此人最不易宽容的处境里，宽容竟然是人（唯一）能挣脱此一困境的路，不，是一道得一路披荆斩棘才走得出去的小径。

"野蛮人实际上正是身处恶劣环境中的我们自己。"——我很喜欢房龙这让人清醒的话，所以我们也不过是生活"暂时"过得还好还安全的野蛮人。

不怕多说点实话下去。但是，只有两军基本上实力伯仲，极大几率两败俱伤，人才愿意（但不必然，有个词叫"死磕"）彼此宽容。若小大悬殊单方碾压，且不管碾压一方仍得付出什么沉重代价，我们看到的通常是更为残酷的不宽容，如又一次陷进那种醒不过来的噩梦。灾难之后，并不一定跟来宽容。

再多几句实话。如果我们像房龙这样再走一趟人类历史，也同样能看到这一近似荒谬的真相。宽容的好时光总是短暂，无法保存无法坚持。更多时候，宽容并非来自人的普遍"醒悟"，而是得自于某些奇奇怪怪的人和现实交错纵横，包括无能，包括明智或说狡猾的权力策略。像是十六世纪上半的波兰，房龙告诉我们，这个总是最保守的不幸国家，居然成为当时欧陆的避难所，保护了全欧因宗教信仰饱受迫害的人，但这是因为，"波兰这个共和国很长时间都是欧洲大陆上管理最糟糕的国家，可谓臭名昭著"。这让我想到我自己亲身经历的青年时期，一样来自无能怠惰，以及对自身政治信念的不相信不坚持。今天人们急着修改历史记忆好迎合新掌权者，把它说成如极权如暗黑长夜，但历史记得，那绝对是一段远比日后民进党当政更宽容更无禁忌的岁月。

但怎样？那样子的波兰就是保护了存活了这么多人，这是实实在在的；或说德国的腓特烈大帝（他于宗教倒真的宽容，但更因为他志不在此），房龙说他给了欧洲整整三十年时间"第一次感受到几乎完全的宗教自由"，三十年，人可以大大喘息，可以心无挂碍地思索谈论，可以多少积累些好东西以抵抗来日的风暴，不珍贵么？

误打误撞的宽容，不得已的宽容，以及，如此得之、存之都不易的宽容。

宽容勉强，而且难得，我自己的想法是，所以就别再要求它得伴随笑颜，像鸡汤文鸡汤智慧那样轻飘飘地说话。人宽容，至少得努力克制愤怒，克制仇恨，克制恐惧，克制据说是生命最大驱力、最难克制住的自私之心（以上种种俱是生物性本能），已经非常非常为难了，就不要让它变得更难。让宽容就是宽容，能宽容多久就多久。

这里，便碰到这个较高端、甚富意义的疑问：所以要原谅他们吗？——房龙显然也察知这个，他只如此简单处理："法国有句谚语——知道一切就是宽恕一切。这似乎过于简单，我想补充一下，把这句话修改成'知道一切就是理解一切'。在很久以前，仁慈的主宽恕众人，我们还是把宽恕之职留给主吧。"

甚至不必原谅。这的确最为难，特别是对那些用心高贵的人，因为诸神冲突，是非善恶，仍是非常需要坚持的东西，一边务求线条清晰，另一边则得抹平得遗忘得放手，让世界松软。在这样极不舒适的冲突里，宽容的确有着较多的现实理性成分，无法任情尽性，总奋力寻找某一也许永远无法放心的"寸界"，也总是在是非善恶穷尽稍前一刻松开，不论是基于悲悯（人生命中最终的那点悲悯如物伤其类），或因为深刻知道这无法真正穷尽，如列维-斯特劳斯讲的，"知道在哪个点适切停住，这是人明智的判断。"

要说仍是妥协，也是竭尽所能让妥协极小化。

我笨拙地一个一个人想，那些我了解较深，以为最激烈穷尽是非善恶如不饶人，但根本上终究不改宽容的楷模之人（比方格林、比方纳博科夫……），我也自省到此为止的自己。做得到的，至少，是非善恶总是具体的，有其特定的人事时地，所以它可以"包裹"起来，不让它泛溢出去，不胡乱延伸使用伤及无辜，不追加多余的惩罚和报复，不扯谎不造谣把你以为有其他理由必须惩罚他的人扯进来云云。

历史现实里，我们求之不可得的宽容，也不过就是这样。

其二

房龙重述人不宽容、人迫害人的不堪历史，依强度、依字数比例，仿佛仇大怨深地向着基督教而来。当然，这相当程度是历史既成事实，但还是可以问为什么。

我这么看——

房龙把不宽容分为三种：出于懒惰的不宽容，出于无知的不宽容，出于自私自利的不宽容。这大致是可靠的，房龙进一步说，第一种不宽容相对来说较无害。第三种"实际上它是一种嫉妒的表现，就像麻疹一样普遍"，这让人有点无奈，当然仍得设法限制它（尤其在某种集体匮乏的生存资源争夺时刻会变得很可怕），唯更多时候这毋宁像是个前提，像人生命的一个"常数"，必须在每一次具体的宽容要求时审慎地列入计算，并找寻和解之方。房龙以为最严重的是第二种，"无知的人仅仅由于他对事物的一无所知而变得极其危险""但是，他如果为自己的智力欠缺找寻借口，那就更可怕了"，所以这也是人最有事可做的一种，并自自然然并入到文明曙光时日人求知、人寻求更美好生命样态的觉醒之中。

循此，若纯概念地来推想，应该可以乐观。毕竟人的无知由暗而明是正向进展的，陌生的会逐步地、一个一个熟悉起来，既是理解，也是习惯其存在。这样，首先去除掉的便是恐惧，而恐惧正是人无知的第一个火药库，如困兽之斗，可以是至死方休的。此外，我们应该也可注意到，早期的各处文明进展，对于人的自私自利之心皆是抑制的，从集体利益想，也从个人的品质想，抑制到甚至令人不安，感觉过度了虚矫了异化了。自私自利之心的首次正式解放，除罪化，得等到十八世纪亚当·斯密写出了那本《国富论》。

历史粗略看也大致如此走向，人类世界的建构摇晃地、进进退退地前行，如房龙指出的，到罗马帝国时成果令人欣然，尤其宗教宽容——罗马人务实，不钻宗教的牛角尖，而且，罗马人信仰的基本上是改了名字的希腊诸神，这是泛灵的、世俗色彩很浓的信仰，诸神喜怒无常如大自然，但十分亲切，他们的思维和情感甚至和一般人无异。主神宙斯，房龙说他确实是通情达理的，而且，"最主要的是，他有幽默感，并没有把自己或他的天国看太重。"这话说得好，《圣经》里的耶和华便毫无幽默感（除了《耶拿记》少许），这是巨大的缺憾。

"在古希腊，对真理和谬误从未有过条例森严的规定。由于没有现代概念中的'信条'，也没有严酷的教理和靠绞架推行教义的职业教士，各地的民众都可以按照自己的好恶来修改符合自己需要的宗教思想和道德观念。"

得郑重澄清一个历史误解。宗教宽容的罗马帝国的确"迫害"了宗教不宽容的基督教（不觉得此一事实颇怪吗？），据说两位最重要的使徒也因此死去成圣，一个是承接耶稣权柄的彼得，一个是承接耶稣智慧的保罗。但事实真相毋宁是，所谓对基督徒的迫害一开始应该只是司法判决及其量刑，具体针对某个大敌当前拒绝服兵役、诋毁土地法、不停叫嚣闹事要拆掉神庙神像的人云云。想想，就算今日二十一世纪的台北，某个基督教会什么法律也不服从，且天天聚众要拆除（不时真的动手）所有的传统庙宇、佛寺、道观和清真寺，乃至于冲进人家捣毁祖宗牌位，我们对这些人作何感想？我们可以宽容但还是依法究办是吧。回到历史当时，不依不饶的基督徒一路把冲突推高到不可收拾，最终也确实遭镇压、迫害。尽管如此，房龙还是合理怀疑其迫害的强度、广度和深度，毕竟，日后这段历史记叙是由获胜当权的基督徒写的，他们有诸多超越事实真相的需要。"我们不禁纳闷，一个屡遭残酷迫害的宗教究竟是怎么存活下来的？"

这段历史，房龙在《人类的故事》里这么写："接下来我们要讲的是，一个马槽和一个帝国的战争，奇怪的是，马槽赢了。"如讲述一个美丽神迹；如今，在《宽容》里他说的是："基督教虽然生于马厩，却在宫殿中结束。"如追踪下去并讲出更多事实。

也可以说，不宽容赢了，逆转了此一珍贵历史进程，且持续了一千年，整整一千年。

但这一千年人类终究挨过去了不是吗？基督教会大体上也退出了恺撒的领域，只偶尔在某个特定议题作点怪（比方同性议题）。写《宽容》，已一九二五年了，如此重掀基督教会的黑历史做什么呢？是真的读书意不平，还是房龙有所察觉有所烦忧？感觉此一历史风暴并未终止并不真的停歇，人在历史灾难里学到的不尽然是教训而是种种诡计。

我们从"无知／不宽容"这条线再追一下。无知缓缓由暗而明如人智渐开，但基督教快速地创造出一个全知的一神，在那样一个人仍普遍所知甚少的年代。道理上，高高在上看着人一切的神什么都知道这没毛病，毛病在于，人"窃取"（抱歉，用了这么重的词）了神不可让渡的全知，把自己极有限且极可疑的种种认识认知，转换为神的亲口话语，快速创造出一大批全知的人，所以，教宗的话完全正确，所以，格林嗤之以鼻指出"教会有全部答案"，所以，世界上只有、只需要一本书叫《圣经》，其他的书皆当抛弃甚至焚毁。

不是咬文嚼字，不是恶心地套用某种句型。人原只是无知，但这么搞比无知还再加一大个无知，一种更糟糕，且再难挣脱如牢笼的无知——那就是人连自己无知都不再知道了。

用我们稍前的讲法是，人从自认正确转向自认独据真理之前，这个最重要的，如刹车装置的清醒消失了，所以宽容进不来，唯一正确的幻觉把其他所有人都视为犯错、犯罪，甚至于不止如此。

幽灵般，这样的全知离开了神，飘荡于欧陆空中，可以存活吗？——接下来的历史问题是这个了。

　　瓦尔特·本雅明最后一部如遗言的著作《历史哲学论纲》（已成定名了，很土气但只好用之），坦言此一事实——借助欧洲十八世纪的著名魔术装置"土耳其棋弈木偶"，本雅明指出，当然不是木偶下棋，而是躲在木偶里操控棋局的侏儒，这个侏儒才是棋弈大师。而今，这个木偶名叫"历史唯物主义"，躲它里面真正下棋的是神学"这个苍老且丑怪的女仆"，神学女仆让唯物主义"战无不胜"。

　　"本雅明你这瞎说什么大实话？"（借用大陆年轻人爱用的此一句法）——是有点尴尬没错，因为马克思本人明言宗教是"鸦片"，本雅明这简直是把唯物主义的伟大人民革命讲成另类的鸦片战争了。所以有关《历史哲学论纲》这一宛若沉船桅杆传回来最后信息的著作，尤其华文世界里，大家集中讨论的总是远较模糊（或诗意），更像来自犹太神秘教义，那个被历史暴风倒退着悲伤推入未来的新天使（不觉得和马克思的进步历史描述也几呈背反吗？），略过这个其实置于全书卷首，我以为才是论述起点也解释更多事的神学木偶；甚至，我注意到某些华文译本"为贤者讳"的精巧节译了，还更精巧地改了、微调了修辞。这样，究竟算宽容了，还是不宽容其言也哀的本雅明？

　　但没事的，问题不在于唯物主义，而是神学，或直说是此一全知且排他的思维，它可以藏身各种木偶里，比方纳粹乃至于今天的美国共和党，比方日本那些晒太阳旗、放军歌吵死人的极端右翼；它可左可右，可以在脏乱的民族主义里，也可以让干净的科学变成绝不科学的科学主义（斯宾塞丑陋的达尔文主义算不算这样？真正的科学家都知道自己懂多么少、宇宙中多小的一块，并且不轻易踏出自己限制重重的专业一步）。当房龙指出，如果说"不宽容"这个词几乎完全和"宗教不宽容"同义，这说的是表象事实，也同时直指这个隐藏的核心思维。

更新的进展是——全知且唯一正确，生出战无不胜的力量，我们把前后因果弄懂，此一现象便成为诡计。这很容易察觉，更容易执行所以很快地遍地都是，想要这个战无不胜的宗教力量，你只要不顾一切不管颜面地把话说大说满，说成唯一正确。

"一条小船把保罗和巴拿巴从亚洲送到欧洲，带来了希望和宽容。/但是另一个乘客偷偷溜上了船。/它戴着圣洁和美德的面纱。/但面纱下的嘴脸却是残暴和仇恨。/它的名字是：宗教的不宽容。"

所以这个巨大的不宽容也就不随着基督教的千年统治消失。包括像是基督教本身的反省和改革，最富现实成果的无非是路德和加尔文，但历史真相如房龙说的是，"宗教改革实际上就是一场战事。没人乞求饶命，也没人会饶别人的命，加尔文创建的国度实际上是个军营。"路德至少还试着开明，说人不应该把自己的逻辑体系强加于上帝，说烧死异教徒（不只是不信基督之人，更直指所有以不同方式信基督的人）是违背圣灵旨意的行为，唯仅限于他尚未强大掌权之时（"日后却烧死了理论显然比他更高一筹的敌人"）；加尔文则直接就像旧约走出来的人，以利沙或以西结那种的，他的教义和手段仿佛耶稣从未来过，也正是他这支信仰教派，日后进入英国再进入新大陆，在旧教逐渐松弛世俗化时，硬生生把宗教法庭宗教迫害延长百年时光，至今在美国南方仍余音袅袅，仍禁锢着民智。

"这便是改革运动的悲剧，它无法摆脱大多数支持者思想上的桎梏。"房龙如此指出，之前只有一个至高无上的当权者（罗马教廷），现在却变成两大个，乃至于涌现出难以数计的小当权者，每一个都想按自己的方式专制，他们唯一相同的，就是都非常仇视跟自己意见不同的人。唯一正面的效应是，不止一个的"唯一正确"相当程度瓦解了单一的神圣性，遂在不同的监狱之间形成了灰色地带，房龙称之为人"精神上的无人区"，在这里，人得以喘息，得以自由思考。

然而，宗教的不宽容终究已成落日余晖了。于宽容，历史的新课题是此一神学式的唯一正确如泼散开来，不只进入唯物主义而已。

《宽容》一书的末章，这段历史走到一九二五年，他做出这样的暂时总结："然后大战爆发。／世界发生了很大变化。／本来只有一种不宽容的制度，之后又有了十几种。／本来人对同类只有一种形式的残忍，现在有了几百种。／社会刚开始摆脱宗教偏执的恐怖，又不得不忍受更多让人痛苦的种族不宽容、社会不宽容以及许多不足挂齿的不宽容。十年前，人们甚至没有想过这些不宽容形式的存在。"

房龙停在一九二五年，如果有人想找本书继续读下去，我会推荐汉娜·阿伦特的《极权主义的起源》。当然，阿伦特的论述厚重多了、难读多了，阅读者更需有所准备。

Totalitarianism，极权主义，据说这个字首次出现，很巧，便是一九二五年。

其三

"正如历史上经常发生的情况一样，平民百姓的宽容精神并不如统治者。他们生活贫困，不一定就是品德高尚的人。"这番话，房龙当个常识般一早就直说出来（第三章，《禁锢的开始》），这一再发生，现实指证历历，却直到十八世纪以后才被认真对待，作为一个历史通则，或作为一个重大的现实警言。托克维尔、小密尔，乃至于我们才说过的夏多布里昂，他们在光芒万丈的法国大革命途中，深刻看到这阴森、恐怖的一面。

平民百姓个体的不宽容或不足为惧，但这些个体会汇集为群众。《乌合之众：大众心理研究》，法国心理学者勒庞的著作，一八九五年，有华文译本，是值得一读的书。

也许有更简单的认识方式。今天，任何想确认群众比统治者不宽容、声嘶力竭喊打喊杀的人，只要上个网去看海峡两岸网民的交锋发言即可，总想尽办法把话讲到最难听、最没教养。所以顶好只一眼扫过，没有内容，不可能有任何启示，只有像是某种毒瘾上身的人才一再回头加入，沉溺其中；多看两眼，只让人沮丧，对人更失望，威胁你的宽容之心，也威胁你对人类自由民主的必要信念，如二千五百年前雅典的柏拉图。

把群众认真当个宽容难题来思索，总会第一时间想到苏格拉底之死（如汉娜·阿伦特），这当然绝非历史首例，但确实是最刺激人心、最沉甸甸压人心头的悲剧，不设法恰当地解开，人会不相信很多值得一信的东西。

希腊城邦，或就说最光辉的雅典、伊奥尼亚，奇花异草般原是最早的自由、宽容典范。但读政治学、社会学的人都知道，这是初级阶段，也是很脆弱的，此一自由宽容系生于、成立于某种自然基础之上，即托克维尔所说的，小国如希腊城邦这种规模的，如此互不隶属、个体峥嵘发展如野花野草生长的"初级民主"正是其自然状态。但不可能稍长时间停于这个阶段，历史前行有各种考验各种要求，包括托克维尔无情指出的，灭亡的威胁永远是小国的宿命难题。顺利的话，它会扩张并层级地建构起来（比方日后的罗马帝国），但这是很缓慢的政治工程社会工程，得记住，容易先到来的是，个体的群众化，每一次或大或小、或真或假的危机都是聚合力量，而危机正是任何地点任何时间的人类社会最不虞缺乏的，必要的话，也容易制造，就说台湾这最近五年（二〇一七至二〇二二），我们便人工地制成了多少回灭亡危机。

审判、毒死苏格拉底的正是雅典群众。今天，我们花一点点时间（比看一场球、一集韩剧短的时间）重读一次苏格拉底的申辩全文，必定会再次看到这个——德尔斐神谕说，苏格拉底是最智慧的人（这间接成为苏格拉底的罪名，由此讲他不敬神明并败坏年轻人云云，可见群众妒忌之心的可惧）。但不相信自己最聪明的苏格拉底，遂找到一个一个他认为更聪明的人谈辩验证，最终，苏格拉底说，我发现我的确比他们聪明，因为我比他们多一个智慧，那就是我知道自己无知。

怎么看，这都是一篇朴素、亲切、试图讲道理的申辩文，但不会有用的，如卡西尔在他《国家的神话》书里所说的，道理攻不穿它，哲学攻不穿它，三段论攻不穿它。我们甚至还知道，就连科学都打不穿它，就像今天美国仍有一组为数惊人的群众要求立法禁掉演化论，学校应该教小孩《圣经》的创世论；就像今天台湾，最终仍有近百万人反科学的坚信高端疫苗，且不以无知为耻。

审判耶稣的也是群众。他们选择释放真正的罪犯巴拉巴，坚持用十字架钉死耶稣，辜负了罗马总督彼拉多的善念，以及他为犹太群众精心铺设的最后台阶（《马太福音》：彼拉多见说也无济于事，反要生乱，就拿水在众人面前洗手，说："流这义人的血，罪不在我，你们承当吧。"众人都回答说："他的血归到我们和我们子孙身上。"清清楚楚，彼拉多称耶稣为"义人"，但日后诸多基督教会仍把罪名赖给他。罔顾事实和公然说谎，也是群众的两个不变特质）。而耶稣背着十字架走上各各他（髑髅地）刑场，一路上讥笑他侮辱他伤害他的也是这些犹太人群众。

群众的聚集，十八世纪末法国大革命是最重大的历史节点，至此脱胎换骨——它得到进步意识的支援并引为盟友，进一步得到道德豁免甚至拥有了难以冒犯的道德光环（尤其日后强大的左翼思维），且从此舒舒服服活在自由民主的羽翼之下，这个最不宽容的力量遂一直得到最大的宽容。房龙的说法是，法国大革命"将暴力神圣化了"，便是在这里，托克维尔等少数人看到了极权主义的历史胚胎。

和君王的层级性统治不一样，现代极权体制根本上是"反体制"的，它的真正面貌是，夷平一切，摧毁中间，剩一个教主人物，和一望无际原子般、棋子般的群众——这仍可溯回神学，溯回基督教。房龙说："基督教是第一个实实在在宣导人人平等的宗教。"这原是正当、觉醒的，或直说就是福音，让人找回自己该有的、原有的东西。但世路多歧啊，善意铺成的路也可能岔向地狱。此处有个值得一记的历史现实通则，人最美好，且看似最自然的主张，如平等，如民主，如生而自由，往往有着最严苛的现实条件要求如同某些需要细心照料的精致作物，要不然为何他们总在某种"历史末端"才现身、才堪堪成立？所以，说成是人的天赋之权，其实是我们需要它们，且全无保证；是我们得认真护卫它们，而不是说了它们就会自动保护我们。

我想起卢梭那句型漂亮的名言："人生而自由，却处处发现自己在桎梏之中。"在现实撞得头破血流、懂得远比他多的赫尔岑嗤之以鼻："这好像说，鱼生来是要飞的，却处处发现自己只是在游。"

但人类世界不得不层级地建构起来（马克斯·韦伯对于这个

"不得不"有极阴郁、近乎绝望的忧愁），这和君不君王可以完全无关。这也许比什么都自然，人类每一处文明、每一个社会都这样，只因为这就是事物（仔细想，其实包括生物构造的演化，从单细胞开始）进展的形态，也是专业的形态；人类社会得层级地编组起来，才能留存得之不易的学习成果，也才可能极大化地使用人其实极有限的力量及其资源、材料。如今，二十一世纪了，此一"不得已"更不得已了，只因为得在变得如此之小的地球养活八十亿人口还得养得好（你让每个人降回生物性的基本摄食水平试试看？没手机都跟你拼命了）。夷平层级，回归那种返祖的自然生命形态，生物学者简单估算，其躲不掉的前提是，人口数降回到六千五百万左右，可以吗？

我这样一个有着某种无政府灵魂的人，说这些话，说真的，有点痛苦。

还有，事实证明（远先于理论，理论不情不愿），层级系统相当程度的、实实在在的分权，因为专业存在的缘故。在垂直性的层级中，专业围出了一个个有限但有效的空间，在这里，人有机会用道理用是非对错抵挡、说服蛮横的权力，甚至拥有着一些自由，当权力无知、懒惰以及酣睡之时。对垂直性的权力而言，这每一层级都是一处回旋，一个缓冲，甚至一个减速刹车机制。是以，层级性的君王体制，在那样没立法终极限制、把权力说成天授理论上可大到无限的年代，始终无法把权力极大化，远远比不上我们已对权力高度警觉、防范时日的现代极权主义。

最后，我们来看这个，房龙所提出的大贝莎巨炮——"但有哪一个比发射大贝莎巨炮更荒唐？"

我猜，房龙敏感地察觉这个新发明新武器的大有历史文章，但还不真的知道会怎样，他甚至有点"想错"方向了。如果他知道此物的可怕及其日后的阴森森历史，他会收起他那一点莞尔的笑容。

大贝莎巨炮，最简单说，就是那种射程极远的大炮，重点不在它的威力，而是，发射者看不到弹着点，更看不到他造成的破坏和伤害："操控大贝莎巨炮的弟兄们生活在一个奇怪、虚假、孤寂的世界中。"

证诸日后历史，我们可以把大贝莎巨炮当一个模型。对伤害者而言，它解除了人最后一道脆弱但依然极其珍贵的防线，那就是人当下先于思维的感官反应。我们都晓得，恶之欲其死的恨一个人，和面对面手刃他开枪射杀他，是完完全全不同的两回事。而"二战"亚洲区的收场，投广岛原子弹的小男孩，一次杀死二十万人，投长崎原子弹的胖子，一次杀死四万人，但从杜鲁门总统到执行的机组员，没人真有愧疚之心（有也是事后应景式的），没人看到自己所杀的人，当下看见的只是一朵巨大无朋的蕈状云，壮观，美丽，奇景——我只是按了个钮而已。

欧洲区，纳粹意图一次灭绝犹太人的"最后解决"，死者人数更达好几百万，但也没谁有什么愧疚负罪之心——我只是造名册而已，我只是安排列车运送而已，我只是关个门而已，我只是按了个钮而已。

斯大林名言的另一版本——杀一个人是悲剧，杀几百万人就只是数字而已。

事实上，依记录，纳粹当局很快就发现，那些忍不住同情、心怀悲悯的人绝不能用。更精彩的是，那些快乐杀人的丧心病狂之人也得排除。这两种人都撑不久，"最后解决"需要的是那种没情绪、只负责按个钮的人——迫害、杀人"进化"到无须激情无须仇恨，人人得而为之；而且从假日狂欢的形式，转换为每天每时的日常工作。

著名的阿道夫·艾希曼审判，一九六一年，负责报道的汉娜·阿伦特骇然发现，这个世纪大屠杀的主持者，并不是什么恶魔，反倒是一个极度沉闷、普通、平凡得可怕的人，平凡到感受不到一丝丝变态和残酷的气息，也似乎对犹太人没什么恨意。但就是这个平凡的人，没有恶念，却做出人类历史上最邪恶的事，成了新型恶魔——从艾希曼身上，汉娜·阿伦特提出她著名但阴森的"平庸的恶"之说。

大贝莎巨炮模型，我以为，还有再更进一步的演化。

美国的校园枪击案，如今已从骇人新闻变成了经常性新闻，我印象极深，大概此生不可能忘记的是，其中一位青少年杀手，警方不可思议地指出，他几乎每个受害者只发一枪，这连训练有素的射击老手都做不到。面对真人目标，执枪者仍必定是紧张的、激动的，也通常持续射击打光子弹直到目标倒下完全没有威胁了为止。所以，这位才多大年纪的杀手极度沉静冷酷，应该难有其他解释，这来自电玩，电玩射击，你必须节省每一颗子弹以及时间，击中，立刻转向下一个目标。

不再是物理空间隔离，而是把人目标化，真实的人成了二维的拟真图像，我仍然只是按了个钮而已。

房龙讲得最好的是这一句——如今的群众，"生活在一个奇怪、虚假、孤寂的世界之中"。

其四

此时此地，我们几乎人人都有一门大贝莎巨炮。电脑键盘，以及手机——匿名，远距，且更容易地随时呼朋引伴，执行炮兵要求摧毁目标的同步威力射击，称之为出征，或叫灌爆。

　　我"有幸"目睹了类似汉娜·阿伦特在耶路撒冷看见的图像，就在我每天书写的咖啡馆，隔壁桌——五个人，其中，耐心讲解吵个要死的那个大概就是所谓的（小）网军头子，摊着传说中的梗图，另四位，清一色宅男模样，两眼昏茫如难见天光，高情商称之为平凡，低情商则直说是愚蠢。艾希曼答辩时还说得出康德和他的"无上命令"，这几位则连自己要效命的政治人物都认不得几个，问出来的问题会吓死你（诸如"可是孙中山他不是杀人魔王吗？"这种的）。但我相信他们能立即上线完成任务，不就只是按个钮吗？

　　想想台湾这些年系由这种人决定，重大举措、是非公义、历史命运抉择云云，乃至于下到小到水果外销，不寒而栗。

　　这一生，我所在的六十年，此时大概是民主政治评价最低落的一刻了，几达弃之毫不可惜的地步，真令人悲伤。施行民主之地嘲笑它甚至自认倒霉，不行民主之地不再欣羡更加嘲笑它。而且乍看，还真像是它自己搞出来的不冤枉——混乱没效率这是老把柄了不多说（我自己毫不认为这是民主大病，这是权力限制权力分散的必要，很多事"快速"才可怕，如已故埃科在《玫瑰的名字》中说的）；选出的领导人一个比一个难看如开玩笑（包括文化底蕴如此厚实的英国，曾以为首相梅姨已是下限）；和财富力量的勾结共谋日日加深加广如单行道，而且看似无解；人们对权力的集中毫无戒心，还热烈欢迎。当然，这是历史通则没错，即灾变困厄时日权力总是内缩凝聚，人们求救般会交付掌权者更多，但如果说此一因果前后已倒过来了呢？是人为地让灾难发生、持续，好保证权力的集中呢？这些年东亚、海峡两岸的一触即发不就是这般？这已经是经常性现象的诡计了，谁都知道了，民主体制要不要拿出个方法来抵挡它、消除它？

我们是有自然天灾没错，而且巨大迫切，即全球本当与时间赛跑的气候暖化巨变，但我们还在搁置它甚至反向而行，我们忙的是那些毫无必要的人为灾难，包括不肯让它结束的战争，包括试图逆转历史重返冷战重返霸权，把全球分工的完整供应链碎成片片……

我另一个真实经验是，也才十年左右吧，偶尔出书去到大陆，会一直听到（也被询问）相关的认真讨论探索；现在，这一话题几乎完全消失。

也许，我们仍可乐观看待这些，坚信这只是一时反挫（端看我们用多长的时间之尺来想）。说真的，我自己真正忧烦（其实该说讨厌）的也可以不是这些，而是——人品质的趋劣，社会品质的趋劣，如大人类学者列维－斯特劳斯在欧陆先一步看到的，他说的是"美德的消失"；这已不只是现象了，更像是一道下滑曲线的趋势。这会和民主制有关吗？我也因此屡屡想起钱永祥几年前回应我的那番话，老钱讲他这些年想的已不是民主体制云云的问题了，而是价值、信念、规范、素养、道德这些看似不急也急不得的扎实东西。

民主，流传着这句顺口的陈腔滥调："如果民主出了问题，那就用更民主的方式来解决它。"——除了重申对民主制的坚定信念，这其实是完全没内容也不打算有内容的话，它的说服（催眠）力量不是道理，而是"句型"，如此漂亮到宛若充满机巧智慧的句型。

真相在相反的那一端。我以为应该问的问题是：民主为什么不就是民粹？这明明是它完整实现的模样，所以，接下来应该问的是，这几个世纪下来，抵挡着，没让民主不直接坠落为民粹的是哪些东西？

　　价值、道德、专业，就只说这三样最大的。正是这些外于民主、扞格着民主的东西，沉默的、坚定的护卫着社会的品质、人的品质，让民主完全不同于那种原始的混乱和无序，仍然有是非对错，有善恶，有承传和累积，让思索讨论有意义，而不是用数人头来替代（博尔赫斯说的："美国人把选举箱弄成一种数人头的游戏。"）。只是，这都是层级性的，和夷平性的民主制有着难以解除的处处冲突，因此，遂也都是这几百年来受伤严重的东西——是的，民主制一直在讪笑、拆毁保护它的东西。

　　现实总是让理论惊讶、始料未及，因为现实如此稠密。民主制实践几百年了，灰头土脸的教训一堆，是早该从那种初级的民主思维毕业了。就像所谓的"直接民主"，曾经被认为是最终极的、最纯净的民主（孙中山直接民主式的，也设定为最高权力所在的国民大会，事实证明毫无用处，托天之幸只是毫无用处），但历史证明这不是理想，只会是人祸。如今，就只瑞士这个自成一格如置身人类历史之外的怪国家还如此行。要不要也认真想想，是什么东西保卫着瑞士浓度如此之高的直接民主不出事？

　　我们早该换想法了。民主，并非什么历史神秘法则使然，更不是自动降临人间，而是人的选择，人相信这最公理、最公平、最宜于人居，人拼了命才得到它。但是，民主并不坚固，还满是歧路，绝不安全，人想一直生活在这一制度里，就得保护它，设法给它健康的生存环境长得好，且时时看护它、修护它，如使用一个并不成熟的产品。

　　哈贝马斯指出，现代世界，追根究底就是平等的政治和层级的社会的冲突。但这不是个二选一的命题（千万别是，只选一边会让我们痛苦不堪）。两者的和解，两者边界的恰当维持，关键在政治民主这边，它是意识形态强势的一方，也是攻击者。民主要进入现代，先得做到这个——面对价值、道德和专业，它绝不能仰仗自己人多，它必须晓得自己无知，从而谦卑（已被台湾彻底用烂掉的一个好词），听不懂也要假装认真听，久了自然而然会真的听懂一些。民主思维（尤其核心的平等思维），一定会不断渗入每一处价值、道德和专业的领域里，它一定要学会小心翼翼走路，而不是那种宛如闯入瓷器店里的发情公牛。

再说一次，民主并非自然而然，也别相信它会自动修护。这些年，我好像一直在说民主的坏话，说得自己都要笑出来了，每回我都会想起格林《一个自行发完病毒的病例》里那个了无生趣的主人翁奎里，他找柯林医生争辩连柯林医生都不再讲的左翼思维，找神父院长争辩院长都不再讲的基督教义，满嘴讥讽，然而，我竟然是仅剩一个还拿左翼思维、拿基督教义当真的人吗？——"我竟然是仅剩一个还拿民主政治当真的人吗？"当然不是真的，真的就惨了。但那些只挥舞民主如一纸符咒，好像这样就能赦免一切恶行的人，绝对不是。

题目是宽容，但还是不能不说到民主政治。毕竟，在人类历史试过的政治体制中，民主绝对是和宽容亲和性最高的一个——不该再回头去赌运气吧，赌你碰到的掌权者是腓特烈大帝还是加尔文。

在文明的二〇二二年今天如此书写，我真正的沮丧和房龙一模一样："在文明的一九二五年撰写论述宽容思想的书其实相当荒唐。"——房龙列了三点原因，尤其第三点："第一，作者和自己定下的题目接触时间太长，难免会厌倦。第二，作者怀疑这类书一点实际价值都没有。第三，作者担心这本书只会被不那么宽容的同胞当成一个采石场，他们在书中随便挖几段简单的事实就可以为自己可恶的行径辩解。"

自然的误读,以及我们在台湾愈来愈常见的故意的误读、找茬的误读。

说个恐怖故事(仿大陆网友的此一发语词)——诺贝尔奖动物行为学者洛伦茨认定攻击是生物本能,但也因此演化出抑制攻击的相对生物本能,才得以躲过天择,免于自相残杀灭绝。洛伦茨进一步指出,攻击性愈强的生物,对攻击的抑制本能愈强大,狼群便是个几近完美的实例;所以另一面,攻击性弱的生物便没发展出此一本能,以至于在同类相争时反而最残酷,对已屈服已无抵抗力的同类不会停止攻击,血肉模糊,比方水鼠就是这样,以及鸽子,洛伦茨以为鸽子被选为和平象征完全是天大误会。说到这里,大不祥的讯息来了,作为生物,人攻击力薄弱,也就一样没演化出抑制攻击的本能,但最终"人是使用工具的动物",人摇身成为攻击力排行榜的压倒性王者,已不只核弹了,如今连晶片、天然气、粮食、肥料云云无一不是攻击利器,像那种武侠绝世高手,信手拈来,一花一草皆致命。

洛伦茨说,人抑制攻击,只能靠文明靠自觉。或像格林讲的,靠我们原始人祖先不知道从哪里"演化"来的那个该死的同情心。

宽容什么时候真正完成、放心,and the world will live as one[*],大家疲惫地杂坐下来,抬头看共有的美丽星空? ——房龙说他不愿扮演预言的苦难先知("老天千万别让我这样!"),他只说人应该立即做对事情,"为了这一天的到来我们可能要等一万年,也可能要等十万年"。

说真的,我自己没从这个角度看,人类历史千头万绪,总是

---

*　引用自约翰·列侬《Imagine》的歌词,大意为:那这样世界就会融为一体。

同时存在各种一堆正向逆向的纠缠力量。我们其实有收获的，比方同性问题，比方肤色问题，明文律法也一条一条增加（不管暂时实践到什么程度，"尔爱其羊，我爱其礼"），只是，如小说家阿城说的，"每一代人都有每一代人的绝境"。我以为最麻烦的是，我们这代人的宽容绝境，随着人各种能力各种工具的强大，容易变得极端，变得承受不起，不宽容的代价太大了。

最终，房龙隐约把反抗不宽容说成某种战斗，我也有点害怕这样。

我自己的图像很不过瘾，有蛇尾之感——年轻时，我的老师告诉我，最重要的事总像是扫地，扫过了还是会脏，那就再扫，这是每天的工作。

我不相信完成，更加不相信会在我所剩不多的生命时光里完成。

快速回想一次小说这东西

　　应该没有错，当前一整个世界持续向着大众端、通俗端倾斜，这相当恒定，也其势未止，至于会止于哪里，则有赖于人的决定，如列维-斯特劳斯讲的，当事物注定从 A 向 B 变化，选择在哪个点恰当地停下来，这是人明智的决定——但愿如此。

　　列维-斯特劳斯毫不沮丧的这段话，说的是"可以"，人不单单只是承受者而已，人在其中有事可做并且仍有相当的决定力量；还暧昧地包括"必须"，人必须加入，必须明智，尽管两边大小如此悬殊，感觉有点荒唐自不量力，但所谓文化，正是人不断选择的成果，自觉或像是不自觉，顽强或像只是顺流而下；文化的丰厚更多来自人不一致的选择及其跟着的行为、行动，来自人希望自己成为什么样的人，在某个歧路时刻放下了第一颗小石子滚动起来。

　　这不止文学，这是整个世界的倾斜。像是，很多年了，我们听意大利三大男高音和蔼可亲地开始唱各种歌，也看到帕瓦罗蒂和席琳·迪翁、多明戈和江蕙同台云云。我们得意识到文学的外部环境是如斯光景，某种基本处境。文学专业，可能进一步只能更专业，但当然仍在世界之中；文学不是数学，文学想什么、做什么乃至于以为自己飞离多远，世界都在着，跑不掉。

先多讲一下世界这部分，毕竟这里有文学书写者通常不太乐意多看它的部分，遂一直有点悬着，但这还是必要知道的；很多书写者以文学为志业，正因为抵拒着这个令他不舒服的实然世界。但不有趣的真相仍是真相不是吗？你知道它也不见得要屈从它——恒定，这里我们先确切地稍微模糊它，好让它没那么不可撼动无可商量。博尔赫斯曾说是"疲惫的历史引力"，或更早亚里士多德乍听有点天真未凿的有趣说法，他讲万物都有它"喜欢"的位置，所以轻烟最终会回到天上，石头会落到地面。

举个例，作为人类学者列维—斯特劳斯当然也思索人类婚姻、家庭结构，他指出来，人类最终总是走向一夫一妻制，只因为这样最"自然"，恰恰好就是人类生育 1∶1 的雌雄比例（太多物种便不如此，这无法学也不值得学。当然，我们今天普遍多一种选择，那就是不婚，管你什么比例，连根拔起）。我们晓得，特定的时间空间里会发生种种特别的事，起着不一致的作用，"暂时"改变这个比例，像是一场战争（沙漠生存的不断征战，形成了穆斯林的多妻制，这原是用心悲悯的补救举措），或某种对不同性别不对等伤害性的疾病肆虐，乃至于权势的蛮横力量硬生生破坏这一"均衡"云云；但我们晓得，特定的事各有它的时间尽头，时间拉得够长，会稀释掉特例让它如殒没，让它的干扰力量渐渐弱下去，水花般不必再去计算。

万事万物，都是过去数不清事物的结果，也必将是未来数不清事物的原因。但是，但丁《神曲》给了我们如此一具精彩无匹的时间老人像，这具巨大塑像系由金、银、铜、好铁，以及泥土所构成，每个部位的材质不同，抵拒时间侵蚀的能耐也不同，最弱的当然是泥土的双脚(所有的重量竟然都由这最弱的双脚承荷)，果不其然，由这里生出了裂缝，流出了水，但丁说，这水汇入冥府，就是忘川了，成了必然的消逝和遗忘。多年来，我自己就一直这么做，在必要对当下、未来事物的变化有所猜想时，眼前事物，在它数不清的形成原因里，还是可以努力分离出来，原因的强弱、长短个个不同(强弱和长短并不等同，老子便说来得猛的去得快，飘风不终朝。此一不屈的判别需要勇气，人得够刚强才不被吓退)，这些原因会如何依序退场，从而事物会朝哪一方向倾斜、倾倒，形成何种新样貌，更精密些，还能仿照数学"计算"出大致何时、何比例、何角度的变化云云。这甚至成了我个人的某种私密游戏，每天，看着街市，看着商家，看着人们，世界不再是扁平无缝一片，而是有了前后纵深，且像是搭建出来的，颤巍巍就建在时间大河上，"不思议的死，不思议的生，风、花朵、城镇，全都是这样的。"(《千与千寻》主题曲)

二〇一三年，我在北京和八〇后年轻作家们(忽焉已不年轻了)交谈，做出了些判断，称之为"三大奢侈"，讲大陆文学(小说)的三个大华美景观应该不会持久，即声名、书写材料和经济收益；稍后，我也说了大陆长篇小说的某种异常书写(惊人的字数、惊人的数量)是通俗化走向的清楚表征——多年后看，这说得幸好都不算太离谱，但当时我想的正是世界的此一倾斜现象，我有点担心，记得现场还补了这番打预防针也似的话："等你们接替了上代书写者，成功站上了现在王安忆、莫言这些前辈的位置，极可能会发现，那时的文学世界和对待你们的方式，已完全不会是你们现在看到的、想望的这样——"这些话，对听者和说者都并不愉快，但可能必须讲，否则我会有一种把人骗进文学来的共犯感。马克斯·韦伯讲的，说出不舒服的真相，这是上一代人的道德责任。

世界持续向通俗端倾斜，我以为有个最耐久，甚至连接着人种种生物性本能的主理由，那就是大众的形成、崛起，并源源增强其尺寸和力量，一块一块地接管世界，"胜利归于大军这一方——"。这最早系由文学外的托克维尔（以及小密尔）所提出，十八世纪，他看到的是所谓的"绝对平等原则"，以为此一意识一经唤醒就无法再退回，不仅深植于人性，竟然还占据着道德优位（世界由少数人掌握、发号施令，这难有容易的道德解释），所以托克维尔用"无可阻挡"来说它，并断言这不会只存在于政治层面，绝对平等原则必定冲入每一领域，社会、家庭、学校云云，翻转、夷平其层级结构，因为这一单纯且强劲无匹的意识和所有的复杂性不相容；跟着来的是资本主义的完胜，由此，大众再获取一个强而有力的经常性的新身份，"顾客"，或精确点说，大众购买力的量变让年深日久的顾客身份质变，大众不再只是承受者听命者，大众的话语权日增，最终，这是资本主义而非传统意义的"顾客"，人们甚至拿上帝来夸张比拟它，由它来说最后一句话，而且据说永远是对的。

于是，所有的工作成果遂成了"商品"，至少都走在朝商品去的路上——很多领域的工作成果，担忧的或许不是成为商品，而是无法顺利商品化，商品化意味着成功踏出了第一步；但文学该担心的不同，是那些难以符合商品简单游戏规则的种种东西怎么办？是不成其为商品就没意义、不值得去想去做、就等于不存在吗？这相当尴尬，文学书写者总是那种比一般人多停留一会儿、多看一眼、多想一下的人，文学的根本思维抗拒着简单，文学说的总是，如昆德拉讲的，"事情比你想的要复杂——"

是的，我们来到这里了——确认一下我们当下的历史处境，以为背景，以为一个根本的引力，我们就可以来谈小说了。

面向一个完整的世界

现代小说书写，大致说是十八世纪初，始于亨利·菲尔丁、丹尼尔·笛福等人，这个新颖的书写形式呼唤着、回忆起、创造出自身的来历，比方英国人上溯到乔叟、法国人想起了拉伯雷、西班牙人废话当然就是塞万提斯云云。但小说另有一个任谁肉眼可见的更久远源流，直通上古，那就是"故事"，人类讲故事已持续了百万年了。

这其实是相当不同的两道源流，汇流一起先带来丰饶，要到很后来我们才不断察觉两者的不易完全相汇，各自指着不一样的走向。这里我们尝试这么来分别，讲故事是口语，而现代小说书写用的是文字，文字带来了一个大门槛，不是谁都能立即跨过它，这就先排除掉不少人，包括书写者（说者），如本雅明直指的，说故事尽管能耐有高下，但仍人人能够，都能参与跟着说出自己的故事，或至少，能再传颂它并（不知不觉地）添加上自己的重现它；也包括读者（听者），普遍能看懂文字是人类历史耗时又耗力的工程，但文学书写的要求不仅止于识字，真正在人类世界发生的是，人好不容易看懂字了，但文学书写又已使用更难的字，讲述更难懂的东西如甩开众人，像一趟令人疲惫不堪的莫及追赶。

本雅明津津乐道这个说故事人、听故事人的聚集和流动，很形象地把它描绘成一个动人的小世界，篝火旁，四面八方来的人围拥着，火光在人脸上跳动。人欢快、沉迷、笑语不断，交换着故事，把自己的故事融入他人的故事之中，如此，个人再沉恸不堪负荷的特殊生命经历都融化、分解于众生之中，本雅明说这是人最大的安慰，人其实需要的只是这样，不是要某个答案，生命只是得继续下去而已。

不太一样了，但也并非完全不同。今天，我们仍可用众人围拥着、忘情挥动着荧光棒如星光如波浪起伏的某场演唱会，来想象本雅明的此一图像。本雅明自己会这么看吗？

相对地，本雅明以为现代小说讲的不是一般性的故事，而是某个人生命中"无可比拟"的事物。无可比拟，意思是没有、难有比较，也就无法、难以理解，所以读者（听者）加不进自己，两者的关系成为单向，人得不到安慰，听者的安慰，以及说者回音般、唱和般如同被理解被碰触的安慰，其极致便是小说单子化了，现代小说书写成为人间最孤独的一门行当——本雅明总是纵跳地把话讲极端，这也是他的魅力之所在，喜乐和忧伤都带着诗也似的末日感，带着某种神秘的、宗教的神谕性，往往，我们更倾向于把他看成先知（一种已逝于除魅历史的古老人物），而不是唯物主义理论家。但现代小说的大线条书写轨迹确实如他说的这样，也的确出现过如此极端的单子化小说，比方二十世纪五六十年代让大家又惊异又痛苦不堪的法国新小说就是。

思索小说的人，以小说为志业，至少该实际读一两本阿兰·罗伯—格里耶的小说感受一下。

但现代小说书写并不是这么开始的，核心来说，现代小说比人类历史之前、之后的任一种书写，都更加试图面对、谈论一整个世界，完完整整的世界。就算到今天，小说仿佛一样被挤压成为某种封闭性的专业东西，但正如卡尔维诺在他谆谆叮咛的《新千年文学备忘录》讲演里说的，只有小说（文学）不只用单一方式思索，如今只剩小说（文学）仍试图翻越过每一堵专业竖起来的高墙，宁可笼统不肯遗漏地看世界、描述思索世界。卡尔维诺当然知道很多文学书写者已不这么做了，所以他把它说成是小说（文学）非扛起来不可的一个任务。

分割世界，离开众人，不是书写原意，也是很后来才发生的事。正好相反，现代小说写的原是众人的故事而不是书写者自身某一无可比拟之事，这是人类书写史的第一次，书写的大转向，因此也是书写者最"无我"的时刻，书写者毋宁更像是个旁观者，一个 O.S. 声音，甚至一直到今天，小说仍是最谦卑的文体，小说书写者仍多是隐身的，或如博尔赫斯讲的代数学，把自身巧妙代入小说人物 X 之中（当然通常就是主人翁），如福楼拜令人惊骇的宣告："包法利夫人，就是我。"（把自己融进性别、性格、生活习性、品德以及用情方式如此迥异的爱玛·包法利里），但福楼拜另一句书写名言并不矛盾："书写者，应该让读小说的人并不感觉他存在。"

书写第一次描述众人，所以我们可以说，书写这才第一次面向一整个世界，以及，完整世界，正是由现代小说带到人面前的。

逐渐静默下来的小说

之前，世界上下分割，上头是公侯将相，下面是贩夫走卒，我们从文字书写来看，这道分割线变得更明确，文字原比人更不意识、更不在意下层世界的存在。但说来有点奇怪却很人性的是，口语的下层世界，说的竟也是帝王将相圣哲英雄的故事，人想听的是更华美的故事，和本雅明讲得不大一样或说微妙曲折，人以某种更谦卑更梦境性的方式聚集、代入自己来得到欢快和安慰。逃离（以遗忘为核心）才是总力有未逮的人们更经常也更可靠的安慰方式——日后，巴赫金分别称之为"第一世界"和"第二世界"，这是书写顺序，而不是历史现实。下层世界当然远远早出百万年了，人数也更多到不成比例，但这个更广大的世界是沉默的，从来没真的被说出来。

所以，对某些敏锐的、心有所思的人，极生动的，他们所看到的便不仅仅是一种新书写、几部不同以往的作品而已，而是一整个蓝海般全新世界，扑面而来，非常兴奋。

稍后现代小说进入到俄罗斯，别林斯基读果戈理书写乌克兰下层人们生活现场的《狄康卡近乡夜话》，激动说出口的也正是："这是个全新的世界。"

一个全新世界，一种即将获得自由的点燃起人心的无情力量，是以书写空前地忙碌起来、泼散开来，遍地是新东西、新故事，如低垂的果子伸手去摘就有，这是（小说）书写的丰饶幸福时光，早已逝去不返的时光。

现代小说生于此，是这一全新书写所摸索出来、凝结出来的强而有力的特殊文体；但这一书写也许有个更恰当的说法，称之为"散文化"，小说包括于其中，是散文的一种，相对于之前诗的书写，相对于之前只用较少文字、大剌剌讲述第一世界大人物、大故事、大情感的那种书写。

《堂吉诃德》，提前出现的现代小说，昆德拉所说或许就是第一部现代小说的小说（所以，个体有超越性，不完全囿于集体的时代限制，这一需要有点英勇的认知，对尤其是以个人为基本工作单位的文学书写者很重要，既是严苛的要求又极富安慰）。书中，挨了一顿粗饱狠揍的老拉曼查骑士肉疼于也心疼起自己不运的牙齿，正色地又训示起桑丘·潘沙，说牙齿是比钻石还重要的东西云云（人上了年纪后会知道这无比真实）。昆德拉指着这一段莞尔地告诉我们，过去的骑士小说，过去的大英雄故事，绝对不会有人在战阵上关心牙齿，这是第一次。

也许我们可以回头查看一下，比方特洛伊十年血战的《伊利亚特》，或死伤更惨烈的《罗兰之歌》。

书写要进去广大人民的每一生活现场，钻入每一处边角缝隙，聆听并再现人内心每一种近乎不可闻的微弱声音，便得动员手中全部所有还不够，这包括文字使用。我们说，有所谓不入诗的字，太粗鄙、太琐细、太丑怪、太乏味、太罪过黥黯云云；但没有不入小说的字（我记得博尔赫斯曾这么讲过吉卜林的书写，"使用全部文字"，意味着吉卜林是面向一整个世界书写），还随着书写的深入得不断铸造新字新词新隐喻新象征，如老工匠因应工作的种种细部要求设计针对性的新工具。现代小说书写，小说家弗吉尼亚·伍尔夫英国式的优雅说法我一直印象深刻，她讲现代小说因此"变得有点淫荡"。

口语和文字，于是有了消长，并在稍后形成所谓黄金交叉——过去，人们以为口语连续，是完整的、稠密的一方，文字负责简要地、粗疏地记录它，偏附从性的；但如今，文字才是更完整、更稠密的，文字突破了事物的表层，惟危惟微，**诸多文字发现的东西已难以用口语来说了。**

这里容易有个肉眼性的错觉，以为诗是文字的、文绉绉的；小说才是口语的，连同人讲话的语气表情都试图保存下来，小说尤其大叙事小说，不是遍地是你一言我一语的对话吗？——我以为，这其实是文字历史阶段性进展及其使用的错觉。早期，人们因为种种现实限制，只能用简约的文字来记录口语，遂也"诗化"了口语，像我们今天读的《诗经·国风》，乃至于看《论语》孔子和弟子的口语问答，人在生活现场不会这么讲话，早期人们更不会这么说话（彼时，口语尚未倒过头来吸收文字成果，尚未有文字性词汇），否则我们极可能会得到诸如一群身披树叶兽皮的初民却之乎者也讲话的超级诡异画面；而"之乎者也"，日后变成文言，人乔张做致说话的代称，但原初，极可能只是素朴的拟声之字，话尾的直接声音记录而已，我读小说家林俊颖成果斐然的《我不可告人的乡愁》（半部以早先闽南话、半部以现代文字交织写成，如重返口语和文字乍相遇的曙光时刻），再次证此为真。是以，早期小说巨细靡遗地记录、重现话语，只是第一阶段小说强大写实要求之一，书写者谦卑地尽可能不遗漏地记录、重现这个全新世界，如是我闻，先记下再说，管不了意义，甚至管不了美学。

看过达尔文、华莱士他们这些第一代生物学家的动植物工笔画吗？现代生物学开启，生物世界以某种全新意义、全新视野来到人前，彼时又没方便的照相机可用，因此绘图成为生物学者的必备技艺，地球各地不可思议的植物、不可思议的动物，你不能漏掉每一处细节，甚至其长度、弧度都可能不是偶然的，每一个细部都可能是珍贵的证据，携带着生物亿万年演化的真相。

第一阶段小说的写实要求，事实上强烈到已神经质的地步，不仅写实，还要证明我写实。是以，我们不断看到，早期小说常多一个开头，那就是告诉我们此一故事的由来，来自某个老人，某个远方水手，某一份辗转流传到我手里的信函、日记或历史文件云云，有人证有物证。就连非文学中人的大政治思想家孟德斯鸠都这么干，他"最富文学性"的著作《波斯人信札》，便托言一名在法国旅居的波斯贵族青年，由他写回家乡的一百六十一封批判信函构成。我们可以进一步说，写实是个更大更普遍的彼时思潮，不只要求文学要求小说而已，当然，有人干脆把《波斯人信札》说成是孟德斯鸠的唯一一部小说，这么说也行。

但口语和文字不会一直这么相安无事下去，愈往下写愈会发现这是不尽相同的两个东西。现代小说书写，循文字之路前行，逐渐和口语分离，我们好像可依小说中的口语比例来大致推断现代小说的书写时日或说书写阶段，稍稍夸张的玩笑来说，口语成分有点像碳—14同位素，所谓的放射性碳定年法，我们根据它的残余量来估算某一生物体的存在时间。口语逐渐跟不上小说书写的及远及细要求，和已成熟自主的文字愈来愈格格不入，加西亚·马尔克斯便经验地证实过这个，他尽可能不写对话，他指出，西班牙文描述时是极优美的文字，但怎么搞的一写成对话就感觉虚假感觉非常造作难受，但这应该不是西班牙文的特殊缺憾，就只是文字和口语的分离和扞格，朱天心说中文书写也是这样，她总是把对话解开为叙述。

同时，也是因为小说和世界、和读者已缓缓取得某种协议，用不着再强调自己为真，几世纪下来，我们对真实和虚构有更深刻也更复杂的认知，也晓得不能只从事物表层来判别定义，昆德拉说："如今真实和虚构的边界已不必派人看守。"

确实，现代小说逐渐失去"声音"，成为一个静默下来的文体。于此，博尔赫斯有着类似本雅明的终极性忧虑，也许既是诗人又是小说家散文家让他敏感、不舍。博尔赫斯很温和，他反复讲声音带给人的难以替代感受，讲古英国诗歌的铿锵有力声音，讲模仿一个人的腔调说话是想成为（或进入）像他那样的人，想象他那样想事情、看世界，他也最常提起人类最早那些大师如毕达哥拉斯、苏格拉底、耶稣都只用口语云云。这里，我们先只简化地这么说，文字存留、话语飞走、声音稍纵即逝的另一面，正是声音的轻盈如翼飞翔，语言的确有较多的物理性限制，但这却也极可能是它最特别之处，有更多的临场感、即时性成分，有诸多那种难以言喻难以捕捉的"一瞬";语言的对象也比文字的对象更靠近更热闹,往复交流更频繁,也许少了思索,但也就少了思索的多疑和防备,有卸下武装的轻松感、解放感——语言直通群众,文字则最终回返书写者单独一人。

散文化,现代小说使用全部文字、动员已知所有,当然也"纳入"已说了百万年堪称最娴熟的故事,只除了改用文字来说;也是,人"认识世界",能有凭有据掌握的硬实东西还太少,仍处处空白,只能用想象用传闻来填补它。而这也非首次,稍早文艺复兴时已这么做,我们至少还可以再上溯罗马时代的维吉尔,像他的《埃涅阿斯纪》便不是历代口语流传故事的记录,而是一个人的书写。现代小说,只是把场域移到一般人的世界,第二世界,开始说一般人的故事罢了。

故事,不是一个单一画面,而是连续性的一段时间,如此,便引入了变化,更引入了因果。大哲学家大卫·休谟说的,时间即是因果,素朴排列的、最根本的因果形式,引进了因果,这个人、这件事、这一画面便分解开来,可以理解了。这也正是我们每个人都有的生命经验,要认识一个才见面的人,我们会很自然地把他放回时间之流中,我们会要知道举凡他的家庭和出生地点,他上过的班,他念过的学校,他的交友和他谈过的恋爱等等,乃至于,我们总是从这个人各种生命重要时刻的选择、变化,才能较准确深刻地了解他的为人、他的心性、他内心种种隐藏的东西不是吗?

故事,我们总把说者想成是个完整经历了某事、一脸风霜、跌入回忆般话说从头的人,就像《白鲸》里那个要我们喊他以实玛利、不肯告诉我们真实姓名的家伙,他上了捕鲸船裴廊德号,经历了亚哈船长和大白鲸莫比—迪克那场壮丽但不可思议的愚蠢搏斗，最终每个人都死了，连同那几只等着分享食物的海鸟，只有他一人幸运抓住棺材改成的浮子，活着回来，带回来这个史诗故事。

吉卜林的神奇短篇《国王迷》(*The man who would be king*)也是这样（拍成过电影，由肖恩·康纳利和迈克尔·凯恩两个英国佬演出），深夜敲门的正是昔日的骗子故人（迈克尔·凯恩），但一身残破形容难识了，他讨了点威士忌喝，包袱里是他死生伙伴（肖恩·康纳利）的头骨和那顶从七千米雪山掉落下来的皇冠，带回来这个两名骗子如愿短暂成为国王的不可思议的故事。

也因此，本雅明把说故事的人说成是行商和农夫，也就是远方旅人和在地老者，都是某种时间老人，都经历了什么，惯看了什么，没足够时间不足以完成故事云云。但《白鲸》的书写恰恰好告诉我们，至此事情可能恰好倒过来，比较像是想写出这场人鲸搏斗及其悲剧，从而回想（创造）了这些人、这些来龙去脉。

也许，故事原来是这么来的，某个人完整经历它、完整携来（我自己很怀疑），但小说书写倒转了过来，愈来愈如此。我们听过太多这样的书写宣告，小说的故事，总是开启于一个单一画面，某一个惊异的、饱满到都要溢出来、深植书写者心中不去的生动画面，像是加西亚·马尔克斯的，一个小男孩第一次看着一块冰，以及两位身穿丧服的母女模样的女人在大热天午后急急赶路，以及一名衣装体面却已破旧的绅士模样的老者焦急但掩饰地在港口等待着送邮件的船，这每一画面稍后都写成了绝好的小说；福克纳，一个小女孩爬树上看着自己祖母的丧礼，浑然不觉自己露出脏污内裤，这是《喧哗与骚动》，小说史名作；纳博科夫，学会使用画笔绘图的黑猩猩，它先画出来的是关它的黑色笼子，这太不可思议是《洛丽塔》。

想要弄清楚（或摆脱）这个又呼之欲出又单子似难以击破的画面，是以，故事进入小说里，有了更多认识的成分、理解的成分。

潜伏下去的故事

但这里真正触动我的是，在如此强烈的写实要求之下，这些总是神佛满天、生命实体经验如此稀薄的传说故事，如何能够和现代小说相融？

我晓得问题不会出在现代小说初始，而是末端。我要说的是，原先人们不见得会认为这样的故事"不实"，基本上，这仍然是彼时人们看世界、想世界的方式，在那样人们仍倾向于相信万物俱灵的年代（当然得以各种生动的、渗透的、躲避的方式来应付基督教的一神命令，事实上，基督教自己就偷渡了不少，像圣诞老人、像万圣节狂欢皆是，一神信仰太寂寞太冷清，如英国的某位神学家讲的，人很难在实际生活现场时时处处遵守），至少，当时人们相信的世界，远比我们如今认为的深奥，比我们眼见的神奇。

事实上，这已是二十世纪后半的事了，加西亚·马尔克斯亲口告诉我们，《百年孤独》里我们称之为魔幻的那些东西，他宁可说是写实（所以才 1+1 组合成"魔幻写实"这一古怪之词），因为这正是他祖母说故事的方式，他祖母乃至于诸多哥伦比亚人仍信其为真，而且人证一堆指证历历，就像书中那位黄蝴蝶环绕他翻飞不去的邮差，就是他祖母亲眼所见，且屡见不爽，不写实吗？或一定要乏味地猜想这家伙喷了某种花香味的香水吗？

尤其书写者，他们如我们多少认定的总是某种"怪怪的人"，他们是较喜爱、受吸引于万物有灵世界的人，就像《浮士德》的诗行，我们眼见的寻常天光云影，他们看到的却像是"奇异的飞

翔"："或许夜行者／把这月晕叫作气象／但是我们精灵看法
不同／只有我们持有正确的主张／那是向导的鸽群／引导着我
女儿的贝车方向／它们是从古代以来／便学会了那种奇异的飞
翔。"——这是我的偏见，我总相信每个文学书写者，也许限于、
藏于某一灵魂角落，都是泛灵论者（以及，无政府主义者），不管
他平时如何理性，信仰哪种宗教和政治主张。

但现代小说的这一"写实"强调，终究让它开始多疑起来，
踏上不归路也似的持续远离传说故事，甚至，远离故事，抛弃或
至少轻视情节，如第一阶段大叙事小说的衰落。这包含于人类世
界更大范畴的思维变化之中，人，定向的，更严苛理解、定义真
实，这就是我们所说的"除魅"，不是一次认知，而是一长段历
史，一物一物的对付，一个神一个神消灭，像是《堂吉诃德》，随
机先遭嘲笑、瓦解的便是原来的骑士故事，拉曼查的这个老好人
吉哈诺先生读了太多骑士故事疯掉了、痴呆掉了，故事里那种装
逼的所谓骑士风范和作为，在天光之下，全成为愚行。

如今，我们会用"神话""传奇"云云的类似含糊字词来指称
传说故事，这是"假的"的典雅有礼貌的说法，意即直接标示如
警语："真实世界里事情不会这样子发生。"这样的故事一一被判
定为不实，遂只能从"认识"这个较正经的领域退走，不再参与
严肃的思索，说者也逐渐被挤压到生活现场的边角去，成为较单
纯享乐的、博君一笑的技能，人数已不足，再搭建不起那种热切
添加传送的必要生产链接，当然，时代大空气、社会的建构方式
云云也变得不宜，所以，再没《吉尔伽美什》，没《奥德赛》，没
《摩诃婆罗多》，没《封神榜》《三国演义》了。他们如零星散落，
时至今日，我们仍能在每一乡间看到，总有一两个那种天花乱坠
性好吹牛的人，很烦或者很受欢迎，尤其在收音机、电视机到来

之前，漫漫长夜，人吃了晚饭后还可以做点什么好？

伍迪·艾伦的有趣电影《无线电时代》，抓取日后这个宛如夹缝的时刻，当然也直接就是他自己，以及我们这代人共有的生命记忆，我们在场，切身经历着这一口语故事持续暗哑，却又像重新找到出路、人群重新聚集起来、又突然喧嚣起来的奇异历史时刻；当时浑然不觉，现在回想起来还真有点惊心动魄。

印度的大吹牛者、大说故事人吉卜林，成功转换了口语和文字，还因此拿了诺贝尔奖（一九〇七年，当时这个奖珍贵多了）。谁都看得出来，他小说的异样风貌风情，像触到了人尘封已久、以为已流逝不返的某种亘古记忆，我们称之为"史诗小说""大小说"云云，文学这个谁怕谁的领域，如此意见一致还真少见。斯德哥尔摩颁奖典礼现场，有记者如此脱口而出："真希望看到他手上还抓着一条蛇。"

但事实上，传说故事仍一直"藏身"现代小说中。人类世界的驱魔作业从没真正完成，人的生活现场太碎太多死角太多今夕何夕兮之地；文学、小说尤其，这个世界以个人为基本单位，代表着最多样、最宽容、最固执、最多例外。博尔赫斯讲："我想，人不会厌倦于听故事。"这句轻描淡写的话提醒我们，真正顽强的是此一人性成分，这个需求持续召唤供应，必须得到满足，也许是某种改以文字来说的故事，也许是某种更合适它的全新载体如日后的收音机、电视机。它潜伏着，等待风起。

强烈的认识激情

至此，我们可稍做整理。

现代小说书写打开一般人的世界，但书写者仍旧是能娴熟使用文字的上层之人，这得持续相当长的时间，也在现代小说传入每一国度后反复重演，俄罗斯、日本、中国都是这样。

唯世界自有它的节奏速度，并不同步于少数人的觉知。

也就是说，书写材料转向一般人，但其眼光、其意识依然来自这些过好生活的，至少衣食不愁也不仰靠书写换取生活的人。因此，书写有着强烈的志业成分，其核心是严肃的（一直到今天，我们仍使用"严肃小说"这词），其当下课题就是（重新）"认识这个世界"——昆德拉曾引述现象学大师胡塞尔晚年的那次著名演讲，胡塞尔以为"古希腊哲学在历史上首次把世界（作为整体的世界）看作是一个需要解决的问题。……并非为了满足某种实际需要，而是因为'受到了认识激情的驱使'。"

海德格尔有着过度漂亮的说法（他一直这样）："对存在的遗忘"。存在，如存在百万年才开始被认识被思索的第二世界，人一直只模糊地当它是个"自然"，只有此一特殊的少数人激情，才将它首次置放于人的好奇目光之中。昆德拉一路数下来现代小说的此一认识之路，如一层一层剥开这个世界："事实上，海德格尔在《存在与时间》中分析的所有关于存在的重大主题（他认为在此之前的欧洲哲学都将它们忽视了），在四个世纪的欧洲小说中都已被揭示、显明、澄清。一部一部的小说，以小说特有的方式、以小说特有的逻辑，发现了存在的不同方面：在塞万提斯的时代，小说探索什么是冒险；在塞缪尔·理查逊那里，小说开始审视'发生于内心的东西'，展示情感的隐秘生活；在巴尔扎克那里，小说发现人如何扎根于历史之中；在福楼拜那里，小说探索直到当时都还不为人知的日常生活的土壤；在托尔斯泰那里，小说探寻在人做出的决定和人的行为中，非理性如何起作用。小说探索时间：马塞尔·普鲁斯特探索无法抓住过去的瞬间，詹姆斯·乔伊斯探索无法抓住现在的瞬间。到了托玛斯·曼那里，小说探讨神话的作用，因为来自遥远的年代深处的神话在遥控着我们的一举一动，等等等等。从现代的初期开始，小说就一直忠诚地陪伴着人类。它也受到'认识激情'（被胡塞尔看作是欧洲精神的精髓）的驱使，去探索人的具体生活，保护这一具体生活逃过'对存在的遗忘'，让小说永恒地照亮'生活世界'。"

由此，昆德拉再三强调小说书写的此一"应然"，强调小说该专注去做这件"只有小说能做的事"。我想，他充分知道小说的真正不凡威力（知道此点，不只是一种认知，还是一种能力，需要有足够厚实的书写实践和不断反思），小说是此一散文化全面书写所摸索出来的最特别的文体，文学的能耐因此上升了一个档次如插上翅膀。包括小说（承接着传说故事）被单独赋予了虚构特权，这让小说可以进行"实验"，固定、捕捉甚至控制变化，追问一个又一个隐藏的生活真相。

就像说迈克尔·乔丹应该打篮球而不是打棒球，这才是他最擅长的，而且篮球场上，还真有些事只有他才做得到。

但一定也是昆德拉环视周遭后的忧虑对吧，他怎么可能看不出小说的此一认识激情的杳逝？今天，小说如他说的，将只是、已是些"絮絮叨叨的东西"，已没有"远方"了。

但我们的感想可能正相反，至少我自己，我反倒极惊讶这一不应该会普遍的非本能激情居然可以存留于小说中这么久，至今仍余音袅袅。"并非为着满足实际的需要"，这意味着人必须放下手中工作，去做多余的，乃至于可能危及他生活的事。长达几世纪时间，它居然还能说动一般人跟着走，虔敬地当是大事，别说，我真还有点想念那般光景，咖啡馆里，如今完全绝迹了，但还真的曾经有过这样，人安静坐着读厚厚一部小说一两小时，人们热切谈论比方《卡拉马佐夫兄弟》里的大审判官寓言，尽管都说得坑坑疤疤的，而且，绝不只是文学科系的大学生而已（听得出来，课堂要求的讨论不以这种方式这种语言）；文学、小说，曾经是人的"生命基本事实"，和人的生活直接联系着，并不需要其他多余理由。我曾经见过的日本更是如此，电车上阅读的人是日本最普遍的一个风景，还多是岩波文库的袖珍本，包着浅褐色的薄牛皮书套。袖珍本，直接可上溯百年前英国企鹅出版社著名的"六便士小说"，巴掌大，一包烟的价钱，就是为一般人设计的，买得起，可随时随地读，如马拉美说的"是可以携带的"，可携带、不离手的小说。我想，也应该有日本人如我，会想念那样的日子，那样阅读的人们吧。

《百年孤独》里第一代的老阿加底奥，由于吉卜赛人梅尔加德斯的到来，是第一个正面迎向新世界的人，也是最热切想认识这个大世界的人。这让他从一个精力充沛、衣着整齐的年轻族长，变成一个满脸胡须、丢开生计、喃喃自语的怪人，还挖出妻子乌尔苏拉藏在床下的金币去换放大镜。我总是把老阿加底奥带领马孔多村民的出走，当个丰厚的隐喻——截然不同的两次出走。第一次，大家兴高采烈地跟他走，"甚至坚信他发疯的人也扔下自己的家庭和活计，跟随他去冒险"。第二次，就没人要去了，包括他的妻子乌尔苏拉，尽管他试图用自己的幻想诱惑她，在那样的新世界，在地里喷上神奇的药水，植物就会依照人的愿望长出果实云云，但乌尔苏拉要他管管两个儿子，"野得跟两头驴子似的"。

加西亚·马尔克斯漂亮地描述第一趟旅程，这种流水的、平板的、容易写成交代的地方他最会写，他的文字有那种每个字每个词都成隐喻如闪电的魔力——众人顺河北行，进入丛林，吃腐尸味的金刚鹦鹉充饥，路愈走愈凄凉，杂草愈来愈密，鸟的啼声和猴子的尖叫愈来愈远，"在那儿，他们的鞋子陷进了油气蒸腾的深坑，他们的大砍刀乱劈着血红色的百合花和金黄色的蝾螈，远古的记忆让他们受到压抑，整整一星期，他们几乎没人说话，人梦游似的在昏暗、悲凉的境地里行走，照明的只有萤火虫闪烁的微光……回头的路是没有的，因为他们辟出的小径一下子就不见了，几乎就在他们眼前长出来新的野草"。最终，他们在晨光中看到一艘西班牙大帆船，内部只一大莲花开着；再四天，离船十二公里，就是大海，翻着脏污不堪泡沫的一整片，老阿加底奥绝望地大叫："该死，马孔多被海四面八方包围。"

是认识激情，"并非为着满足实际的需要"，但实际需要是沉默持久的更强大引力不是吗？所以这也就成了一处软肋，它给了如此书写的人种种较苛刻的要求，包括他得有钱有闲才行。但世界能够一直这样上下截然二分吗？就算可以，小说书写者能够一直留在第一世界，保有这个不愁吃什么穿什么、只寻求祂的国和祂的义的舒舒服服位置吗？

怕什么来什么，而这也将是人类历史一一发生的事。

仍是由上而下的书写

不由一般人书写，但现代小说仍能够依此缓缓进入、渗透入众人，有点像佛家的小乘、大乘之别，林中分歧为二径，同样面对世界面对佛理，一组人皓首穷经继续只身深入；另一组人则回过神来，想方设法把深奥的佛理"翻译"为一般性的话语，简化为歌咏为仪式的及于众生，如此。

现代小说的始生时日，包含于人类世界一个更大的觉知，我们也会用所谓的"启蒙时代"来说它，由上而下，不只描述他们，还要告诉他们。

早期承接说故事形态的所谓大叙事小说，几乎每一部都看得出兼有着此一存心。但我们用较明确的"科幻小说"类型来说明。

应该直称为科学小说较对，这大致始于稍后的十九世纪初，玛丽·雪莱的《弗兰肯斯坦》，随科学大爆炸性的进展，在十九、二十世纪之交如花绽放。总是先提到这两人，法国的儒勒·凡尔纳，以及紧跟他身后的英国人赫伯特·乔治·威尔斯。

这组小说，原不以享乐为其书写目的，或者说，如此精彩好读的故事毋宁只是糖衣，来自书写者的洋溢才华和精湛技艺。直说，这是宣扬"科学福音"用的，书写者站在科学新知和众人之间，小说高度乐观的氛围（几乎就是小说史上最乐观的一组作品），和彼时人们对科学的无比信赖和依赖同步，假以时日，没什么是（未来）科学不能帮我们解决的。你看这不是吗？如今我们绕地球一圈只要八十天了，如今我们已晓得两万里海底什么样子、地心什么样子云云；而且，马上我们会登上月球了，会开始星际旅行，还会发明出来时光机器回到过去进出未来。和佛经、和《圣经》所描绘宣扬的乐土天国没两样，而且感觉更富底气如同下订单，科学是实实在在的不是吗？我记得博尔赫斯无比喜爱威尔斯的《时间机器》尤其结尾，主人翁一身风尘归来，带回时间彼处的一朵玫瑰花以为信物。

科学是新宗教，小说家是其使徒之一，天国近了，你当悔改皈依。

科学小说阴郁起来是稍后的事，也是来自科学的"触底"也似折返。我们渐渐看出了它的限制，看着它闯的大祸小祸，也感受到未来惘惘的威胁。这组小说的光度暗了下来，一部分开始反思、质疑，另一组这才真正"幻"起来，成为另一种神鬼小说。

侦探推理这一更大类型小说也大致如此开始。威尔基·柯林斯的名著《月亮宝石》，我们说，在日后侦探推理类型成立，才回溯成为其始祖之作（事物的成立，回忆出、创造出它的来历）。但其实也可以只看成是一部以谋杀为题的小说，谋杀尽管并非太寻常，但不也是我们生活中的一般事实吗？《月亮宝石》的卡夫警探，晓得吗？并没成功破案，他只奋力走到水落石出前的临届一步，唉，身为推理探长怎么可以不破案呢？所以我们可以很合理地这么想，柯林斯关怀的不是此一最安慰人心、享乐者不可或缺、视为权利视为报酬的完好收尾，他感兴趣的是此一漫漫罪恶，芜杂地牵扯到历史传统、社会结构、家庭结构，以及人心。卡夫警探更像是领路人，以及眼睛，类似于《神曲》中的维吉尔，维吉尔也没走到最后，他进不了天堂，把最后这一截工作交给但丁挚爱的贝雅特丽齐。

　　更有趣的是，警探没有破案却又写得极长极乱，以至于，很多《月亮宝石》的版本都做了删节，得砍去些枝枝叶叶，骨干才能显露出来。

　　是的，就跟陀思妥耶夫斯基也写谋杀犯罪一样，《罪与罚》《卡拉马佐夫兄弟》云云——事实上，侦探推理小说也屡屡将陀思妥耶夫斯基纳入阵营，迎来大神加持。

　　但我们晓得侦探推理有更直接、轻快的来历，始于爱伦·坡（他稍微悲苦），大成于英国——那就是上层文人的智性游戏，茶余饭后，想出个精致典雅的谜自娱娱人，考考大家，也彰显自己的机智云云。像大文学者切斯特顿写"布朗神父探案"，柯南·道尔的"福尔摩斯探案"也是，他不怎么看重这组日后让他留名的小说，他真正想写的是那种武勇贵族的历史小说。所以谋杀没什么血腥味，尸体只是谜题，所谓的"尸体会说话"，书中侦探甚至

304　　我播种黄金

不怎么在现场，更多时候他们的办案地点是自家的安乐椅，最重要的破案工具是大侦探波洛指着自己脑子所说的"灰色小细胞"。是吧，这完全就是上层之人、贵族之人的思维及其生活习性。

每种通俗类型小说都有它的一些特殊基因，年深岁久，至今科学和推理仍是智性成分最高的两组小说，毫不奇怪，它们的顶级作品，屡屡可以好过一般水平的所谓正统小说。

但这样的由上而下书写，感觉还是未完成，感觉还是不完满，尤其在绝对平等的思维空气里。左派尤其不满意不领情，像我认得几名坚实左派友人，比方多年投身外佣外劳权益工作的顾玉玲，至今我仍时时听他们这么说，如往日重现。

也许更珍贵的外部位置

于此，左派有一个过度简单的理想，总倾向主张，下层世界的小说，就该由下层世界之人自己来写，即日后所谓的话语权云云——他们对权力的警觉，一直高于对内容的关注。

认识，从不是这么简单的事，更不这么截然二分。我们直接来看这两部了不起的著作——屠格涅夫的《猎人笔记》和契诃夫的短篇小说集。两者都直书彼时俄罗斯下层种种辛劳贫苦的生活现场，屠格涅夫贵族出身，以一个打猎的贵族老爷身份，追着鸟兽足迹，从外部进入到每一个现场；契诃夫是农奴之孙、破产小商贩之子，当然，他就活在这世界里面，这些人就是他的亲人、朋友、邻居、熟人、同乡云云。这两部著作都精彩无匹，值得一读再读，失去哪一部都是小说史的巨大遗憾。

我们只简单说，完整的认识目光必须也来自内部，也来自外部。内部的认识如见树，亲切、准确、稠密、细节满满，有着强大到几乎无须解释的事实力量和触发潜能；来自外部的认识如见林，最珍贵的则是整体感，不落入到单一特例的陷阱，不因于惑于一时一地的时空限制，能够把认识从存在的遗忘"拎出来"，进一步置放于人类的总体认识之中，连接更宽广的人类经验并获得深度。这两者各有其限制的盲点，交互补充，交互触动，也得彼此纠正，像是，内部的实地摩挲就制止着外部认识的轻率和急躁，外部的恢宏视野则摆脱细节的纠缠，人的认识得以提速云云。但我们得说，现代小说带给文学书写的最珍贵礼物，其实就是此一来自外部的目光或说此一位置。小说往往始于某一事实的"陌生化"，以一种新鲜的、清澈的目光再审视它（所以很多小说偏爱某种孩童式如初见的观看叙述），包括对自己，如昆德拉说的，书写者站到稍远处回望自己，对这个忽然陌生起来的自己感到惊异。小说于是成为最（需要）冷静和理性的文体，诗和散文（一般意义的散文）可以直书最荒诞最特殊的事实，小说也可以但不能只直书，小说必须想出、讲出道理，追出它的来历和可能因果，说出它何以如此、至此。也因此，某些太过荒诞太难以解释的事实并不容易写成小说，如小说经常性的感慨，"事实往往比小说更荒谬"。

左派歌咏人劳动的双手，也屡屡一不小心低估了人的脑子——但终究，小说是人脑而不是人手的技艺，而且，如列维-斯特劳斯这个研究每一种人生命现场的人说的，人脑，永远是比人手更精致的工具。

先读，而不是先写

人类世界持续上下流通，也为书写带进下层世界的人，书写有重重门槛，但没这种势利眼。文学极可能是人类所有行当中最不势利的一种，来自下层世界的新书写者，如果够好（并不苛刻程度的够好），并不被排斥，反倒是直上 C 位的惊喜，仿佛把原有的文学图像"刷新"一次，还往往得到超过真正评价的注目和赞誉，俄国的果戈理、契诃夫是如此，日本的林芙美子尔后也如此。

只是，这比想的要慢、要难。

首先，要有足够数量的下层世界之人能熟练掌握文字，从中冒出来够格的书写者，这等于要让整个世界脱胎换骨一次的人类大工程，没个几世纪耐心是做不到的。

固然，个体有超越性，不必等待集体齐一完成，甚至，我们可以相信博尔赫斯说的，"每一人的一生，都可以写出一本极好的书"（亦即，人一生够厚够重，材料上绝对够）。事实也是这样，足够强的生命素材，对文字技艺的依赖可以降到极低，所以起步即巅峰，第一本书用的总是生命中最珍贵最厚积的材料，甚至如加西亚·马尔克斯说他自己写的第一部小说《枯枝败叶》，"总以为这辈子只写这本书，恨不得把自己所知的一切都用进去"。不只来自下层，时至今日小说世界从不间断出现所谓的素人小说家，且往往第一本书就是他最好的作品，至少不出前三本，这个现象如今在通俗类型小说是通则，不这样才是例外。

原因可以极直接说。人的生命经历，就一本书而言太多，但对一生的书写则又少得可怜，两本三本就差不多空了，所有认真的书写者都可证此为真。写下去，书写的重重门槛这才一个一个来，感性生命材料的快速消耗，得由人的思维，以及文字技艺来补充来替换。因此，"读"和"学"变得比"写"更重要；也就是说，书写得是专业了，所谓"素人"只是暂时性身份，不转入专业，就得离开。

你当然也可以同时是矿工，同时是书写者，这可能但不切实际，也难以持久，借用格林的话说，"你迟早要选一边站的"。

就来自下层的书写者而言，更直接的难题是，如何取得这个"有钱有闲"的书写位置，或平实地说，如何同时挤出足够的物质条件和时间，这无疑还早，现实世界还差得远。

因此，小说向大众倾斜、翻转，不是走书写之路，而是阅读之路——作为读者，远比作为书写者便宜、省时间，而且识字即可，但即使如此，也还是得费时几个世纪。

在笛福、菲尔丁当时，工业革命才起步，书籍是极昂贵的，就连夜间照明的蜡烛都算奢侈品，如中国古时的穷书生得靠雪光或萤火虫微光，甚至冒着痴汉罪名凿墙壁来偷。换算，彼时一本书的价格相当于一个工人两个月的工资，也就是说，相当于今天用六万台币来买一本书，这读得下去吗？所以，很长时日，在这个下层的劳动世界，阅读一直被看成是"有害"的，败家、浪费时间而且徒乱人心，让人上不上下不下无法安分于生计。

阅读，缓缓的以某种蜿蜒的、渗透的方式进行。像是，买不起书的人读可以传看的廉价报刊，上头印有连载的，当然多为享乐成分较高的小说；同理由，小说也拆册出版，如我们熟悉的分期付款概念。此一迢迢长路，甚至一直延伸到我这代人的童年，也就是一九五〇年——一九六〇年的台湾，买书依然是得下点决心的事；更多人通过报纸副刊连载读小说，如历史小说是《联合报》的高阳和《中国时报》的南宫搏，武侠小说是《联合报》的卧龙生和《中国时报》的东方玉云云；武侠小说也仍拆册出版，一部武侠可拆到四五十小册，且不由购买，而是从租书店租来；此外，阅读有害论仍余音袅袅，尤其读小说，通常得躲着父母和老师。

美国的冷硬私探小说，也是从彼时的《黑面具》杂志开始刊载，包括其代表作，哈米特的《马耳他之鹰》。

此一长路途中，至少有这两个重要节点——一是，所谓"读小说的厨房女佣"；另一是，企鹅出版社的"六便士小说"。某种意义来说，是前者促成了后者，真正改变了人类世界的阅读风貌。

阅读（小说）如打开缺口地流向下层世界，开始于厨房女佣而非一般劳动者。女佣毕竟是彼时最贴近上层世界的人，她可由女主人处借来小说；之前，她从主人和其友人的交谈就先听到有关小说种种，有相当的阅读准备，她也有灯光，晚饭后的休憩私人时间，厨房一灯如豆，但足够她看清书上文字——

六便士小说，一本书可用一包烟而不再是两个月的工资取得，小说阅读至此才真正开向一般人，而这已经是一九三五年的事了。价格 × 数量 = 营业额，最简明的换算公式，低价当然是阅读的福音，但愈是影响深远的大事，总愈有着某种潘多拉盒子意味的种种效应，你打开它，不会只跑出来单一一个东西。书价可压这么低，便得以数量的大增为条件，也就是说，数量从此成为小说成书的一个大门槛，而且，数量的命令声音，会愈来愈响亮愈坚决，书写者多出来一个得小心侍奉的神，还是一个不怎么在意品质、偏感官享乐的神。你怎么可能只要这边不要那边呢？

远离一般人的生命经验

平行于此，我们回头来看小说的持续认识之路——我们只最简易地来说。

认识的不易通则是，由大而细、由近而远，但在认识的后半阶段，我们更该留意的是由显而隐——离开表象，离开感官，进入到偏概念、偏思维性的世界。

因此，每一道认识之路，the bridge too far*，总逐渐远离众人、远离一般性的生活经验，凝缩为一个个森严的专业，小说也很难逃出这个基本认识宿命。

会远离到什么地步？我们用物理学来说，物理学走进极细的量子世界，像是普朗克常数，量子力学的最重要数字，$6.62607015 \times 10^{-34}$ J·s，这是个什么东西？我们如何以自身的生命经验来吸取它感受它？所以普朗克本人把话说得如此沮丧，他说物理学的认识，已无法再用一般性的语言表述，只能用数字和方程式了——不仅远离生命现场，甚至脱离"物理"自身（普朗克的沮丧应该来自于此）。物理学赖以成立的核心思维，原是客观性观察、经验的归纳，量子力学则持续走向数学的演算和演绎，不得不。

小说的认识之路，最像这个的应该是乔伊斯的巨著《尤利西斯》，"探索无法抓住的瞬间"。一九〇四年六月十六日都柏林市利奥波德·布鲁姆这个人的一天，用百万字仔细书写难以计数的一瞬，而这每一瞬如微中子穿透人身，一个也留不住，也就毫无意义——这是一部最虚无的小说，或者说绝望的小说，日暮途穷，但人就连日暮途穷都不知道了，也就不会像阮籍那样放声大哭，这只是寻常又寻常、淡乎寡味到不起泡的一天而已。

从荷马神鬼征战的九死一生返乡十年故事，到乔伊斯的就这一天——《尤利西斯》已不再是个故事了，它毋宁只是个意念的揭示及其证明，一个冗长无比的证明，只告诉我们，这所有一切全无意义，到尽头了，时间切碎成无数个瞬间，全无联系，全无顺序，这是单子了，打不开，进不了记忆，即生即死。

---

* 都太过遥远。

也因此，这部小说的评价断成两极，不是历史前十、前三乃至于第一，就是乏味无聊失败。我多年下来模糊的统计，大致上，叫好的倾向于文学的专业之人，尤其学院中人，他们喜欢抓单一概念，而且不怕，也习惯烦琐的证明；质疑的偏创作者同业这端，小说怎么可以这么写？小说从不是只为说出最后那句话（爱伦·坡这么主张，但这是不对的），小说不该是康德的《纯粹理性批判》，小说不服侍某个、某几个单一概念，不管这概念如何了不起云云。这包括乔伊斯的爱尔兰后辈书写者杜伊尔，他坦承自己读不下去，且发出这样宛如国王新衣的疑问——那些声言《尤利西斯》是小说十大的人，真的有被它片刻"感动"过吗？

　　博尔赫斯，他曾说这部小说写得"太机械"，他用最温和的方式说，小说不应该这么写。

　　我自己不反对，且支持任何肯读一次《尤利西斯》的人，是的，好东西不一定有趣，漫长人生，人至少总该从头到尾承受一次这样极度乏味的美好，这是很好的生命经验，甚至该说是必要的。我唯一的谏言是，这是不必读两次的小说，那些毫无反应流过布鲁姆的一瞬，同样毫无反应流过阅读的我们。好小说都应该重读，但这不适用于《尤利西斯》，这是一种"我知道了"就可以的小说。

　　我以为，真正让创作者这边不安的是，乔伊斯直接触到了大家志业最深处的忧烦——每个够认真的小说家早晚会切身地察知，小说一定会被写完，就像太阳也会烧完自己，如今，小说还剩多少、还多远？这个高悬每人头上的小说末日钟，乔伊斯有点鲁莽地直接把它拨到零。

疑问远远多于答案

认识的另一个醒目通则是，一样尤其在后半阶段，人们发现疑问的比例总是远远高出答案。

现代小说昂首进入的是人完整的生命现场——这和昔日希腊人的认识大大不同。用爱因斯坦的分类，古希腊哲人面对的（或说取用的）是"水晶结构的世界"，精准、剔透、秩序井然，至于那些芜杂凌乱的东西，如柏拉图，那只是完美理念原型的缺陋摹本而已，可以也必须忽略；现代小说探究的、书写的则是"木头纹理的世界"，秩序，如卡尔维诺讲的，只形成于某个小角落，甚至，秩序还是短暂的，人好容易才抓到某个确凿东西，马上更大一堆背反的东西扑上来，"把刚刚给你的东西，又通通要了回去。"（卡尔·亚斯培）

列维-斯特劳斯所说"无序，统治着世界"，不只康德讲的二律背反而已。

走这样的认识之路，现代小说于是（不得不）成为不停发现问题的书写，找麻烦的书写，怀疑、颠覆、破坏的书写，原来我们认定坚实不疑的东西，全脆弱不堪；现代小说遂总是低温的（陀思妥耶夫斯基小说那种地狱熊熊之火的东西不算是温度吧），冷血的，苍老的，尘满面，鬓如霜。

所以我们说，世界上只有情诗，从没有"情小说"，小说不用为赞颂，更无法拿来奉侍（不管是人是神甚至自己），写篇小说告白求爱那是闹剧甚至找死。爱情在诗里可以精纯、光辉、不染如黄金，而小说中的爱情，只能是纠葛的、狼狈的、麻烦一个又一个的，又总是流逝的（这比什么都致命）——除非书写者很天真，装天真，"天真得可耻"。

小说里的正面东西，暧昧难言，于是总像是仅剩的、非应允的，这是人拼尽全力才勉强保护下来的有限之物（如格林小说），甚至是人不肯屈服、诉诸信念诉诸希望的将信将疑之物（如福克纳小说）。这么说，小说最终的正面上扬，比较像人站在南极点上，你不会更往下去了，你朝哪走都是向北，"在极度的悲观之中，所孕生出的那一点点精纯的乐观精神"（列维－斯特劳斯）。

当然，这一点中国国足（或称男足），可能是仅有的例外，如球迷们爱说的——"你以为国足已到谷底了，原来他们还能挖洞。"

如此一路行来，一个一个拆毁，但回头看这仿佛注定——《堂吉诃德》，昆德拉所认定的第一部现代小说，已动手拆骑士小说了，乐呵呵拆掉人类百年千年心驰神往的骑士神话。

人，绝大部分的人，很难生活在这样一个世界里——无凭无依，人没有什么可放心相信，人心漂流难以安驻，人会太沮丧、太孤单、太悲伤。有必要强韧心志的人终归极少数，用黑格尔的话讲，这是一种英雄主义的态度，是以这样写的小说不宜家宜室。

不许重复，真的吗？

认识之路，给现代小说最严苛的要求，极可能就是这个——不许重复。

不重复，弄懂了就丢下，箭矢一样永远指着、射向前方，如此英勇，小说书写马上碰到的麻烦便是故事的快速消失——我们直接取用列维－斯特劳斯的结论，这个研究人类全部神话故事的人指出，故事，所谓的原型故事其实数量极有限，即便诉诸历史长又长的时间、不同生命现场难以数计的人们的集体经历、想象和梦境，真正发生的并不是新故事的源源而生，而是这有限故事落在各种不同时空的彼此交织及其辉煌变奏。

日后，推理小说的书写设计，把不许重复这个命令执行到成为天条。但老推理读者心知肚明，诡计原型就那些，光《福尔摩斯探案》一书就用掉多少，而且一个短篇一个，如此浪费如此讨债，日后的推理作家怎么活？所以美国范·达因的代表作《格林家杀人事件》，便原原本本继续使用福尔摩斯《鹊桥血案》的精妙诡计——抱歉得剧透以为实例。《鹊桥血案》，人自杀于桥上掩饰为他杀，关键的凶枪处理方式是，枪拉着绳子系上石头，石头悬于小桥栏杆外，中枪松手，石头便把枪拉入湖中消失，福尔摩斯从桥栏撞击的新痕识破了诡计，如此。范·达因照着来，只除了他精彩地利用了纽约冬季积雪不融的在地条件，选择第一场大雪纷飞的晚上，枪被拉出屋外埋入新雪中，等来年冰融这一切已成定局。

不重复，受此沉重压迫的当然不只故事，人有限的存在，有限的情感，有限的感知理解能耐，有限的突围创造能耐，全部，如有涯逐无涯，殆矣。博尔赫斯便曾忠告，文学的隐喻其实数量有限，但也不必勉强去发明新的隐喻（只因为隐喻是从文字够长时间使用中自然生成如结晶，书写者是感受它存在如发现，是使用而不是制造），我以为他是察觉了这个相当普遍的误解，也必定读了一些令人尴尬不已的作品。不少书写者把认识的英勇要求，异化为机械性的所谓"创新"，一再出现那种"除了创新，什么也没有的作品"。

小说外部，人类世界也变得愈来愈不合适生产故事。如书写大上海的王安忆感慨的"城市无故事"——在领先城市化的欧陆，这甚至还早近百年，"总是转过一个街角就从此消失了"。依本雅明，先是"行商"，远方的故事，奇人奇物奇事；然后是"农夫"，在地的故事，如作物缓缓生长出来，这于是需要很长的时间，让事物有头有尾完整显现，"你凝视得够久，便可以从岩石的纹路中看到某只兽、某一张人的脸"。但在城市里，建物栉比鳞次，人的目光不断被阻断，时间碎成片片，碎成一瞬；而城市又是最趋同的东西，若还有什么不同你所居城市的奇妙东西，都是历史的残余物，也都在流逝之中。

然而此事千真万确——一般人并不在意重复，事实上，他们喜爱重复甚至不停寻求重复，如《浮士德》经典的那一句："这真美好，请你驻留。"

重复是熟悉，是安全，是不害怕不迷途。生活里，我们所能拥有的任何美好时光都太短暂，所以我们设法复制，重复等于驻留它，让自己一次又一次回去那天、那地方、那些人，尤其那个幸福满满的一刻。如焦急追剧的人们，享受相同的故事、相同的情节转折、相同的高潮及其完满结尾，甚至就为等待那一句每集必定再被说出来的关键台词，你和剧中主人翁同声念出，那一刻，故事里的那人就是你自己。

山田洋次的寅次郎《男人真命苦》系列，我几乎看完全部五十集，但是，"我生长在东京的葛饰柴又，洗礼于帝释天寺之水，姓车名寅次郎，人称风天阿寅——"然后渥美清亲唱的主题曲扬起，我依然胸口满溢如初次，我甚至去了好几趟柴又那道寅次郎老街。

所以可能得这么想，不是感慨而是感激。如此"不人性"的现代小说之路，居然能长时间说动这么多读者跟着走，四个世纪一代代人你写我就读的信之不疑，想起来真不可思议，也真的珍贵，尤其在路末端的今天（他们只是少了，并没完全消失）。他们一直围拥着小说前行，说小说赖他们以生存并不为过，尤其在已无意识形态的时尚魅力、纯属个人信念支撑的今天。我想起来博尔赫斯所说阅读小说是一种"略带忧郁的享受",说真的,我对现代小说读者的敬意并不低于那些仍奋力书写的小说家。

小说书写从无法(其实也无须)做到完全不重复,有些好话说一次、听一次怎么够呢?小说只是摆荡于有限故事的变奏(如乔伊斯《尤利西斯》、福克纳《我弥留之际》是数千年前《奥德赛》返乡故事的辉煌变奏),和掩饰性的重复之间,至于倾向哪边也许并不必深究。重复,更多被保留在那些享乐成分较浓的小说中几百年如蛰伏,最终,在读者方的需求黄金交叉(或死亡交叉)逐渐越过书写方的主张之后,——"独立"成为一种又一种的通俗类型小说。

蜜蜂分巢也似的小说世界

我们顺文字的线索再往前想一些。

文字是人类惊天动地的发明,当然人是事后愈想才愈察觉其惊天动地,所以中国人说仓颉造字那天(把它说成一天、一人),"天雨粟,鬼夜哭",意思大致是,"造化不能藏其密,故天雨粟;灵怪不能遁其形,故鬼夜哭"。的确,没文字,人类很多事做不到,有太多自然限制冲不破过不来,从最实质的生产力提升(即支撑人类文明的下层基础)到最尖端的思维创造可能;人类世界的建构,应该只能止步于所谓的初级部落形态是吧。事实上,整整几千年时间,人类真正能够突破物理性时空限制的载体,就只文字一种,文字承担起几乎全部,包括适合它的,以及那些其实并不太适合它的。

尤其在文字散文化,进入每一种生命现场之后。所以现代小说初始，即所谓大叙事小说，总显得"臃肿"，它以认识为核心，但也是"多功能"的，加挂着一堆其他任务，包括知识的负载、哲思的探索、现实的报道、政治社会大事的讨论甚至用为纠众起义的旗帜号角云云，当然还包括口语故事的享乐要求。

也许因为起步最早时间从容，也没日后各国的救国救民压力（如中国），早期英国小说最明显这样，像狄更斯小说就什么都是，他甚至连"人体自燃现象"都直接写了（当时是作为一个科学题目探讨），而狄更斯好用最强烈的、意图吓人的描述，基本上，就是早期的电视连续剧。

小说有一处致命的"弱点"甚至成为诸多小说家的心病，那就是书写的必要迟滞，从当下起心动念到成书出版，动辄绵亘三年五年时间。是啊，如凯恩斯说"长期人都死了"，你要拯救的那只猫、要发出警示的那个危机、要挽回的那场战争云云，全来不及了。这在世界变动较缓的早期时日或可忽略或可忍受，但加速度是这四百年的人类历史事实，因此，对于那些更富现实关怀之心、见不得世间悲伤不平之事的小说家，会感觉无力、荒唐，像列维－斯特劳斯讲他们人类学的工作那样，事物总在你发现它的同时就察觉它正急速流失，"你心急如焚，却只能用某种地老天荒的节奏工作"。所以格林这么感慨，他说终小说家一生，很难不生出那种"一事无成之感"，而你的声名不就建立于这一个个悲剧之上吗？这让人更加难受，所以也不乏有人会丢下笔，直接投身于现实工作，去作战，去救援，去革命。

阻止、伤害小说书写的，也有用心高贵的理由。

先发生的是文字世界自身的分割，这是历史单行道，割出去就再回不来——像是，现实即时批判首先让给小册子（早期最畅销的书种）；新闻新知报道由报刊，乃至日后庞然大物的大众传媒接手；知识——成熟、及远、细分为各门专业学术工作；革命征战则老实回到诗、回到歌，简单有力地直接撞击人心而不是要他们想清楚，去革命（诗）和思索理解革命（小说）是两种事，甚至是背反的两种事。凡此。

如同蜜蜂分巢，长大了，就一群一群飞走，最终，小说成为（某种意义的回归）如今模样，我们难以名之，总感觉不大踏实地或称为正统小说、严肃小说，剥落只剩核心、更纯粹样貌的小说。

至于享乐需求，由读者侧日渐响亮的集体声音推动，或用经济学术语，有购买力的需求称之为"有效需求"——在还只有文字可使用的历史条件下，罗曼史、推理、科学、惊悚云云，裂土分封，一一独立于小说内部成为国中之国，并等待下一种载体的出现，下一对翅膀下一次风起。

更适合它的不是文字，而是声音和影像。

成为职业，又不成其为职业

这是真实发生的，二〇〇五年，我们的日本小说家朋友星野智幸到台北——我曾在书写中引为实例一次，并更多次私下讲给台湾、大陆的年轻小说书写者听，当他们（合情合理）抱怨当下的小说处境时，作为一个安慰，稍稍苦涩的安慰。

星野当时风华正茂，是中坚世代的"旗手"小说家，圈内非常期待。我关心他的书写状态，他告诉我正在和出版社编辑讨论下部小说的主题。我无比好奇，这还要商量吗？星野说："我现在的地位还不到想写什么就写什么，而且，字数限制大概是八万字。"我想起当时我所属出版社宫部美幸、凑佳苗的厚厚小说。星野讲："哦，那不一样，他们的书很能卖，不受这些限制——"

几年后，星野在经济上有点撑不住了，不得已去早稻田大学开课教小说创作。

日本，人年均所得早超过四万美元，且好学好读书出了名。我们印象里，事实上也真没多久不过一代人时间，日本的大小说家不都是云上人？台湾出版过一本三岛由纪夫的书写和家居写真书，住宅、起居室、书房、书桌、所用的钢笔文具，以及收藏物摆设物，用小说家阿城的话说："都是好东西啊——"

小说历史，这绝对是被严重低估的一件大事——那就是小说书写终究成为一个"职业"。

"职业"其实是个极可疑的说法。不是人类社会真的成功让上下阶层泯灭（只是复杂化了，且分割方式由权势倾向财富，如今权势和财富又有重新世袭化的反挫趋势），而是小说书写者逐渐失去了上层世界的种种"庇护"，他逐渐成了必须自力更生的人，小说书写必要的"钱"和"闲"都不再理所当然，必须设法从自身挤出来。

我老师朱西甯，几十年时间是台湾最顶级的小说家不动，但我始终在场完全清楚——他有基本的退休终身俸（不到五十岁就早早申退，损失更优厚的给付来换取书写时间），他是文学编辑，他演讲、出任文学评审，他在大学兼课，以及更稳定的，我师母刘慕沙速度较快的日本文学翻译收入云云。也就是我说过，某种"东边拿一点、西边拿一点"的方式拼凑而成。小说的经济收益（从报刊连载到版税），当然是其中必要一项，但这也是说，只靠小说书写不够，小说是"被养"的。

也许我们得直说，小说书写从未真正成功成为一种职业。很短暂、很局部的，在某个国家某段时日好像成立，比方中国大陆过去这些年（以十多亿仍有相当求知之心的人为阅读基底），但都不持久，而且，这里面隐藏了太多小说家身份的种种"周边收益"。

这几乎是每个小说书写者的共同经验，血肉真实，不是意识形态作祟——要让书写彻底职业化、商业化，一路上总有什么一直制止你、拉住你（包括这里那里不可以这么写，不能轻飘飘地写、不能讨好没节操地写、不能煽情洒狗血地写、不能违背自己本心如说谎地写，等等），而且，感觉自己一路在丢东西，那些你辛苦多年才堪堪拥有，也自豪的珍贵东西，直到自己像完全空了，一无所有，感觉自己是"转行"了而不是写另一种小说而已。是以，这里有一种确确实实的"高傲"，甚至"逞强"，以为自己只是不为而非不能（尽管纯商业书写也不是简单的）。我想起日本松子·Deluxe说的悲伤话语："你知道，有些人不逞强就活不去。"有些东西不逞强就留不住。

确实，这是两个不同的神。小说之神要求你太多，商业之神几乎只要你做到这一点但非常严厉，那就是放空自己，搁置举凡信念、价值这些麻烦纠葛的东西，无我。这有老子哲学的况味（所以老子哲学是真正的末世之学，谋略、兵法云云皆生根于此），你要不争如水，趋下如水，随世起伏，不执着不抗拒，保持灵动，这才能跟得住集体这难以捉摸如时时变脸的声音，嵌入到商业的巨大体系之中。你需要的不是任何成形的哲思智慧，那都太多太危险，通俗类型小说是"有限"的小说，你真正需要的仅仅是机智，尽可能只用机智来写小说。

容易吗？也容易，也并不容易，看人。

真正成功让小说书写成为职业的是通俗书写——但出乎意料的是，这竟然也不持久，人类世界真的捉摸不定。

声誉的量变到质变

优雅自嘲的英国人有种说法,"美语原是英语的一支,如今,英语只是美语一种怪腔怪调的地方方言而已。"

正统小说,可见将来,会不会只是一种怪腔怪调的小说而已呢?

这不好说,我自己也没敢过度期盼过度要求——现在,我甚至不敢劝人踏进文学领域,遑论劝人去写已这么难写好,又现实处境趋劣的小说。对那些仍不屈服的书写者,我敬意满满。

我较担心这两事。

一是小说的评价一样跟着向通俗端倾斜——很长时日,好小说和受欢迎小说是不会搞错搞混的两个东西,甚至被认定是背反的,一如电影奖把"最佳影片"和"最受欢迎影片"并置,前者信任专业眼光及其鉴赏力,后者则单纯是集体声音,票票等值以多为胜。记忆中,也从未选出过同一部影片,而我们真正在意的、记得的总是前者。

但那种一字之褒宠逾华衮的时代已杳逝,它渐渐叫不动众人如老阿尔卡蒂奥再叫不动马孔多人——我在京都祇园一再看到如斯画面,那几家典雅但清冷了,卖着不合时宜好东西如和服腰带、发簪、折扇云云的老店,依然高挂着昔日将军家指定商家的荣宠木头牌匾。但绝对平等原则年代,一人两人的津津赞叹连基本顾客都构不成了,那只是知己,相濡以沫。

小说评价逐渐向中间合流——愈来愈多人真心相信,也敢大声说出来,诸如村上春树的小说就是最好的小说云云;中国大陆,也许更多人认定就是那两部说来说去的金庸武侠。一如最好的电影渐渐是周星驰的比方《大话西游》,还一再有人好心教我们如何看懂周星驰的《功夫》。有这样的意见倒不奇怪，比较特别的是其声量和数量快速增强，持续量变跟着往往是质变，果然，专业的文学工作者、评论者的呼应声音日多，且总是以某种"我这是更诚实""我与时俱进"的昨非今是方式说出。这些年我断断续续当文学奖、小说奖评审，已渐渐习惯这样的评价方式、这样的表情。

我曾用一整本书想声誉（以及权势和财富）这东西，声誉如此郑重、如此需要保卫，不在于"虚名"，而在于它是一根绳子，系着、拉着某些宝贵的东西，且往往只剩它还拉着。因此它得尽可能正确、尽可能强韧。

认真、上达志业层次的文学书写，一直由声誉所拉动。就连自由资本主义之父亚当·斯密都这么认定，《道德情操论》而非《国富论》，他比较各行各业，说声誉是文学书写者最主要的报酬，极可能还是唯一报酬。你拿走它，有点难看地把它奉给已有丰厚财富报酬乃至于权势报酬的对象，也就把书写者驱赶向财富权势之地。

声誉也拉着我们最重要的文学记忆，拉住我们所有最了不起的小说，断不得，也错不得。

爱默生曾把书籍说成是"死物"，人们不想起它不打开它，它就一直沉睡于洞窟（或墓穴）之中，万古如长夜。电子化，所谓的长尾、无限清单云云帮不了我们多少，这只是成功改建、扩大了墓室而已，你不记得，就等于不存在、不曾存在。就算莫名留住一个空洞名字也没啥意义，还会变得好笑，我搜寻过，如今，堂吉诃德毋宁是超大型连锁商店，而不是那个做不可能之梦的愁容骑士和那部小说；夏多布里昂则是菲力牛排中段最鲜嫩、布满油花的那三十二盎司，而不是那个被抛掷在民主曙光时代的最后贵族之人，那一根历史盐柱，那本阴森森宛如由坟墓中传出、来自彼岸的回忆录。

通俗享乐小说可写到极好，像是推理的布洛克，像是间谍的勒卡雷。我几位程度极佳的友人如钱永祥，便直接认定勒卡雷最好，没之一的那一种最好，但即使我也爱读勒卡雷，却不得不出言驳斥——把勒卡雷推到最高，有太多比他更好的小说就没位置站了，我们可能会轻忽它们从而失去它们，如托尔斯泰的、契诃夫的、格林的、三岛由纪夫的……一长串的死者。

通俗享乐小说可写到极好，并非商品要求的缘故（《格雷的五十道阴影》，全球销量超过五千万册，却连文句都不通，我说的是原文，华文译本比原文通顺多了），而是因为一直以来，好的通俗享乐小说家，一样活于、生长于这四个世纪的小说世界，一样读这些伟大的作品，共有着相似的文学教养。所以，声誉的转向，通俗享乐小说的品质一样会劣化，且应该更快劣化，只因为它的书写者（尤其新加入的书写者）会更远离，甚至根本就不知道此一书写传统。

只生活着的小说家

我另一个小小忧虑是，正统小说书写的进一步业余化。

正统小说书写无法顺利职业化，这是不得已的初步业余化，也是个有点荒唐的业余化——台湾很明显，我猜世界各地也多少这样。真正心无挂碍能全力以赴书写，反倒是年轻时日，未就业，在学；三十岁四十岁之后，就得由自己来养小说和自己，以及一个个多出来的家人。也就是说，书写者总是以更少时间、更分散的心神，来写得思索更深、考虑更多的小说，完全倒置，书写者在自己家中，也屡屡从那个光辉的、家人引以为傲的早慧天才，慢慢退化成某种狼狈的甚至连生活都难以自理的头疼之人。果戈理说："早夭，是天才人物的痼疾。"他指的是真的早死，但现实天才书写者的早夭却多是力竭、脱离、退场、转业，黄粱一梦。我人在现场的台湾这半世纪，能够一个一个详列一纸长长清单，也知道小说世界魅力消退荣光逝矣，"公园池塘结冰了，那些野鸭子飞哪里去了——"

荒唐的另一面是，较轻快书写的通俗小说，反而是专业；较困难的正统小说，很难不是业余的。

但我真正关心的是书写者的内心变化，以及必然引发的实际书写变化，因为这其实是可自主的。

二〇一七年我去上海复旦当散文奖评审，科系分明的大学生书写，很容易让我清晰看到此一现象，应该说是一个明显的空白，一个应该要有却没有的东西，福尔摩斯最聪明的那一问（《银斑驹》）："狗为什么没有叫呢？"——只有一位生物系的大学生写出了他的专业目光，其他，好像一进入文学世界，就得把自己认真所学、走最远的东西留在门外如违禁品，得缩回成无差别的"一般人"。文学，很奇怪地，成了非专业、非职业的东西。

每一门专业，除了其内容，也都是一种看世界的特殊目光，一个穿透世界的特殊甬道——而这原是小说这一文体的最强项，它的杂语性、它的多人多重目光，让它立体地、无死角地看人看世界。

知识的持续细分乃至于逐渐脱离一般性的生命经历，确实让小说的使用造成困难，也不知不觉形成此一错觉，跟着，通俗类型小说在小说内部的分割林立，更加深此一错觉——小说一个一个领域让开，小说不断如此自我限缩，你说，最终小说会剩什么、剩多少？

此一错觉最糟的结果，我以为，它让书写者成为"最不用功的人"，或温柔点说，"不晓得该如何用功的人"——正统小说的书写者，比通俗类型小说的书写者不用功、准备不足，这很尴尬，却逐渐成为相当普遍的事实。通俗书写，领域有限明确，布满知识和细节，书写者很知道自己该摄取什么；而正统小说的书写者，去掉一个个层级建构成形的专业领域，那就只剩一个膨松无序的世界，人只是"生活着"而已。

没有任一门技艺、任一种行当，人的准备工作只是"生活着"。

正统小说一定可以写更好

美国大法官，修补宪法，守护宪法，只九个人，终身职如志业，"就像崇高清冷埃及神庙里的九只圣甲虫"。因此，他们每年能审理的宪法上诉案数量不多（美国宪法再明智不过地赋予他们任意选择的权力，无须交代理由），但增加名额无助于此，因为大法官不是协同分工（只能得到一种看法），而是九个人各自独立审理，是九个法庭而不是一个法庭——所以，不为追求效率，而是获取九种各自面对同一宪政难题、九种探索真理的途径及其可能结果。这也使大法官不像现代联邦官员，而是古代、大真理时代的祭司。

一室九灯，灯灯相照，光不相互抵销，而是织成某种光之网，希冀无暗处、无死角。

这像极了小说书写，小说家如纳博科夫说的，既研究"上帝的作品"（即世界），也研究"同业的作品"，一样不是效率分工，而是理解、对话，触动并寻求新的空白新的可能。每一个书写者都单独面对世界，都一个人从头想到尾才真正说出来。

但更像小说书写的可能是这个——大法官不接受抽象的法学询问，那是学院教授的事，他们只审理具体争议的案件，"只在有正反两造真实攻防的法庭进行"。

　　小说总是从发现某一个具体事实，甚至仅仅是一个具象、挥之不去如缠上你的画面进入世界。卡尔维诺告诉我们，世界是个巨大的网，你从任一个点进入，最终都会通向整个世界；我自己的土气补充是，具体事实尤其具体疑问，是无法自限无法分割的，书写者不是经济学家，如熊彼得说的，经济学者只负责回答问题的经济部分，然后审慎地把问题交给别人，这称为"高贵的义务"。小说书写者不能这样，小说家的高贵义务毋宁是，想尽办法利用每一种专业成果，并穿透每一种专业分割，能走多远算多远，设法恢复问题的完整、世界的完整。

　　各门专业学问的进展，只是让小说书写变得困难，包括规格的深度要求，包括书写的知识准备幅度云云，小说面对的真实世界并不随之分割；通俗类型书写各据一隅，只是它自身的设限，并非是这一块一块领域的分离，立入禁止。

　　你看，一样悲伤地写叛国间谍，勒卡雷的名作《锅匠，裁缝，士兵，间谍》，当然远不及格林的《人性的因素》以及《我们在哈瓦那的人》。

　　犯罪小说顶峰的美国冷硬派，一堆杰作，但哈米特、钱德勒、布洛克等等，如何企及比方《卡拉马佐夫兄弟》《押沙龙，押沙龙！》《一桩事先张扬的凶杀案》？

　　翁贝托·埃科的《玫瑰的名字》，摆明了就是用福尔摩斯加华生医生的古典推理框架，但书中诡计的精密度、复杂度及其隐喻力量（像那座随字母组合变化如万花筒、隐藏终极秘密的大图书馆），完全不同档次，而威廉修士（福尔摩斯）借助《圣经·启示录》的人为（或说错误）解谜模式，却能正确预言随机性、偶然性的案情进行并找出凶手，这是记号学了，不是推理小说所能够。

写一个女子的情感和家庭悲剧，谁能到《安娜·卡列尼娜》的高度呢？

我们或许也会想起卡尔维诺，像是他科学幻想小说形态的《宇宙奇趣全集》，数学排列组合及其演算也似的《帕洛马尔》，以及他直接用诸种类型书写合成，又似实验小说穿透可能的奇书《如果在冬夜，一个旅人》。卡尔维诺正是最早认真思索正统小说和类型小说分合的人，早我们很多很多，以他宽广温和的心胸、他丰硕复杂的知识，以及他精湛无匹的书写技艺。

天下人走天下路，无处不可去，小说可以如此气宇轩昂。是的，即使在类型小说已全面占领统治的各领域里，正统书写仍"一定"可以写得更好——我说的是"一定"。尽管类型小说书写者有更好的现实条件，但最终仍只是有限的书写，它的天花板设得不太高，容易满足于某种商品规格的达成。像《锅匠，裁缝，士兵，间谍》，就结束于叛国间谍捕获的高潮，合情合理；而格林的《人性的因素》，我们早早就晓得那是卡瑟尔，但小说没停，继续披荆斩棘前行。所以不是谜，而是处境；卡瑟尔也不仅仅是间谍，他更多时候是个人、完整的人，不可以让他间谍的单一身份凌驾、吞噬人。加西亚·马尔克斯赞叹再三，说这是一部最完美无缺的小说。

我自己喜欢如此携带着问题书写的小说，小说如一灵守护，我几乎要说这才是小说的"正确"写法——问题如人心头微火，照亮着、引领着小说前行；问题又如磁铁（如《百年孤独》老阿尔卡蒂奥拖行的磁铁），它会一直吸过来它要的、有助于思索它的东西。书写者小心护着它不熄灭，感觉再无其他命令声音，也不可被阻拦，有某种奇妙的自由，只止步于自己力竭，自己穷尽可能。

编入影视工业的通俗小说

最终，我们来说通俗类型小说的一个坏消息，比预想来得快。

一直，我们认定通俗类型小说扩展着小说阅读版图，让小说不断及于那些原本不读小说的人们。也许曾经是这样没错，但今天，我们得正视并设法解释这个有点诡异的统计数字——小说不断朝通俗端倾斜，但小说的整体销售量、阅读量却以相当明确的速度在缩减。一般，带点鸵鸟味的会简单归为小说，甚或书籍的一整个衰退，这没错但还是没这么简单，因为急剧下落如坠崖的反倒是通俗享乐小说。也就是说，小说走向大众，但看来大众并不领情。

真正发生的是什么事？我（以一个出版老编辑和老读者身份）的回答是，关键极可能在文字。

声音和影像，为物理性的时空所限制，无法存留，无法及远，也无法再现，但如今不是了，它成功成为最有力量的全球性载体，即时、直接、生动、轻灵，尤其在今天这个大游戏时代，在"马孔多人已不再追随老阿尔卡蒂奥"的时代。

本雅明说过复制时代的来临和 aura（灵光）的杳逝；昆德拉说收音机终结了音乐的崇高追求，音乐成为纳博科夫讲的"软绵绵的音乐"——履霜知坚冰至。

声音影像成功蜕变，暴现了文学、小说的根本大问题——文字真的太沉重了，文字本来就不那么适用于享乐。我看日本电视上的搞笑艺人，他们最不能吐嘈别人、已达营业妨害程度的话语，第一是，"你说得一点也不好笑"，第二是，"你这么说太沉重了"。

沉重，如今是不赦之罪。

如果再补上这两数字，讯息会更清晰——《哈利·波特》系列全球销量为七亿册，《魔戒》系列二亿五千册。罗琳应该已成功超车前辈女王阿加莎·克里斯蒂，成为史上第一畅销作家了，尽管她小说本数远少于阿加莎。

一两个赢家、其他全是失败者的这一不太健康模式，我们应该颇眼熟。这正是不加节制晚期资本主义的商业模式，并最早完成于影视，然后商业运动（NBA、MLB、欧陆足球云云），以及亘古至今的，赌博。

所以说我们该老实承认了，通俗享乐小说已更远离文学，它已被编入更华丽、更庞大的影视（以及电玩）工业体系中，不是个人书写，而是集体作业的一项文字工作，并非那么起眼、那么优遇的一个工作。

丹尼斯·勒翰，原是冷硬派作家，写驻地波士顿的"帕特里克／安琪"双私探系列。多年前我负责编辑他的新作《隔离岛》，警觉他改行了——应该是前一部的《神秘河》起头，到《隔离岛》已相当纯粹是瞄准电影而写，角色、分场、空镜、特写、对话云云。整个节奏是电影而不是小说，毋宁是写得很详尽的电影分场大纲；不是小说的稠密，而是电影分工的精密。果不其然，二〇〇二年后他直接就是编剧了。

顺着勒翰的提醒，往后二十年我在华文世界不断读到这样的小说，尤其大陆，大陆的影视工业来得比昔日好莱坞更急更浅更金粉，是一道撞击喧哗的金钱之河，人心焦躁，得说，还真没一部写得比勒翰好。

进一步，就是通俗小说的"乐透化"。

我的老友卢非易，在南加大念的电影，学生的课余时间不值钱，当时，他们一群室友便凑起来写剧本，八大电影公司一家家投递，被打回来那是原形，但万一万一——工会有最低酬付设定，万一哪家垂怜或瞎了眼，那就可以打电话订跑车了。

巨大奖赏，又取决于大众捉摸不定的"感觉"，书写者怀抱如此希望也并非不合理——用这个来解释新进的通俗小说书写，尤其大陆已是人类历史奇观的网络小说书写，一目了然（信不信？我少说也读了两三百本网络小说，当然是快速读过，我想知道他们在做什么、想什么）。

此地繁华，流满牛奶与蜜，当集体蜂拥成形，我想，真正的小说书写者就退到一旁了，小说书写终究是个人的，集体需求的天花板太低了，也太单调了，他听得见更有意思的召唤声音，也应该有着某种自豪之心。小说书写者，如博尔赫斯说的，"我们有义务成为'另一种人'"。

我信任小说

于是，小说只是变得更纯粹而已——也许来的，以及留下来不是那些最聪明的人，这有点可惜。是有那种仿佛天生的小说家没错（我见过不少，比方大陆的费滢），这让他们很容易进入书写，一出手就有模有样，但也还是只保用于书写初始，小说长路，要求人很多很复杂，各阶段（比方年龄）也有不同的要求，聪明用进废退，小说、文学从不是这么浅、这么简单的东西。

回想过来，小说书写并没"失败"，事实上这是个成果辉煌的文体，我们试着把小说遮掉，看现代文学还剩多少？也许正因为这样，才让如今小说变得这么难写，"好摘的果子都被摘光了"，而这其实也正是人类每一道思维之路的末端必然现象。我们说，小说真正不成功的，只是在人类的历史变迁中没能找出某种"经济模式"，不稳定，狼狈，但还不至于致命（有人不以为意，有人觉得写不下去），也不至于阻止好的小说出现。这四个世纪，或因某种集体处境，或因个人出身或生命际遇的不运，个别小说家一再陷落于生存底线处，有太多了不起的小说是这么挣扎着写过来的，契诃夫、爱伦·坡、林芙美子云云，以及自作自受的陀思妥耶夫斯基。日后，被誉为美国最伟大小说的《白鲸》，出版时共卖出五本，麦尔维尔一生潦倒，博尔赫斯讲他一生和绝望共处，极熟悉绝望。他的声誉在他死后五六十年才姗姗到来。

我也想起我的老师朱西甯的小说初始时日，一盏小灯泡，一块图板垫着，在同袍们已酣睡的夜里，只有这时间属于自己，偷来的时间——一九五〇年代，台湾什么都没开始，谁都穷，但也许那样反而没事，人心思平和宁静，听得见昆德拉所说自己内心的活动声音。

说这些不是暗示，更没一丝道德绑架企图，只是想正确地、完整地更了解小说这东西、小说书写这件事，以及其全部可能。对于我这样写不成小说的人，话已说太多到僭越的地步了，终究，人和小说的关系是一对一的，小说书写之事，只有书写者自己能回答，能够的话，麻烦直接用小说回答。

博尔赫斯说："我想没有人会厌倦听故事。"弗吉尼亚·伍尔夫说，人活着并不只是吃饭记账而已，人会感动，会思索好奇，会做梦，会抬头看黄昏日落和满天星斗云云。这都是对的，但这些年，因为某些难以说清的理由，也知道自己隐隐带点火气，我不再这么说话，也不愿把希望置放于这样的普遍"人性"上。

我真正不改信任的，是小说这个东西，我仍然相信它是神奇的——小说是最不自恋最不任性的文体，小说也是最逞强的文体，小说无法自怨自艾，小说总是把困厄、悲伤"包裹"起来，设法置放到某个可理解的世界之中（现实不够，便自己组合、创造一个应然世界），包括自身的困厄和悲伤。所以好的小说书写者，总小心不让自己的悲伤超过它的读者，即使他的当时处境比任何读者都艰难、都更像身在地狱，如卡夫卡、如去国回看都柏林的悲苦乔伊斯；小说甚至自讨苦吃，如格林说的，"小说家要描叙痛苦，就有义务同受其苦"。

小说的这些特质，如果认真书写，一定会一个一个内化为书写者本人的人格特质。

　　　　那人比别人高出一头

　　　　在芸芸众生中间行走

　　　　他几乎没有呼唤

　　　　天使们隐秘的名字

我极喜欢从博尔赫斯那里看来的这四行诗，我以为这也是对小说家最准确的描写——如果我们加进去一点期待的话。